许渊冲集

许渊冲 —— 著

翻译艺术通论

译林出版社

目　录

翻译中的矛盾论

翻译中有几对矛盾，即理解与表达的矛盾，忠实与通顺的矛盾，直译与意译的矛盾。

（一）理解与表达

任何语言，都有形式与内容的统一或矛盾的问题。翻译涉及两种语言的内容与形式的统一或矛盾，情况复杂，主要需要解决的是原文的内容和译文的形式之间的矛盾。如果译者用译文的形式正确地表达了原文的内容，就算达到了目的。

几年前，有一个法国翻译工作者曾说过："翻译就是理解，并且让别人理解。"（Traduire, c'est comprendre et faire comprendre.）"让别人理解"就是"表达"，"理解"是通过原文的形式（词语）来理解原文的内容，"表达"是通过译文的形式来表达原文的内容，理解是表达的基础，不理解就不能正确表达；表达是具体化、深刻化的理解。因此，表达的结果（即译文）也是检验理解是否正确的一个标准。

正确理解原文，往往并不容易。例如：

John can be relied on. He eats no fish and plays the game.

如果理解为："约翰是可靠的。他不吃鱼，还玩游戏。"那就是只理解了原文的形式，没有理解原文的内容。原来，英国历史上宗教斗争激烈，旧教规定斋日（星期五）只许吃鱼，新教推翻了旧教的政策后，新教徒拒绝在斋日吃鱼，表示忠于新教，而"不吃鱼"也就有了"忠诚"的意思。"玩游戏"需要遵守游戏的规则，因此，"玩游戏"也转而有了"遵守规则"的意思。通过这两句英语的语言形式，了解了它所表达的思想内容，这样才算"理解"了原文。理解了原文的内容之后，如何用译文的语言形式来表达呢？这句话如果译成"他不吃鱼，还玩游戏"，那只表达了原文的形式，没有表达原文的内容；如果译成"他既忠诚，又守规矩"，那就透过原文的形式深入到了内容，深刻化了；如果译成"他忠实得斋日不吃荤，凡事都循规蹈矩"，那不但表达了原文的内容，而且更接近原文的形式（词语）。汉语是表意文字，而英语是拼音文字，二者的表达力不一样。鲁迅在《汉文学史纲要》第一篇《自文字至文章》中说过：汉语具有意美、音美、形美三大优点。在《关于翻译的通信》中，鲁迅又谈到汉语的两个缺点，大意是话不够用和语法的不精密。至于英语，也有意美、音美的优点，而形美的优点却比汉语少。一般说来，原文的意美可以传达，原文的音美、形美却很难表达。如：

At last, a candid candidate!

下画线部分的字声音相同，如果译成"到底找到了一个老实的候选人"，那就只传达了原文的意美，没有表达原文的音美；如果改成"忠厚的"或"脸皮不太厚的候选人"，那么，"厚"字和"候"字声音相同，多少传达了一点原文的音美和讽刺的意美，但要全部传达，很不容易，甚至不太可能。至于形美，英国人讽刺战败后被囚禁在厄尔巴岛上的拿破仑时曾说过：

Able was I ere I saw Elba!

这句英语无论从左看到右，还是从右看到左，字母的排列顺序都是一样的，这种形美，是很不容易甚至不可能翻译好的。至于意美，可以模仿汉语"不见棺材不落泪"，把这句译成："不到俄岛我不倒。""岛"和"倒"同韵，"到"和"倒"、"我"和"俄"音似且形似，再加上"不"字重复，可以说是用音美来译形美了。

汉语表达力不如英语的原因有：语法不如英语精密，语汇的词性不像英语那么分明，词形也不像英语那样可以变化，不能加个词缀就构成一个新词。因此在英译汉的时候，只好用加词、减词、分词、合词、正说、反说、分句、合句、前置、后置等等方法来表达英语的内容。如海明威（Hemingway）在《老人与海》（*The Old Man and the Sea*）中描写老渔民说：

These scars were old.

译为"那些疤痕年深月久"，就是用了"加词法"。1960 年前后的美国报纸登过一篇《忘恩负义的非洲》（*Ingratitude of Africa*），其中有一句：

And dressing Empire in seductive colours and calling it Commonwealth cannot alter the facts.

这句可以译成："给帝国乔装打扮，涂脂抹粉，美其名曰联邦，也不能改变现实。""乔装打扮，涂脂抹粉"用的是"拆词法"，"美其名"是"加词法"。再如《第三帝国的兴亡》（*The Rise and Fall of the Third Reich* by W. Shirer）中英国首相张伯伦问及希特勒的态度：

...whether the German memorandum was really his last word.

译文："德国的备忘录是不是果真绝无商量余地。"把肯定词译成否定词"绝无商量余地"，用的是"反译法"。又如欧·亨利（O. Henry）在《麦琪的礼物》（*The Gift of the Magi*）中描写电铃时说：

...and an electric button from which no mortal hand could coax a ring.

译文是："还有一个电钮，非得神仙下凡才能把铃按响。"[①]否定词 no mortal hand（不是凡人的手）译成肯定的"神仙下凡"，用的是"正译法"。以上略举数例，说明了英语和汉语表达形式的不同。

表达需要防止两种偏向：一是望文生义，一是词不达意。如把 rub one's hands（"搓手"表示满足）译成"摩拳擦掌"，就是望文生义或以辞害意；如把 parallel policy 译成"平行的政策"，就是词不达意，不如改为"并行不悖的政策"。总之，翻译既要防止机械搬运的形式主义，也要杜绝想当然的自由主义。

---

① 译文见 1958 年人民文学出版社出版的"文学小丛书"第 36 种。

（二）忠实与通顺

翻译要反对形式主义和自由主义，这是从反面来讲的。从正面来讲，翻译的标准是什么呢？几十年前，严复提出过"信、达、雅"作为翻译的标准。用今天的话来说，"信"就是忠实确切，"达"就是通顺达意，"雅"就是文字古雅或风格高雅。鲁迅在《题未定草（二）》中说："凡是翻译，必须兼顾着两面，一当然力求其易解，一则保存着原作的丰姿……""保存着原作的丰姿"可以说是"忠实"于原文，"力求其易解"可以说是"通顺"的译文。直至今日，"忠实"和"通顺"（即"信"与"达"）还是大家都赞同的翻译标准。

忠实于原文的内容和忠实于原文的形式有时是一致的，有时却有矛盾。如将 Disasters never come single. 译成"祸不单行"，在内容上和形式上就都忠实于原文。如果忠实于原文的内容和忠实于原文的形式有矛盾，那译文就要忠实于原文的内容，不必拘泥于原文的形式。如把 get the upper hand 硬译成"占上手"，倒不如译成"占上风"。

忠实于原文，译文最好要做到"三确"：正确、精确、明确。例如：欧·亨利在《警察和赞美诗》[①]（*The Cop and the Anthem*）中描写美国社会说：

Men who smash windows do not remain there to parley with the law's minion.

They take to their heels.

[①]　译文见 1958 年人民文学出版社出版的"文学小丛书"第 36 种。

这两句如果译成："砸橱窗的人总是溜之大吉，不会逗留在那儿跟法律的宠儿打交道的。"那"法律的宠儿"是什么人？译得不够明确，其实这里是指"警察"；如果译成"警察"，那又不够"精确"，没有表达出原文藐视的口气；而译成"法律的走卒"，可以说是做到了"三确"。

下面谈谈翻译的第二个标准："通顺"。通顺的译文形式要求做到"三用"：通用、连用、惯用。也就是说，译文应该是全民族目前"通用"的语言，用词能和上下文"连用"，合乎汉语的"惯用"法。换句话说，"通用"是指译文词汇本身，"连用"是指词的搭配关系，"惯用"既指词汇本身，又指词的搭配关系，例如"法律的宠儿"就不是"通用"的词。美国 *Labor Monthly* 在 1953 年刊登过一篇《杜勒斯何许人也》(*Who is This Dulles*)，其中有一句：

Our policies are limited.

如果译成："我们的政策是有限的。""有限的"这个形容词和"政策"这个名词就不好"连用"，应该改成"受到限制的"或"有局限性的"，才算符合"连用"的要求。至于"惯用"，就指一般习惯用语和成语等，例如"二话不说""单刀直入""蛛丝马迹""俯首听命""受宠若惊""寡不敌众""一言难尽"等都是。

从而得出的结论是：忠实于原文和通顺的译文，一般说来是一致的，因为原文是通顺的，所以译文也该通顺。如果"忠实"和"通顺"产生了矛盾，那应该把忠实于原文的内容放在第一位，把通顺的译文形式放在第二位，把忠实于原文的形式放在第三位。

（三）直译与意译

直译是把忠实于原文内容放在第一位，把忠实于原文形式放在第二位，把通顺的译文形式放在第三位的翻译方法。意译却是把忠实于原文的内容放在第一位，把通顺的译文形式放在第二位，而不拘泥于原文形式的翻译方法。无论直译、意译，都把忠实于原文的内容放第一位。如果不忠实于原文的内容，只忠实于原文的形式，那就不是直译，而是硬译，如鲁迅批评过的把 The Milky Way（天河，银河）译成"牛奶路"就是一例。如果不忠实于原文内容，只追求通顺的译文形式，那也不是意译而是滥译，如把 rub one's hands 译成"摩拳擦掌"就是一例。换句话说，硬译就是翻译中的形式主义，滥译就是翻译中的自由主义。

马克思曾批判过"逐字准确"的硬译说："鲁阿先生原说要尽可能译得准确，甚至于要译得逐字准确。他老老实实地完成自己的任务，但正是他的老实和准确使我不得不大加删改，以便让读者更容易理解。"[1]恩格斯也曾批判过不忠实于原文内容的滥译说："一个作者为了漂亮地表达自己的思想，往往不惜阉割原作的语言。"[2]由此可见，形式主义的硬译和自由主义的滥译是翻译时要杜绝的两种偏向。

当译文的形式和原文的形式一致的时候，就无所谓直译和意译，如前面提到的"祸不单行"，既可以说是直译，也可以说是意译。

当译文的形式和原文的形式不一致的时候，就有直译或意译的问题，而且直译可以有程度不同的直译，意译也可以有程度不同的意译，如杰克·伦敦所写的失业工人 Jurgis 说：

---

① 转引自北京俄语学院 1958 年出版的《翻译的基础》第 12 页。
② 同上书第 18 页。

...he had about as much chance of getting a job as of being chosen mayor of Chicago.

可以译成：

1. 他找到工作的机会和当选为芝加哥市长的机会几乎差不多。
2. 他要找到工作简直跟要当选芝加哥市长同样困难。
3. 他找到工作的机会简直微乎其微。

以上三个译例，译例 1 直译的程度最大；译例 2 直译的程度减少，意译的程度增加；译例 3 意译的程度更增加了。那么，到底应该直译还是意译呢？例如：

Hitler was <u>armed to the teeth</u> when he launched the Second World War.

应该直译成："希特勒在发动第二次世界大战时是武装到了牙齿的"，还是意译成"全副武装的"呢？意译可能使人误以为那时希特勒本人真是全副武装了，直译却不会引起这种误解，还可以吸收新鲜用语，所以这句直译比意译好。也就是说，如果译文和原文相同的形式能表达相同的内容，一般可以直译。而《辜负春光》（*Betrayed Spring*）中有一句：

Didn't she swear she'd never again believe <u>anything in trousers</u>?

这句可以直译成："她不是发誓从此以后再也不相信穿裤子的家伙吗？"后半句也可以意译为："再也不相信男子吗？"英语"穿裤

子的家伙"指男子，但在汉语中却可男可女，因为现在我国男女都能穿裤子。在这种情况下，意译要比直译好。也就是说，如果译文和原文相同的形式不能表达和原文相同的内容时，就应该意译。这两个例子也说明了：这两句中只有底下画线的一小部分既可直译，又可意译，而大部分却是无所谓直译或意译的。

毛泽东在《反对党八股》中说："要从外国语言中吸收我们所需要的成分。……而且要吸收他们的新鲜用语。"而要吸收新鲜用语，就要直译。近几年看到报刊上有这类译文，说"通过埋葬以往的差别，实现民族团结"，不说"消灭差别"；说"石油大鳄"，不说"大亨"，这些都是更富有感染力的新鲜用语。总之，当外国语言的表达形式比本国语更精确、更有力时，可以直译，吸收外国的新鲜用语。反之，当本国语的表达形式比外国语的更精确、更有力时，则可以意译，如《第三帝国的兴亡》中说：

1. Adam did not waste words.

（亚当二话不说，单刀直入。）

2. There were several straws in the wind.

（不无蛛丝马迹可寻。）

再如《名利场》（Thackeray: *Vanity Fair*）中描述拿破仑在滑铁卢战败时说：

3. But they were overwhelmed at last.

（可是到后来寡不敌众，直败下来。）①

---

① 译文见人民文学出版社出版杨必所译的《名利场》。

译例 1、2 使用了我国的习惯用语："二话不说""单刀直入""蛛丝马迹"；第三例将"overwhelmed"译成了"寡不敌众，直败下来"，也比原文精确。

无论直译还是意译，都要符合"忠实""通顺"的标准，尤其是吸收新鲜用语（或者"创新"）时，更要考虑"三确""三用"的要求。

结论是：一、句子的大部分都无所谓直译或意译；二、译文和原文的形式相同并且能表达与原文相同的内容时，可以直译，如 wash one's hands 可以直译为"洗手"；三、原文的表达形式比译文精确、有力时，可以直译，但要符合"忠实""通顺"的标准，如 armed to the teeth 可以直译为"武装到牙齿"；四、译文和原文相同的形式不能表达和原文相同的内容时，一般意译，如 wash one's hands of 一般不能译成"洗手不干"，可以译成"撒手不管"；五、译文的表达形式比原文精确、有力时，可以意译，如 fight it out 可以译成"见个高低""决一雌雄""打个你死我活"等等。

（原载《外国语教学》1978 年第 4 期）

翻译中的实践论

本文原题名为《翻译的理论和实践》，中心思想是当理论和实践有矛盾时，理论应该服从实践，实践是检验理论的唯一标准。作者以林肯的《演说词》为例，用图解的方法，说明忠实与通顺的总分越高，翻译的方法也就越好，认为"神化、圣化"不如"百世流芳，万古长青"。

翻译理论来自翻译实践，又反过来指导翻译实践，同时受到翻译实践的检验。

严复关于"信、达、雅"的翻译理论来自他翻译《天演论》的实践；鲁迅关于"直译"的理论来自他翻译《死魂灵》等的实践；傅雷关于"神似"的理论来自他翻译《约翰·克利斯朵夫》等的实践。这些翻译理论都指导过他们自己和别人的译作，这些译作的成功和失败又检验了他们的翻译理论是否正确。

根据我自己的翻译实践，我认为严复的"信、达、雅"到了今天，可以解释为"忠实于原文内容，通顺的译文形式，发挥译文的语言优势"。鲁迅的"直译"，我理解为把忠实于原文内容放在第一位、把忠实于原文形式放在第二位、把通顺的译文形式放在第三位的翻译方法。和"直译"相对的"意译"，则是把忠实于原文内容放在第一位、把通顺的译文形式放在第二位而不拘泥于原文形式的翻译方法。当"忠实于原文形式"和"通顺的译文形式"能够统一的时候，就无所谓直译、意译，直译也是意译，意译也是直译；当"忠实于原文形式"和"通顺的译文形式"有矛盾的时候，就可以有程度不同的直译和意译，换句话说，就可以有"形似""意似""神似"等程度不同的翻译方法。我认为，"神似"一般都要"发挥译文的语言优势"。

这些翻译理论的解释是否站得住脚，那就要用我自己和别人的翻译实践来检验了。

1980 年出版的《英汉翻译教程》中有美国总统林肯的《葛底斯堡演讲词》；1983 年的《外国语》第 3 期发表了《评"美国总统林肯葛底斯堡演讲词"的译文》；1984 年的《英语世界》第 1 期又发表了《林肯的葛底斯堡演讲词》。我想先把这三种译文做一下比较，《演讲词》的第一句和三种译文如下：

Four score and seven years ago, our fathers brought forth on this continent a new nation, conceived in Liberty, and dedicated to the proposition that all men are created equal.

《教程》的译文：

八十七年前，我们的先辈们在这块大陆上创立了一个新国家，它孕育于自由之中，奉行一切人生来平等的原则。

《外国语》的译文：

八十七年前，我们的先辈在这块大陆上创建了一个崭新的国家。这个国家倡言自由解放，致力于人人生来平等的主张。

《英语世界》的译文：

八十七年前的我们的先辈在这块大陆上建立了一个新的国家，这个国家在争取自由中诞生，忠于人人生来平等这一信念。

将 Four score and seven years ago 译成"八十七年前"，说明原文的形式和译文的形式可以统一，所以译文可以说是直译，也可以说是意译。

将 conceived 译成"孕育""倡言""诞生"，可以说是"形似""意似"的程度不同的直译和意译，但"神似"的译法应该是"以自由为理想"。

将 dedicated 译成"奉行""致力""忠于"，proposition 译成"原则""主张""信念"，都是程度不同的意译，但是"致力于"和"主张"不能搭配，所以《外国语》的译文不够"通顺"。are created 三种译文都没有译成"形似"的"被创造"，而是译成"意似"的"生来"，说明这是原文形式和译文形式可以统一的意译。既然意译只要求忠实于原文内容和通顺的译文形式，并不要求忠实于原文形式，那么，"生来"两个字不翻译出来也无损于原文的内容，而是更通顺的译文形式。在这种情况下，我看这一部分可以译成"以人人平等为宗旨"，甚至再简化为"以平等为宗旨"，因为"平等"的意思就是"人人平等"，不会只有一部分人平等。但是鉴于在林肯时代，黑人和白人并不平等，所以还是强调一下"人人"更好。因此，我觉得《演讲词》的第一句可以考虑改译如下：

八十七年前，我们的先辈在这块大陆上建立了一个以自由为理想、以人人平等为宗旨的新国家。

下面，我们再看看《演讲词》中的第二句和三种译文：

Now we are engaged in a great civil war, testing whether that nation, or any nation so conceived and so dedicated, can long endure.

《教程》的译文：

现在我们正从事一场伟大的内战，以考验这个国家，或者说以考验任何一个孕育于自由而奉行上述原则的国家是否能够长久存在下去。

《外国语》的译文：

现在，我们正进行着一场伟大的内战，考验这个国家或任何一个倡言自由解放并致力于上述主张的国家是否能够永世长存。

《英语世界》的译文：

目前我们正进行着一场伟大的国内战争，战争考验着以上述信念立国的我们或其他国家，是否能长期坚持下去。

关于风格问题，我认为，忠实于原文内容，也包括忠实于原文风格，因为不忠实于原文风格的译文，不能说是忠实于原文内容的。这篇《演讲词》的风格庄严、精练，这句原文用了两个 so，体现了简短有力的风格。但是前两种译文可能是为了"准确"或"确切"，译得冗长臃肿，几乎都读不下去，又如何能打动人心呢？后一种译成"以上述信念立国的"倒很简短，但又被误以为是形容"我们"和"其他国家"的，不忠实于原文的内容。因此，我想不如从三种译文中取长补短，把这句改译如下：

现在我们正进行一场大内战，考验这个国家，或任何一个主张自由平等的国家，能否长久存在。

原文重复了前一句的两个过去分词，译文却重复了前一句的"自由"和"平等"四字，虽然不够"确切"，不忠实于原文的形式，但却更忠实于原文的内容和风格。现在我们再看看下面一句原文和它的三种译文：

We are met on a great battle-field of that war. We have come to dedicate a portion of that field, as a final resting place for those who here gave their lives that that nation might live. It is altogether fitting and proper that we should do this.

《教程》的译文：

我们在这场战争中的一个伟大战场上集会。烈士们为使这个国家能够生存下去而献出了自己的生命，我们在此集会是为了把这个战场的一部分奉献给他们作为最后安息之所。我们这样做是完全应该而且非常恰当的。

《外国语》的译文：

我们在这场战争的一个伟大战场上集会。我们来此集会，是为了把战场的一角土地奉献给烈士们作为最后安息之所。这些烈士，为了使国家可能生存下去而牺牲了自己的生命。因此，我们应该这样做，这样做是完全恰当而合适的。

《英语世界》的译文：

　　今天我们在这场战争的战场上集会，来把战场的一角奉献给为我们国家的生存而捐躯的人们，作为他们的安息之地。这是我们应该做的事。

比较一下第一句的三种译文可以发现，great 在前两种译文中都译成"伟大"，在后一种译文中却没有译出来。其实，great war 可以译成"大战"，这里译成"大战场"也就行了。

　　《教程》第二句译文用了"前后倒置法"，把原文在后的从句放到主句前面去了，好处是和下一句联系显得紧密，缺点是和上一句联系太松弛，未免顾此失彼。《外国语》的第二句译文用了"一分为二法"，把一句分译成两句，结果是重复了"集会"和"烈士"，译文累赘，不符合原文简练的风格。《英语世界》则恰恰相反，用了"合而为一法"，把第一、二句译文合成一句，这就避免了不必要的重复；同时又用了"词性转换法"，把原文的动词 live 译成名词"生存"，这就更符合原文简练的风格，译得比较成功。

　　将 fitting and proper 译成"应该"和"恰当"，可以算是"意似"；译成"恰当而合适"，只能算是"形似"；译成"合情合理"，倒可以算是"神似"。现在参考三种译文，把这三句合译如下：

　　我们在这场战争中的一个大战场上集会，把战场的一角献给为国家生存而牺牲的烈士，作为他们永久的安息之地，这是我们义不容辞、理所当然该做的事。

　　我试将这几种译法的评价图解如下：

一、"形似"的译法

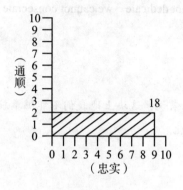

二、"意似"的译法

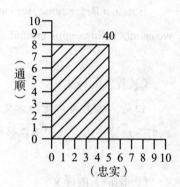

三、"神似"的译法

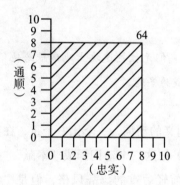

    "形似"的译法如"恰当而合适"，假定"忠实"可得 9 分，"通顺"可得 2 分，总分只有 2×9=18 分。"意似"的译法如"应该"和"恰当"，假定"忠实"可得 5 分，"通顺"可得 8 分，总分是 5×8=40 分。"神似"的译法如"合情合理"或"义不容辞、理所当然"，假定"忠实"可得 8 分，"通顺"也可以得 8 分，总分就是 8×8=64 分。总分越高，译法也就越好。

    下面再看看《演讲词》中的另一个名句：

But, in a larger sense, we cannot dedicate—we cannot consecrate—we cannot hallow—this ground.

《教程》的译文：

但是，从更为广泛的意义上来说，这块土地我们不能够奉献，我们不能够圣化，我们不能够神化。

《外国语》的译文：

但是，从更为广泛的意义上来说，我们却不能奉献，我们却不能神化，我们却不能圣化这一角土地。

《英语世界》的译文：

但是，从更大的意义上说，我们无权把这块土地奉献给他们，我们不能使这块土地增加光彩，成为圣地。

这个名句的原文一连用了三个同义的动词，一个比一个重，在英文修辞学上叫作 climax。《教程》把这三个动词译成"奉献""圣化""神化"，虽然体现了原文前轻后重的修辞风格，但是"奉献"不够通顺，"神化"不够忠实，因为我们说"不要把领导人神化"，是不要把领导人当成神的意思，而这里的原意却不是把这块圣地当成神，因此，这只能算是"形似"的译文。《外国语》的译文颠倒了"神化"和"圣化"，没有忠实于原文的内容。《英语世界》的译法比较好些，但是"增加光彩"显得力量太弱。原文 consecrate 的意思本是 make or declare sacred，我国古代帝王常到泰山封禅，泰山因此成了 sacred mountain，所以这个动词可以译成"使神圣化"或"封为圣地"。原文 hallow 是 make holy 的意思，也可以译成"使神圣化"或"使成圣地"。因此，这个名句可直译为：

但是，从更深刻的意义来说，我们不能把这一角战场献作圣地，封为圣地，变成圣地。

这个"意似"的译文假定"忠实"可得 9 分，"通顺"却只能得 7 分，总分是 9×7=63 分。如果深入分析一下，"使神圣化"是什么意思呢？神和人的主要分别不是神不会死吗？因此，"神圣化"的主要含义不是"永垂不朽"吗？如果这样理解不错的话，这个名句可以意译如下：

但是，从更深刻的意义来说，我们不能使这一角战场成为圣地，我们不能使它流芳百世（或百世流芳），我们不能使它永垂青史（或万古长青）。

下面三句是：

The brave men, living and dead, who struggled here, have consecrated it, far above our poor power to add or detract. The world will little note, nor long remember what we say here, but it can never forget what they did here. It is for us the living, rather, to be dedicated here to the unfinished work which they who fought here have thus far so nobly advanced.

《教程》的译文：

曾在这里战斗过的勇士们，活着的和去世的，已经把这块土地神圣化了，这远不是我们微薄的力量所能增减的。……

《外国语》的译文：

因为，那些曾在这儿浴血奋战的勇士们，无论是健在的还是死去的，已经使这角土地神圣化了，神圣得远非我们的微力所能褒扬或诋毁的。……

《英语世界》的译文：

这是那些活着的或已经死去的、曾经在这里战斗过的英雄们才使这块土地成为神圣之土，我们无力使之增减一分。……这更要求我们这些活着的人去继续英雄们为之战斗并使之前进的未竟事业。

living and dead 译成"活着的"和"死去的"比较对称；如果译成"去世的"，那对称词就是"在世的"；如果说是"健在的"，那伤病员就不包括在内了。

add or detract 译成"增减"，是"形似"又"意似"，但增减什么呢？译文不够明确。译成"褒扬或诋毁"，又太具体，可是不够精确。我想，译成"增光""减色"可能更好些，因为增加的字是原文内容所有而原文形式所无的，可以说是"神似"的译文。

后面两句的三种译文各有长短，现在取长补短，试将这三句改译如下：

因为曾在这里战斗过的勇士们——活着的和死去的，已经使这一角战场神圣化了，我们微薄的力量远远不能为它增光，或者使它减色。世人不太会注意、也不会长久记住我们在这里说的话，但是他们永远不会忘记这里发生的事。因此，我们活着的人更应该献身于他们为之战斗并且使之前进的未竟事业。

下面一句是《演讲词》最长也是最难的一句，三种译文在理解上都有问题。

It is rather for us to be here dedicated to the great task remaining before us—that from these honored dead we take increased devotion to that cause for which they gave the last full measure of devotion—that we here highly resolve that these dead shall not have died in vain—that this nation, under God, shall have a new birth of freedom—and that government of the people, by the people, for the people, shall not perish from the earth.

《教程》的译文：

倒是我们应该在这里把自己奉献于仍然留在我们面前的伟大任务，以便使我们从这些光荣的死者身上汲取更多的献身精神来完成他们已经完全彻底为之献身的事业；以便使我们在这里下定最大的决心，不让这些死者白白牺牲；以便使国家在上帝福佑下得到自由的新生，并且使这个民有、民治、民享的政府永世长存。

《外国语》的译文：

我们更应该做的，是在此立志致力于仍摆在我们面前的伟大任务。这一任务是，我们要继承这些英烈们的遗志，更忠诚于他们为之鞠躬尽瘁、献出一切的事业。这一任务是，我们要在此庄严宣誓：

烈士们的鲜血绝不会白流；我们这个国家在上帝的保佑下，一定会获得自由的新生；民有、民治、民享的政府绝不会从地球上灭亡！

《英语世界》的译文：

我们还需要继续为摆在我们面前的伟大事业献身——更忠诚于先烈们为之献出了生命的事业；我们绝不能让先烈们的鲜血白流；——我们这个国家在上帝的保佑下，要争得自由的新生；这个民有、民治、民享的政府一定要永远在地球上存在下去。

这个长句的难点是如何分析几个 that 从句。《教程》认为它们都是目的状语从句，所以在译文中用了三个"以便"。《外国语》认为前两个从句是 task 的同位语从句，所以在译文中用了两个"这一任务是"；后三个从句却是 resolve 的宾语从句，因为从句中都用了表示决心的情态动词 shall。《英语世界》没有分析这几个从句，仅从它的译文，无法看出译者是否理解了这几个从句的性质。

分析一下主句的内容，就会发现 for us 原来是不定式动词 to be dedicated 的主语，变成句子，可以说是 we should be dedicated...，而 we take... 和 we resolve... 是和它并列的，如果要变成不定式，也可以说 for us to take... 和 for us to resolve...。这里为什么不用不定式呢？原因可能有三：一是避免不定式用得太多，因为前面已经用了两个；二是《演讲词》中如果用不定式，听众可能听不清它们的作用，不如用 that 从句明确；三是如果用不定式，from these honored dead 的位置不容易摆，如果放在 take 之后，那强调的语气就不及现在的行文。至于后三个从句的分析，我同意《外国语》的意见。因此，我想这个难句可以译为：

我们更应该献身于我们面前的伟大任务，更应该不断向这些光荣牺牲的烈士学习他们为事业鞠躬尽瘁、死而后已的献身精神，更应该在这里下定决心，一定不让这些烈士的鲜血白流，这个国家在上帝的保佑下，一定要得到自由的新生，这个民有、民治、民享的政府，一定不能从地球上消失。

《外国语》的译注说："随后的从句是个同位语从句，不是状语从句，用'以便'是一大错误。"译注指出了《教程》的误译，但说"随后的从句是个同位语从句"也有问题。因为原文的 task（任务）和前一句的 work（未竟事业），还有同一句中的 cause（事业）指的是同一回事，从句并不是"任务"的同位语。

《英语世界》的译注说："永远不会从地球上消失。此处在翻译时，用反义正译法比较通顺，故可译为：将永世长存。"这就是把通顺的译文形式放在第二位，而不拘泥于原文形式的意译方法。我觉得这个译例正好可以说明什么时候直译，什么时候意译的问题。首先我们要问：原作者在这里为什么要说"永远不会从地球上消失"，而不说"永世长存"呢？再看一遍原文，就会发现前面已经说过"永世长存"之类的话，原来作者是为了避免重复，才采用反面说法的。所以，我认为这里应该直译，不能意译。

自然，直译可以有不同程度的直译，意译也可以有不同程度的意译，换句话说，就是可以有不同程度"形似""意似""神似"的直译和意译。例如前面提到的"奉献""圣化""神化"，可以算是"形似"的直译；"献作圣地""封为圣地""变成圣地"，可以说是"意似"的直译；"奉献""增加光彩""成为圣地"，可以算是"意似"的意译；而"成为圣地""流芳百世""永垂青史"，却可以说是"神似"的意译。理论上主张"直译"的译者，实践时可能会译成"献作圣地";理论上主张"神似"的译者，实践时可能会译成"百世流芳""万古长青"。这是理论对实践的指导。如果读者喜欢"献作圣地"等的译文，那就是直译理论的成功；如果读者更喜欢"流芳百世"等的译文，那就是"神似"理论的成功。这就是实践对理论的检验。

我是怎样检验自己译文的呢？首先，我会看译文是不是忠实于原文的内容；第二，我会看译文的表达方式是不是通顺；第三，我会看译文的形式是不是忠实于原文的形式；第四，我会问有没有发挥译文的语言优势。例如《演讲词》的最后一句译文，"以便"就不忠实于原文内容；"从地球上灭亡"就不是通顺的译文形式；"永世长存"虽然忠实于原文的内容，且是通顺的译文形式，但不忠于原文否定句的形式，也是不忠实于原文避免重复的风格，因此不如"不能从地球上消失"。又如"献作圣地""封为圣地""变成圣地"，虽然忠实通顺，但是没有发挥译语优势，所以不如"流芳百世""永垂青史"。"流芳百世"等也和"永世长存"一样不忠实于原文的形式，但它忠实于《演讲词》的庄严风格；"永世长存"虽然也发挥了译文的语言优势，但不忠实于原文的形式和风格，所以总分低于"流芳百世"。

齐白石说过一句话，大意是：作画妙在似与不似之间。这个理论如果应用到翻译实践上来，就可以说，"似"指"意似"，"不似"中的"似"指"形似"，"似与不似之间"就是"神似"了。换句话说，翻译要求"意似"，不求"形似"，最妙的是"神似"。

（原载《翻译通讯》1984 年第 11 期）

翻译的标准

1898 年，严复在《天演论》的"译例言"中说："译事三难：信、达、雅。"后来一般就把"信、达、雅"当作翻译的标准。用今天的话来说，"信"就是忠实准确，"达"就是通顺流畅，"雅"就是文字古雅。严复生在使用文言文的时代，所以提出文要古雅；到了使用白话文的今天，"雅"字就不再局限于古雅的原义，而应该是指注重修辞的意思了。

1931 年，瞿秋白在《论翻译——给鲁迅的信》中说："翻译应当把原文的本意，完全正确地介绍给中国读者，使中国读者所得到的概念等于英俄日德法……读者从原文得来的概念，这样的直译，应当用中国人口头上可以讲得出来的白话来写。"这和 1980 年第 1 期《翻译通讯》中陈廷祐提出的"翻译的质量标准"基本上是一致的。陈文说：关于标准，"我倾向于定为'准确'和'流畅'两条。准确，就是译文要与原文的思想内容、文字风格相一致；流畅，就是译文要通顺易懂"。

1978 年，范存忠在《漫谈翻译》中说，翻译的原则是"从信、达、雅到正确、通顺、易懂"。葛传槼在《翻译通讯》1980 年第 2 期中谈道："说'信'也好，说'忠实'也好，翻译必须在把原文变成另一种文字时，做到不增、不减、不改。"

我读到新近出版的一本《翻译与比较》，书中对"信、达、雅"提出了质疑，并且说："在翻译标准里面，根本没有'雅'字的容身之处。"书中还提出了一个新的翻译标准："译文形式与原文内容辩证的统一"，什么是"译文形式与原文内容的辩证统一"呢？《翻译与比较》中列举了法国作家都德《最后一课》的英译文作为例子：

1. I had to open the door and go in before everybody.

a. 我只得在众目睽睽下推门进去。

b. 我只好在大家望着我的情况下推门进去。

c. 我没法，只好硬着头皮推门进去。

编者认为最后一个译例"从内容上讲，不多不少，从语言形式来说，不过分，也未削弱，恰到好处，是译文语言形式与原文内容辩证统一的佳例"。我却觉得如果孤立地看这个句子，译文形式"硬着头皮"和原文 before everybody 的内容并不一定就能说是"辩证统一"的。因为原文的内容是"在大家面前"，并没有"硬着头皮"的意思，"硬着头皮"是译者根据原文上下文中小学生迟到的情况加上去的，不能说是"不多不少"，而是"又多又少"，多了一个"硬着头皮"，少了一个"在大家面前"。关于这个例子，编者说"是译文语言形式与原文内容辩证统一的佳例"，就很难使人接受了。

也许孤证不足为凭，我们再看看《翻译与比较》所举的第二个例子：

2. Never have we experienced such exultation before.

a. 我们从来也没有像现在这样兴高采烈。

b. 我们这样兴高采烈，真是前所未有！

编者认为"译例 b 从内容到形式与原文统一起来了"，我却觉得"前所未有"可以理解为"前人从来没有这样兴高采烈"，反而不如第一例译文明确，更能传达原文的内容。编者讲翻译标准时，就只举了这么两个英译汉的例子，但两个例子都有问题。我们再看看其他例句：

3. Nixon was pleased by the distinction, but not overwhelmed.
尼克松对这种破格的礼遇感到高兴，但并没有受宠若惊。

编者认为："'并没有受宠若惊'不仅忠于原文，形式上亦吻合对称。"我却认为"受宠"一般是指下级"受"上级的"宠"，尼克松当时是美国总统，与我国领导人是平等关系，"受宠若惊"用得不妥，不如改为"喜出望外"，才算忠于原文。又如：

4. On October first, I shall have Czechoslovakia where I want her.
到十月一日，我将要让捷克斯洛伐克乖乖地听我的话。

编者把这个译例当作"直译不如意译"的例子，我却觉得这句意译不如改成"我叫捷克斯洛伐克向东，他就不敢向西"，不但忠于原文的内容，而且忠于原文的形式，也可以说，这是"译文形式与原文内容辩证统一"的好例子。但奇怪的是，编者开宗明义地就把"辩证统一"当作翻译的标准；但在实际应用时却又认为，只要忠于原文内容哪怕不忠于原文形式，也算作符合标准。

从以上四个译例看来，可以说拿"译文形式与原文内容辩证统一"作为翻译的唯一标准，是不大合适的。因为译例 1 的"硬着头皮"不忠实于原文的内容；译例 2 的"前所未有"不符合汉语的用法，不是明确的译文；译例 3 的"受宠若惊"用得不够准确；译例 4 的"乖乖听话"不忠实于原文的形式，没有发挥译语的优势。这是从反面来说的。如果从正面说，那就是翻译首先要忠实准确，主要是忠实于原文的内容，在可能的情况下也要忠实于原文的形式；其次是要通顺流畅，符合译文语言的习惯用法；最后还要注重修辞，发挥译语的优势。有一位英国语言学家说过：翻译是两种文化的统一（Translation is unity of two cultures）。我觉得这话说得有道理。既然是两种文化的统一，而不是两种文化的折中，那就应该往高处统一；也就是说，在原文高于译文的时候，应该尽可能地忠实于原文的内容和形式，发挥原文的语言优势；在译文高于原文的时候，也可以扬长避短，发挥译语的优势。这个理论是否站得住呢？翻译理论都是从实践中得出来的，又要拿到翻译实践中去检验。《翻译与比较》中选了一些译得不错的例子，我们就用这些译例来检验前面提到的一些理论吧。

5. Kissinger felt the massive bombing would strengthen the President's hand in China. ——*Kissinger*

基辛格觉得这场大规模的轰炸会使总统在中国的腰杆子硬一些。

6. Those who do not remember the past are condemned to relive it.

——*Santayana*

凡是忘掉过去的人注定要重蹈覆辙。

7. "How much did you suffer?"

"Plenty," the old man said. ——*The Old Man and the Sea*

"你吃了多少苦呵？"

"一言难尽。"老头说。

8. "Hyde Park you said, didn't you? I'll be there to cheer you."

"It's a promise." he said. ——*Betrayed Spring*

"你说海德公园，是不是？我准来给你打气。"

"那就一言为定啦。"他说。

9. The Flower Girl: …Will you pay me for them?

The Daughter: Do nothing of the sort, mother. The idea!

——*Pygmalion*

卖花女：你肯给钱吗？

女儿：一点不要给她，母亲。她想得倒好！

10. Servant: Madam, Mrs. Candour is below, and, if your ladyship's at leisure, will leave her carriage.

Lady Sneer: Beg her to walk in. ——*The School for Scandal*

仆：甘太太在楼下，夫人若是有工夫见她，她就下车。

司夫人：请。

以上六个译例，译例5、6选自《基辛格》和《第三帝国的兴亡》①，都是散文；译例7、8选自《老人与海》和《辜负春光》，都是小说；译例9、10选自《卖花女》和《造谣学校》，都是戏剧，至于诗歌，下面再谈。从这六个译例来看，可以说都是忠实于原文内容的，我说"忠实"，不说"准确"，因为"准确"可能会使人误解为"不增、

---

① 译例6中的例句来自《第三帝国的兴亡》一书所引的西班牙哲学家桑塔耶纳的名言。——编者注

不减、不改"，而译例5的"腰杆子硬"就是"改"了原文，译例7的"一言难尽"和译例9的"她想得倒好"却是"加"了字，而译例10的"请"又是"减"了字。由此可见，好的译文主要是忠实于原文的内容，不是忠实于原文的形式，但在尽可能的情况下，也要尽量接近原文的形式，如译例4的"向东""向西"就是。其次，这六个译例也都是通顺流畅的译文，我说"通顺"，不说"易懂"，是因为我觉得"通顺"应该包括"易懂"。最后，这六个译例也都发挥了译文的优势，而又不带有过分的民族色彩，如译例6的"重蹈覆辙"，译例7的"一言难尽"，译例8的"一言为定"，都是比原文表达力更强的语言形式。因为我国历史悠久，有丰富的文化遗产，在和外国文化结合的时候，往往可以结出更加丰硕的果实。在世界文学史上，波德莱尔把爱伦·坡的作品从英文译成法文，"公认译得比原作更好"（见钱歌川《翻译的技巧》第447页）。我国傅雷的译作，杨必译的《名利场》，齐沛等译的《基辛格》，董乐山等译的《第三帝国的兴亡》，不也可以和原著媲美吗？究其原因，就是译文除了忠实通顺外，还发挥了译语的优势。因此我认为，忠实于原文内容，通顺的译文形式，发挥译语的优势，可以当作文学翻译的标准。如果要古为今用，概括一下，就可以说是"信、达、优"。

以上说的是散文的翻译标准。至于诗歌，尤其是格律体的诗词，我提出过，要尽可能地传达原诗的意美、音美、形美。关于诗词，《翻译与比较》选用了李清照著名的《声声慢》，现将原词和引用的译文抄在下面：

寻寻觅觅，冷冷清清，凄凄惨惨戚戚。乍暖还寒时候，最难将息。三杯两盏淡酒，怎敌他、晚来风急？雁过也，正伤心，却是旧时相识。

满地黄花堆积，憔悴损，如今有谁堪摘？守着窗儿，独自怎生得黑！梧桐更兼细雨，到黄昏，点点滴滴。这次第，怎一个愁字了得！

> Seek, seek; search, search;
>
> Cold, cold; bare, bare;
>
> Grief, grief; cruel, cruel grief.
>
> Now warm, then like the autumn cold again,
>
> How hard to calm the heart!

《翻译与比较》的编者在引用了这段译文之后写下的评语是："译文迭用十三个词，不觉重复，缠绵悲切，有极强的感染力。"这就是说，这几行译文做到了"译文形式与原文内容辩证统一"，是说明他提出来的翻译标准的"佳例"。但是，如果要用我提出来的翻译标准衡量，那结果却是大不相同。首先，这段译文不忠实于原文的内容，原文"寻寻觅觅"的主语是词人自己，这里生硬地译成两个没有主语的动词，而在英语中，没有主语的动词一般是祈使句，省略的主语一般是"你"，所以这第一行译文的意思就是"你去寻吧，你去找吧"，这和原文的内容相差了十万八千里！其次，这段译文不符合英语的习惯用法，不是通顺的译文：第一行重复了两个动词，第二行重复了两个形容词，第三行又重复了一个带形容词的名词，完全是机械地逐字死译原文，三行之间没有语法上的联系。这样的译文，连忠实通顺的基本要求都没达到，更谈不上发挥译语的优势，传达原诗的"三美"了。现代派的英美诗人也许会搞一次语法大革命，写出这样叫人看不懂的诗句来，但如果把八百年前李清照著名的词译成现代派的英诗，这能算是"译文形式与原文内容辩证统一"吗？这样的译文，英美读者读了可能根本莫名其妙，又怎么会觉得"有极强的感染力"呢！这段译诗，由不懂中文的英美读者读来，恐怕只会啼笑皆非吧！如何能把李清照的《声声慢》译得优雅一点，也就是说，如何传达原词的意美、音美、形美呢？我想根据我提出的翻译标准，把这首词试译如下：

I look for what I miss,

I know not what it is,

I feel so sad, so drear,

So lonely, without cheer.

How hard is it

To keep me fit

    In this lingering cold!

Hardly warmed up

By cup on cup

Of wine so dry

Oh! how can I

Endure at dusk the drift

Of wind so swift?

It breaks my heart, alas!

To see the wild geese pass,

    For they are my acquaintances of old.

The ground is covered with yellow flowers

Faded and fallen in showers.

Who will pick them up now?

Sitting alone at the window, how

Could I but quicken

The pace of darkness which won't thicken?

On parasol trees a fine rain drizzles

As twilight grizzles.

Oh! what can I do with a grief

Beyond belief!

这篇译文虽然加了不少字，但加的都是原文内容所有、形式所无的词，目的在于传达原诗的意美。原词押韵用的是比较急促的"觅""戚""息""急"等字，译文用的也是短音［i］韵，如 it, fit; drift, swift; quicken, thicken; drizzles, grizzles 等。尤其是译文第一行的 miss 和原文第一行的"觅"字，译文第四行的 cheer 和原文第三行的"戚"字，不但元音相近，连前面的辅音也相同，是为了求得"音似"。原词有好几行都是四个字，译文也有不少四字一行的，而且都是抑扬格的音步，是为了传达原诗的音美。原词叠字很多，译文没有像《翻译与比较》中那样不管内容，只是形式上机械地堆砌，而是根据内容，重复了一些 I、What、so、cup 之类的词，多少可以传达一点原诗的形美。原词一韵到底，译文却基本上是每两行押韵，这是为了发扬格律体英诗的优势。这种做法，是否符合我提出的翻译标准呢？欢迎读者提出宝贵的意见。

最后还要补充一点，在翻译的三条标准中，我认为忠实和通顺是翻译的必需条件，这就是说，翻译不能不忠实于原文的内容，译文也不能有不通顺的形式；而发扬译语的优势却是个充分条件，也就是说，翻译可以不发扬译语的优势，但发扬了译语优势的却是更好的翻译。是否符合必需条件是对错问题，是否符合充分条件却是好坏问题。

（原载《翻译通讯》1981 年第 1 期）

忠实与通顺

"忠实"与"通顺"是大家都能接受的翻译标准，但什么是"忠实"？什么是"通顺"？各人的理解又可能不同。有人认为"忠实"是指忠实于原文的内容，如《英汉翻译教程》第 13 页的一个例子：

1. Don't cross the bridge till you get to it.

不必担心太早（不必自寻烦恼）。

有人可能认为"忠实"是指忠实于原文的形式，如《英汉翻译教程》第 12 页有个例子：

2. But I hated Sakamoto, and I had a feeling he'd surely lead us both to our ancestors.

但是我恨坂本，并预感到他肯定会领着咱们去见祖先。

以上举的都是英译汉的例子，至于汉译英，认为"忠实"是指忠实于原文形式的，那就更多了，例如毛主席的词《清平乐·蒋桂战争》中有一行"一枕黄粱再现"，国内外的英译文分别是：

3. Yet another golden Millet dream of the brain. (Tr. Dr. Wong Man)

4. Theirs is another Millet Dream in sleep. (Tr. Engle)

5. (Rancor rains down on men) who dream of a Pillow of Yellow Barley. (Tr. Barnstone)

6. Yet another Golden Millet Dream.

7. For another bubble of Millet-Dream. (Tr. Nancy Lin)

有人还认为"忠实"应该包括忠实于原文的风格在内,如《英汉翻译教程》第8页有个例子:

8. I'm up to my neck in your bullshit.
你让我倒他妈的八辈子邪霉了。

如果认为原文是通顺的,所以忠实于原文也应该包括通顺在内,那么翻译的标准只要"忠实"两个字就够了。不过翻译的矛盾,可能主要是忠实与通顺的矛盾,所以我想,忠实和通顺还是分开讲好些。总而言之,忠实可以包括内容、形式、风格三个方面。

如果忠实于原文的形式和忠实于原文的内容是一致的,那译文就应该做到既忠实于原文内容,又忠实于原文形式;如果只忠实于二者之一,那反而是不够忠实了。译例1就只传达了原文的内容,而没有传达原文的形式,可以改译为:不到桥头,不必担心过不了桥;或者是:不到过桥时,不必担心过桥的事;或者是:船到桥下自然直。

如果忠实于原文的形式和忠实于原文的内容并不一致,那就不必做到既忠实于原文内容，又忠实于原文形式，只要忠实于原文内容即可。例如"一枕黄粱再现"这一句诗，从形式上看，有一个"枕"字，还有"黄"色的小米，于是译例 5 就理解为梦见一个黄色大麦的枕头，译例 3、6 都理解为一场黄金色的小米梦，译例 4、7 也理解为一场小米梦了。其实，原文的内容既不是梦见小米，也没有梦见大麦，更没有梦见枕头，而是在枕头上做了一个梦，小米还没煮熟，梦就醒了的意思。译例 5 忠实于原文的形式，结果不忠实于原文的内容，译文并不正确。其他几个例子也都在不同的程度上，按要求忠实于原文的形式，结果也在不同的程度上，不忠实于原文的内容，至少可以说是译文并不明确。《中国文学》1963 年第一期发表了由杨宪益、戴乃迭翻译，钱锺书教授校订的译文：

9. Another dream that will end ere the millet is done.

这句译文从形式上来看，既没有出现"枕"字，也没有一点"黄"色，反而加了一些原文形式所没有的字，看来虽然不忠于原文的形式，但却比较忠实地传达了原文的内容。我说"比较"忠实，是因为我觉得还可以更忠实地传达原文的内容。原文虽然是说小米还没煮熟，军阀做的梦就要醒了，其实，军阀并不是真在做梦，只是诗人把军阀混战，争权夺利，比作"黄粱一梦"而已。虽说"黄粱一梦"，也不是真说一锅小米饭还没煮熟，军阀的混战就打完了，而是用一种夸张的说法，来说明军阀的好梦不长而已。因此，我想把"军阀重开战。洒向人间都是怨，一枕黄粱再现"这三行诗改译如下：

10. The warlords fight again.

Sowing on earth but grief and pain,

They dream of reigning but in vain.

这段译文不但没有译出"枕""黄",甚至连"一""梁""再现"都没有译,看着是最不忠实于原文形式的了,却更能传达出原文的内容。

至于忠实于原文风格的问题,我想先举狄更斯的名著《大卫·科波菲尔》(或译《大卫·考坡菲》)第一章第一段的两种译文为例:

11. Whether I shall turn out to be the hero of my own life, or whether that station will be held by anybody else, these pages must show. To begin my life with the beginning of my life, I record that I was born (as I have been informed and believe) on a Friday, at twelve o'clock at night. It was remarked that the clock began to strike, and I began to cry, simultaneously.

(董秋斯译文)在我自己的传记中,做主角的究竟是我自己,还是别的什么人呢?本书应当加以表明。我的传记应当从我生活开端说起,我记得(据我听说,也相信),我生在一个星期五的夜间十二点钟。据说,钟开始响,我也开始哭,两者同时。

(张谷若译文)在记述我的生平这部书里,说来说去,我自己是主人公呢,还是扮那个角色的另有其人呢?开卷读来,一定可见分晓。为的要从我的一生开始,来开始我一生的记叙,我就下笔写道:我生在一个星期五夜里十二点钟。别人这样告诉我,我自己也这样相信。据说那一会儿,当当的钟声和呱呱的啼声,恰好同时并作。

比较一下两种译文就可以发现，张译比董译更忠实于原文那种生动有趣、引人入胜的写作风格。在这一段短短的英文中，begin 一词以不同的形式出现了四次。前两次张译比董译更忠实于原文的形式，也更忠实于原文的风格；后两次董译比张译更忠实于原文的形式，但是读来平淡无奇。张译虽然不像董译那样重复"开始"二字，但却用了叠字（"当当"和"呱呱"）和对仗（"钟声"对"啼声"）来翻译原文的重复，读后反而使人觉得余音绕梁，回旋不绝，更忠实于原文的文学风格。由此可见，如果忠实于原文的形式和忠实于原文的风格是一致的，那译文就应该忠实于原文的形式。如果忠实于原文的形式和忠实于原文的风格之间有矛盾，那就可以不必拘泥于原文的形式。

下面再举一个汉译英的例子。辛弃疾写过一首词叫《丑奴儿》："少年不识愁滋味，爱上层楼。爱上层楼，为赋新词强说愁。而今识尽愁滋味，欲说还休。欲说还休，却道天凉好个秋！"现将翁显良和林语堂的译文分别列后：

12. When I was young, to sorrow yet a stranger, I loved to go up the tallest towers, the tallest towers, to compose vapid verses simulating sorrow.

Now that I am to sorrow fallen prey, what ails me I'd rather not tell, rather not tell, only saying: It's nice and cool and the autumn tints are mellow.

13. In my young days, I had tasted only gladness.

But loved to mount the top floor,

But loved to mount the top floor,

To write a song pretending sadness.

And now I've tasted sorrow's flavors, bitter and sour,

And can't find a word,

And can't find a word.

But merely say, What a golden autumn hour!

翁显良的译文后面还有一段说明:"电脑译不出原作深层的东西。《丑奴儿》中的'层楼',电脑大概非译作 storied building 不可;也很难指望电脑体会到'新词'其实是毫无新意的陈词,译文不如弃 new 而取 vapid。电脑不会在下阕自动加上 what ails me;不会从'爱上层楼'想到'好个秋'的'秋'当指秋色,而秋色之妙恰在mellow。"(见《外国语》1981 年第 2 期第 26 页)

　　比较一下翁译和林译,我却觉得翁译似乎不如林译更能传达原文哀而不怨、含而不露的风格。原因之一是翁译抛弃了表层来探索深层,抛弃了原文的形式来翻译原文的内容,换句话说,就是翁译不要求忠实于原文的形式,结果也就不忠实于原文的内容和风格。译文是不是可以不忠实于原文的形式呢?可以的,那是在原文的内容和形式有矛盾的时候,例如前面提到的"一枕黄粱再现"就是一例。《丑奴儿》这首词的内容和形式是不是有矛盾呢?我认为它们是统一的,而翁译却认为它们有矛盾,例如"新词"二字,说明中认为是"毫无新意的陈词",这就是矛盾。"新词"有没有可能是指"陈词"?有的,那是修辞学上的"反语法"(irony)或说反话。词人在这里是不是说在反话?如果是,那这一行就有点像父母对子女的申斥或者是金刚怒目,破坏了全词哀而不怨的风格。所以即使是说反话,恐怕也不宜把反话的深层内容翻译出来。有人也许会说:

辛弃疾词的风格是"豪放"，怎么是"哀而不怨、含而不露"呢？是的，总的说来，辛弃疾是"豪放"派的大师，但他也写过"婉约"的作品，如《祝英台近》中说："是他春带愁来，春归何处？却不解带将愁去？"因此，他为什么不可以写一首哀怨含蓄的作品呢？我觉得这首词中最能表达全词风格的，是"欲说还休"这一行。"欲说"的宾语应该是"愁滋味"，所以翁译另外加个宾语，似乎也没有必要。全词用字平易，最后一行"却道天凉好个秋"，我觉得也不一定说"秋色之妙"，而是说夏天过了，凉快的秋天来了，这类平易含蓄的话，可能更忠实于"欲说还休"的风格。不过翁译也只是一家之言，可以百家争鸣。

《丑奴儿》这首词每段的一、四行都是七个字，第二、第三行都是四个字的叠句，而且有韵，长短有致，读起来意味深长。翁译把它译成散文诗，散文中却用了诗的节奏，词序也是按诗的节奏安排，读起来既不像散文，又不像诗，很难传达辛词的风格。林译每段也是第一、四行长，第二、三行短，而且长行押了韵，短行是叠句，更接近辛词的形式，也就更忠实于辛词的风格。由此可见，在原文的内容和形式统一的时候，译文越忠实于原文的形式，就越能传达原文的风格。此外，林译用字平易，第一段的"愁滋味"用了反译法，第二段的"愁滋味"却用了拆译法，把愁味说成又苦又酸的了。"层楼"二字，林译也比翁译更加忠于原文，但是太俗，翁译又太高了。

以上谈了忠实的三个方面：内容、形式、风格，同时也涉及忠实的三种程度：明确、准确、精确。我想，如果译文的内容和形式都忠实于原文的内容和形式，就可以说是"正确"或"准确"的翻译。当译文只忠实于原文的内容而不忠实于原文的形式时，大致又有两种情况：一种是译文比原文更一般化，我想把这叫作"明确"

的翻译；一种是译文比原文更特殊化，我想把这叫作"精确"的翻译。"明确"的翻译如把"一枕黄粱"一般化地译成 dream；"精确"的翻译如译例 13 把"愁滋味"特殊化为 bitter and sour（苦味和酸味）。因此，忠实可以有三种程度不同的译法。明确是忠实的最低要求，不明确的译文不能算是忠实的译文（除非是原文故意不明确）。能够译得准确的文字，也不应该停留在明确的程度上，如前面所举的译例 1，否则就是明而不确了。精确是忠实的最高要求，有时为了传达原文的内容或风格，译文可能比原文更精确。但是一般说来，翻译只要求准确，并不一定要求精确。还要防止精而不确，如译例 12 "新词"用了 vapid，"好个秋"用了 mellow，精是精的，是不是"确"，则还可以商讨。

上面谈的都是忠实的问题，下面来简单谈谈通顺的问题。如果说忠实可以有三种高低不同的程度，那么通顺也可以有三种高低不同的要求，最低程度的要求是"易懂"，最高程度的要求就是我所说的发扬译语的优势，或者是扬长避短，如果要简化成两个字，那就是"扬长"或"传神"了。先说"易懂"，"一枕黄粱再现"的五种译文（译例 3 至 7）可以说是不符合"易懂"的要求，所以需要采用"明确"的译文。译例 11 的董译可以说是符合"通顺"的要求，也就是"正确"的译文；而张译却可以说是部分符合"传神"的要求，也就是说，发扬了译语的优势。什么是"发扬译语的优势"呢？用翁显良的话来说，就是要译出"原作深层的东西"，换句话说，就是要译出原文内容所有而原文形式所没有的东西，就是要传神，也包括比原文更特殊化的译文在内。

关于"发扬译语优势"的问题，我在《翻译的标准》中举过几个例子，现在再来解释一下：

14. Those who do not remember the past are condemned to relive it.

——*Santayana*

凡是忘掉过去的人注定要重蹈覆辙。

这个例子如果按照原文字面直译，可以译成：那些不记得过去的人注定要重新过过去的生活。比较一下两种译文，就可以看出"重蹈覆辙"是比"重新过过去的生活"更特殊化的译文，因为过去的生活可以是幸福的生活，也可以是不幸的生活，是比较一般化的表达方式；而"重蹈覆辙"却只能指不幸的生活，是比原文更特殊化的表达方式，它说出了原文内容所有而形式所没有的东西，所以可以说是比原文表达力更强、更精确的语言形式，因此，可以说是发挥了译语优势，是传神的译文。

以上谈了"扬长避短"积极的一面，也就是"扬长"，现在再来简单谈谈它消极的一面，也就是"避短"。曾任美国驻苏大使的波伦写了一本《历史的见证》，在英文本第 425 页上有一句：

15. I did not say so, but the Russians after the experience of the 1941 Nazi invasion in violation of the 1939 Hitler-Stalin pact, knew full well What I meant.

……经历过纳粹违背 1939 年的希特勒——斯大林条约而于 1941 年发动侵略的俄国人完全明白我指的是什么。（中译本第 530 页）

这句译文不但不符合"通顺、易懂"的要求，甚至还会引起读者的误解，以为"发动侵略的"是"俄国人"了。原因是译者把状语译成定语，放到主语前面去了，不知道汉语的短处是主语前面不能有太长的定语，否则会产生误解。如果把原文太长的状语分为短句，译成：纳粹违背了 1939 年希特勒和斯大林签订的条约，在 1941 年发动了侵略，俄国人身受其害，当然完全明白我指的是什么。这不但避免了定语太长的短处，而且"身受其害"还发扬了译文的长处，更能传神。

总而言之，如果认为翻译的标准只是忠实和通顺，那忠实就应该包括明确、准确、精确（或者也可以说是意似、形似、神似）三个内容，通顺也不只包括易懂，还要扩大范围，把扬长避短、发挥译文的语言优势也包括在内。现在列个简表说明：

标准	低标准	中标准	高标准
内容忠实 （信）	明确	准确	精确
三似	意似	形似而意似	神似
三化	浅化	等化	深化
形式通顺 （达）	易懂	通顺	扬长 （雅，或传神）

看了这个简表，有人也许要问："神似"和"传神"有什么不同呢？那就只好举例来说明了。《外国语》1981 年第 2 期第 32 页上有个例子：

16. In marrying this girl he married a bit more than he could chew.

他和这女人结婚，未免不自量力。

"不自量力"也可以说是"意似"而传神的译文。如果改成"吃不消"，那就可以算是"形似"而传神了，因为译文更加准确，但是并不比原文更精确，所以不能说是"神似"。再看一看译例14，"重蹈覆辙"既比原文的形式更为精确，又是原文内容所有而原文形式所没有的东西，可以说是"神似"而又传神的译文。由此可见，"传神"的范围比较广，明确、准确、精确的译文都有可能传神；而"神似"却只是用来表示精确而传神的译文。希望有了这个简表，能更容易判断译文的优劣高下。

（原载《教学研究》1982 年第 1 期）

直译与意译

（一）傅雷的翻译

《读书》1979 年第 3 期发表了傅雷《论翻译书》的信件，信中说道："愚对译事看法实甚简单：重神似不重形似；译文必须为纯粹之中文，无生硬拗口之病；又须能朗朗上口，求音节和谐……"《读书》同期还发表了《许崇信教授论直译与意译》的摘要，摘要中认为意译在内容上和在形式上都"不会是很反映客观实际的东西"："一个中国读者读外国作品时竟如置身于中国社会"，这不能"反映异国的风光与情调"，同时也"无法吸收新的东西"，"因为它排斥新的表达形式，总是把新的表达形式改造成自己的面貌"。

《读书》1980 年第 2 期发表了《钱锺书先生的〈旧文四篇〉》，文中说到，钱先生认为："文学翻译的最高标准是'化'。把作品从一国文字转变成另一国文字，既能不因语言习惯的差异而露出生硬牵强的痕迹，又能完全保存原有的风味，那就算得入于'化境'。"

同年，《读书》第 4 期又发表了洪素野的来信《直译、硬译与意译》，信中谈到意译的毛病是："他们可以增添原文所没有的字句或意思，也可以任意略去原文本来有的字句或意思"；"他们任意变更原文的句式和句法，改用中国的句式和句法"。"有人说，读傅氏的译品，有种油腔滑调的感觉，读起来不费劲，但像读的本国小说，总觉得这里面短了一些东西，原因就在于他'要求将原作（连同思想、感情、气氛、情调等等）化为我有'，化的结果，原作者不见了，读者看到的是貌合神离的译者在说话，所以失望了。"

傅雷的意译到底是"神似"还是"貌合神离"呢？"入于化境"是不是就不能"反映客观实际"呢？检验真理的标准是实践，一切要从实际出发，我们还是先看一段傅雷的译文吧。正好手头有一本《外国文学作品选》第三卷，第 29 页有一段傅雷译的《高老头》，现在先把巴尔扎克的法文原文和傅雷的译文抄下：

Elle releva la tête comme une grande dame qu'elle était, et des éclairs sortirent de ses yeux fiers.

—Ah! fit-elle en voyant Eugène. vous êtes là!

—Encore, dit-il piteusement.

—Eh bien, monsiour de Rastignac, traitez ce monde comme il le mérite. Vous voulez parvenir, je vous aiderai. Vous sonderez combien est profonde la corruption féminine, vous toiserez la largeur de la misérable vanité des hommes. Quoique j'ale bien lu dans ce livre du monde, il y avait des pages qui cependant m'étaient inconnues. Maintenant, je sais tout. Plus froidement vous calculerez, plus avant vous irez. Frappez sans pitié, vous serez craint. N'acceptez les hommes et les femmes que comme des chevaux de poste que vous laisserez crever à chaque relais. vous arriverez ainsi au faîte de vos désirs.

她抬起头来，那种庄严的姿势恰好显出她贵妇的身份，高傲的眼睛里射出闪电似的光芒。

"啊！"她一眼瞧见了欧也纳，"你在这里！"

"是的，还没有走。"他不胜惶恐地回答。

"嗳，拉斯蒂涅先生，你得以牙还牙地去对付这个社会。你想成功吗？我帮你。你可以测量出来，女人能堕落到什么程度，男子能虚荣到什么田地。虽然人生这部书我已经读得烂熟，可是还有一些篇章不曾寓目。现在我全明白了。你越没有心肝，高升得就越快；你毫不留情地打击人家，人家就怕你。只能把男男女女当作驿马，把它们骑得筋疲力尽，到了站上丢下来，这样你就能达到欲望的最高峰。"

鲁迅在《看书琐记》中说过："高尔基很惊服巴尔扎克小说里巧妙的对话，以为并不描写人物的模样，却能使读者只看了对话，便好像目睹了说话的那些人。"我认为上面这段译文，是译出了原文对话的巧妙，使人如闻其声，如见其人的。不过根据洪素野的意见，可能这是"不正确的"译文，让我们来看看他的批评是不是正确吧。

首先，comme une grande dame *qu'elle était* 的最后三个词似乎没有译出来。这是不是"任意略去原文中的字句"呢？如果把这几个字译成"像她似的贵妇人那样"，看起来是"形似"了，但是译文生硬牵强，也不好懂。原文是通顺的法语，译文却是不通顺的汉语，这就是说，译文的形式和原文的形式之间发生了矛盾。而要解决这个矛盾，应该使译文的形式变成通顺的汉语。傅雷的译文"那种庄严的姿势恰好显出她贵妇的身份"，从形式上看是通顺的，虽然比原文的字数有所增减，但内容上并没有改变原文的意思。我认为翻译主要是用译文形式传达原文内容的艺术，傅雷译的既然表达了原文的内容，那就是正确的译文。至于传达原文形式，那是次要的问题。如果在传达原文内容的前提下，能够吸收原文的表达形式，那当然更好。如果二者不能兼顾，那就只好舍形式而取内容了。

其次，Encore 译成"还没有走"，又是"增添"了"原文所没有的字句"，但并没有"增添原文所没有的意思"。试想如果不增添"没有走"三个字，只译成"还"，那倒是"形似"了，但读者能够明白说话人的意思吗？增添了三个字，虽然和原文不"形似"，却恰恰做到了"意似"。在我看来，加词的原则正是要增添原文内容所有而原文形式所无的词汇。

同一行中还有 Piteusement，译成"不胜惶恐的"，这可能是把原文的表达形式"改造成自己的面貌"，"连同思想、感情、气氛、情调等等"都"化为我有"了。因为根据《法汉词典》，这个副词只有"可悲地""可怜地"和"惨"三个解释。不过在我看来，"可怜地"是个一般的副词，"不胜惶恐"是"可怜"的一种特殊形式，比"可怜"更具体，更深刻。从形式上来看，"可怜"是个正面的说法，"不胜惶恐"却是从反面来说，在翻译理论上，这可以说是"正词反译法"。从内容上来说，译者假设自己是欧也纳，在一个贵妇人的客厅里，自己有求于女主人，而女主人却以为他是个早就该走的客人。在这种窘迫的气氛中，试问欧也纳会有什么感想？难道用"不胜惶恐"来描写他的心情不是非常恰当的吗？难道不应该这样把作者、连同书中人物的思想、感情，都化为译者所有吗？我看傅雷译法高人一等的地方，正是得力于这个"化"字。自然，"化"也有个程度问题，我也并不主张把外国人化为中国人，把外国的客厅化为中国的堂屋。但是"不胜惶恐"之类的思想感情却是中外人士所共有的，不能因为会联想到"臣不胜惶恐"等带有民族风格的语言而弃之不用。我认为翻译的艺术就是要结合上下文的具体情况，揣摩出最恰当的译文词语来。

在下一段译文中，女主人对欧也纳说：traitez ce monde comme

il le mérite. 傅雷的译文是："你得以牙还牙地去对付这个社会。"他把最后四个法文词语译成"以牙还牙"，看来又是"任意变更原文的句式和句法，改用中国的句式和句法"了。假如不更改原文的句式，把这句译成"对付这个世界要像它所值得的那样"，读者能不能理解女主人说的是什么呢？这样是不是就能"反映异国的风光与情调"？我觉得翻译首先要使读者容易理解，难以理解的译文绝不是好译文，因为原文并不是难以理解的。这句话原文的意思是说：这个世界应该得到（或者只配得到）怎样的对待，你就怎样对待它吧。而傅译"以牙还牙"四个字，正是这个笼统说法的特殊表达方式，不但译得简洁明了，生动具体，还反映了异国情调，因为"以牙还牙"这个成语并不是国货，而是来自《圣经》中的译文，不过已经"化为我有"罢了。这个例子也就说明了：意译并不是"无法吸收新的东西"，也不是"排斥新的表达形式"，只是不吸收生硬拗口的字句，排斥难以理解的表达方式而已。

在同一段译文中，女主人还对欧也纳说："你可以测量出来，女人能堕落到什么程度，男人能虚荣到什么田地。"把 sonderez 和 toiserez 这两个动词合译为"测量"一个动词，这在翻译理论中可以算是"合词法"，但是有人也许又要认为这是"任意略去原文的字句或意思"了。正相反，我觉得"测量"这两个字还太具体，不妨笼统一点译成"看得出来"，更能传达女主人说话的口气。这和前面说的"不胜惶恐""以牙还牙"的译法相反，不是把一般译成特殊，而是把特殊译成一般。为什么要这样译呢？因为傅雷下面的译文没有按照原文的句式译成：女人的堕落是多么深，也没有把后半句译为：你可以测量得出男人的可怜的虚荣心的广度（不如说是多么广泛）。这已经是把特殊的"深度"译成一般的"程度"，把特殊的"广度"译成一般的"田地"了。所以为了译文的风格统一，不如把"测量"改成"看得出来"。

　　下面的译文接着说:"虽然人生这部书我已经读得烂熟,可是还有一些篇章不曾寓目。"把 ce livre du monde 译成"人生这部书",可见傅译是能"吸收新的东西",并不是"排斥新的表达形式"的。不过,"不曾寓目"倒的确是把原文的表达形式"改造成自己的面貌"了,因为这四个字是书面语言,不符合女主人说话的口气。正相反,再下面一句译文"你越没有心肝,高升得就越快",倒是符合女主人说话的口吻。如果按照原文字面译成:"你越冷酷无情地算计,你就走得越远",那么,前半句不像口语,后半句简直要引起误解了。不过,如果把后半句改成:"你的前程就更远大",那倒是既"形似"又"神似"的。我认为翻译的艺术就是要找到既"形似"又"神似"的译文,也就是要找到和原文的内容、形式都统一的译文。如果原文的内容和形式有矛盾,或者是原文的内容和译文的内容之间有矛盾,或者是译文的形式和原文的形式之间有矛盾,那译文就只要传达原文的内容,不必传达原文的形式,换句话说,就是只要"神似",不要"形似"。

　　根据上面引用的傅译来看,可以说傅雷既用了意译,又用了直译的方法。"人生这部书""把男男女女当作驿马",就是直译的例子。傅译整个说来是"神似"的,有时也很保守,不肯吸收新的东西,如副词不用"地",而是说"不胜惶恐的""以牙还牙的",但要说他任意增减字句,变更原文句式,那就未必妥当。因为"加词法""减词法""变换句式""变换词性"等译法,恐怕是意译和直译都要应用的。至于说傅译"油腔滑调",那就要看原文是否油腔滑调,如果原文也是,那么傅译就可以算是传神之笔了。傅译"读起来不费劲,但像读的本国小说",那正是傅译成功之处。难道读起来生硬拗口,才算是异国情调吗?难道外国人说话本来就是生硬拗口的吗？说到"貌合神离"的问题，我看这四个字要用到那些"形似"的译文上才合适，而傅译恰恰是"重神似不重形似"的。

许崇信、洪素野批评意译我觉得还应该把意译和傅译分开来，因为傅雷是直译和意译兼而用之的。至于说意译不能"反映客观实际"，使"中国读者读外国作品时竟如置身于中国社会"，我看这个问题不一定要责怪译者。几十年前我读过傅东华翻译的《飘》，书中人物的姓名都中国化了，如郝思嘉，白瑞德等等。但是几十年后回忆起来，还只记得美国南北战争的情景，并不因为书中人物姓郝姓白，读起来就仿佛"置身于中国社会"了。因此，"高老头"这个称呼虽然中国化，但是《高老头》这本书"反映"的还是法国的"客观实际"，并不会因为几个人的姓名而使读者仿佛"置身于中国"。

有人也许会说：刚才和傅译进行对比时所用的译文，都是你自己译的，自然比不上傅译；如果能够找到其他直译，情况可能就会不同。洪素野在信中还说道："过去我看到的巴尔扎克小说的中译本中，有不少是语言学者高名凯教授译的，读起来是比较吃力的，有的一个句子竟长达五十多字，这是想走直译的路子却又太呆板了一点，难免给人'硬译'的印象。"读者如果能够找到这位语言学者的译本进行一下对比，那么其高下就自然分明了。可惜我手头没有高名凯的中译本，只好用其他直译名著来进行对比。洪素野在信中还提到鲁迅的《死魂灵》，"可以说是标准的译法，是近数十年译作中的精品"；又提到，"卞之琳、曹禺、方重、范存忠等人译的莎氏戏剧及英国历代佳作……都是直译得很好的范作……"那我们就先来看鲁迅的《死魂灵》吧。

（二）鲁迅、曹禺的翻译

鲁迅翻译的《死魂灵》可以说是近数十年译作中的精品，但是"死魂灵"这三个字却不是直译，而是硬译。这里先要说明一下直译和硬译的区别。在我看来，既忠实于原文内容、又忠实于原文形式的译文是"直译"，只忠实于原文内容而不忠实于原文形式的译文是"意译"，只忠实于原文形式而不忠实于原文内容的译文却是"硬译"。"死魂灵"三字的俄语原文是 мертвые души，мертвые是"死"的意思，души一般说来是"魂灵"的意思，但在果戈理这本小说里却是"农奴"的意思，因此"死魂灵"三字只译出了书名的形式，而没有传达原文的内容，所以我认为这是"硬译"。南昌师范学院英语教研室主任万兆凤说这个书名应该改译为"死农奴"，我认为那可以算是"直译"。我认为还可以把这个书名译成"农奴魂"，既传达了"死农奴"的内容，又保存了"魂"字的形式，但没有保存原文"死"字的形式，所以我想这可以说是"意译"。自然，鲁迅的《死魂灵》是根据德译本和日译本转译的，不知德文和日文的"魂灵"是不是包含有"农奴"的意思？如果没有，这个"硬译"的责任就要落到德译者或日译者的身上了。

《外国文学作品选》第三卷第 364 页有鲁迅译的《死魂灵》第二章的片段，现在把果戈理的俄文原文和鲁迅的译文抄在下面：

Подъезжая ко двору, Чичиков заметил на крыльце самого хозяина, который стоял в зеленом шалоновом сюртуке, приставив руку ко лбу в виде зонтика над глазами, чтобы рассмотреть получше подъезжавший экипаж. По мере того как бричка близилась к крыльцу, глаза его делались веселее и улыбка раздвигалась более и более.

……当乞乞科夫渐近大门的时候，就看见那主人穿着毛织的绿色长礼服，站在阶沿上，搭凉棚似的用手遮在额上，研究着逐渐近来的篷车。篷车愈近门口，他的眼就愈加显得快活，脸上的微笑也愈加扩大了。

鲁迅的译文是根据德译本和日译本转译的。如果要根据俄文原文直译，大致可以改译如下：

……渐近大门的时候，乞乞科夫就看见那站在阶沿上的主人穿着绿色的毛织的常礼服，把手放在额上，像阳伞似地遮住眼睛，以便仔细看清楚逐渐近来的篷车。随着篷车越来越近门口，他的眼睛也显得越快活，脸上也笑逐颜开了。

对比一下两种译文，就可以看出鲁迅的译文和德、日译本都是忠实于原文的内容，却不一定是忠实于原文形式或句式的。这就是说，鲁迅也和傅雷一样，变更了"原文的句式和句法，改用中国的句式和句法"了。例如"搭凉棚似的"就是一个中国的表达形式，和俄语的"遮阳伞似的"形式上虽然不同，但所表达的内容倒是一致的。这和傅雷不把 plus avant vous irez 译成"你走得越远"，而译为"高升得就越快"，所用的方法是差不多的。不过傅雷是把一个抽象的"走远"换译成另一个抽象的"高升"，而鲁迅却是把一个具体的"遮阳伞"换译成另一个具体的"搭凉棚"罢了。"搭凉棚"这个汉语形式所表达的内容，如果要用法语形式来表达，那就是 mettre la main en abat-jour（把手像灯罩或帽檐一样遮住眼睛）。而如果要用英语形式来表达，却只要说 to shade one's eyes with one's hand（用手给眼睛遮阴），既不说灯罩或帽檐，也不用说阳伞。由此可见，同一个内容，在不同的语言中，可以有不同的表达形式，而翻译的艺术就是要找到这个能够表达原文内容的译文形式。

一种语言形式往往可以表达不同的思想内容，例如俄语的 душа 既可以表示"灵魂"，又可以表示"人"，还可以表示"农奴"。这时，翻译的任务就是要根据原文的上下文，推断出原文形式的正确含义。例如上面摘引的《死魂灵》第二章原文中有个动词 рассмотреть，这个动词既有"看清"，又有"研究"的含义。但根据具体的上下文来看，篷车既然还在"逐渐近来"，主人怎么可能"研究"篷车呢？加上主人"搭凉棚似的用手遮在额上"，那更是为了要"看清楚"来的是不是篷车了。因此，这里正确的译文不是"研究"，而是"看清楚"。鲁迅最后一句译文可以和傅雷译的"你越没有心肝，高升得就越快"对比。这两句译文句型相近：鲁迅用了"愈加"二字，是书面文体；傅雷用了"越"字，是口语体。下面再抄两句果戈理《死魂灵》的原文和鲁迅的译文来进行比较：

Один бог разве мог сказать, какой был характер Манилова. Есть род людей, известых под именем: люди так себе, нн то, нн се, ни в городе Богдан, ин в селе Селифан, по словам пословицы.

玛尼罗夫是怎样的性格呢，恐怕只有上帝能够说得出来吧。

有这样的一种人：恰如俄国俗谚的所谓不是鱼，不是肉，既不是这，也不是那，并非城里的波格丹，又不是乡下的绥里方。

比较一下原文和译文，就可以发现第一句译文颠倒了句序，把主句译成了从句，又把从句译成主句了，可见鲁迅也是"变更原文的句式"的。尤其是第二句"不是鱼，不是肉"，在原文中找不到这两句话，可能是德译者或日译者意译的译文，而鲁迅也就"增添"了"原文所没有的字句"了。如果这两句话是德、日意译文的转译，那我觉得不必直译为"鱼、肉"，还不如意译为"非驴非马"或"不伦不类"更好理解。如果这两句是德、日译者"增添"的译文，那就不会是俄国的俗谚，而俗谚也就只指"并非城里的波格丹，又不是乡下的绥里方"了，"波格丹"和"绥里方"也颇令人费解，虽然有点"异国情调"，但也并不是什么值得吸收的新鲜表达方式。因此，我看不如干脆将其意译为"既非城里的绅士，又非乡下的农夫"，这就是把两个特殊的表达方式译成一般的形式。因为在俄国人心目中，"波格丹"也许是城里绅士的典型，"绥里方"也许是乡下农夫的典型，因此，原文能在读者心中产生具体而生动的深刻印象，收到比较好的效果。但是中国读者可能根本不知道"波格丹"代表绅士，"绥里方"代表农民，所以音译并不能收到原文所能收到的效果，不如意译。

比较一下鲁迅和傅雷的译文，就可以发现共同之处是：两人都是直译和意译兼而用之，两人都对原文的字句有所增减，两人都把原文的句式改造成汉语的句式。其不同之处是：鲁迅的直译多，傅雷的意译多；鲁迅重"形似"，傅雷更重"神似"；鲁迅有时会"硬译"，傅雷有时会过分"归化"；换句话说，直译过了头就成了形式主义，意译过了头就成了自由主义。两种译法谁好谁坏呢？检验真理的标准是实践，我赞成罗新璋在《读书》1979 年第 3 期中说的"提倡各种翻译风格竞进争雄"，也就是说，在翻译问题上也要执行"百花齐放，百家争鸣"的方针，让历史来作结论。

有人也许会说：你引用的鲁迅译文，是根据德译本和日译本转译的，不能作为直译的典型。这话也对。但是鲁迅的《死魂灵》还是可以使我们看到：他如何根据德、日译本直译，而德、日译本又在哪些地方是意译的。洪素野还说过：曹禺等人译的莎士比亚戏剧是"很好的直译范作"，那就让我们看看莎士比亚的名剧《罗密欧与朱丽叶》第一幕第一场第 180 行一段的原文和曹禺的译文吧：

Here's much to do with hate, but more with love.

Why then, O brawling love! O loving hate!

O anything, of nothing first create!

O heavy lightness! serious vanity!

Misshapen chaos of well-seeming forms!

Feather of lead, bright smoke, cold fire, sick health!

Still-waking sleep, that is not what it is!

This love feel I, that feel no love in this.

此地多的是恨，而更多的是爱。

哦，爱里爆出战争的烟火，

恨里又有柔软的温存，

又是重，又是轻，

庄严里却听见轻浮的笑声，

从一片空虚中忽然出来一片天地，

乌烟瘴气的，仔细看又有些光明。

羽毛忽然像铅铁那样重，

黑烟发亮，火焰如冰，

健康就是病。

明明是睡又在醒，

说它是什么，它就不是什么。

我就感到这样的爱情，

我又不爱这样的爱情。

这段译文可以说是忠实地传达了原文的内容。因为原文是戏剧，有时押了韵，因此译文的"轻"和"光明""如冰""病""醒""情"等也押了韵，可以说是不但传达了原文的"意美"，还传达了原诗的"音美"。但就"形美"来说，原诗只有八行，每行十个音节；译文却分成了十四行，每行长短不一，这就大大地改变了原诗的形式。至于增加的字数，改变的表达方式，我看比傅雷的译文还多得多，例如"战争的烟火""柔软的温存""轻浮的笑声""像铅铁那样重"，不是用了"加词法"，就是用了"换词法"。不说"冷的火"而说"火焰如冰"，这是用特殊形式译一般形式；不说"病的健康"而说"健康就是病"，这是把形容词译成了名词。至于"归化"的词，"一片空虚""一片天地""乌烟瘴气"不都是汉语的习惯表达方式吗？由此可见曹禺的译文也是直译和意译并用的。

（三）方重等的翻译

前面我们分析了傅雷、鲁迅、曹禺等的翻译，现在我们再来看一看方重等的翻译。

《直译、硬译与意译》中说：方重等人译的莎氏戏剧及英国当代佳作，"都是直译得很好的范作，都受到了读者的赞赏和学习"[①]。

最近读到方重的《陶渊明诗文选译》（香港商务印书馆出版），我却认为它是意译得很好的范作。和傅雷一样，方重也是"重神似不重形似"的，例如《陶诗》第 3 页有两行："谁言客舟远，近瞻百里余。"如果按照原文形式直译，那大约要把"客舟"译成

---

① 见《读书》1980 年第 4 期。

passenger ship，把"远"译成 far，把"近"译成 near 或 near by 了。那样翻译虽然和原文"形似"，却没有传达出原文的内容，因为"客舟"的内容是指诗人自己坐的客船。因此方译文是：

At a glance I can measure a hundred *li*,

Who says my barge is no nearer home?

把这两行诗还原译成现代汉语，那就是："我一眼就能看到百里之遥，谁说我坐的客船不是离家更近了呢？"从形式上看，这两行译文颠倒了原文的顺序，甚至连主客远近也颠倒了。但从内容上看来，译者正是对原文融会贯通之后，设身处地地站在诗人的角度，把诗人的思想感情都"化为己有"，然后才译出了这"形离意合"的妙笔！

美国印第安纳大学教授柳无忌和罗郁正合编了一本《葵晔集》（ *Sunflower Splendor: Three Thousand Years of Chinese Poetry* ），里面也有十几首陶诗的译文，现在摘抄几行，来和方译进行比较。《陶诗》第 31 页《时运》中有两句描写自然风景的四言诗："山涤余霭，宇暖微霄。"美籍学者的译文和方重的译文分别是：

1. Mountains are cleansed by lingering clouds;

   Sky is veiled by fine dust. (Tr. Eugene Eoyang)

2. The hills emerge from the dispersing clouds,

   While a thin mist hangs over the horizon. (Tr. C. Fang)

美译如果还原译成现代汉语，其大致的意思是：山被停留不去的云彩洗干净了；天被微尘的面纱遮掩了。这个英译文可以说是相当"形似"的直译，两行都用了被动语态，对仗比较工整，但是读者读后不免要问：云彩怎么能把山洗干净呢？我们来还原方译：云海散开，涌现出一座座山峰；薄雾缥缈，悬挂在遥远的天边。这就可以看出方译用词之妙了。英语 emerge 这个动词一般用于从水中涌现出来，和它相反的动词 submerge 是浸没于水中的意思，用了 emerge，就容易使人联想到把云比作海了。用 dispersing 这个分词从反面来译"余"字，使人得到"云开见山"的印象，"涤"字虽然没译出来，却可以使人联想到山峰像出水青莲似的涌现，这就是"入于化境"的译法。此外，美译用被动语态的动词，方译都用了主动语态，动态自然比静态更加生动有力。所以从这两行译文看来，可以说方译传达了原诗的"意美"，译得"神似"，要比只求"形似"的美译更胜一筹。

"饮酒"是陶诗中的一个重要主题，《陶诗》第 89 页有四行诗："秋菊有佳色，裛露掇其英。泛此忘忧物，远我遗世情。"美译和方译分别是：

1. Autumn chrysanthemums have beautiful color,

   With dew in my clothes I pluck their flowers.

   I float this thing in wine to forget my sorrow,

   To leave far behind my thoughts of the world. (Tr. Wu-chi Liu)

2. Autumn chrysanthemums have a lovely tint,

   I pluck their fresh petals so full of dew.

   Drowned in this sorrow-banishing liquor,

   I leave behind a world-laden heart. (Tr. C. Fang)

美译是说秋天采菊花时，露水沾湿了衣服，然后把采来的菊花漂浮在酒面上，以便消愁解闷；方译却是说：采菊花时，花瓣上还有露珠，诗人沉浸在可以解忧的菊花酒中，把对世俗的挂虑都忘到脑后去了。比较一下两种译文，就可以看出美译虽然和原文"形似"，但是菊花漂浮在酒面上怎么能解忧呢？这就不如用带露的菊花酿酒更能传达原诗的"意美"了。曹操不是说过"何以解忧？唯有杜康"么？此外，方译的 sorrow-banishing 和 world-laden 两个复合词也用得既精练又对称，增加了译文的"形美"。

　　方译用词不但精练巧妙，而且同一个词在不同的上下文中有不同的译法。如"依依"两个字在《陶诗》（1）第 7 页的"依依在耦耕"中；（2）第 41 页的"依依墟里烟"中；（3）第 87 页的"厉响思清远，去来何依依"中，译法都不相同：

（1）So tenderly my heart *clings* still to the soil ;

（2）Where chimney smokes seem to *waft* in mid-air ;

（3）Are you straining your voice for the distant blue ?

　　　　Yet back and forth, how *unwilling* to part !

译者用了三个不同的动词，来描写依依不舍、不肯散开、不愿离去的情态，就像一个高明的医生，针对不同的病情对症下药，开出了不同的药方一样。

　　方译不但用词灵活考究，就连运用英语动词的时态，也不是机械地追求"形似"。例如《陶诗》第 41 页《归园田居》第一首前四行是："少无适俗韵，性本爱丘山。误落尘网中，一去三十年。"美译和方译分别是：

1. When I was young, I did not fit into the common mold,

   By instinct, I love mountains and hills.

   By error, I fell into this dusty net.

   And was gone from home for thirty years. (Tr. Wu-chi Liu)

2. From my youth I have loved the hills and mountains,

   Never was my nature suited for the world of men,

   By mistake have I been entangled in the dusty web,

   Lost in its snares for thirty long years. (Tr. C. Fang)

美译第一、三、四行用了过去时态，第二行却用了现在时态，显得前后不大连贯。而且第一行的"俗韵"译成 common mold，看不出和第三行"尘网"的联系。方译却巧妙地打乱了第一、二行的词序，第一、三行用了现在完成时态，意思改成：我从小就喜欢丘山，天性就不适合尘世的俗套。这样一改，不但解决了时态的矛盾，而且和后面的"尘网"显得是一气呵成的了。由此可见，就传达原诗的"意美"来说，"神似"的意译远远胜过了"形似"的直译。

方译不但注重"神似"，有时还能兼顾"形似"，并能传达原诗的"音美"。例如《陶诗》第 31 页《时运》中有四行四言诗："洋洋平泽，乃漱乃濯。邈邈遐景，载欣载瞩。"第一、三行重复的"洋"字、"邈"字连在一起，第二、四行重复的"乃"字、"载"字却分开了。如何能传达原诗的"形美"和"音美"呢？还是来看看美译和方译吧：

1. Bank to bank, the stream is wide;

   I rinse, then douse myself.

Scene by scene, the distant landscape;

I am happy as I look out. (Tr. Eugene Eoyang)

2. Wide and deep the levelling fords;

I rinse my mouth, I wash my feet.

Lovely in the haze the distant scene;

With glee I smile, with joy I gaze. (Tr. C. Fang)

美译的第一、三行不错，用重复 bank 和 scene 的方法来译原文的叠字；但是第二、四行却不对称，而且散文味重。方译第二、四行都译得对仗工整，而且每行八个音节，可以分成四个抑扬格的音步，恰好是原诗每行字数的两倍，不但传达了原诗的"形美"，还传达了原诗的"音美"，可以说是远胜美译。

此外，方译还利用头韵来增加译文的"音美"，如《陶诗》79页有四行五言诗："忆我少壮时，无乐自欣豫。猛志逸四海，骞翮思远翥。""少壮"是时常连用的两个字，"翮"和"翥"都有"羽"字的偏旁。我们看看方译是如何传达这种"形美"的：

I remember when I was hale and hearty.

I used to get merry without any cause.

I resolved to reach the far ends of the earth.

Like a bird would I flap my wings and fly.

第一行用［h］的双声来传达"少壮"的"意美"，第四行又用［f］［l］的双声来传达"羽"字偏旁的"形美"，这就是借"音美"来表达"意美"或"形美"的译法。

陶诗是押韵的古诗，一般是隔行押韵，如第 81 页最后四行五言诗："人皆尽获宜，拙生失其方。理也可奈何，且为陶一觞！"方译把这四行分成为八行，第二行和第六行、第五行和第七行、第四行和第八行都押了韵：

> The rest of the world seems
> > To be thriving well,
> But poor me, I founder
> > On the foggy sea.
> Why is it so?
> > One never can tell;
> Only I know. ——
> > The cup pleases me.

这个译文传达了原诗的"音美"，可惜方译中这样传达"音美"的佳句不多。如《陶诗》第 3 页 "一欣侍温颜，再喜见友于，"方译文是：

> A joy will be to see my mother's face
> And gladly I'll meet my brothers.

第一行译文有十个音节，是五个抑扬格的音步，传达了五言古诗的节奏；但是第二行译文的节奏却乱了，为什么不把 I'll 改成 I shall 或者 I will，那第二行不也有四个抑扬格的音步吗？有时方译音节太多，不能传达五古的风味，我觉得不妨参考美籍学者的译法。如《陶诗》第 93 页有两行："父老杂乱言，觞酌失行次。"方译和美译分别是：

1. Chattering confusedly away, village elders and all;

   Cup after cup, we forget the sequence, high or low. (Tr. C. Fang)

2. Old men chatting away-all at once;

   Passing the jug around-out of turn. (Tr. Eugene Eoyang)

方译每行有十三四个音节，美译却只有九个，这时美译就更能传达
原诗的"音美"和"形美"了。

虽说，方译选词用字，卓见功力；但有时美籍学者"形似"的
直译，也有值得学习之处。如《陶诗》第 33 页中有两行四言诗：
"童冠齐业，闲咏以归。"方译和美译分别是：

1. Where once gathered many a goodly youth,

   Singing freely on their homeward way. (Tr. C. Fang)

2. There students and scholars worked together,

   And, carefree, went home singing. (Tr. Eugene Eoyang)

联系起《论语》中的"冠者五六人，童子六七人，浴乎沂，风乎舞
雩，咏而归"，似乎美译更能传达原诗的"意美"。

总而言之，方重的《陶渊明诗文选译》是意译很好的范作，令
人赞赏，值得学习。如果再能锦上添花，增加译文的"音美"和
"形美"，那就可以和翻译史上的《鲁拜集》媲美了。

（四）聂华苓等的翻译

《人民日报》1980 年 4 月底刊载了《保罗·安格尔和他的诗》，
文中说到："杨振宁博士不久前在英国盛赞他们夫妇（指保罗·安

格尔和他的夫人聂华苓）合译的毛主席诗词。杨说，用中文写诗极好，因为诗不需要精确，太精确的诗不是好诗。旧体诗极少用介词，译文中加了介词便要改变原诗意境。安格尔夫妇意识到这一点，所以他们的译诗保持了中国味道，极为成功。"科学家对科学的追求是精确，但对文学的要求却恰恰相反，说诗不需要精确。由此看来，聂华苓夫妇翻译的毛主席诗词似乎不是直译，而是意译的了。

湖南人民出版社 1980 年 5 月出版了赵甄陶翻译的《毛泽东诗词》，书后附有译者写的文章，谈毛主席诗词英译本译文中的问题[1]，文中说到一些动植物的名字译得不够精确，如"芙蓉国"的"芙蓉"不应说成是"木芙蓉"，"蓬间雀"不应说成是"蓬间麻雀"，"蚍蜉"不应说成是"蜉蝣"，"桂花酒"不应说成是"月桂酒"或"肉桂酒"等等。看来译者的意见似乎和杨振宁的意见恰恰相反，似乎是主张直译的。究竟译诗需要不需要精确呢？让我们先来比较几行聂译和赵译吧。

首先，我们看看《毛泽东诗词》中《重阳》的"战地黄花分外香"是如何翻译的：

1. Battlefields fragrant with yellow flowers. (Tr. Engle)

2. Golden flowers all the sweeter on the battleground. (Tr. Zhao)

比较一下两种译文，就可以看出聂译真是精练，全行只五个字，而且和原文一样没有动词，这也许就是杨振宁认为"保持了中国味道"的地方。"分外"二字也没有译出来，有人也许要说这是"任意略去原文的字句"；我却觉得这是译者匠心独运的地方，因为她没有说

---

① 见《外语教学与研究》1978 年第 1 期及 1979 年第 2 期。

黄花香，而是说战场香；如果整个战场都香了，那黄花还不是"分外香"吗？这种"意在言外"的译法，和方重译的"山涤余霭"有异曲同工之妙，是一种不求字面精确的意译。这使我想起了一幅名画，画名是一句名诗"踏花归来马蹄香"。"香"气怎么画得出来呢？聪明的画家在马蹄后面画了两只翩翩起舞的蝴蝶，就使看画的人以眼代鼻，如闻其味了。这种画法和聂华苓的译法如出一辙，难怪苏东坡说"诗画本一律"了。再看看赵译，把"黄花"译成 golden flowers，表示是金黄色的菊花，的确比其他英译文都高一着；把"战地"译成 battleground 放在行末，和"香"字是声音相近的韵，可以说是不但和原诗"音似"，而且还传达了原诗的"音美"。但就传达整行诗的"意美"而言，我却觉得与聂译比还是稍逊一筹。再看看《重阳》中最后一行"寥廓江天万里霜"的两种译文吧：

1. endless river and sky,

    many thousand miles of frost. (Tr. Engle)

2. How vast the River's sky with endless frost below! (Tr. Zhao)

聂译把这行诗分成两行，并且每行的第一个字母都没有大写，这就有点把中国词译成外国的现代诗了。加上"江天""万里"几乎都是形似的直译，虽然全行也没有用动词，读起来却不如前一句译得成功。赵译把"江天"理解为"江上之天"，是独到的见解；而且全行十二个音节，是六个抑扬格的音步，传达了原诗的"音美"。但是"江天"译得不够自然，而且把"天"和"霜"分开了，表现不出原词"胜似春光"的景色，"江上之天"不如译成 the sky over the river。我想把"不似春光。胜似春光"等三行试译如下：

Unlike springtime.

Far more sublime.

The boundless sky and waters blend with endless rime.

现在，让我们来看看花草鸟兽的译法吧。"黄花"可以译成 golden flower，"梅花"应该怎么译呢？《冬云》中有一行诗"梅花欢喜漫天雪"，聂译和赵译分别是：

1. Plum blossoms like a sky of blowing snow. (Tr. Engle)

2. The mume flowers enjoy a skyful of the snow. (Tr. Zhao)

聂译把"梅花"说成是李花了，李花是春天开的，和"漫天雪"的形象有矛盾。赵译借用日本译文，又是独到之见。"漫天"译成"skyful"非常精确，可惜后面加了一个不必要的定冠词，不合乎英文用法。

《答友人》中有一行诗"芙蓉国里尽朝晖"，聂译和赵译分别是：

1. I want to dream of traveling through the clouds, looking at the lotus land, lit all over with morning sun. (Tr. Engle)

2. The morning sunlight floods your Land of Lotus Blooms. (Tr. Zhao)

"芙蓉"二字一般译成英文 hibiscus，这是一个科学词语，不宜入诗，不如聂译和赵译好。但是赵译又认为聂译不妥，因为那会使人联想到荷马史诗里的引起梦想和游惰的"安乐之乡"。我却认为不怕引起这种误会，因为《毛泽东诗词》中的"风流人物""巫山云雨"，也可以引起不同的联想，但是诗人并不忌讳；那么译者这样翻译，不也是符合作者风格的吗？

《答李淑一》中有一行诗"吴刚捧出桂花酒"，"桂花酒"到底是什么酒呢？聂译和赵译的见解不同：

1. Wu Kang brought out cassia wine. (Cr. Engle)
2. The god served an osmanthus brew. (Tr. Zhao)

聂译平铺直叙，朴实无华，保存了原作的风格。赵译译名精确，但是是个科学名词，不如聂译宜于入诗；尤其是赵译把"吴刚"译成 the god，把一个神话名词和一个科学名词混在一行之内，读起来显得特别不协调。这似乎也证实了杨振宁的意见："太精确的诗不是好诗。"其实，"桂花酒"是神话中的仙酒，根本不必进行科学考据，只要译成 nectar 或 a drink divine 就可以了。这样把一个特殊的名词译成了一个一般的名词，看起来虽然不精确，不"形似"，但却更传神，更有诗意。

以上谈了四种花名，除了"梅花"应该尽量译得精确之外，其他"黄花""桂花""芙蓉"都不一定需要译得太精确。

下面我们再来看看鸟兽虫鱼的译名问题。"鲲鹏"二字，在《毛泽东诗词》中出现过两次：《鸟儿回答》中的"鲲鹏展翅"，一般都被理解为鲲化成的鹏；"万丈长缨要把鲲鹏缚"中的"鲲鹏"，聂华苓把它译成两种动物了，赵甄陶却认为这是错误的。是不是译错了呢？我觉得还可以研究。钱锺书在讲到"喻之二柄"时说："同此事物，援为比喻，或以褒，或以贬，或示喜，或示恶，词气迥异"。①

———————————
① 转引自 1980 年 6 月《光明日报》刊登的《诗词小札》。

这就是说：比喻可以有褒有贬。联系到"鲲鹏"身上，可以说前一个比喻是褒，后一个比喻是贬。因此我觉得，在翻译的时候，不一定要译成同一事物。因为诗人字面上说"要把鲲鹏缚"，实际上并不是真要捉拿那只鲲化成的鹏，而是要捉拿貌似强大的敌人，所以翻译时只要译出庞然大物的意思就可以了。而"鲲鹏"到底是译成一种还是两种，单数还是多数的庞然大物，更能给人气势汹汹的印象呢？我觉得还是多数比单数好。

"五洋捉鳖"中的"鳖"，一般译成 turtles。赵甄陶指出，这个典故出自《列子》中的"……巨鳌十五举首而戴之（五山）"，因此可以译成 leviathans。我却觉得赵译的异国情调重了一点。赵甄陶指出"鹏"译成 roc，也是异国情调；我却认为"鹏"字没有其他译文，所以借用 roc 比音译好；"鳖"字却有现成的译文，只要在turtles 前面加上一个 giant 就可以了。

《满江红·和郭沫若同志》中还有两种动物："蚂蚁缘槐夸大国，蚍蜉撼树谈何易。"聂译和赵译分别是：

1. ants on the locust tree

   boasting of being big nations,

   mayflies think they can shake the tree. (Tr. Engle)

2. Ants boast their land's big on a locust,

   Or lightly try to shake the trees. (Tr. Zhao)

赵甄陶认为"蚍蜉"不能译成 mayflies（蜉蝣），应该译成 large ants or large pismires；但是前者和"蚂蚁"的译文重复，后者又是科学名词，所以他干脆把"蚍蜉"删去不译；这样一来，就变成"缘槐"的蚂蚁又"撼树"了。看来还是北京法译本译成一些蚂蚁

"缘槐"，另一些蚂蚁"撼树"好一点。

总而言之，赵译要求精确，注重"音美"；聂译要求形似，注重"形美"。如果是翻译科学论文，自然应该力求用词精确；如果是把现代英诗译成汉语，也可以力求形似；如果是翻译格律体诗词，则我认为应该力求传达原诗的"三美"；而"三美"之中，又以"意美"最为重要；以传达原诗的"意美"而论，我认为还是方译最为成功。

（五）翻译的辩证法

前面说了：既忠实于原文内容，又忠实于原文形式的译文是直译；只忠实于原文内容而不忠实于原文形式的译文是意译。这里还要说明一下：一词多义，也就是一个语言形式可以表示几个不同的内容（例如俄语 душа 这个名词可以表示灵魂、人、农奴等几个意思），在翻译的时候，往往容易只译出最常用的意义这就是直译。例如 душа 最常用的意义是灵魂或魂灵，于是一般人以为把 мёртвые души 译成"死魂灵"就是直译；其实根据具体的情况，这里应该译成"死去的农奴"才是直译。至于前面提到的"搭凉棚"，到底算直译还是算意译呢？算直译吧，它并不忠实于原文的形式；算意译吧，又没有其他忠实于原文形式的译文。在这种情况下，我觉得就不必分直译、意译，只要找出最好的译文就行了。

一般说来，译文和原文相同的形式能表达和原文相同的内容时，可以直译。如前面提到的"人生这部书"，"把男男女女当作驿马"，"梅花"和"漫天雪"等，都是直译。其次，原文的表达形式比译文精确有力时，可以直译。如在报刊上看到的"人权问题上的争吵弄酸了苏美蜜月"（不说"破坏蜜月"），就是吸收新鲜用语的直译。不过吸收的新鲜用语要通顺易懂，不能生硬牵强。如"山涤余霭"中的"涤"字，美籍学者的直译就不容易传达原意，不如意译。不过这个问题还有争论：例如 parallel policy，有的报刊直译成"平行的政策"，有的意译为"并行不悖的政策"。我的意见是直译不好懂，不如意译；但是直译比较简练，如果读者能够理解，那也是可以接受的，这个问题就要通过社会的实践来做出结论了。

一般说来，译文和原文相同的形式不能表达和原文相同的内容，或者虽能表达，但是形式生硬牵强，那时就要意译。例如前面说的法语 plus avant vous irez 如果译成"你会走得更前"，那就没有达意，要改成"你的前程就更远大"。又如 comme une grande dame qu'elle était 如果译成"像她似的贵妇人那样"，译文就很牵强，不如译成"恰好显出她贵妇的身份"。其次，译文的表达形式比原文更精确有力时，也可以意译。如前面提到的 piteusement 译成"不胜惶恐"就更精确，聂译的"战地黄花分外香"就比直译更加有力，"桂花酒"译成 nectar 反而比直译更加达意，"寥廓江天万里霜"的译文加上一个 blend 更加传神，因此都可以意译。

直译可以有程度不同的直译，意译也可以有程度不同的意译，例如 to gild (or paint) the lily 这个成语就可以有几种译法：

1. 给百合花镀金（直译，保存原文形象）

2. 给百合花上色（同上）

3. 花上贴金（半直译，特殊译成一般）

4. 花上添锦（同上，仿译成语）

5. 锦上添花（借译，广播中曾用于贬义）

6. 画蛇添足（借译或半意译，改变形象）

7. 徒劳无益（意译，没有形象）

8. 多此一举（同上）

前四个译例可以说是程度不同的直译，后四个是程度不同的意译，《外国语教学》1979 年第 6 期上有人译成"给百合花上色，费劲不讨好"，那是既有直译又有意译。什么时候该直译，什么时候该意译呢？那就要看具体的上下文。莎士比亚的《约翰王》四幕二场的这句原文自然只能直译，《外国语》1979 年第 4 期李赋宁的文章中用了译例 6 的半意译，而我自己则更喜欢译例 4 的仿译。

直译和意译都要求忠实于原文的内容，但直译还要求忠实于原文的形式，而意译却只要求通顺传神的译文形式。要使直译和意译这对矛盾尽可能地统一起来，就要找到尽可能忠实于原文形式的通顺译文。to gild the lily 是个成语，所以译文还要像个成语。译例 4 的译法比后四种译法都更接近原文，又比前三种译法更像成语。从内容和形式两方面看来，我认为它是较好的译法。

总而言之，无论直译还是意译，都要把忠实于原文的内容放在第一位，把通顺的译文形式放在第二位，把忠实于原文的形式放在第三位。也就是说，翻译要在忠实于原文内容的前提下，力求译文的形式通顺；又要在译文通顺的前提下，尽可能地做到忠实于原文的形式；如果通顺和忠实于原文的形式之间有矛盾，那就不必拘泥于原文的形式。这就是内容和形式、直译和意译的辩证关系。

（原载《外国语》1980 年第 6 期—1981 年第 2 期）

意美·音美·形美：三美论①

翻译是使一种语言转化为另一种语言的艺术，主要解决的是原文内容和译文形式之间的矛盾。

译诗除了要传达原诗内容之外，还要尽可能地传达原诗的形式和音韵。鲁迅在《自文字至文章》中说："诵习一字，当识形音义三：口诵耳闻其音，目察其形，心通其义，三识并用，一字之功乃全。其在文章……遂具三美：意美以感心，一也；音美以感耳，二也；形美以感目，三也。"译诗不但要传达原诗的意美，还要尽可能地传达它的音美和形美。

毛泽东说过：新诗要"精练、大体整齐、押韵"（见 1977 年 12 月 31 日的《人民日报》）。我觉得这个原则不但可以用于写诗，还可以用于译诗。"精练"，就要传达原诗的"意美"；"大体整齐"，就要传达原诗的"形美"；"押韵"，就要传达原诗的"音美"。

鲁迅说过："我以为内容且不说，新诗先要有节调，押大致相近的韵，大家容易记，又顺口，唱得出来。"（见《鲁迅书信集》第

---

① 本文是洛阳外国语学院《毛主席诗词四十二首》英、法文格律体译本的代序，收入本书前译者作了修改。

655 页）我觉得这个原则也可以用于译诗。"内容"就是要传达原诗的"意美"，"押大致相近的韵"就是要传达原诗的"音美"，"有节调"就既要传达"音美"，又要传达"形美"。

毛泽东给陈毅谈诗的一封信中说："诗要用形象思维，不能如散文那样直说。"又说："但用白话写诗，几十年来，迄无成功。"我觉得译诗也要注意原诗的形象，不能译成散文。因为译成散文的诗不押韵，不好记，不顺口，无法传达原诗的"音美"和"形美"。

毛泽东的诗词是具备意美、音美、形美的艺术作品。翻译毛泽东的诗词要尽可能地传达原诗的三美。

三美的基础是三似：意似、音似、形似。意似就是要传达原文的内容，不能错译、漏译、多译。例如《减字花木兰·广昌路上》中的名句："头上高山，风卷红旗过大关。"原来是写雪里行军，红旗冻得风吹不动，所以毛泽东的手稿开始写的是"风卷红旗冻不翻"，后来才改成"过大关"的。这一个"卷"字，写出了和严寒做斗争的艰苦。但是现已出版的几种译文，却把"卷"字译成了unfurl、flutter、wave、flap，都和原文的意思相反，让人理解为"红旗迎风飘扬"了，所以都是误译，不如改成：

O'erhead loom crags,
We go through the strong pass with wind-frozen red flags.

又如有的译本把"风展红旗如画"译成"Red flags stream in the wind in a blaze of glory."。译文中增加了一些原文所没有的意思，不如译为"The wind unrolls red flags like scrolls."。

一般说来，意似和意美是一致的。但是有时意似和意美却有矛盾，也就是说，意似并不一定能传达原文的意美，例如"人间正

074

道是沧桑"，香港 Dr. Wang 就译成："But in man's world seas change into mulberry fields." 这可以说是意似的，却没有传达原诗的意美。如果译成 "The world goes on with changes in the fields and oceans." 是否好些？

意美有时是历史原因或是联想的缘故造成的。译成另外一种语言，没有相同的历史原因就引不起相同的联想，也就不容易传达原诗的意美。

在译诗的时候，可以充分利用外国诗人的名句和词汇，使之"洋为中用"。马克思曾要求作家"更加莎士比亚化"（见《马克思恩格斯选集》第 4 卷，第 340 页）。莎士比亚的名剧《麦克白》（Macbeth）中说："New sorrows strike heaven on the face." 翻译"天兵怒气冲霄汉"时，不妨借用一部分："The wrath of godlike warriors strikes the sky o'erhead." 莎士比亚的名剧《奥赛罗》（Othello）中有一句："The chidden billow seems to pelt the clouds." 也不妨加以修改，借来翻译"白浪滔天"："The clouds are pelted by breakers white." 英国诗人雪莱（Shelley）的《西风歌》（Ode to the West Wind）中有 wild west wind，《云雀歌》（To a Skylark）中有 the sunken sun，翻译《娄山关》中的"西风烈"和"残阳如血"时，也不妨借用，可更好传达原词的意美。

毛泽东诗词中有些意美的词汇在英语和法语中都找不到意似的译文，这种意美有时还是音美或形美造成的，如"烂漫""翩跹""依稀"等都是叠韵，具有音美；"沉浮""峥嵘""逶迤"每两个字的偏旁都是一样的，具有形美；"磅礴""慷慨"都是双声，而且偏旁相同，既有音美，又有形美；"苍茫""葱茏"不但都是叠韵，而且字头相同，也是音美、形美兼而有之。

怎样才能传达这些有声有色、捉摸不定的绝妙好词的意美呢？

例如"待到山花烂漫时"，有的译文是 When the mountain flowers are in full bloom，虽然也可以说是意似了，但是没有表达原文的绚烂，不如译为 When with blooming flowers the mountain is aflame 更好。又如翻译"万木霜天红烂漫"时，不妨利用法国诗人描写夕阳的句子 Le ciel s'embrase des feux du jour，译作 Le ciel givré s'embrase de forêts touffues，把"灿烂的夕阳烧红了半边天"，改成"烂漫的红叶和灿烂的天空红成一片"，不是也能够传达一点原词的意美吗？

再如把"五岭逶迤腾细浪，乌蒙磅礴走泥丸"中的"逶迤"译成 serpentine，"细浪"译成 rippling rills 可以使人如见逶迤之形，如闻细浪之声，传达了原文的意美。"磅礴"二字在这里可以考虑译成 pompous，声音和"磅礴"相近；虽然这词一般不用于山，但在这里可否破格借用一下？"泥丸"如果译成 mud pills，可以说是意似，但是没有意美，不如改为英美人喜见乐闻的形式 molehills，也许更能传达原文的意美。

"天翻地覆慨而慷"中的"慨慷"二字很不容易译得意似。法语如果译成 Terre et ciel transformés, quels triomphe et transport! 用了 tr 的双声，可以说是多少能传达一点原文的意美、音美和形美。

"苍茫"二字，毛泽东诗词中用得比较多。如"问苍茫大地，谁主沉浮？"Boyd 译成：

I ask the great earth and the boundless blue,
Who are the masters of all nature?

"苍茫"的译文用了双声，传达了原文的意美和音美；"沉浮"的译文就像散文那样直说了，不如香港译本用的 fall and rise。

至于"暮色苍茫看劲松"中的"苍茫"二字，我看美国民歌

《在暮色中》（*In the Gloaming*）第一句中的 When the lights are dim and low 可以借用，译成 Vigorous pines, as viewed in twilight dim and low.

要传达毛泽东诗词的意美，可以选择和原文意似的绝妙好词，可以借用英美诗人喜见乐闻的词汇，还可以借助音美、形美来表达原文的意美。

诗要有节调、押韵、顺口、好听，这就是诗词的音美。毛泽东的诗词讲究平仄；译成英语可以考虑用抑扬格和扬抑格，也可以用抑抑扬格或扬抑抑格；译成法语却要注意停顿（césure）。中国诗主要是七言和五言；七言诗译成英语可以考虑用亚历山大体，也就是指每行十二个音节的抑扬格诗句；五言诗可以考虑用英雄体，也就是指每行十个音节的抑扬格诗句。这是我个人的意见，能否做到，要看实践。

例如"踏遍青山人未老"，如果译成法语 Nous allons parcourir tous ces monts sans vieillir，这一句译文有十二个音节，可以分为四个音步，每个音步都是抑抑扬格，而且第三个音节和第九个音节押内韵，第六个音节和最后一个音节也押内韵，全句还有三个 [u]音，读起来节奏分明，比较悦耳。如果改成 Nous avons parcouru，音乐性就要差一点。译成英语 We have trodden green mountains without growing old，节奏也差不多。又如"风雨送春归"，英语译成 Then spring departed in wind and rain，可以说是八个音节，四个抑扬格的音步。如果译成法语 Le printemps est parti par le vent et la pluie，那就和"踏遍青山人未老"的法译文节调完全一样，而且全句有四个 p 的头韵，也可以说是具有音美。

至于押韵，最好能够做到音似，如《清平乐·蒋桂战争》上半段四个仄韵"变""战""怨""现"，如果译成 rain、again、pain、vain，就可以说是和原文大致相近了。又如"今又重阳，战地黄花分外香"。如果译成：

Again the Double Ninth is coming round,
How sweet are yellow flowers on the battleground!

那么 round、ground 和原韵"阳""香"也可以说是大致相近。再如"不周山下红旗乱"，如果用 run riot 这个短语来译，而且把 run 放在句末，那几乎可以说是音似了。还有"战士指看南粤，更加郁郁葱葱"，如果译成：

Our warriors, pointing south, see Guangdong loom.
In a richer green and a lusher gloom.

那么最后一行的"green"和"gloom"都是［g］的头韵，接着辅音［r］和［l］配对，［n］和［m］成双，长元音［i:］和［u:］也很对称。richer 和 lusher 两个词也是辅音［r］和［l］配对，［tʃ］和［ʃ］成双，短元音［i］对［ə］也算和谐，最后还重复了短元音［ə］。加上 richer green 两字又有辅音［r］的重复，短、长元音［i］［i:］的搭配；lusher gloom 也有辅音［l］的重复；短长元音的搭配，听起来多少可以传达一点原文"郁郁葱葱"的音美，而 gloom 和"葱"字还可以说是有点音似。

此外，《人民解放军占领南京》用的韵是"黄""江""慷""王""桑"，如果译成 storm、transform、long、strong、down、renown 等词，可以算是用韵大致相近。"不爱红装爱武装"如果译成 Glad to be battle-dressed, not rosy-gowned，也可以说是传达了一点原诗的音美。

以上举的是音美和音似基本一致的例子。不过音美和音似矛盾的时候远远超过了一致的时候，这就是说，传达原文的音美往往不能做到，甚至也不必做到音似，翻译汉语的叠字尤其是如此。

毛泽东诗词中的叠字很丰富，而翻译叠字不但传达音美困难，传达意美也不容易。

例如"滔滔"二字，毛主席诗词中出现过三次："把酒酹滔滔""顿失滔滔"和《贺新郎》中的"过眼滔滔云共雾"。"顿失滔滔"还是和"惟余莽莽"对称的，又是一个传达三美的问题，我想这两行可以译成：

The boundless land is clad in white;

The endless waves are lost to sight.

用两个词尾相同的形容词来译这两对叠字，也许可能传达一点原文的音美。译文形容词对形容词，名词对名词，动词对动词，短语对短语，也可以传达原文的形美。

除了叠字之外，还有重复的字如何翻译的问题，例如《采桑子·重阳》这首词中，重复的字就很多。"人生易老天难老，岁岁重阳。今又重阳，战地黄花分外香。一年一度秋风劲，不似春光。胜似春光，寥廓江天万里霜。"我想可以译成：

Man will grow old, but Nature seems the same

On each Double Ninth Day.

On this Double Ninth Day,

Battlefield flowers smell sweeter by a long way.

Autumn reigns with heavy winds once every year,

Different from springtime.

More splendid than springtime,

The boundless sky and waters blend with endless rime.

原文重复"老"字，译文用 seem 和 same，重复 [s][m] 两音；原文重复"重阳"，译文也是一样。原文"一年一度"重复了"一"字，译文用 heavy 和 every 相近的音来译；原文重复"春光"，译文也是一样。不过重复"春光"，似乎不如译为 Unlike springtime 和 Far more sublime 更加精练，而且也能传达原文的音美。

要传达毛主席诗词的音美，可以借用英美诗人喜见乐用的格律，选择和原文音似的韵脚，还可以借助于双声、叠韵、重复等方法来表达原文的音美。

关于诗词的形美，还有长短和对称两个方面，最好也能够做到形似，至少也要做到大体整齐。例如《十六字令三首》之三："山，刺破青天锷未残。天欲堕，赖以拄其间。"如果译成英语：

Peaks,

Piercing the blue without blunting the blade.

The sky would fall,

But for this colonnade.

原文十六个字，译文也是十六个词；原文四行的字数分别是一、七、三、五字，译文如果把第三行最后一个词移到下一行，那就和原文长短一样，完全形似。不过译文各行的音节数分别是一、十、四、六个，也可以说是和原文基本音似了。

一般说来，要求译文和原文形似或音似，是很难做到的，只能大体相近，例如"多少事，从来急；天地转，光阴迫"，原文每行三字，短促有力，充分表达了急切的内容。译文如果也要译成每行三词或者三个音节，那就很难；我想译成三四个词或四到六个音节，就可以算是大体整齐。如：

1. So many deeds,

　　Bear no delay.

　　Sun and earth turn,

　　Time flies away.

2. So many things,

　　Should soon be done.

　　Sun and earth turn,

　　　Time waits for none.

3. With so much to do,

　　We must e'er make haste.

　　As sun and earth turn,

　　There's no time to waste.

4. Many deeds should soon be done,

　　At the earliest date.

　　The earth turns round the sun,

　　For no man time will wait.

第一种译文每行基本三词，四个音节；第二种译文每行基本四词，也是四个音节；第三种译文每行基本五词，五个音节；第四种译文却是六个音节，但第一、三行押韵，第二、四行也押韵，在传达原文形美的时候，还兼顾了音美。这四种译文都可以说是大体整齐。

至于对仗，毛泽东在诗中用的很多，七律的第三行和第四行，第五行和第六行，都是对仗工整的；就是词中的对仗也不少，前面已经举了"惟余莽莽"和"顿失滔滔"的例子，这里再来补充两个诗例。"红旗卷起农奴戟，黑手高悬霸主鞭"，对仗就很工整，可以译成法语：

Le drapeau rouge souleva les serfs aux lances;
La main noire brandit le fouet de tyran.

有人认为"黑手"是指农民，那就可以把 brandit 改成 arrêta，译文也算基本对称。还有"高天滚滚寒流急，大地微微暖气吹"，不但对仗工整，而且叠字有力。我想如果译成：

In the steep sky cold waves are swiftly sweeping by;
On the vast earth warm winds gradually growing high.

那不但是状语对状语，主、谓语对主、谓语，而且用了 sw 的双声来译"滚滚"，用了 gr 的双声来译"微微"，可以说是基本传达了原文的意美、音美和形美。

同时传达三美很不容易，最好能把传达音美和形美的困难分散，例如《送瘟神》第二首："春风杨柳万千条，六亿神州尽舜尧。红雨随心翻作浪，青山着意化为桥。天连五岭银锄落，地动三河铁臂摇。借问瘟君欲何往，纸船明烛照天烧。"如译成法语：

Au vent vernal les saules croissent par dix mille,

Nos six cent millions sont tous des maîtres bons.

La pluie rose, à souhait, se tourne en flots fertiles;

Les monts verts, de bon gré, se font piliers de pont.

Nos pics fendent le ciel en brisant les Cinq Crêtes;

Nos bras remuent la terre en creusant trois canaux,

Où va la peste? Qu'on brûle une barque faite,

De papier et des cierges pour son vol en haut!

这样，第三行和第一行押韵，第四行和第二行押韵，第五行和第七行押韵，第六行和第八行押韵，把传达音韵的困难由第一、二、七、八行分担了一半，第三至六行就可以集中力量来传达原文的节奏和对仗了。

总而言之，要传达毛泽东诗词的形美，主要注意句子的长短和对仗工整方面，尽量做到形似。不过这里应该说明一下：在三美之中，意美是最重要的，是第一位的；音美是次要的，是第二位的；形美是更次要的，是第三位的。我们要在传达原文意美的前提下，尽可能传达原文的音美；还要在传达原文意美和音美的前提下，尽可能传达原文的形美；努力做到三美齐备。如果三者不可得兼，那么，首先可以不要求音似，也可以不要求形似；但无论如何，都要尽可能传达原文的意美和音美。

如果两个词都能传达原文的意美，其中有一个还能传达原文的音美，那么翻译的时候，当然是选择兼备音美的词。即使一个词只能传达八分意美和八分音美，那也比另一个能传达九分意美和五分音美的词强，例如"风展红旗如画"中的"展"字，如果译成 unfurl，可能比 unroll 好一点；但是 unroll 能和 scroll 押韵，unfurl

却只有节奏而没有韵，总的看来，不如 unroll。因此 unroll 在意美和音美两方面的总分加起来比 unfurl 高；而我认为总分最高的词就是 the best word（绝妙好词）。以上这些看法和做法是否妥当？欢迎提出宝贵的意见。

（原载《外语教学与研究》1979 年第 2 期）

浅化·等化·深化：三化论

本文原题为《谈中诗英译的变通问题》，谈到专门名词（如"秦汉"）可以变通、浅化为普通名词（如"古代"），普通名词（如"关"）可以等化为专门名词（如"长城"），也可以深化为更具体的普通名词，如"万里长征人未还"中的"人"可以具体化为"卫士"或"士兵"，其他词类也是一样。

吕叔湘先生在《中诗英译比录》的序中说："严格言之，译诗无直译意译之分，唯有平实与工巧之别……所谓平实，非一语不增，一字不减之谓也。小烟之译太白诗，常不为貌似，而语气转折，多能曲肖。"这就是说，"增删更易"，译者可以有变通的自由，吕先生最后说："译人究有何种限度之自由？变通为应限于词语，为可兼及意义？何者为必须变通？何者为无害变通？变通逾限之流弊又如何？"本文试图研究一下变通问题，也就是浅化、等化、深化（三化）的问题。

首先，吕先生说："译事之不能不有变通，最显明之例为典故。"他举了孟郊的《古别离》为例："欲别牵郎衣，郎今到何处？不恨归来迟，莫向临邛去！"Fletcher 的译文是：

You wish to go, and yet your robe I hold.

Where are you going—tell me, dear—today?

Your late returning does not anger me,

But that another steal your heart away.

吕先生说："原诗'莫向临邛'用的是司马相如和卓文君的典故，典故是不能直译的，这里译得很好。""可谓善于变通，允臻上乘。若将……'临邛'照样译出，即非加注不可，读诗而非注不明，则焚琴煮鹤，大煞风景矣。"我觉得典故不能直译，是因为译得"意似"并不能传达原诗的"意美"，所以只好变通一下，采用意译。不但为了"意美"应该变通，我认为如果"音似"不能传达原诗的"音美"，译文也该变通一下。孟郊的原诗每行五字，两行一韵。Fletcher 的译文每行十个音节，五个抑扬格的音步，也是两行一韵，可以说是和原诗"音似"了；但要隔二十个音节才有一韵，这就不如原诗"音美"。如要传达原诗的音韵，我觉得应该再变通一下，加两个韵脚，改译后，新译和原译内容基本相等，可算等化。

I hold your robe lest you should go.

Where are you going, dear, today?

Your late return brings me less woe

Than your heart being stolen away.

又如卢纶的《塞下曲》之二："林暗草惊风，将军夜引弓。平明寻白羽，没在石棱中。"用的是飞将军李广的典故。一次李广出猎，

见草中有石，误以为虎，一箭射去，连箭尾都射进去了。Bynner 的
译文是：

> The woods are black and a wind assails the grasses,
> Yet the general tries night archery—
> And next morning he finds his white-plumed arrow,
> Pointed deep in the hard rock.

译者可能不知道这个典故，所以照字面直译，结果看似译得"意
似"，但其实没有传达原诗的"意美"。所以我认为应该变通一下，
加词译出典故，再现原诗的深层内容，可算深化。

> In the dark woods grass shivers at wind's howl,
> The general takes it for a tiger's growl.
> He shoots and looks for his arrow next morn,
> Only to find a rock pierced' mid the thorn.

再举一个例子，张祜的《何满子》："故国三千里，深宫二十年。
一声何满子，双泪落君前。""何满子"也有典故，据《乐府诗集》：
"唐白居易曰：'何满子，开元中沧州歌者，临刑，进此曲以赎死，
竟不得免。'"后人就把何满子的歌曲，叫作"何满子"。按《全唐
诗话》："张祜此词传入宫禁。武宗疾笃，孟才人歌一声《何满子》，
气亟立殒。上令医诊候，曰脉尚温而肠已断。"[①]宾纳（Bynner）的
译文是：

---

① 　转引自喻守真编注：《唐诗三百首详析》，第 279 页。

A lady of the palace these twenty years,

She has lived here a thousand miles from her home—

Yet ask her for this song and, with the first few words of it,

See how she tries to hold back her tears.

吕先生说:"这首译得也和原诗有出入……原诗说'双泪落君前',译诗却作'请看我竭力忍住那欲滴的双泪',同样表示一歌此曲悲从中来之意,但一以沉痛胜,一以蕴藉胜,取径不同。读起来,音节也不同,双泪落君前是快拍子,See how……就慢多了。"这就是说,第四行对原诗的"意美"和"音美"进行了改编。吕先生却没有指出:第三行变通得更厉害,因为译者不知道"何满子"的典故,只简单化译成 this song,读者可就如坠雾中,莫名其妙:为什么会"双泪落君前"了。第三行译文的音节更多,拍子更慢,根本不能传达原诗的"意美"和"音美",因此,我把这首诗的译文变通了一下,把"何满子"深化为"天鹅临死前的绝唱"。

Home-sick a thousand miles away,

　　Shut in the palace twenty years.

Singing the dying swan's sweet lay,

　　Oh! How can she hold back her tears.

其次,翻译历史或地理的专门词语有时也需要变通,例如张说的《蜀道后期》:"客心争日月,来往预期程。秋风不相待,先到洛阳城。"Fletcher 的译文是:

My eagerness chases the sun and the moon.

I number the days till I reach my home.

The winds of autumn they wait not for me,

But hurry on thither where I would be.

吕先生说："首句误解，乃 grudges days and weeks 之意。三四译文大佳，直译'洛阳'不若如此之能曲达。"这就是说，第一行译文变通错了，第四行的"洛阳"是历史上的名城，可以使人联想起许多美好的事物，音译却无法传达这种"意美"，所以译者变通了一下，也就是说，把专门名词"洛阳"浅化了。现在第四行基本仍用原译，但把头两行译文变通如下：

My heart outruns the moon and sun,

It makes the journey not begun.

The autumn wind won't wait for me,

It arrives there where I would be.

还有一首和地名有关的诗，是杜牧的《赠别》之一："娉娉袅袅十三余，豆蔻梢头二月初。春风十里扬州路，卷上珠帘总不如。"宾纳（Bynner）的译文是：

She is slim and supple and not yet fourteen,

The young spring-tip of a cardamom-spray.

On the Yangzhou Road for three miles in the breeze,

Every pearl-screen is open. But there's no one like her.

第一行"十三余"用反译法变通成了"不到十四"，这是等化；第二行"二月初"简化成了"春天"，这是浅化；第三行"扬州"只译其音，就不能传达原文的"意美"，因为当时的扬州相当于今天的上海，不变通是译不好的；第四行的"不如"译得"形似"而不"意似"，因为原意是"比不上"。所以，我把第四行诗深化了。

She is slender and graceful and not yet fourteen,

　　Like a cardamom at the tip of a new spray.

When the spring wind uprolls the pearly window screen,

　　Her face outshines those on the splendid three-mile way.

不但是地名，就是人名有时也可以用变通的译法，例如张泌的《寄人》："别梦依依到谢家，小廊回合曲阑斜。多情只有春庭月，犹为离人照落花。"暨南大学翁显良教授的散体译文是：

Last night in my dreams I found my way back to the old house. Through the galleries I wandered, winding around the courtyard, time and again pausing at the balustrade. Spring had been: the ground was strewn with flowers, faded, forsaken. But the moon still came, bathing them in a soft silvery light. She seemed to remember, compassionate one. The only one?[①]

译者理解深刻，独具慧眼，表达灵活，懂得变通，如"谢家"就没有直译，最后两句诗味很浓，用的是深化译法。现在，我们再来看

_____

① 见《翻译通讯》1981 年第 6 期。

看 Giles 的诗体译文：

After parting, dreams possessed me

and I wandered you know where.

And we sat in the verandah

and you sang the sweet old air.

Then I woke. with no one near me

save the moon still shining on,

And lighting up dead petals

which like you have passed and gone.

吕叔湘先生说："第二行 you know where 措辞妙。七、八两行以落花比离人，亦未始不可，但 passed and gone 大有死别之嫌，不如 come and gone。"又说，第四行"完全为足成音段而增加"。这就是说，第二行没有直译"谢家"，用的是浅化法；但第四行就变通得太过分了，第七、八行也可待商榷，因此，我试着把这首诗重译如下：

When you're gone, in my dream I linger you know where,

The court still seems the same with zig-zag rails around.

Only the sympathetic moon is shining there,

For me alone on flowers fallen on the ground.

有时，人名只能直译，不能变通，如无名氏的《哥舒歌》："北斗七星高，哥舒夜带刀。至今窥牧马，不敢过临洮。"《全唐诗注》："天宝中，哥舒翰为安西节度使，控地数千里，甚著威令。"《唐书·哥舒翰传》："吐蕃盗边，翰持半段枪迎击，所向披靡，虏骇走，只马无还者。"哥舒翰的事迹，现代中国读者不读注解也不知道，所以翻译时就只好直译加注了。宾纳的译文是：

This constellation, with its seven high stars,

Is Geshu lifting his sword in the night;

And no more barbarians, nor their horses, nor cattle,

Dare ford the river boundary.

人名虽然直译，但如果加上"将军"二字，就会更好理解，可算是深化。第四行的地名"临洮"，又浅化处理了。第三行的理解可能有误，现拟改译如下：

When seven stars of the Plough are at their height,

General Geshu lifts his sword at night.

No more barbarians dare to come in force

To plunder us of our cattle and horse.

　　不但人名有时需要直译，有些带民族风味或地方色彩的专门词语，有时也不能变通处理。例如王翰的《凉州词》："葡萄美酒夜光杯，欲饮琵琶马上催。醉卧沙场君莫笑，古来征战几人回？" Giles的译文是：

'tis night: the grape-juice mantles high

　　in cups of gold galore;

We set to drink, but now the bugle

sounds to horse once more.
Oh marvel not if drunken we
    lie strewed about the plain;
How few of all who seek the fight
    shall e'er come back again!

原诗第二行的"琵琶"变成喇叭，这就不是等化，超过变通的范围
了，我看还是译成 guitar 或者译音加注好些。

The cups of jade would glow with wine of grapes at night,
We set to drink when pipa summons us to fight.
Don't laugh if we lay drunken on the battleground!
How many ancient warriors came back safe and sound?

以上几个例子试图说明：直译专门词语不能传达原文的"意美"时，
需要变通用浅化或深化的方法；变通有损于原文的民族风格或地方
色彩时，又以等化或直译为宜，这也可以说是直译和变通的辩证关
系吧。

吕先生在《中诗英译比录》的序中说："译诗者往往改变原诗
之观点，或易叙写为告语，因中文诗句多省略代词，动词复无词形
变化，译者所受限制不严也，其中有因而转更亲切或生动者。"在
我看来，改变观点或语气，也算一种变通，可以说是等化。例如崔
颢的《长干行》："君家住何处，妾住在横塘。停船暂借问，或恐
是同乡。""家临九江水，来去九江侧。同是长干人，生小不相识。"
宾纳的译文是：

"Tell me where do you live?—

Near here, by the fishing-pool?

Let's hold our boats together, let's see

If we belong in the same town."

"Yes I live here by the river;

I have sailed on it many and many a time.

Both of us born in Changgan, you and I!

Why haven't we always known each other?"

吕先生说："原诗一共有四首，这是一二两首。这两首原来是否为一问一答的配合，很难说；但译成一问一答，更有意趣。纯用语体，尤其觉得生动。"但是原诗有韵，译文没有，我试译成女方一人问话如下：

Tell me where do you live, tell me!

You'll find my house if you go down.

Stop rowing for a while! Let's see

If we belong in the same town!

By riverside I have my home;

To and fro on the stream you roam.

Both of us live along the shore.

Why did we not know it before?

原诗中有两个地名"长干"和"横塘"，翻译的时候，都可以浅化变通。

变通语气的还有岑参的《逢入京使》："故园东望路漫漫，双袖龙钟泪不干。马上相逢无纸笔，凭君传语报平安。"宾纳的译文是：

It's a long way home, a long way east.

I am old and my sleeve is wet with tears.

We meet on horse-back. I have no means of writing,

Tell them three words— "He is safe."

吕先生说："第四行译得很好，如闻其语。如译作'Tell them that I am safe'便平板了。"也就是说，语气变通得好。但是我却觉得，译文如果等化，只要有韵，语气变或不变关系不大，试译如下：

I look east to homeland, long, long the road appears,

My old arms tremble and: my sleeves are wet with tears.

Meeting you on horseback, with what brush can I write?

I can but ask you to tell them I am all right.

语气变通得好的如宾纳翻译的卢纶《塞下曲》之四："野幕敞琼筵，羌戎贺劳旋。醉和金甲舞，雷鼓动山川。"

Let feasting begin in the wild camp!

Let bugles cry our victory!

Let us drink, let us dance in our golden armour!

Let us thunder on rivers and hills with our drums!

吕先生说："原诗从旁观者的角度叙写，译诗改作军中人口气，兴高采烈之状跃然纸上。……无论为诗为文，求其生动，则旁叙不及寄之于局中人之口，但中诗句法凝练，不易多用直接引语。"这篇译文改变了原诗的观点，用了深化的方法，传达原诗的"意美"，可以说是青出于蓝；如果还能传达原诗的"音美"和"形美"，那就可以算是青胜于蓝了。现试改译如下：

Let sumptuous banquet in the wild be spread!
Let natives give the victors warm welcomes!
Let's dance in golden armor, drunk and fed!
Let mountains tremble at thunder of drums!

改变原诗观点的还有宾纳译的贾岛的《寻隐者不遇》："松下问童子，言师采药去。只在此山中，云深不知处。"

A Note Left for an Absent Recluse

When I questioned your pupil, under a pine-tree,
　"My teacher," he answered, "went for herbs,
But toward which corner of the mountain,
How can I tell, through all these clouds?"

吕先生说："平叙改作留字于隐者，更饶有意趣。措辞观点不同……"这就是说，译文的观点和语气都变通了，用的是等化法，能传达原诗的"意美"，但可惜是散体译文，现试改成诗体如下：

I see your boy'neath a pine-tree,
　"My master's gone for herbs," says he,
　"Amid the hills I know not where,
For clouds have veiled them here and there."

译文观点和语气都改变的还有李商隐的《嫦娥》："云母屏风烛影深，长河渐落晓星沉。嫦娥应悔偷灵药，碧海青天夜夜心。"宾纳的译文是：

To The Moon Goddess

Now that a candle-shadow stands on the screen of carven marble,

And the River of Heaven slants and the morning stars are low,

Are you sorry for having stolen the potion that has set you,

Over purple seas and blue skies to brood through the long nights?

吕先生说："此由第三身之叙写改为对第二身之告语者，视原来为亲切。"还有"嫦娥"这个人名变通成为月中仙女，可算等化或深化，更能传达原诗的"意美"；"长河"二字，译文只等化为"天河"。李商隐的诗有时晦涩难懂，这首《嫦娥》至少就有三种解释：《唐诗一百首》中说："古代神话说嫦娥偷吃了丈夫后羿的仙丹，飞升到月宫里去成为一个快乐的'仙人'。这首诗中却说，她独个儿生活在天上，每天都要度过痛苦不眠的长夜，是不会有什么真正幸福的。"《唐宋绝句选注析》中说："这首诗，作者运用比兴手法，集中写了仙女嫦娥的孤独，名曰写嫦娥，实是在暗喻作者自己的苦闷孤单和一生不得志的幽怨。"喻守真在《唐诗三百首详析》中说："此诗虽是咏月里的嫦娥，但看他后二句，或有所寄托，大概是责备意中人的偷奔，而仍不能忘情。"因此，译文变通之后，最好也要三种解释都说得通，现试改译诗体如下：

Upon the marble screen the candle-light is winking,

The Milky Way is slanting and morning stars sinking.

You'd regret to have stolen the miraculous potion,

Night after night you brood o'er the celestial ocean!

"灵药"二字虽然可以等化译成 elixir，但是不加注解，恐怕外国读者还是不会懂的，因为嫦娥偷药奔月是个典故，而这个典故即使深化或浅化也不容易理解。以上几个例子说明：改变原诗的观点和语气，有时更能传达原诗的"意美"。吕先生所举的这几个佳例都是宾纳的散体译文，所以他说："Bynner 则颇逞工巧"，"好出奇以制胜，虽尽可依循原来词语，亦往往不甘墨守"。但宾纳只是在"意美"方面逞工巧，如果能在"音美""形美"方面也出奇制胜，那就可以青胜于蓝了。

吕先生问道："变通为应限于词语，为可兼及意义？"现在，我们就来看看词语和意义的变通问题。例如贾至的《春思》："草色青青柳色黄，桃花历乱李花香。东风不为吹愁去，春日偏能惹恨长。"Fletcher 的译文是：

The yellow willow waves above;

the grass is green below.

The peach and pear blossoms

in massed fragrance grow.

The east wind does not bear away

the sorrow at my heart.

Spring's growing days but lengthen out

my still increasing woe.

吕先生说："原诗第二句的桃李分说，取缀句之便利，李花未必不历乱，桃花未必不香，与上句之草只青而柳只黄者异，故译者合而言之。末句原诗也许只是有感于时节，译文兼取日长之意。"这就是说，译文有两个地方变通了原诗的词语或意义。我却觉得这种变通可有可无，桃李可合可分，译文都是等化，"春日"倒是越长越能传达原诗的"意美"，因此改译如下：

The yellow willows greet the green grass at their feet,

Peach blossoms run riot, plum flowers smell so sweet.

The vernal wind cannot blow my sorrow away,

My woe increases with each lengthening spring day.

又如张祜的《赠内人》："禁门宫树月痕过，媚眼惟看宿鹭窠。斜拔玉钗灯影畔，剔开红焰救飞蛾。"宾纳的译文是：

When the moonlight, reaching a tree by the gate,

Shows her a quiet bird on its nest,

She removes her jade hairpins and sits in the shadow,

And puts out a flame where a moth was flying.

吕先生说："'剔开红焰'如何便是'救飞蛾'，细想起来确是不甚了然，故译者径改作 puts out。但一口吹灭，似乎也未免太鲁莽些。"这就是说，词语和意义都变通得不太好，因此，我试用等化法改译如下：

The moon casts shadows of trees on the palace door,

Her longing eyes see a bird's nest and nothing more.

Removing her hairpin, she sits by a candle bright.

Lest a moth should be burned, she tries to dim the light.

再如杜牧的《赠别》之二："多情却似总无情，唯觉樽前笑不成。蜡烛有心还惜别，替人垂泪到天明。"宾纳把这首著名的七言诗译成如下散体：

How can a deep love seem a deep love,

How can it smile, at a farewell feast?

Even the candle, feeling our sadness,

Weeps, as we do, all night long.

吕先生对译文发表了长篇评论，现抄录如后："这首诗的第一行译文相当成功：seem a deep love 指笑语殷勤，做出多情的样子，真正多情的人会是这样吗？这样反言以明之，用来翻译'却似总无情'，不可不说是相当成功。但是连第二行一同看，就觉得比原诗浅了。'真正多情的人怎么能把多情搁在面子上呢？怎么能在快分别的时候还有说有笑呢？'译者之意，正唯多情故笑不成而已，原诗要比这个曲折得多。多情者可以不作态，无情者也可以不作态，这个对我似有情又似无情，一直是个闷葫芦，现在才知道不是无情。何以见得？'尊前笑不成'也；若真是无情，平时还有个三言两语，何以今日之下反而沉默起来了呢？译者只见到真多情者不作寻常儿女情态这一点，却没有能把握到多情貌似无情而一往情深自然流露的意思，所以浅了。译文第四行用 as we do，便把'替'字译成'伴'字，又比原诗粗了。他认为，既然笑不成，自然只有淌眼泪了。但既然垂泪，岂非多情之情依然和盘托出？这是依照译诗立意前后参

100

差之处。而尊前这位姑娘，不但不会强颜欢笑，并且也不知道可以寄情于一哭，只会黯然相对。总之，原诗写一个十四五岁的小儿女含情脉脉，欲用情而不知从何用起，天真而又羞怯之态，恰到好处。译诗里头的感情就更加浓厚、成熟了，虽然就诗论诗仍不失为一首好诗。倘若拿画来比，原诗好像一幅水粉画，译诗便近于油画；倘若拿酒来比，原诗是黄酒，译诗就有点像白干了。"总而言之，译文的词语和意义变通得过分了。现在，我试改译成诗体如下：

Though deep in love, we seem not in love in the least,

Only feeling we cannot smile at farewell feast.

The candle has a wick just as we have a heart,

All night long it sheds tears for us before we part.

"蜡烛有心还惜别"是双关的名句，这里用深化法把烛芯和人心都译了出来，也可以算是词语和意义的变通吧。

杜牧还有一首著名的《秋夕》："银烛秋光冷画屏，轻罗小扇扑流萤。天阶夜色凉如水，卧看牵牛织女星。"Giles 的诗体译文是：

Across the screen the autumn moon

    stares coldly from the sky;

With silken fan I sit and flick

    The fireflies sailing by.

The night grows colder every hour,

    it chills me to the heart.

To watch the Spinning Damsel

    from the Herd Boy far apart.

吕先生说："原诗是第一人称还是第三人称并无明文，但解作第一人称似不如第三人称好。原诗或仅写闲逸之情趣，译诗则颇有自伤之意。"这就是说，译文变通了原诗的观点和意义。但在《千家诗》中，这首诗的题目却是《七夕》，那就是说，译文深化的变通可能更好地传达了原诗的"意美"，现试改译如下：

The painted screen is chilled in silver candlelight,
She uses silken fan to catch passing fireflies.
The steps seem steeped in water when cold grows the night,
She lies watching heart-broken stars shed tears in the skies.

译文变通原诗词语和意义的，还有宾纳译的李频的《渡汉江》："岭外音书断，经冬复历春。近乡情更怯，不敢问来人。"据《唐宋诗词浅释》说，这首诗是宋之问被贬到泷州（今广东省罗定市）后，从泷州逃归洛阳，途经汉水时所写。而从《唐诗三百首》中李频的简历看来，看不出他曾去过岭外，渡过汉水，所以我想，这首诗的作者可能是宋之问。宾纳的译文是：

Away from home, I was longing for news,
Winter after winter, spring after spring.
Now, nearing my village, meeting people,
I dare not ask a single question.

吕先生说："原诗第二行'经冬复历春'只是过了一冬又一春，译文变成'一冬又一冬，一春又一春'。写诗不是写史，所以译诗在

102

这些地方也不必拘泥，倒是原诗的精神——诗中大意和所含的感情——非用心体贴，忠实表达不可。在这一点上，这首译诗做到了。第一行不说'音书绝'，说'渴望消息'，则音问之不通自在言外；第三行的'怯'字也没有译，但'不敢问来人'则情怯可知。"这就是说，第一、四行用浅化法变通得很好，在"神似"的情况下，可以不要求"形似"。但是如果第二行能用等化法做到"意似"，岂不更好？现试改译诗体如下：

I longed for news while far away,

From year to year, from day to day.

Nearing homeland, timid I grow,

I dare not ask what I would know.

以上几个例子说明：如果改变原诗的词语，更能传达原诗的"三美"，那就应该变通；如果和原诗的意义有出入，而译文更富有"三美"，那也可以变通。

吕先生说："中诗大率每句自为段落……西诗则常一句连跨数行……译中诗者嫌其呆板，亦往往用此手法。"这就是说，句型也可以变通。这种例子很多，如宾纳译韦庄的《台城》："江雨霏霏江草齐，六朝如梦鸟空啼。无情最是台城柳，依旧烟笼十里堤。"

Though a shower bends the river-grass, a bird is singing,

While ghosts of the Six Dynasties pass like a dream

Around the Forbidden City, under weeping willows

Which loom still for three miles along the misty moat.

吕先生说："第二行起一气到底，与原诗气韵不同，此仍是中西诗的传统相异处。"这种句型的变通是不是必要的呢？我试用三化法把这首诗译成不变通的诗体如下：

Over the riverside grass falls a drizzling rain,

Six Dynasties have passed like dreams, birds cry in vain.

For miles around the town unfeeling willows stand,

Adorning like a veil of mist the lakeside land.

还有一种句型的变通，就是把偶句译成散行，或者把散行译成对仗。一般说来，前者较多，后者较少，这里只举一例，宾纳如此译王昌龄的《出塞》："秦时明月汉时关，万里长征人未还。但使龙城飞将在，不教胡马度阴山。"

The moon goes back to the time of Qin, the wall to the time of Han.

And the road our troops are travelling goes back three hundred miles.

Oh, for the winged General at the Dragon City—

That never a Tartar horseman might cross the Yin Mountains.

这种变通在我看来并不必要，所以还是用浅化法把"秦""汉""阴山"变通一下，改译诗体如后：

The age-old moon still shines o'er the ancient Great Wall,

But our frontier guardsmen have not come back at all.

Were the winged general of Dragon City here,

The Tartar steeds would not dare to cross the frontier.

总而言之，唐诗英译中的变通，大约有这五种。在我看来，翻译典故必须变通，句型变通则不必要，对仗译成散行，那是不得已而求其次的方法，至于改译专门词语，改变原诗的观点及语气，改变原诗的词语，如果结果更能传达原诗的"意美"，那也应该变通。至于和原诗的意义有出入，那就一定要译文更富有"意美、音美、形美"才可以变通，在这个意义上说，译诗可谓是再创作了，再创作可以用等化、浅化、深化三种方法。这点非常重要，因为如果深化得好，可以青出于蓝而胜于蓝，使中国诗能给国际文化增添异彩。

（1982 年）

知之·好之·乐之: 三之论

本文原题为《译诗记趣》，记述了作者译李煜词、苏东坡诗词、革命诗词时的乐趣；论述译诗的目的是使读者知之（理解）、好之（喜欢）、乐之（愉快）。使人知之需要达意，使人好之需要传情，使人乐之需要感动，这就是文学翻译目的论的三部曲。

翻译不易，译诗更难，译格律诗更是难上加难。翻译有趣，译诗更有趣，把格律诗译成格律诗简直是其乐无穷，好的译诗可以使人知之（理解）、好之（喜欢）、乐之（愉快）。

英国文学史上把格律诗译成格律诗的，一百年只有一部名著：18 世纪蒲柏（Pope）译的荷马史诗，19 世纪菲茨杰拉尔德（Fitzgerald）译的《鲁拜集》（*The Rubaiyat of Omar Khayyam*）。我们先看一段荷马史诗《伊利亚特》（*The Iliad*）中赫克托耳（Hector）离妻别子时说的话吧：

"Andromache! my soul's far better part,

Why with untimely sorrows heaves thy heart?

No hostile hand can antedate my doom,

Till fate condemns me to the silent tomb.

Fix'd is the term to all the race of earth,

And such the hard condition of our birth.

No force can then resist, no flight can save;

All sink alike, the fearful and the brave.

No more—but hasten to thy tasks at home,

There guide the spindle, and direct the loom;

Me glory summons to the martial scene,

The field of combat is the sphere for men.

Where heroes war, the foremost place I claim,

The first in danger as the first in fame." [1]

这段诗体译文译得慷慨激昂，音调铿锵，写出了英雄本色；但过于华丽，蔓生枝节。下面再看一下李夫（W. Leaf）的散文译文：

"Dear one, I pray thee be not of over sorrowful heart; no man against my fate shall hurl me to Hades; only destiny, I ween, no man hath escaped, be he coward or be he valiant, when once he hath been born. But go thou to thine house and see to thine own tasks, the loom and distaff, and bid thine handmaidens ply their work; but for war shall men provide and I in chief of all men that dwell in Ilions." [2]

比较一下两种译文，就可以看出散文的译文保持了原诗朴素的古风，

---

① *The Iliad, Book VI*, p.624—637.

② *The Iliad of Homer*, p.126.

但是译得平淡无奇。怎样才能译得兼顾两种译文的长处，换句话说，怎样能既传达原诗的"意美"，又传达原诗的"音美"和"形美"，使人不但知之，而且好之，甚至乐之呢?

李煜词中有一首《相见欢》："林花谢了春红，太匆匆。无奈朝来寒雨晚来风。胭脂泪，相留醉，几时重。自是人生长恨水长东。"美国印第安纳大学布莱恩特教授（Daniel Bryant）的译文是:

The spring scarlet of the forest blossoms fades and falls.

Too soon, too soon;

There is no escape from the cold rain of morning, the wind at dusk.

The tears on your rouged cheeks,

Keep us drinking together,

For when shall we meet again?

Thus the eternal sorrows of human life, like great rivers flowing ever east. [①]

这个译文不但与原文"意似"而且还"形似"，"太匆匆"译成 too soon, too soon，还可以说是和原文"音似"。不过原诗押了五个"东"韵，译文只押了一个，传达原诗的"音美"，显得有些不足，而且最后一行和上文的联系显得不够紧密。只能使人知之，如何才能传达原诗的"意美"，使人好之，似乎还可以作进一步的研究。我想把这首词试译如下:

Spring's rosy color fades from forest flowers.

---

① *Sunflower Splendor*, p.305.

Too soon, too soon.

How can they bear cold morning showers,

And winds at noon?

Your rouged tears like crimson rain,

Intoxicate my heart.

When shall we meet again?

As water eastward flows, so shall we part.

这个译文不说"林花别了",而说"别了林花",从形式上看来,译得不够"意似";但从内容上看来,我觉得还是传达了原诗的"意美"。原诗第三行被拆译成了两行,这样不够"形似",但却更能传达原诗的"音美"。这行诗的主语有人说是作者,但如译成"我",就和上文显得不够连贯。布莱恩特教授的译文回避了这个问题,译得巧妙。我的译文为了押韵,把"晚来风"改成"午来风"了,译得又不"意似"。自然我可以把这行改成 And the wind in the afternoon,这样意思会更接近些,但是音节却和前一行一样多,不能传达原诗前长后短的节奏。我觉得原诗形式上说"朝来寒雨晚来风",内容是说一天的风雨,倒不一定非说"晚来风"不可,所以就是现在这个译文,也能传达原诗的"意美",可以使人知之,好之。原诗最后一行形式上说"人生长恨",从上下文看来,内容应该是指"离愁别恨",于是我又舍弃了"形似"的译法,直接说是离恨了。这种译法是否妥当?可以研究。不过译后一读,觉得译文朗朗上口,译者也就自得其乐了。

李煜还有两首写渔家乐的小词,第一首是:"浪花有意千重雪,桃李无言一队春。一壶酒,一竿身,世上如侬有几人。"我想译成:

White-crested waves aspire to a skyful of snow,

Spring displays silent peach and plum trees in a row.

A fishing rod,

A pot of wine,

Who in this world can boast of a happier life than thine?

我看"有意"译得能使自己乐之，如果把"一竿身"换成"一杆笔"，那也就写出了诗人和译者的乐趣了。

苏东坡也有四首《渔父》词，第一首是："渔父饮，谁家去？鱼蟹一时分付。酒无多少醉为期，彼此不论钱数。"美国印第安纳大学罗郁正教授（Irving Yucheng Lo）的译文是：

The fisherman drinks,

Where does he go for wine?

All at once he disposes of his fish and crab.

Not too much wine, but he won't quit until drunk:

Neither he nor the others are particular about money. [1]

这个译文可以说是译得"形似"的了。例如将第四行"酒无多少"译成 not too much wine 就几乎是逐字直译的，理解为"没有太多的酒"了。我的看法是"形似"未必"意似"，如果说没有太多的酒，怎么一定能够喝到醉了为止呢？这岂不是一句之内自相矛盾么？所以我想这里"酒无多少"是"无论有多少""不管多或少"或"不

---

[1] *Sunflower Splendor*，p.364.

110

分多少"的意思，那才能和下文连得起来。还有最后一行译"彼此"用了"the others"，从形式上看似乎无不可，但内容却变成是渔夫和别的酒客都不在乎钱了。其实这里"彼此"是指渔父和酒家，渔夫用鱼蟹换酒喝，不用付酒钱，酒家也不用付鱼蟹钱的意思。所以最后两行"形似"的译文，译得都不"意似"，不能使人知之，这就说明了"形似"和"意似"的不同，也就是形式和内容的矛盾。我想把这首词改译如下：

The fisherman will drink,

And you know where he goes.

All at once of his fish and crab he will dispose.

Then he will drink his fill and will not stop,

Till drunk: he need not pay nor be paid by the wineshop.[①]

苏东坡还有一首著名的《饮湖上初晴后雨》："水光潋滟晴方好，山色空蒙雨亦奇。欲把西湖比西子，淡妆浓抹总相宜。"罗郁正教授的译文是：

Shimmering water at its full—sunny day is best;

Blurred mountains in a haze—marvelous even in rain.

Compare West Lake to a beautiful girl, she will look

Just as becoming—lightly made up or richly adorned.[②]

---

① 《苏东坡诗词新译》已于 1982 年由香港商务印书馆出版。

② *Sunflower Splendor*, p.347.

这个译文可以说是译得"意似"的，但是原诗有韵，译文没有，所以读起来觉得没能传达原诗的"音美"，因此也就没有充分传达原诗的"意美"，只能使人知之，不容易使人好之。由此可见"意似"和"意美"的差别，也可以看出"音美"和"意美"的关系。我把这首七绝试译如下：

The brimming waves delight the eye on sunny days;
The dimming hills give a rare view in rainy haze.
The West Lake looks like the fair lady at her best.
Whether she is richly adorned or plainly dressed.

原诗第一、二行对仗工整，译文没有传达原诗的"形美"，因此也就减少了译文的"意美"，由此也可以看出"形美"和"意美"的关系。不过在"意美""音美""形美"三者的关系中，"意美"是第一位的，"音美"是第二位的，"形美"是第三位的。最好是"三美"俱全，但在三者不能兼顾的时候，可以不传达原文的"形美"，但要尽可能在传达"意美"的前提下传达原诗的"音美"。如能译得"三美"齐备，那更是其乐无穷了。

最近在译我国现代革命家诗词选，有时偶得妙句，乐不可支。如秋瑾烈士永垂不朽的绝命词"秋风秋雨愁煞人"，诗只一行，不难理解，也不难译。原文重复了"秋"字，而"愁"字上面还有一个"秋"字。如何才能译出原诗这个妙处呢？我苦思不得其解，忽然苦尽甘来，犹如"山重水复疑无路，柳暗花明又一村"，想到了把这行诗译成：

Sad autumn wind and autumn rain has saddened men. [①]

这样原文重复"秋"字，译文也重复了 autumn，原文"愁"字译成 sadden，并把前半个字 sad 放在句首，来译"愁"字上面的一个"秋"字，虽然 sad 并没有"秋"字的意思，但是这个译法恰好显示了原诗的妙处，而且使上下文前后连贯。此外，原诗"秋风"二字一拍，"秋雨"二字一拍，"愁煞人"三字一拍；译文前三字两拍，中间三字也是两拍，最后三字还是两拍，拍数虽然增加了一倍，但节奏却和原诗是一样的。加上第四拍最后一个字 rain 和第六拍最后一个字 men 还可以算是凑韵，所以译文不但可以传达"愁"字和"秋"字的"形美"，还多少可以译出一点原诗的"音美"，这就使我好之、甚至乐之了。

《十老诗选》中有林伯渠的《郴衡道中》，其中三、四两行是："垂柳如腰欲曼舞，碧桃有晕似轻颦。"这两行诗显示作者听到十月革命后心情愉快，觉得自然景物更加美好，而且诗句对仗工整，我很喜欢，现在试译如下：

The drooping willow branches dance like slender waist;
The green peach blossoms redden like a smiling face.

这两行译文只是基本上传达了原诗对仗工整的"形美"，也能使我好之。

《周恩来青年时代诗选》中的《大江歌罢》一首已有三四种译文。原诗是："大江歌罢掉头东，邃密群科济世穷，面壁十年图破

① 《动地诗——中国现代革命家诗词选》，已于 1981 年由香港商务印书馆出版。

壁，难酬蹈海亦英雄。"现将（1）《中国文学》、（2）《人民画报》和（3）林同端《周恩来诗选》的译文转抄如下：

(1) Having sung of the Yangtse, I turn eastwards.

To explore the sciences and relieve suffering.

For ten years I'll study to break new ground,

Or drown in the sea, no less heroic.

(2) Singing in a heroic strain,

I turn away and sail east

To drive into the sciences

To save the country now in peril.

For the years I'll endeavour

To find ways to clear up the mess;

Even if I fail in my attempt,

I'll die heroically.

(3) Song of the Grand River sung,

I head resolute for the east,

Having vainly delved in all schools

For clues to a better world.

Ten years face to wall,

I shall make a break-through,

Or die an avowed rebel

Daring to tread the sea.

以上三种译文，以"意美"而论，第三种译文都有独到的见解；以"音美"而论，则三种译文都只有轻重节奏，没有和原诗一样押韵；以"形美"而论，除第一种译文保持四行之外，其他两种译文都分了行。我并不是说译诗不能增加行数，但我认为应该尽可能译得"形似"。如果为了"意美"和"音美"，不可能传达原诗的"形美"，那就不必译得"形似"。如果可能的话，最好还是要兼顾"三美"，才能使人好之。现将我自己在《动地诗》中的译文转抄于下：

Songs of the Great River sung, we head for the east

To delve in science that the world from toil be released.

Ten years within four walls, we will make a breakthrough;

The task not done, we'll tread the sea as heroes do.

《毛泽东诗词》中近来又增加了一首六言诗："山高路远坑深，大军纵横驰奔。谁敢横刀立马？唯我彭大将军。"这首诗的特点是每行六字三拍，我想试译成朗诵诗如下：

From east to west

   by bounds and leaps

      our army sweeps

All the way

   over mountains steep

      and trenches deep.

Who is there

   wielding his sword

      and rearing his horse?

    It is none

        but General Peng

            of our mighty force.

这个译文把原文一行六字译成了十二个音节，但也是三拍，而且第一、二行的第二、三拍都押了内韵，第三行的第二、三拍也用了半谐音（assonance），第四行和第三行押韵，还把"彭大将军"中的"大"字移到"军"字前面去了，和第二行的"大军"二字遥相呼应，觉得译文多少可以传达一点原诗的"意美""音美"和"形美"，译后颇能自得其乐。

《陈毅诗词选集》中也有不少对仗工整的对句，如《莱芜大捷》中第五、六行："鲁中雾雪明飞帜，渤海洪波唱大风。"我想译成：

Red flags fly in Shandong with flying snow;

Great waves roar in Bohai with roaring winds.

这样用重复 fly 和 roar 两个字的译法，是否更能传达原诗的"形美"？牺牲一点意似，是否更能使人好之？自然，这两个对句并不是陈老总诗词中最著名的。陈老总的名诗，首推《赣南游击词》，第一段是："天将晓，队员醒来早，露侵衣被夏犹寒，林间唧唧鸣知了。满身沾野草。"这一段词是按照《忆江南》的曲调填写的，第一行最短，只有三个字，第二、五行各五字，第三、四行各七字，第一、二、四、五行押韵。全词由短到长，又由长而短，读来长短交替，仿佛看见游击队员风餐露宿、神出鬼没一般。因此翻译的时候，应该尽可能地传达原诗的"音美"和"形美"，但《中国文学》还是把这段词译成分行散文：

> Towards dawn
>
> Our men wake early;
>
> Dew-drenched clothes and bedding even in summer are cold;
>
> In the trees cicadas shrill;
>
> Grass clings to our uniforms.

这个译文虽然传达了原诗的内容，可以使人知之，但是各行长短不一，短的只有三个音节，长的却有十四五个，节奏也杂乱无章，不能使人好之。其实只要略加修改，换几个字，颠倒一下顺序，诗味就可以浓一些：

> Towards daybreak,
>
> Early our men awake.
>
> Our bedding wet with dew, in summer we feel cold.
>
> Among the trees cicadas shrill.
>
> With grass our clothes bristle still.

我想在第四、五行之间加上一个"Behold！"好和第三行押韵，增加译文的"音美"。但是原诗第三行也没有押韵，因此就不必多此一举了。陈老总的诗词不但长短有致，而且注意修辞，如《赴延安留别华中诸同志》中的第五段是："行行过太行，迢迢赴延安。细细问故旧，星星数鬓斑。"这一段五言诗各行都是以叠字开始的，翻译的时候最好能传达原文的这个特点，但是《中国文学》的译文只是：

Crossing the Taihang Mountains

Towards faraway Yan'an,

Asking for detailed news of my old friends,

My hair sprinkled already with grey.

这段译文是否译得"意似"？译者把第四行理解为诗人的头发灰白了，而不是"故旧"和"数鬓斑"，恐怕没有传达作者的原意。我想把这段改译如下：

On and on past Taihang we walk;

By and by to Yan'an we make our way.

Again and again with old friends we talk;

One by one we count our hairs grey.

这个译文用了重复 on、by、again、one 等字的办法，多少可以传达一点原诗的"音美"和"形美"，使人好之。自然，重复的办法不只可以用于译叠字，还可以用于其他情况，如陈老总的《长相思·冀鲁豫道中》："山一程，水一程，万里长征足未停。太行笑相迎。昼趱行，夜趱行，敌伪关防穿插勤。到处有军屯。"我想把这两段诗译成：

From hill to hill,

From rill to rill,

We never stop for miles and miles,

Mount Taihang welcomes us with smiles.

By daylight,

By starlight,

We penetrate hostile posts here and there,

Our men are everywhere.

陈老总的诗词还有一个特点，那就是把旧诗、新诗、民歌的长处都熔于一炉，按规矩，又不受束缚，说是旧体，又不完全合格。因此翻译的时候，就不能够拘于一格。例如《还乡队歌》就非常口语化，前几行是："还乡队，尽有罪。见人就杀，见酒就醉，见钱就拿，见女人就睡。"短短几行，重复了四个"见"字和"就"字。怎样才能传达这种民歌体的特殊风味呢？我想把这几行试译如下：

Home-going lords

Are guilty all:

They rob

People who sob;

They kill

And drink their fill;

They rape

Women who can't escape.

《动地诗》中除了选有毛泽东、周恩来、朱德、陈毅等老革命家的诗词之外，还选了一首钱来苏的《刘伯承、邓小平将军飞渡黄河》，这是当时记录解放战争大反攻序幕的史诗，全诗如下："将军飞渡勇无俦，天险黄河一夜收。四十万军经一击，摧枯拉朽到莱州。防守徒夸有天险，持支危局仗滔滔。欢呼飞将从天降，顿使顽奴命运消。"我想把这首诗句试译成：

Generals Liu and Deng are brave without a peer,
O'ernight the Yellow River barring their way is crossed.
Four hundred thousand foes at one blow disappear;
Like crushed weeds and rotted wood Laizhou is lost.
In vain they boast of barriers o'er which none can fly
And seek precarious safety in the endless waves.
To our great joy, winged warriors come from the sky,
Suddenly it decides the fate of die-hard slaves.

《动地诗》中最后一首是叶剑英《远望集》中的《忆秦娥·祝科学大会》，全词如下："追科学，西方世界鞭先着。鞭先着，宏观在宇，微观在握。神州九亿争飞跃，卫星电逝吴刚愕。吴刚愕，九天月揽，五洋鳖捉。"我把这首词译成：

Overtake the West,
Of advanced Western science keep abreast!
Keep abreast
In science of universe
And particles diverse.

The land of millions strives to be modernized;
Satellites passing like a bolt, Wu Gang's surprised.
Wu Gang's surprised

To see from high the moon down brought

And in the deep the turtles caught.

这首词的特点是：两段的第三行都是重复第二行的后半。如能译得自然，那译者是会觉得其乐无穷的。如果译者的乐趣能通过译文传达给读者，能感动人，那就达到了文学翻译的目的。

（原载《编译参考》1980 年第 6 期）

三美与三似论
——《唐宋词选》英、法译本代序

《中国词选》罗马尼亚译者米·扬·杜米特鲁说，"中国词使我们认识了一个毋庸置疑的充满魅力、抒情性强和意境深邃的世界，在这个世界里，洋溢着可以看到的花朵的香气"，中国的词是"三千多年悠久文化与文明的结晶"。[①]但是直到目前为止，《中国词选》还没有英、法文译本。

应该如何把中国诗词译成英、法文，才能使英、法文读者像汉语读者一样爱不释手、百读不厌呢？我个人觉得译文应该尽可能地传达中国诗词的意美、音美和形美。这个问题，我在《意美、音美、形美：三美论》一文中已经谈过，现在来谈谈"三美"的幅度。

赵元任博士在《论翻译中信、达、雅的"信"的幅度》一文中说："信"的幅度是相对的，不是绝对的。就拿诗歌翻译来说，为了达到节律和用韵的"信"，一切别的幅度就管不到了；假如要使别的幅度"信"，节律和用韵就不"信"了，这是很难兼顾的。一般来讲，译者在译诗歌时，情愿保存节律和用韵的"信"，否则诗

---

① 转引自 1981 年 2 月 1 日《人民日报》。

和歌就不伦不类了。①赵元任所说的"信"，就是我所说的"意似、音似、形似"中的"似"。"信"的幅度随着情况不同而有所变化，如果用我的话来说，就是为了传达诗词的"意美、音美、形美"，译文"意似、音似、形似"的程度是可以变更的。下面就用我在《唐宋词选》中的一些译例来做说明。

翻译的"意似"和"意美"基本上是一致的，如李白《菩萨蛮》中的"平林漠漠烟如织，寒山一带伤心碧"的英、法译文：

O'er far-flung wooded plain wreaths of smoke weave a screen,

Cold mountains stretch like a belt of heart-rending green. (Eng.)

Le champ boisé s'étend, tissé de fumée grise,

A voir le mont bleuir au loin, le cœur se brise. (Fr.)

"烟如织"和"伤心碧"的英、法译文都做到了"意似"，也传达了原文的"意美"，但是"漠漠"之类的叠字很不容易做到"意似"，英译文用双声来传达原文的"意美"，法译文则浅化了。"寒山一带"的英译文也比法译文更"意似"，因此也更能传达原文的"意美"；法译文如果要改得和英译文一样"意似"，那就需要加词，就会有损于译文的"音美"和"形美"。因此，为了传达原文的"三美"，译文的"意似"程度只好浅些。这也就说明了："信"的幅度在译文中是可以随着情况而有所改变的。

有时，"意似"和"意美"却会发生矛盾，也就是说，译文虽然和原文"意似"，却不能传达原文的"意美"，如李璟的《浣溪沙》上半段："菡萏香销翠叶残，西风愁起绿波间。还与韶光共憔

①　转引自刘靖之主编的《翻译论集》"代序"。

悴，不堪看。"如果第三行英译文用 languish with time，法译文用 languir avec le temps，虽然可以说是"意似"，却没有传达原文的"意美"，因此我把这半段译成：

> The lotus flowers fade with blue-black leaves decayed,
> Sadly the western wind ripples the water green
> Just as time wrinkles a face fair. How can it bear
> To be seen? (Eng.)
> La fleur de nénuphar se fane aux vertes feuilles,
> Le vent d'ouest souffle de la tristesse sur l'eau
> Comme le temps perdu ride un visage beau,
> Dont personne ne veuille. (Fr.)

"翠叶"的英译文虽不如法译文"意似"，但却能传达原文的"意美"。原文一、二、四行押韵；英译文是二、四行押韵，一、三行押内韵，而且第三行的内韵押在第八个音节上；法译文却是一、四行押阴韵，二、三行押阳韵，和原文都不"音似"，但却能传达原文的"音美"。原文前三行每行七个字，第四行只有三个字；英、法译文前三行每行都是十二个音节，英译文第四行也是三个单音节的词，可以说是"形似"，但是把"不堪看"三个字拆成了两行；法译文第四行是六个音节，恰好是前三行每行音节的半数，可以说是传达了原文三行长、一行短的"形美"。这两个译例同时也说明了："意似"不但会和"意美"有矛盾，而且和"音似""形似"也有矛盾；但是只要传达了原文的"意美、音美、形美"，"三似"的幅度是可以有所改变的。

　　"意似"和"音似"的矛盾很多，一般说来，翻译并不要求"音似"。例如刘禹锡的《竹枝词》："杨柳青青江水平，闻郎江上唱歌声。东边日出西边雨，道是无晴（情）却有晴（情）。"第四行的"晴"字和"情"字"音似"，是双关语，翻译的时候，如果能够译得"意似"，就已经是很不容易了，我的英、法译文如下：

Between the willows green the river flows along,

My beloved in a boat is heard singing a song.

The west is veiled in rain, the east basks in sunshine,

My beloved is as deep in love as the day is fine.

(Is he singing with love? Ask if the day is fine.) (Eng)

Entre les saules verts doucement conle un fleuve

Où j'entends mon galant chanter sur un radeau.

Comme à l'est le soleil brille et qu'à l'ouest il pleuve,

Mon galant est aussi amoureux qu'il fait beau. (Fr.)

英、法译文把"晴"和"情"都译出来了。

传达原文的"音美"和"意似"，又能够做到一致，例如陆游的《钗头凤》："红酥手，黄縢酒。满城春色宫墙柳。东风恶，欢情薄。一怀愁绪，几年离索。错，错，错！春如旧，人空瘦。泪痕红浥鲛绡透。桃花落，闲池阁。山盟虽在，锦书难托。莫，莫，莫！"我的英、法译文是：

Pink hands so fine,

Gold-branded wine,

Spring paints green willows palace walls cannot confine.

East wind unfair,

Happy times rare.

In my heart sad thoughts throng:

We've severed for years long.

Wrong, wrong, wrong!

Spring is as green,

In vain she's lean.

Her silk scarf soak'd with tears and red with stains unclean.

Peach blossoms fall

Near desert'd hall.

There remain the oaths we did swear,

But I cannot send letters to the fair,

Ne'er, ne'er, ne'er! (Eng.)

Du vin de marque dorée

Versé par des mains rosées,

Les saules que le Printemps en vert peint

Etendent des branches en dehors du jardin.

Le vent d'est nous sépare,

Les moments doux sont rares.

Nous déplorons le sort,

Vivant ces années comme morts,

Tort, tort, tort!

Au printemps fleuri

En vain on maigrit,

L'écharpe de soie tachée de sang et de pleurs.

A la chute des fleurs

On déserte le pavillon.

Notre vœu reste comme un mont.

Mais est-ce qu'il tient bon?

Non, non, non! (Fr.)

原文上半段最后重复了三个"错"字，下半段最后重复了三个"莫"字。英译文也重复了三个单音节词 wrong 和 ne'er，可以说是既和原文"意似"，又传达了原文的"音美"。美国印第安纳大学出版的《中国三千年诗选》把三个"莫"字译成 no more，不但"意似"，而且 more 和"莫"还可以说是"音似"，可惜前面加了一个 no，又和原文不"形似"了。法译文重复了三个 tort，也可以说是既和原文"意似"，又和"错"字的元音相近，也有一点"音似"。此外，上半段第三行的英、法译文都译成满园春色关不住的意思了，能不能算"意似"？有待研究，但是我觉得这个译文可以传达原文的"意美"。下半段第一行"春如旧"的英译文用了 green，看来又不"意似"，但是联系上半段的"宫墙柳"来看，我认为也可以算是传达了原文的"意美"。这几个译例想说明："音美"（包括押韵在内）和"意似"可以取得一致。

有时，"音美"和"意似"却有矛盾，例如吕本中的《采桑子》上半段："恨君不似江楼月，南北东西。南北东西，只有相随无别离。"我想可以译成下列英、法译文：

I regret you could not be like the full moon bright,

Shining all night.

Shining all night,

it is ever in view and never out of sight. (Eng.)

Que tu ressembles peu à la lune qui luit

Toute la nuit.

Toute la nuit

Elle ne me quitte pas mais toujours me suit. (Fr.)

原文既有韵律，又有重复，富有"音美"。英译文第二、三行用换词法，把空间的四方换成了时间上的整夜，也就是说，为了"音美"而牺牲了"意似"，但却不能说是没有传达原文的"意美"。至于法译文，"南北东西"如果要译得"意似"，更不可能传达原文的"音美"和"意美"，因此，译文只好取"意美"而舍"意似"了。

传达诗词的"意美"和"形似"，有时也能做到一致，例如前面提到的李璟《浣溪沙》上半段的英、法译文，都是前三行长而第四行短，但是也没有为了"形似"而牺牲"意美"或"音美"，例如顾敻《诉衷情》中的最后三行："换我心，为你心，始知相忆深。"我的英、法译文分别是：

If thou bartered thy heart for mine,

Then thou wouldst know how deep for thee I pine. (Eng.)

Mets mon cœur darts le tien,

Et tu saurais combien

De toi il me souvient! (Fr.)

原文三行的字数分别是三、三、五；英译文却只有两行；法译文虽然是三行，但每行都是六个音节，不是两短一长。这时，就不必将英译文勉强拆成三行，也不必将法译文最后一行改为十个音节，因为译文和原文"意似"，押韵又自然，就不必为了"形似"而牺牲"意美"或"音美"了。

有时，对仗工整的"形美"也是可以翻译的，例如晏殊的《浣溪沙》"无可奈何花落去，似曾相识燕归来"，这两行寓工巧于自然浑成，寄闲情于景物描绘，是千古传诵的名句。我的英、法译文分别是：

Deeply I sigh for the fallen flowers in vain;

Vaguely I seem to know the swallows coming again. (Eng.)

Que ferai-je des fleurs tombées? Les hirondelles

De retour sont-elles mes vieilles connaissances?

Je me promène seul au jardin de fragrance. (Fr.)

英译文用了加词法，前半部分基本上做到了状语对状语，主语对主语，谓语对谓语，但是后半部分的宾语和定语就不对称了。

"形美"除了行数长短和对仗工整之外，还有一个重复颠倒的问题，例如王建《调笑令》中的"玉颜憔悴三年，谁复商量管弦？弦管，弦管，春草昭阳路断。"词中"管弦"二字颠倒之后，又再重复一次。如何传达原文的这种"形美"呢？我试把这几行译成英、法文如下：

Her fair face has languished for three years long.

Who would ask her to play on flute or sing a song?

No song to sing,

No song to sing,

Royal favor lapses where grass o'ergrows in spring. (Eng.)

Elle languit depuis trois ans.

Qui voudrait écouter son chant?

Son chant non écouté,

Son chant non écouté,

Le chemin herbu est peu fréquenté. (Fr.)

英译文用了加词法，法译文用了换词法。因为颠倒重复是这首词的特点，如果不用加词法或换词法来传达这个"形美"的特点，就难以传达原文的"意美"和"音美"。

总而言之，我同意赵元任博士的意见：拿诗歌翻译来说，为了达到节律和用韵的"信"，一切别的幅度就管不到了。也就是说，为了传达诗词的"音美"和"形美"，译文有时可以不必"意似"，但一定要传达原文的"意美"。传达"意美"的方法可以采用换词、加词、减词、拆词、合词、正词反译、前后倒置等等，换句话说，就是要尽可能地发挥译文的语言优势。

钱锺书教授说过："文学翻译的最高标准是'化'。"[1]我认为翻译可以说是"化学"，是把一种语言化为另一种语言的艺术。大致说来，至少有三种化法：一是"等化"，如前面讲的"南北东西"的英、法译文；二是"浅化"，如"平林漠漠烟如织，寒山一带伤心碧"的法译文；三是"深化"，如"还与韶光共憔悴"的英、法译文。三种化法，都可以发挥译文的语言优势。不过"化"也要有个限度，"浅化"不能不及，"深化"不能太过。傅雷说过："即使

---

① 转引自刘靖之主编的《翻译论集》"代序"。

最优秀的译文，其韵味较之原文仍不免过或不及。翻译时只能尽量缩短这个距离，过则求其勿太过，不及则求其勿过于不及。"①这样说来，"化"的限度在哪里呢？我个人的意见是：只能化成原文内容所有、形式所无的译文，不能化成原文内容所没有的东西。如果要用语言学家乔姆斯基的语汇来解释，可以说是只能化成原文深层所有而表层所没有的东西。如果用这个标准来衡量，那前面的"一怀愁绪，几年离索"的法译文是否太过？"山盟虽在，锦书难托"的法译文又是否不足？就是可以研究的了。"不足"并不等于"浅化"，即使是"浅化"，也只有在翻译无法"等化"或"深化"，或是为了传达诗词的"音美"或"形美"时，才能采用。严格说来，"深化"才是文学翻译的最高标准，甚至可以说，有时"深化"的译文可能青出于蓝而胜于蓝；这个问题，以后当写专文讨论。上面说的是在传达原文"意美"的时候，"化"的限度的问题。

在传达诗词的"音美"和"形美"时，"化"也有个限度的问题。比如说，把有韵有调的格律体诗词，化为只有节奏而不押韵的自由诗，那就是过于不及了。因为自由诗体的译文即使能百分之百地传达原文的"意美"，深邃的意境和强烈的感情，也绝无法表达古典诗词"毋庸置疑"的"魅力"，无法使人爱不忍释，百读不厌。

自由诗体的译者反对押韵，理由大致如下："Milton 认为大块诗歌宜作无韵体，认为押韵反而造成 singsong effect，难登大雅。近来的整个发展趋势也是避免押韵。虽然时而有小规模的回潮，但大势是免韵。我觉得汉诗英译，如果坚持拘谨地押韵，既是违反潮流，往往也会吃力不讨好……如果斤斤计较，句句押韵，往往难免有

---

① 转引自刘靖之主编的《翻译论集》"代序"。

碍于诗中的形象及意味的自由表达，似乎是得不偿失的。"①

我个人的意见恰恰相反。第一，Milton 所说的"大块诗歌"是就《失乐园》而言，但他自己所写的二百多行的长诗，却都是押韵的，中国诗词超过二百行的极少，为什么译文就不宜押韵呢？第二，退一步讲，即使 Milton 说过所有的诗歌都不宜押韵，那也不过是一家之言；而在英、法文学史上，百分之九十以上的诗人却都用实践说明：诗是要押韵的。难道 Milton 能"一句顶一万句"吗？第三，"认为押韵反而造成 singsong effect，难登大雅。"这话似乎不应该对诗词的译者说，而应该对诗词的作者说。因为作者既然已经押了韵，译者自然应该尽可能地传达原作的"音美"。如果说莎士比亚、拉辛、拜伦、雪莱、雨果等押韵的诗人都"难登大雅"之堂，那就只好把"大雅"之堂留给 Milton 一个人专用，作为《失乐园》的补偿。那样一来，"大雅"之堂岂不是太小，变成了"小雅"之堂么？第四，说"近来整个发展趋势也是避免押韵"，这个"近来"，充其量也不过只有几十年，而中国诗词却是三千多年悠久文化与文明的结晶。几十年和三千年一比，到底押韵还是免韵才是"小规模的回潮"呢？"风物长宜放眼量"呵！再说，译诗也不能紧跟发展趋势。试想几百年前，英诗押韵，只要元音相同，后来发展为元音和辅音都要相同，今天又发展为免韵。如果今天译诗应该免韵，那在几百年前译诗，是不是只要译文元音相同就算押韵呢？几百年前，中国的诗韵早已具备，所以即使是那时译诗，也应该把中国元音、辅音都押韵的方法介绍到西方去，促进西方诗歌的发展。因为翻译的目的应该是促进文化交流，使两种文化都得到提高，而不应该是开倒车，向落后看齐，反而降低了原来的文化水平。所以，即使免

---

① 《外语教学与研究》1980 年第 1 期，第 52 页。

韵是近来写作英诗的主流，但在翻译中国诗词的时候，也绝不能把古典诗词译成现代派的自由诗。第五，说押韵"往往难免有碍于诗中的形象及意味的自由表达"，我觉得这句话也应该对诗词的作者说，而不应该对译者说。假如有人为了要"自由表达"反对押韵，要把"六亿神州尽舜尧"改成"尽尧舜"，把"杨柳轻飏直上重霄九"改为"九重霄"，试问诗人和读者会同意吗？我看恐怕只会传为笑谈了。第六，说译诗押韵是"吃力不讨好""得不偿失"。林语堂说过，假如译文的水准高，那么读者感到阅读这种译文则是一种享受，得到的是一种新奇的美感经验。[①]林以亮说过："对译者而言，得到的是一种创造上的满足。"[②]我觉得只要押韵的译文能够使读者感到是种享受，那就不是"吃力不讨好"；只要译者能够得到创造上的满足，那也绝不是"得不偿失"。的确，译格律体诗词是吃力的，画老虎也是吃力的，比起刻鹄来要吃力得多。但是翻译诗词好比画虎，固然，"画虎不成反类犬"，不过，"世上无难事，只要肯登攀（不是自由诗体的'攀登'）"，只要坚持画下去，总有可能画成老虎的，世界上画虎的画家并不少！而把诗词译成自由诗却好比刻鹄，"刻鹄不成尚类鹜"，既不大"吃力"，也容易"讨好"，但刻成了也不过是一条鹜，绝不会像老虎的。所以，我还是同意赵元任博士的意见：译者在译诗歌时，要保存节律和用韵的"信"，否则诗和歌就不伦不类了。

　　还有一个自由诗论者说：译诗押韵，"恐怕最终会证明此路不通"，"像一个人戴着手铐脚镣跳舞，效果总不理想。"[③]此路不通吗？英国文学家 Lytten Strachey 就把走过这条路的剑桥大学的 Giles 教授

---

① ② 转引自刘靖之主编的《翻译论集》"代序"。
③ 《外语教学与研究》1981 年第 2 期，第 59 页。

翻译的中国诗词说成是 "the best that this generation has known," 还说 "Our anthology holds a unique place in the literature of the world." [1] 闻一多先生也说过："带着镣铐跳舞，跳得好才算真好。" [2] 既然写诗的作者愿意带着音韵的镣铐跳舞，诗词的译者有什么理由要丢掉这副镣铐呢？如果丢掉了音韵，翻译出来的东西能够算是诗词吗？这倒的确要"给人们一个错误印象，认为诗词不过尔尔，反倒降低了原作的水平"了。[3]

茅盾同志在《夜读偶记》的第 48 页上说："拉辛很小心地而又十分巧妙地在古典诗学（创作方法）的范围内进行他的创作。他的悲剧，被公认为是古典主义的典范。""古典主义诗学的狭窄的框子，拉辛能够对付得很巧妙；应当说，好像是杂技的好手，正是在别人束手束脚无法施展的地方，他却创造性地使出无尽的解数，叫人不由自主地高声喝彩。"我想，诗词的译者也应该向拉辛学习，向耍杂技的好手学习。如果能把镣铐化为道具，那效果绝不会不如自由诗体译文的。我翻译的《唐宋词选》[4] 就是一次带着镣铐跳舞的尝试，不免会栽几个跟头，甚至打烂几个坛坛罐罐，但是"只要肯登攀"，知难而进，也许总有登上高峰的一天，而故步自封的人却是永远也不会"离天三尺三"的。

（原载《外国语》1982 年第 4 期）

---

[1] Lytten Strachey: On Giles's "Gems of Chinese Literature": "The poetry in it is the best..."

[2] 转引自 1977 年 12 月 14 日《光明日报》发表的臧克家的《新诗形式管见》。

[3] 见《外语教学与研究》1981 年第 2 期第 59 页。

[4] 《英译唐宋词一百首》已由香港商务印书馆出版，《法译唐宋词一百首》已由北京外文出版社出版。

三美与三化论

本文是《唐诗一百五十首》汉英对照本的序言，原题名为《谈唐诗的英译》。作者认为可以用浅化、等化、深化的"三化"法来传达原诗的意美（如王勃的《送杜少府之任蜀州》）；化汉韵为英韵，化重复为双声，化平仄为抑扬（第二个"三化"），来传达原诗的音美（如杜甫的《闻官军收河南河北》）；化七言诗为亚历山大体，化五言诗为英雄体，化对仗为对称（第三个"三化"），来传达原诗的形美（如杜甫的《登高》）。所以本文题名改为《三美与三化论》。

唐诗是我国文学宝库中的精华，在世界文学史上的地位也是非常高的。19 世纪末期，英国剑桥大学教授 Herbert A. Giles 曾将李白、王维、李商隐等诗人的名篇译成韵文，译文有着独特的风格，能够吸引读者，得到了评论界的赞赏，例如他译李白的《月下独酌》："花间一壶酒，独酌无相亲。举杯邀明月，对影成三人。月既不解饮，影徒随我身。暂伴月将影，行乐须及春。我歌月徘徊，我舞影零乱。醒时同交欢，醉后各分散。永结无情游，相期邈云汉。"

An arbor of flowers

    and a kettle of wine:

Alas! in the bowers

    no companion is mine.

Then the moon sheds her rays

    on my goblet and me,

And my shadow betrays

    we're a party of three!

Though the moon cannot swallow

    her share of the grog,

And my shadow must follow

    wherever I jog,

Yet their friendship I'll borrow

    and gaily carouse,

And laugh away sorrow

    while spring-time allows.

See the moon—how she glances

    response to my song;

See my shadow—it dances

    so lightly along!

While sober I feel,

    you are both my good friends;

While drunken I reel,

    our companionship ends,

But we'll soon have a greeting

    without a goodbye,

At our next merry meeting

    away in the sky.

20 世纪英国汉学家韦理（Arthur Waley）认为，译诗用韵可能会造成因声而损义，有失原诗情趣，因而改以散体译中国诗词。例如他译白居易的《红鹦鹉》："安南远进红鹦鹉，色似桃花语似人。文章辩慧皆如此，笼槛何年出得身？"

Sent as a present from Annan—

A red cockatoo

Coloured like the peach-tree blossom,

Speaking with the speech of men,

And they did to it what is always done

To the learned and eloquent.

They took a cage with stout bars

And shut it up inside.

我却觉得，韦理虽不用韵也可能会损义，如第一句的"远"字，第四句的"何年出得身"，似乎并不能说已尽翻译之能事，更不可能保存"原诗情趣"。因此，我在这本译诗集内，全都采用诗体译文。就以这首《红鹦鹉》来说吧，我的译文全都用韵，但并不见得"因声而损义"；恰恰相反，我倒觉得比韦理的散体译文更能保留"原诗情趣"。

Annan has sent us from afar a red cockatoo,

Colored like the peach blossom, it speaks as men do.

But it is shut up in a cage with many a bar

Just as the learned or eloquent scholars are.

  总而言之，我的意见是：翻译唐诗，宁可继承翟理士（Giles）诗体译文的传统，也不可采用韦理的散体译法。比较一下《红鹦鹉》的两种译文，可以看出：诗体译文传达的原诗的"意美"，并不亚于散体译文；并且传达的原诗的"音美"，远远胜过了散体。原诗第二、四句押韵，就是说，每隔十四个字用一次韵；而译文第一、二行押韵，第三、四行押韵，也是每隔十二三个音节用一次韵，用韵的密度和原诗差不多。至于要传达原诗的"形美"，则原诗四句，诗体译文也是四行，散体译文却不必要地拆成为八行，究竟是诗体译文还是散体译文更易保存原诗的风格和情趣呢？难道风格和情趣就只限于"意美"与"音美"，与"形美"毫无关系吗？试把唐诗的韵脚改掉，各句改得长短不齐，这种风格、这种情趣的诗真的能够流传千年，使人百读不厌吗？

  我想，翻译唐诗的第一个问题是要传达原诗的"意美"。我说"意美"，不说"意似"，因为我觉得"意美"指的是深层结构，"意似"指的却是表层结构。下面我先举一首初唐王勃的《送杜少府之任蜀州》来做说明："城阙辅三秦，风烟望五津。与君离别意，同是宦游人。海内存知己，天涯若比邻。无为在歧路，儿女共沾巾。"据《唐诗一百首》的解释说："城阙——这里指的是皇城。辅——卫护。三秦——指的是当时京城长安，那里原是秦国的地方，秦国曾经被项羽分为三国。五津——指的是现在四川省，古代长江边曾有五处著名的渡口。"我认为"三秦"和"五津"都是表层形式，它们的深层内容却是"京城"和"江城"，所以译文不必和表层形式"意似"，而要传达深层内容的"意美"：

You'll leave the town walled far and wide

For mist-veiled land by riverside.

I feel on parting sad and drear

For both of us are strangers here.

If you've on earth a bosom friend,

he's near to you though at world's end.

At the crossroads we bid adieu.

Do not shed tears as women do!

"三秦"和"五津"是特指的地名，我把它们译成有城墙的城市和江边的地方，是把特殊的东西一般化了，也可以说是"浅化"了，这是传达深层"意美"的第一种译法。原诗第三句"与君离别意"内容一般，我认为它的深层是"离情别绪""离愁别恨"，所以译成了特殊化的表层，这和第一种译法相反，可以说是把原诗的表层"深化"了。原诗第六句"天涯若比邻"，我把"天涯"译成"世界的尽头"，译文的表层和原文的表层几乎相等，可以说是"等化"，这是传达"意美"的第三种译法。总而言之，当原文的表层和深层一致，译文和原文"意似"能传达原文"意美"的时候，可以采用"等化"的译法。如果原文的表层和深层之间有距离，或是译文和原文"意似"并不能传达原文的"意美"，那就可以采用"浅化"或"深化"的译法。

翁显良教授在《翻译通讯》1981年第2期上说："'烟花三月下扬州'，蘅塘退士誉为'千古丽句'；但从李白《送孟浩然之广陵》的几种英译看，外国读者怕是很难同意。

（1）The smoke-flowers are blurred over the river.

（2）In March, among smoking flowers, making your way to Yangchow.

（3）He leaves for Yang-chou in the third moon of the spring.

（4）Mid April mists and blossoms go……

（1）出自庞德（Ezra Pound）手笔，（2）见 *The White Pony*，均有错误。（3）见《中诗选辑》刘师舜译，保留'扬州'而略去'烟花'，不知是何缘故。（4）是西僧 John Tourner 译的，保留'烟花'而略去'扬州'，亦不知是何缘故。四位译者似乎都没有考虑到原句之所以为'千古丽句'，就在于'烟花三月'，春光最美之时前往最繁华之地——扬州；其时其地，二者缺一，即无法在读者心中唤起如此艳丽的联想，二者俱全而读者没有必要的历史文化知识也不能产生如此艳丽的联想。"

　　翁显良的分析非常精辟。从我的观点看来，第一、二、四三种译文中的"烟花"，都只译得和表层"形似"，是否"意似"还需要研究，但却没有传达原诗的"意美"。《唐宋绝句选注析》说："烟花：形容柳絮如烟、鲜花似锦的春天景物。"我认为，这才是"烟花"的深层内容，现将这首诗抄录并全译如下："故人西辞黄鹤楼，烟花三月下扬州。孤帆远影碧空尽，唯见长江天际流。"

My friend has left the west where the Yellow Crane towers

For Yangzhou in spring green with willows and red with flowers.

His lessening sail is lost in the boundless blue sky,

Where I see but the endless River rolling by.

"烟花"译成"花红柳绿",可以说是"深化";"三月"译成"春天",可以说是"浅化";"扬州"译音,可以说是"等化";"远影"译成"越来越小的帆船",也可算是"深化"。虽然这不一定能唤起艳丽的联想,但多少可以传达一点原诗的"意美"。

"意美"最难传达的可能要算双关语,例如李商隐著名的《无题》诗:"相见时难别亦难,东风无力百花残。春蚕到死丝方尽,蜡炬成灰泪始干。晓镜但愁云鬓改,夜吟应觉月光寒。蓬山此去无多路,青鸟殷勤为探看。"第三句"春蚕到死丝方尽"是传诵千古的名句,"丝"同"思"是谐音,表示诗人的思念悠悠无尽,只有到死了才能够完结。这种刻骨铭心的柔情,通过春蚕的形象,让人看得更加真切,感人的力量也更加深厚。怎样才能传达原句"丝"和"思"双关的"意美"呢?我看只好把"丝"和"思"都译出来:

It's difficult for us to meet and hard to part,

The east wind is too weak to revive flowers dead.

The silkworm till its death spins silk from love-sick heart;

The candle burned to ashes has no tears to shed.

At dawn she'd be saddened to see mirrored hair gray;

At dusk she would feel cold while crooning by moonlight.

To the three fairy hills it is not a long way.

Would the blue bird oft fly to see her on the height?

第一句"相见时难别亦难"中有两个"难"字,前一个是"难得",后一个是"难舍难分",译文用了两个不同的词,都是用了"等化"的译法。第二句"东风无力"和"百花残"之间加了一个动词,译成东风无力使凋残的百花复活的意思,这是原句表层所无、而原

141

句深层所有的内容，用的是"深化"的译法。第三句的"丝"译成silk，同时又把"思"译成 love-sick，而 sick 和 silk 不但音近，而且形近，可以说是通过"音美"和"形美"来传达原文双关的"意美"，用的也是"深化"的译法。第五、六句对仗工整，译文通过"形似"来传达原句的"意美"。第七、八句中有两个神话故事，就只好用"浅化"的译法了。这些译例说明：如果运用"深化"和"浅化"的译法，即使是双关语和典故的"意美"，也不是绝对不能翻译的。

"深化"的译法如果运用得好，不但能够传达原文的"意美"，甚至可能青出于蓝而胜于蓝，如张籍的《节妇吟》："君知妾有夫，赠妾双明珠。感君缠绵意，系在红罗襦。妾家高楼连苑起，良人执戟明光里。知君用心如日月，事夫誓拟同生死。还君明珠双泪垂，恨不相逢未嫁时！"现将英国译者对最后两句的三种译法抄录如下：

(1) With thy two pearls I send thee back two tears:

    Tears—that we did not meet in earlier years! (Giles)

(2) With your bright pearls I send again twin tears as crystal clear,

    Regretting that we had not met ere

    Fortune placed me here. (Fletcher)

(3) So!—

    The twin pearls are in this letter.

    I send them back to you in sadness

    With a sigh.

    If you look closely, you'll find with them

Two other twin gems lying,

Twin tears fallen from my eyelids,

Telling of a breaking heart.

Alas, that perverse life so willed it

That we met too late, after

I had crossed my husband's threshold

On that fateful wedding day! (Hart)

原文"还君明珠双泪垂"不一定是还君"双泪珠",排除这种可能。
三种译文都译成还君"双泪珠",我觉得这种译法比原诗更深、更
美,所以我的译文也用了这种"深化"的译法:

You know I love my husband best,

Yet you send me two bright pearls still.

I hung them within my red silk vest,

So grateful I'm for your good will.

You see my house o'er looking a garden there stand

And my husband guards the palace, halberd in hand.

I know your heart is noble as the sun in the skies,

But I have sworn to serve my husband all my life.

With your twin pearls I send back two tears from my eyes.

Why did we not meet before I was made a wife?

从以上四种译文来看,只有第三种译文没有押韵,在保持原诗风格,
传达原诗情趣上,不如其他三种译文。由此可见,用韵虽然可能因

声损义，但不用韵也会损义，这就是说，不传达原诗的"音美"，也就不可能充分传达原诗的"意美"。

现在再来谈谈翻译唐诗的第二个问题，也就是传达原诗"音美"的问题。唐诗的"音美"，首先是押韵。因此，翻译唐诗即使百分之百地传达了原诗的"意美"，如果没有押韵，也不可能保留原诗的风格和情趣。押韵是为了传达原诗的"音美"，并不一定要求和原诗"音似"。"音似"有两种含义：一是原诗第一、二、四句押韵，译诗也是第一、二、四行押韵。我认为，这种"音似"并无必要。因为唐诗不是五言，就是七言，两句一韵，就是十个字或十四个字一韵。而译诗每行的音节往往是十二个，两行一韵，就要隔二十几个音节才有一韵，用韵的密度大大低于原诗，不能传达原诗的"音美"。因此，上文我译王勃、李白、白居易的诗，都是每两行押韵；译李商隐、张籍的诗，基本上是隔行押韵。这样译文和原诗虽不"音似"，却传达了原诗的"音美"。"音似"的第二个含义，是译诗用词的声音，和原诗用的字声音相近。这种情况很少发生，但是也有巧合，例如李白的名诗《静夜思》："床前明月光，疑是地上霜。举头望明月，低头思故乡。"我译成两种韵文：

(1) Before my bed I see a silver light,

　　I think the ground is covered with hoar frost.

　　Raising my head. I find the full moon bright;

　　And bowing down, in thoughts of home I'm lost.

(2) Abed, I see a silver light,

　　I wonder if it's frost aground.

　　Looking up. I find the moon bright;

　　Bowing, in homesickness I'm drowned.

两种译文都是隔行押韵，第二种译文第二、四行的韵脚和原韵"霜""乡"的韵母相近，并且每行少了两个音节，更加精简，可以说不但传达了原诗的"音美"，还和原韵"音似"。

唐诗的"音美"，除了押韵外，还有个重复的问题，首先是叠字的问题，如韦承庆的《南行别弟》："澹澹长江水，悠悠远客情。落花相与恨，到地一无声。"诗中重复了"淡"字和"悠"字，如何传达这种叠字的"音美"呢？我试用了以重复译重复的方法：

Coolly, coolly the River Long rolls on;

Sadly, sadly for a far place I'm bound.

Our deep regret is shared by flowers blown

Off which fall mutely, mutely on the ground.

有时，唐诗中重复的字并不连在一起，如杜甫的《闻官军收河南河北》："剑外忽传收蓟北，初闻涕泪满衣裳。却看妻子愁何在，漫卷诗书喜欲狂。白日放歌须纵酒，青春做伴好还乡。即从巴峡穿巫峡，便下襄阳向洛阳！"诗中最后两句重复了"峡"字和"阳"字，但并不连在一起，这时，我看可以译成内韵：

South of Sword Gate'tis said we've recaptured the North,

At first my lap is wet with tears the news draws forth.

Looking at my wife's face, of grief I find no trace;

Closing my books, I'm glad as if I had gone mad.

Singing when day is fine, I can't do without wine;

In spring let us not roam but together go home!

We will sail all the way through three Gorges in a day,

Going down to Xiangyang, we will make for Luoyang.

有时，重复更加错综复杂，有的字相连，有的字不相连，如赵嘏的《江楼感怀》："独上江楼思渺然，月光如水水如天。同来望月人何处？风景依稀似去年。"这时，就只好用重复和"深化"法来翻译了。

Alone I mount the Riverside Tower and sigh

To see the moonbeams blend with waves and waves with the sky.

Last year I came to view the moon with my compeers,

But where are they now that the scene is like last year's?

想要传达唐诗的"音美"，除了押韵和重复的问题之外，还有一个重要的问题，就是如何翻译唐诗的节奏。吕叔湘在《英译唐人绝句百首》的《赘说》中写道："英文诗也有和中文诗的平仄相当的节奏，就是轻音和重音的配置。"因此，我翻译唐诗，基本是用一轻一重的抑扬格，赵嘏《江楼感怀》的译文就是一个例子。传达了"音美"，还有运用"双声"的问题。我译李白的名句"孤帆远影碧空尽，唯见长江天际流"就用了一些双声词，希望通过"音美"来加强译文的"意美"。

翻译唐诗的第三个问题，是如何传达原诗的"形美"。唐诗一般是五言体和七言体，我把七言诗译成每行十二个音节的亚历山大体；五言诗有的译成每行八个音节，如李白的《静夜思》，有的译成每行十个音节，如韦承庆的《南行别弟》。唐诗也有五言、七言交错的，如张籍的《节妇吟》，我把五言译成八个音节，七言译成十二个音节，希望可以传达原诗的"形美"。唐诗还有六言的，如陈子昂的《登幽州台歌》："前不见古人，后不见来者。念天地之悠悠，独怆然而涕下。"美国印第安纳大学柳无忌教授的译文是：

I fail to see the ancients before my time,

Or after me the generations to come.

Thinking of the eternity of Heaven and Earth,

All alone, sadly I shed tears.

译文传达了原诗的"意美"，但是没有押韵，缺少"音美"；各行长短不一，第一、二行十一个音节，第三行十三个，第四行却只有八个音节，没有传达原诗的"形美"。我试改译如下：

Where are the sages of the past

And those of future years?

Sky and earth forever last,

Lonely, I shed sad tears.

原诗大体整齐，不是五言，就是六言；所以译文或是六个音节，或是七个，这样才能传达原诗的"形美"。如果原诗长短悬殊，那么译文也要长短不齐。例如王建的《望夫石》："望夫处，江悠悠。化为石，不回头。山头日日风复雨，行人归来石应语。"这首诗以民间故事为题材，采用的又是民歌形式，所以应该尽可能地传达民歌的"形美"：

Waiting for him alone

Where the river goes by,

She turns into a stone

Gazing with longing eye.

Atop the hill from day to day come wind and rain,

The stone should speak to see her husband come again.

原诗短句译成每行六个音节，长句译成十二个，这样大致可以传达原诗的"形美"。

除了句子长短可以传达"形美"之外，还有一个重要的问题，就是如何翻译原诗的"对仗"，如李白的《独坐敬亭山》："众鸟高飞尽，孤云独去闲。相看两不厌，只有敬亭山。"原诗前两句对仗工整，美国印第安纳大学罗郁正教授的译文是：

Flocks of birds fly high and vanish;

A single cloud, alone, calmly drifts on.

Never tired of looking at each other—

Only the Ching-ting Mountain and me.

译文虽然和原文"意似"，但是没有押韵，也不对称，所以没有保留原诗的风格和情趣，由此也可以看出"音美"和"形美"对"意美"的影响。我的诗体译文是：

All birds have flown away, so high;

A lonely cloud drifts on, so free.

We are not tired, the Peak and I,

Nor I of him, nor he of me.

唐诗中对仗最工整的要算杜甫的《登高》："风急天高猿啸哀，渚清沙白鸟飞回。无边落木萧萧下，不尽长江滚滚来。万里悲秋常作客，百年多病独登台。艰难苦恨繁霜鬓，潦倒新停浊酒杯。"这首七律通篇对仗，曾被前人誉为"古今七律第一"。我的译文如下：

The wind so swift, the sky so steep, sad gibbons cry;

Water so clear and sand so white, birds wheel and fly.

The boundless forest sheds its leaves shower by shower;

The endless river rolls its waves hour after hour.

Far from home in autumn, I'm grieved to see my plight;

After my long illness, I climb alone this height.

Living in hard times, at my frosted hair I pine;

Pressed by poverty, I give up my cup of wine.

译文基本传达了原诗的"形美"，第一行参考了英国译者 Fletcher 的译文，第三行的"无边落木"参考了吴钧陶的译文，"萧萧下"则利用了卞之琳的译法，这也可以说是取前人之长吧。第四行的最后三个词和第三行的最后三个词对称，传达了原诗的"形美"；如果要传达原诗的"音美"，那可以改成 from hour to hour，轻重节奏就合乎英诗格律了。

总而言之，翻译唐诗要尽可能地传达原诗的"意美""音美"和"形美"。但是，"三美"的重要性并不是三足鼎立的。在我看来，最重要的是"意美"，其次是"音美"，最后才是"形美"。换句话说，押韵的"音美"和整齐的"形美"是必要条件，而"意美"

既是必需条件，又是充分条件。因此，在翻译唐诗的时候，我要用"深化""等化""浅化"的译法，尽可能地传达原诗的"意美"；用"双声""押韵""抑扬"的方法来传达原诗的"音美"；用英诗格律来传达原诗的"形美"。希望唐诗的英译文能保持原来的风貌，在世界文学史上占有它应有的地位。

（原载《翻译通讯》1983 年第 3 期）

三美·三化·三之

本文是《中诗英韵探胜》的中文序言。序中用典型的译例说明了中国学派的翻译理论，如用王维的《鸟鸣涧》说明"信、达、雅"，用王之涣的《登鹳雀楼》说明"三似论"和"三美论"，用杜牧的《赠别》说明"三化论"和"三之论"，用杜甫的《登高》和《春望》说明"意美论"和"音美论"，用欧阳修的《蝶恋花》说明"形美论"等。

《中诗英译比录》是吕叔湘先生在 20 世纪 40 年代编选的，由上海开明书店出版。第一版选录了古诗五十九首，英译文二百零七篇，上起《诗经》，下至唐诗。出版之后，受到读者欢迎。1980 年上海外语教育出版社影印了五千册，很快就销售一空。

1985 年，香港三联书店约吕先生和我合编《中诗英译比录》增订本，由我增选了诗词四十一首，共一百首；又补选了近几十年来的英译文一百六十三篇，共三百七十篇。这是该书的第二版。书中有些译文，我在北京大学为英语系研究生开《中英诗比较》课时，已经用作教材。

80 年代是个信息爆炸的时代，对于中诗英译来说也是如此。

我们刚刚编完了《比录》增订本，就读到美国 1984 年出版华逊翻译的《哥伦比亚大学中国诗选》（*The Columbia Book of Chinese Poetry*，by Burton Watson）。书中说道：西方读者越来越认识到中国传统诗歌的重要意义和魅力。有的评论家甚至说：假如没有中国诗的存在和影响，就无法想象 21 世纪的英文诗是个什么样子。

而在国内，诗词英译本出版得更多。首先，杨宪益和戴乃迭在 1983 年翻译出版了《诗经选》，在 1984 年又出版了《唐宋诗文选》，1986 年还与人合译了《汉魏六朝诗文选》。1985 年，广东出版了谢文通的《杜诗选译》；四川又出版了李惟建译、翁显良审校的《杜甫诗选》；1986 年，北京语言学院出版社出版了徐忠杰的《词百首英译》；1987 年，新世界出版社再版了初大告的《中华隽词一〇一首》。最后，1986 年，我在香港出版了《唐宋词一百首》英译本，1987 年，香港商务又出版了我和陆佩弦、吴钧陶合编的《唐诗三百首新译》；此外，我还有一本英译《李白诗选》在四川出版。短短三四年间，出版了十本诗词英译，真可以说，自十一届三中全会以来，诗词翻译的中心也由英美转移到中国来了。

北京大学出版社有鉴于此，约我再出一本《中诗英韵探胜》。《中诗英译比录》第二版第一部分选了《诗经》中的八首，《楚辞》只选一首，这次增选了《诗经》二首，《楚辞》四首。第二部分汉魏六朝诗增选了《古诗十九首》其一，著名的长诗《孔雀东南飞》等，还有五首陶潜的诗。第三部分原选李白诗多于杜甫诗，这次李白、杜甫各选五首。第四部分唐诸家诗换用了王维的《山中送别》，加选了李商隐的《无题》（相见时难别亦难）等诗。第五部分唐宋词选了李煜的《浪淘沙》（帘外雨潺潺），欧阳修的《临江仙》（柳外轻雷），秦观的《鹊桥仙》（纤云弄巧），李清照的《声声慢》（寻寻觅觅）等。这样，唐代以前的诗共选三十首，唐诗共三十五首，唐宋词三十首，元曲五首，共选诗词一百首。

至于译文，一共选了三百篇左右，每一首诗都有两三种译文，可做比较。因此，诗词基本都有前期（40年代以前）译者的旧译，也有后期（50年代以后）译者的新译；既有英美学者的译文，也有我国学者的译文；既有不押韵的自由体，也有押韵的格律体。在我看来，前期英美格律体译者的代表是翟理士（H. A. Giles），自由体译者的代表是韦理（Arthur Waley）；后期格律体的代表是登纳（John Turner），自由体的代表是华逊（Burton Watson）。而在我国，前期格律体译者有蔡廷干、杨宪益；自由体译者有初大告；林同济、谢文通有时译格律体，有时译自由体。到了后期，杨宪益、戴乃迭却成了自由体的代表，格律体译者有徐忠杰和我，还有一个散文诗体译者翁显良。

前期译者和后期译者，中国译者和外国译者，诗体译文（或格律体）和散体译文（或自由体），到底如何比较？这就有一个标准的问题了。

一、信·达·雅

翻译的标准，一般说来，是"信、达、雅"三个字。但是，"雅"字有人赞成，有人反对。那么翻译，尤其是诗词翻译，要不要"雅"呢？我想，解决理论的问题，最好是通过实践，也就是说，比较翻译的实例，看看哪种译文好些？例如王维的《鸟鸣涧》："人闲桂花落，夜静青山空。月出惊山鸟，时鸣春涧中。"《比录》中选了四种译文，有的更重视"信"，有的更注意"达"，有的更强调"雅"。下面，我们就来逐句分析比较一下。

1. Bird Call Valley

Man at leisure, cassia flowers fall.

The night still, spring mountain empty.

The moon emerges, startling mountain birds:

At times they call within the spring valley. (Pauline Yu)

2. The Gully of Twittering Birds

Idly I watch the cassia petals fall;

Silent the night and empty the spring hills;

The rising moon startles the mountain birds

Which twitter fitfully in the spring gully. (Yang Xianyi)

3. Stillness Audible

Free and at peace. Let the sweet osmanthus shed its bloom. Night falls and the very mountains dissolve into the void. When the moon rises and the birds are roused, their desultory chirping only accents the deep hush of the dale. (Weng Xianliang)

4. The Dale of Singing Birds

I hear osmanthus blooms fall unenjoyed;

In still night hills dissolve into the void.

The rising moon arouses birds to sing;

Their fitful twitter fills the dale with spring. (X. Y. Z.)

第一句"人闲"二字，译例 1 似乎是最"信"的了，但却只描写了客观的状态。译例 2 把"闲"字解说为"懒懒的"，从字面上看，似乎不如译例 1 "信"，但却更能传"达"诗人主观的心情。这就是说，以传达诗的"意境"而论，译例 1 侧重的是"境"，译例 2 侧重的是"意"。译例 3 把"闲"字解说为"自由自在，心平气和"，似乎距离"信"字更远，但离诗人的心却更近了。译例 4 根本没译成"闲"字，却加了一个词"无人观赏"。我们知道，赏花是一种闲情逸致，如果花开花落都听之任之不去欣赏，那种闲情逸致不是不言自明了吗？这可以算是以"不译"为"译"，和原诗的精神正好吻合。

"人闲"和"桂花落"是什么关系呢？译例 1 把"人""花"并列，各不相干，如果分析一下语法，似乎"人闲"成了状语，"桂花落"却是主句。译例 2 加了一个"看"字，这就使读者对作者多了一点了解，知道他是一个有闲情逸致看花开花落的闲人。译例 3 加的不是"看"字，而是"让"字。"看"是客观的描写，通过外部的动作来显示内心的闲适；"让"却是主观的抒怀，直接让人看到"花自飘零人自闲"的听之任之的态度。第四种译文另辟蹊径，加了一个"听"字，因为"无人赏玩"已经写出了人的闲情逸致，所以不必多费笔墨；而如果桂花落地都听得见，那么，夜是多么静啊！这就把第二句的"夜静"和第一句的"人闲"合而为一了。

第二句的"夜静"二字，一般认为是全诗的主题，全诗写的就是"鸟鸣山更幽"，所以"静"字非常重要。译例 1 用了"平静"这个范围比较广泛的词。译例 2 用的只是诉诸听觉的"寂静"。译例 3 最妙，把"静"和"空"合而为一，说成是青山都融化到一片空寂中去了，使人仿佛看见青山若隐若现，感觉得到它融化在虚无缥缈之中，大有"山色有无中"之感，这就不仅诉诸视觉，而且还使人看到诗中描写的画面，感到诗中有画，真是绝妙的译文。第四种译文采取了"拿来主义"，第二句基本借用了前译，但又别具匠心，使第一、二行押了韵，使读者的听觉、视觉、感觉同时得到享受，可以说是一石三鸟了。

第二句的"青山"二字，一作"春山"，译例 1、2 都是这样翻的。但是，译成"春山"，似乎应该回答两个问题：首先，桂花是什么时候落的？是春天还是秋天？一般说来是秋天，加上后面的"月出"，使秋天的可能性更大。自然，有人说是春桂。但是译成英文之后，外国人能理解那种"桂花"是春天落的吗？如果不能，那还是译成"青山"更好。其次，从字面上来看，如果第二句说"春山"，第四句又说"春涧"，短短二十个字，居然重复两个"春"字，两个"山"字，这是妙笔还是败笔呢？所以"春山"不如"青山"。在原文有两种版本的时候，更重要的问题不是求"信"或"真"，而是求"美"，这就是说，哪种版本更美，就依据哪种版本。因此，第三、四种译文都没有译"春"字，看来不忠实于原诗的字面，却更忠实于原诗的内容。

第三句的"月出"二字，译例 1 与众不同，译成"出现"，似乎比其他译文更合理。其他三种译文都是月亮升起的时候，而"出现"却既可以指"升起"，也可以指"升起"之后从云中涌现，所以惊起山鸟，更合乎情理。但是译例 1、2 的"惊"字都有"吓一跳"的意思，不如后两种译文用词妥当。

第四句的"时鸣"二字，译例 1 用词太一般化；译例 2 用了两个双声，一个叠韵，听起来颇有啁啁啾啾之感；译例 3 的"时"字太文雅，"鸣"字译得不如第二种好听，但是后半句说：鸟鸣加深了山谷的幽静，却把全诗的主题和盘托出，如果没有这后半句，外国读者恐怕很难领会到这诗是写"鸟鸣山更幽"的。由此可见原诗比较含蓄的时候，译文不能也是一样含蓄。"春涧"中的"春"字。译例 3 没有译出来，或许译者认为"春"字和"桂花落"有矛盾，所以用了规避的方法。译例 4 别出心裁，说是鸟鸣使山谷充满了春意，这就巧妙地解决了时间上的矛盾。

总而言之，前两种译例更重视"信"，后两种译例更注意"雅"。如果读者认为前两种译文好，那翻译的标准只要"信、达"二字就够了；如果认为后两种好，那标准就应该是"信、达、雅"。仔细分析一下，译例1更重视"形似"，译例2重"意似"，译例3重"神似"，译例4注重的却是"意美""音美"和"形美"。

二、"三似"和"三美"

形似、意似、神似可以说是"三似"；意美、音美、形美可以说是"三美"。"似"是译文的必需条件，最低要求，一般说来，不似就不能称其为翻译。"美"是译诗的充分条件，最高要求，一般说来，越能传达原诗"三美"的译文越好。

"形似"一般是指译文和原文在字面上或形式上相似；"意似"是指译文和原文在内容上（有时还在形式上）相似；"神似"却指译文和原文在字面上或形式上不一样，但在内容上或精神上却非常相似。"形似"是"三似"中的最低层次，如果原文的内容和形式（即字面，下同）一致，那"形似"就等于"意似"；如果原文的内容和形式有矛盾，那"形似"就成了"貌合神离"。"意似"是"三似"的中间层次，一般说来，要在原文和译文内容和形式上都一致的条件下才能做到。如果内容和形式有矛盾，那就要得"意"忘"形"，得其精而忘其粗，那就成了"神似"，也就是"三似"的最高层次。

"三美"之说，是鲁迅在《汉文学史纲要》第一篇《自文字至文章》中提出来的。鲁迅的原文是："诵习一字，当识形音义三：口诵耳闻其音，目察其形，心通其义，三识并用，一字之功乃全。其在文章，则写山曰嶙峋嵯峨，状水曰汪洋澎湃，蔽芾葱茏，恍逢丰木，鳟鲂鳗鲤，如见多鱼。故其所函，遂具三美：意美以感心，一也；音美以感耳，二也；形美以感目，三也。"我把鲁迅的"三美"说应用到翻译上来，就成了译诗的"三美"论。就是说，译诗要和原诗一样能感动读者的心，这是意美；要和原诗一样有悦耳的韵律，这是音美；还要尽可能地保持原诗的形式（如长短、对仗等），这是形美。

"三美"和"三似"有什么关系呢？一般说来，"意美"和"意似""音美"和"音似""形美"和"形似"应该是一致的；但事实上，"三美"和"三似"之间往往又有矛盾。下面，我们举王之涣的《登鹳雀楼》的五种译文来做说明。

1. The Stork Tower

Round the day-hiding hill the sunbeams pour.

The Son of Sorrows melts into the sea.

But would we wish the farthest verge to see,

There still is left to mount one story more. (W. J. B. Fletcher, 1918)

2. Ascending the Heron Tower

The sun behind the western hills now glows,

And towards the sea the Yellow River flows.

Wish you an endless view to cheer your eyes,

Then one more story mount and higher rise. (Tsai Tingkan, 1930)

3. On Top of Stork-Bird Tower

As daylight fades along the hill,

The Yellow River joins the sea.

To gaze unto infinity,

Go mount another storey still. (John Turner, 1976)

4. Upward!

Westward the sun, ending the day's journey in a slow descent behind the mountains. Eastward the Yellow River, emptying into the sea. To look beyond, unto the farthest horizon, upward! Up another storey! (Weng Xianliang, 1985)

5. On the Stork Tower

The sun along the mountains bows;

The Yellow River seawards flows.

You can enjoy a grander sight

If you climb to a greater height. (X. Y. Z., 1985)

第一句"白日依山尽",译例1还原后大致是说:日光喷射在遮蔽了白天的小山周围;译例2说:太阳此刻在西山后面发出白光;译例3说:日光沿着小山渐渐地消失了;译例4说:西边的太阳结束了白天的旅程,慢慢地沉到山背后去了;译例5说:太阳沿着山弯沉下去了。在这五个译例中,译例1的"意似"度较小,译例3的最大,译例4最富有"意美",译例5和译例3大同小异,但"山弯"比"山后"的"意美"度更高。由此可见,有不同程度的"意似"和"意美",但"意似度"最高的,"意美度"并不一定也最高。这就是说,"意似"和"意美"之间还有矛盾。

第二句"黄河入海流",译例1译错了,其他四个译例的"意似度"和"意美度"都不相上下，这时，"意似"和"意美"基本是一致的。如果要比较译文的好坏，那就要看"音美"和"形美"。译例 4 加了"东边"一词，和第一句所加的"西边"对称，这是用加词法再现了原诗对仗的"形美"。不过这种"形美"并不"形似"，因为原诗并没有"东边"和"西边"字样，但译文增加了原诗内容所有、形式所无的词汇，取得了"形美"的效果。其他几个译例都是用押韵的方法，传达原诗的"音美"。不过这种"音美"也不"音似"，因为原诗是第二、四句押韵，译例 1、3 却是第一、四行，第二、三行押韵，译例 2、5 又是第一、二行，第三、四行押韵，这就说明了"音美"并不等于"音似"。

下面两句"欲穷千里目，更上一层楼"，是全诗的名句。"千里"和"层楼"两个词，在中国诗词中用得很多，可以引起丰富的联想，产生难以言喻的美感，如果译文只是译得"意似"，那是无法传达原诗"意美"的。所以几种译文都没有译"千里"，而是用了"辽远""无边""无垠"等词；但是"层楼"二字，前四个译例都用了一个普普通通的 story，使人联想起的只是上楼下楼的日常生活，而不是"凤阁龙楼连霄汉"的高楼，这就大煞风景了。只有第五种译文没有译"楼"字，却用"浅化"的译法，加上两个音近形近的双声词，再现原诗登高望远的意象，虽然译文不够"意似"，但却更好地传达了原诗的"意美"。由此可以看出，"意美"和"意似"之间还是有矛盾的，而"意美"和"神似"之间，却可以说是基本一致。如果译文和原文不"似"，但是却比原文更"美"，那不仅是"再创造"，还有可能是青出于蓝而胜于蓝的译文，也可以说是"超导"。

三、"三美"和"三之"

"三似"和"三美"是译文和原作的关系：译文要和原文相似，要传达原诗的"三美"。如果从译者和读者的关系来说，我想引用孔子的一句话："知之者不如好之者，好之者不如乐之者。"这就是说，译者要使读者知之，好之，乐之。所谓"知之"，就是知道原文说了什么；所谓"好之"，就是喜欢译文；所谓"乐之"，就是感到乐趣。

下面，我们以杜牧的《赠别》做说明："多情却似总无情，唯觉樽前笑不成。蜡烛有心还惜别，替人垂泪到天明。"这首七绝有六种译文：三种散体，三种诗体。

1. Parting

How can a deep love seem a deep love?

How can it smile at a farewell feast?

Even the candle, feeling our sadness,

Weeps, as we do, all night long. (Witter Bynner, 1929)

2. Presented at Parting

Great passion seems like no passion at all,

We only feel, over the cups, that we cannot smile.

The candle has a heart. It pities our separation,

For our sake it sheds tears until the sky is light. (Hans Frankel, 1976)

3. Deep Deep Our Love

Deep deep our love, too deep to show. Deep deep we drink, in

161

painful silence. Even the candle grieves at our parting. All night long it burns its heart out, melting into tears. (Weng Xianliang, 1985)

4. A Sad Farewell

Who love too much, they think
  No love to know.
Still, as farewell I drink,
  No smile I show.
The candle, as in pity of
  This sad leave-taking
Sheds its proxy tears of love
  Until day's breaking. (John Turner, 1976)

5. Parting

Though deep in love, we seem not in love in the least,
Only feeling we cannot smile at farewell feast.
The candle has a wick just as we have a heart,
All night long it sheds tears for us before we part. (X. Y. Z.)

6. Deep Deep Our Love

Deep deep our love, too deep to show.
Deep deep we drink, silent we grow.
The candle grieves to see us part:
It melts in tears with burnt-out heart. (X. Y. Z.)

译例 2 既形似又意似，可以说是达到了"知之"的境界。译例 1 虽然不"形似"，但吕叔湘先生在《英译唐人绝句百首》中做了分析，认为这首诗的译文相当成功，可以算是达到了"好之"的境界。译例 3 还原后大致是："我们深深地相爱着，深得说不出来。我们深深地喝着酒，痛苦得无言相对。连蜡烛看见我们分别也觉得难过，把自己的心都烧掉了，熔出了一片烛泪。"译文一连用了五个"深"字，大有"庭院深深深几许"的意味，句法像是把"关关雎鸠"的叠字应用到英诗中来了，读后令人一唱三叹，可以说是达到了"乐之"的境界。

　　以上三种都是散体译文。至于诗体译文，第四种把每句分译两行，单行和单行押韵，双行和双行押韵，每行几乎都是抑扬格，如以"音美"而论，可以说是超过原文的；可惜第一、二行传达的原诗"意美"有所不足。整体看来，可以说是在"知之"与"好之"之间。译例 5 的第一行为押韵而加词；第三行说"蜡烛有芯如人有心"，是为了"意似"而加词。总的说来，也可以算是在"知之"与"好之"之间。译例 6 把第三种改成诗体，第一行全用原译；第二行前半也用原译，后半删了"痛苦"一词，似乎无碍大局；第三行改成四个抑扬格音步，如以"音美"而论，稍胜于原译；第四行也一样，比原译更紧凑，但是为了"形美"，"到天明"没译出来。改完之后，译者倒是自得其乐，但能否使读者"乐之"，那就尚未可知了。

　　一般说来，"信"或忠实的译文能使人"知之"；"信达"的译文能使人"好之"；"信达雅"的译文才能使人"乐之"。换句话说，"意似"相当于"知之"；"意美"相当于"好之"；"神似"或"三美"才相当于"乐之"。要使人"乐之"，必须先"自得其乐"，这是译诗成败的关键。

四、"三之"与"三化"

译诗如何能使读者"知之、好之、乐之"呢？我们先来分析一下前面三首诗的各种译文。

《鸟鸣涧》的译例1、2只能使人"知之"，译例3、4却能使人"好之"，甚至"乐之"，原因在哪里呢？我认为，译例3把"空"字译成"融化在一片空寂之中"，把"鸣"字解说为"加深了山谷的幽静"，译例4把"闲"字改成"无人观赏"，把"春涧"解释为"使秋天的山谷春意盎然"，译文读起来都显得比原文更深，可以算是采用了"深化"的译法。

《登鹳雀楼》的译例2既"意似"，又有"音美"和"形美"，但是只能使人"知之"，却不容易使人"好之""乐之"，原因在哪里呢？主要是没有传达原诗的"意美"。原诗意美何在？《唐诗鉴赏词典》中说："诗的前两句'白日依山尽，黄河入海流'，写的是登楼望见的景色，写得象象壮阔，气势雄浑。"后两句"欲穷千里目，更上一层楼"，"诗句看来只是平铺直叙地写出了这一登楼的过程，但却含意深远，耐人探索。这里有诗人的向上进取的精神、高瞻远瞩的胸襟，也道出了要站得高才能望得远的哲理"。第二种译文"只是平铺直叙地写出了这一登楼的过程"，却没有道出"要站得高才望得远的哲理"，所以只能使人"知之"，而不能"好之""乐之"。和此相反，第五种译文"道出了要站得高才能望得远的哲理"，传达了原诗的"意美"，再加上双声、押韵的"音美"，对仗、长短的"形美"，结果就使译者自得其乐。而译者采用的方法是省略了具体的"一层楼"，代之以抽象的、浅显的"高"字，这就是"浅化"的译法。

《赠别》第一句"多情却似总无情"，"多情"二字，译例1译成 deep love，译例 3 译成 great passion，一个把"多"换译成"深"，一个换译成"大"，都可以说是"等化"的译法。原句"多情"和"无情"重复了"情"字，译例 4 却重复了 deep 一词，重复的字虽然不同，但重复的效果却基本相同，大同小异，也可以算是"等化"的译法。第三句"蜡烛有心还惜别"，"心"字既指"烛芯"，又拟人化而指"人心"，译例 5 把"烛芯"和"人心"都译出来了，可以说是"等化"或"深化"的译法。

分析了三首诗的译文后，可以说译诗除了直译之外，应该多用意译的方法，也就是"深化、浅化、等化"的译法。所谓"深化"，应该包括加词、"分译"等法在内。加词如"人闲桂花落"中，有人加"看"，有人加"听"，有人加"让"；"分译"如林语堂把辛弃疾的《采桑子》(见《译学与易经》)中的"愁滋味"，分开译成 bitter and sour。所谓"浅化"，应该包括减词、"合译"等法在内。减词如翁显良把"夜静青山空"中的"静"字和"青"字都省略了；"合译"如同句中的"静"和"空"融化为一，译成"融化在一片空寂之中"。所谓"等化"，应该包括换词、"反译"等法在内。换词如把"多情"换为"深情"，又如吕本中《采桑子》中的"南北东西"，译文把空间换成时间 all night，那就既用了换词法，又用了"合译"法；至于"反译"，如把《采桑子》中的"恨君不似江楼月"译成"我但愿你能像江上的明月"，把"恨"说成"愿"，把"不似"又说成"像"，译文和原文在形式上相反，在内容上倒却相同，这就是"反译"法。在什么情况下用什么译法呢？那译者就要自问：哪一种译法能使读者"知之、好之、乐之"？

五、中英诗的"意美"

　　"深化、浅化、等化"就是"三化",可以说是翻译的方法。"知之、好之、乐之"就是"三之",可以说是翻译的目的。但是,中西方读者所好,可能有同有异,如果一个乐山,另外一个乐水,译者能不能使西方读者好中国读者之所好,乐中国读者之所乐呢?这就要研究一下中西诗的异同了。

　　朱光潜先生在《中西诗在情趣上的比较》一文中说:"总观全体,西诗以直率胜,中诗以委婉胜;西诗以深刻胜,中诗以微妙胜;西诗以铺陈胜,中诗以简隽胜。"读读英国诗人彭斯的四行诗和两种译文:

My heart's in the Highlands, my heart is not here,

My heart's in the Highlands, chasing the deer.

Chasing the wild deer and following the roe.

My heart's in the Highlands wherever I go.

1. 我的心呀在高原,这儿没有我的心,

　 我的心呀在高原,追赶着鹿群;

　 追赶着野鹿,跟踪着小鹿,

　 我的心呀在高原,别处没有我的心。(王佐良译)

2. 我的心呀在高原,我的心不在这里,

　 我的心呀在高原,追逐着鹿麋。

　 追逐着野鹿,跟踪着獐儿,

　 我的心呀在高原,不管我上哪里。(袁可嘉译)

英诗真是"直率""直抒胸臆""说一是一，说二是二，言尽意穷"，两种中译文也是大同小异。比较一下《鸟鸣涧》或"蜡烛有心还惜别"，那是多么"委婉"，多么"含蓄"，真是"说一指二，一中见多，意在言外"。同是一个"心"字，英译中的两种译文完全一样；中译英却几种译文大不相同，各有千秋。英诗、中诗也有异中之同，那就是都押了韵，都有"音美"和"形美"。第二篇中译文也押了韵，并没有因声损义；第一篇没押韵，第四行却译错了，这就证明了英诗中译散体也不如诗体。

中诗含义丰富，试以李商隐的《无题》（见《谈李商隐诗的英、法译》）为例。第一句"相见时难别亦难"，同一个"难"字，却有两种不同的含义：一个是"难得"，一个是"难过"，可以说是字的内容大于形式。第二句"东风无力百花残"，从字面上看，"东风"与"百花"无关；从含义上讲，周汝昌说"东风无力"是"百花残"的原因。第三、四句"春蚕到死丝方尽，蜡炬成灰泪始干"是传诵千年的名句。其中"丝"字和"泪"字都含义丰富，"丝"字既指蚕丝，又谐音暗指诗人的相思；"泪"字既指烛泪，又指多情人的眼泪。第五、六句"晓镜但愁云鬓改，夜吟应觉月光寒"含义也很丰富，解释也不一样。《中国翻译》1983年第9期第15、16页上说："诗人想到他钟爱的妇女早起梳妆，很怕年华逝去，添上几根白发"；"诗人想象她月夜低吟，一定会觉得月色凄凉，她的心境也一定很冷寞。"《唐诗鉴赏辞典》中说："晓妆对镜，抚鬓自伤，女为谁容，膏沐不废"，"晓镜句犹是自计，夜吟句乃以计人，如我夜来独对蜡泪荧荧，不知你又如何排遣？想来清词丽句，又添几多，——如此良夜，独自苦吟，月已转廊，人犹敲韵，须防为风露所侵，还宜多加保重……"两种解说相同之处，是都认为"愁"的主语是女方；其不同之处是：前说认为"夜吟"的也是女方，后说

167

却认为是男方。究竟是男是女？现在我们来看看译文。

1. Mornings in her mirror she sees her hair-cloud changing,
   Yet she dares the chill of moonlight with her evening song. (Witter Bynner, 1929)

2. Morning mirror's only care, a change at her cloudy temples:
   Saying over a poem in the night, does she sense the chill in the moonbeams? (A. C. Graham, 1965)

3. Grief at the morning mirror—
       cloud-like hair must change;
   Verses hummed at night,
       feeling the chill of moonlight... (Innes Herdan, 1973)

4. At dawn I'd fear to think your mirrored hair turn grey;
   At night you would feel cold while I croon by moonlight. (X. Y. Z., 1988)

第一种译文说："早晨，她在镜子里看见云鬓变色，但她夜吟不怕月光的寒冷。"两句的主语都是女方。第二种译文说："早晨的镜子唯一担心的是她的云鬓改了：夜里吟诗，难道她不感到月光寒冷吗？"前一句的主语是镜子，这就把镜子拟人化了；后一句的主语还是女方。第三种译文说："晓镜的忧愁——云鬓不得不改；夜吟的诗句，感到月光寒冷。"两句的主语都物化了，不知是男是女。第四种说："早晨，我怕想到你镜中的头发变成花白；夜里，我在月下吟诗，你也应该感到月光寒冷吧。"两句的主语都是男方。到底哪一种解说对？哪一种译文好呢？我觉得这不是一个对不对的问题，而是一个好不好的问题。换句话说，重要的不是"真"，而是"美"。那么，究竟哪一种解说更美呢？如果"愁"和"吟"的主语都是女方，那不过表示她是一个担心自己变老、担心自己受寒的普通女人而已，并没有表现出双方的爱情。如果男方照镜子的时候，担心的却是女方变老了，男方月下吟诗的时候，女方都感觉得到月光的寒冷，这不是揭示了双方爱情的深度，说明双方是心心相印、息息相通的吗？这种刻骨的相思，和第三句的"到死方尽"和第四句的"成灰始干"才联系得上。李商隐在另一首《无题》中还有"心有灵犀一点通"的名句，更可以用作这一种解说的旁证。因此，我认为第四种是能使人"乐之"的译文。通过这四种不同的译文，可以看出中国诗的含义多么丰富，多么富有"意美"。

六、中英诗的"音美"

袁行霈在《中国古典诗歌语言的音乐美》一文中说："诗歌和音乐都属于时间艺术。"诗人"既要用语言所包含的意义去影响读者的感情，又要调动语言的声音去打动读者的心灵，使诗歌产生音乐的效果"。"节奏能给人以快感和美感；能满足人们生活和心理上的要求，每当经历一次新的循环重复时，便给人以似曾相识的感觉，好像见到老朋友一样，使人感到亲切、愉快。""诗歌过于迁就语言的自然节奏，就显得散漫、不上口；过于追求音乐节奏，又会过于造作、不自然。只有那种既不损害自然节奏而又优于自然节奏的、富于音乐感的诗歌节奏才能被广泛接受。这种节奏一旦被找到，就会逐渐固定下来，成为通行的格律。"

杜甫的《春望》可以说是五言律诗的一个典型，每句分成前后两半，前半为两个音节，后半为三个音节，节奏合乎格律。音节整齐中又有变化；后半分成两顿，每顿的音节是二一或一二，听来富有"音美"。原诗如下：

国破山河在，城春草木深。
感时花溅泪，恨别鸟惊心。
烽火连三月，家书抵万金。
白头搔更短，浑欲不胜簪。

英译文把每行译成十个音节，分成前后两半，前半四个音节，后半六个，而且押了内韵，可以说是传达了原诗的音美。

On war-torn land   streams flow and mountains stand;
In towns unquiet   grass and weeds run riot.
Grieved o'er the years,   flowers are moved to tears;
Seeing us part,   birds cry with broken heart.
The beacon fire   has gone higher and higher;
Words from household   are worth their weight in gold.
I cannot bear   to scratch my grizzling hair:
It grows too thin   to hold a light hair-pin.

袁行霈又说："除了平仄之外，古典诗歌还常常借助双声词、叠韵词、叠音词和象声词来求得音调的和谐。"英文没有平仄，只好译成轻重音的交替。至于双声叠韵，却是中、英文都有的，如林同济用两个英文双声词 deserted, desolate 来译"寥落古行宫"中的

"寥落"二字。至于叠音词，中文是单音节，所以叠音用得很多，如《诗经·采薇》（见《译学要敢为天下先》）。叠字原来是连在一起的，译文却分开了；原来是分开的，译文却偏偏合在一起。由此可见，译文不必"形似"，只要求在传达原诗的"意美"时，尽可能地再现原诗的"音美"，也就够了。

七、中英诗的"形美"

关于"形美"，中国诗词的一个特点是形式简练，意象密集。袁行霈在《中国古典诗歌的意象》一文中说："一首诗从字面上看是词语的连缀；从艺术构思的角度看则是意象的组合。在中国古典诗歌特别是近体诗和词里，意象可以直接拼合，无须乎中间的媒介。起连接作用的虚词，如连词、介词可以省略，因而意象之间的逻辑关系不是很确定。""如欧阳修的《蝶恋花》，它写少妇的孤独迟暮之感，其中有这样几句：雨横风狂三月暮，门掩黄昏，无计留春住。'门掩'和'黄昏'之间省去了关联词，它们的关系也是不确定的。可以理解为黄昏时分将门掩上（因为她估计今天丈夫不会回来了），也可以理解为将黄昏掩于门外。又可理解为：在此黄昏时分，将春光掩于门内，或许三方面的意思都有……"《唐宋词鉴赏辞典》中说："这句的'春'字含义深广，耐人寻味。细绎词意，一则实指春天，二则象征着美好的青春年华，三则隐喻爱情。"

英文和中文有同有异，一般说来，英文的词汇含义不如中文深广；但在这里，spring 却可以有"春"的实指义、象征义、隐喻义。不过英文意象之间逻辑关系确定，起连接作用的虚词不能省略。因此，翻译《蝶恋花》时，要把介词、连词补上。至于补哪些词，我看这不一定是一个"正确"或"真"的问题，而可能是一个"美"的问题。也就是说，哪种理解更美，就用哪种译法。《唐宋词一百首》里把这三句和后面的"泪眼问花花不语，乱红飞过秋千去"翻译如下：

> The third month now, the wind and rain are raging late,
>
> > At dusk I bar the gate,
> >
> > But I can't bar in spring.
>
> My tearful eyes ask flowers but they fail to bring
>
> An answer. I see blossoms fall beyond the swing.

比较一下原文和译文，可以看出译文保存了原词长短句的"形美"。也就是说，原词第一、四、五句长，每句七字，译文也是一样，每行十二音节；原词第二、三句短，只有四五个字，译文每行也只有六个音节。但是原词简练的"形美"，省略虚词的特点，却是译文所无法保存的。恰恰相反，译者这时要发挥译文语言的优势，把"精练"的原文译得"精确"。

中国诗词"形美"的另一个特点是对偶。袁行霈说："对偶可以把不同时间和空间的意象结合在一起，让人看了这一面，习惯地再去看另一面。……'无边落木萧萧下，不尽长江滚滚来。'（杜甫《登高》）上句着眼于空间的广阔，下句着眼于时间的悠长。两句的意象通过对偶连接在一起，表现出一派无边无际的秋色。可见对偶是一座很好的连接意象的桥梁，有了它，意象之间虽有跳跃，但读者心理上并没感到是跳跃，只觉得是自然顺畅的过渡。中国古代的诗人常常打破时间和空间的局限，在广阔的背景上自由地抒发自己的感情，而对偶便是把不同时间和空间的意象连接起来的一种很好的方法。"

英诗中也有对偶，如蒲伯（Pope）的诗句：

Be not the first by whom the new is tried,

Nor yet the last to lay the old aside.

但是对仗不如中诗工整。吕叔湘说过："中诗尚骈偶……英诗则以散行为常，对偶为罕见之例外。译中诗对偶句的处理，有时逐句转译，形式上较为整齐，有时融为一片，改作散行。"对偶到底是译成偶句好还是散行好呢？杜甫的《登高》通篇对仗，被誉为"古今七律第一"，我们现在看看"无边落木萧萧下，不尽长江滚滚来"两句的几种译文：

1. Through endless space with rustling sound

   The falling leaves are whirled around.

   Beyond my ken a yeasty sea

   The Yangtze's waves are rolling free. (W. J. B. Fletcher, 1918)

2. Leaves are dropping down like the spray of a waterfall,

   While I watch the long river always rolling on. (Witter Bynner, 1929)

3. Everywhere falling leaves fall rustling to

   The waves of the long River onrushing without bound. (Hsieh Wentung, 1934)

4. Birds coming home, leaves rustling down—

   And the great river rolls on, ceaseless. (Li Weijian, 1985)

5. The boundless forest sheds its leaves shower by shower;

   The endless river rolls its waves hour after hour. (or from hour to

   hour) (X. Y. Z., 1984)

译例 1 把一句分译两行，每行押韵，还原后大意是："在无边的空间，带着飒飒的响声，落叶在到处旋转。在我的视野外，像咆哮的海洋，扬子江的波浪自由地翻滚。"这可以说是用具体形象的"意美"和内韵的"音美"来译对偶。译例 2 是散体，每句译成一行，没有押韵，但用换词法把第一句译成："叶子落下来像浪花四溅的瀑布"，虽然形象也美，但和原句一比，气魄就大不相同了。译例 3 是诗体，每句译成一行，押韵和原诗格律一样，还原后大意是："落叶到处在飒飒地落下，长江的波浪汹涌澎湃，一望无际。"这是用重复"落"字的方法来译原诗的叠音。译例 4 是散体，把第二句的后半移到第三行的前面来了，还原后大意是："鸟在回巢，树叶在飒飒落下——长江在滚滚向前，无休无止。"译例 5 是诗体，每句译成一行，两行对仗工整；形容语对形容语，主语对主语，谓语对谓语，宾语对宾语，状语对状语，而且状语"萧萧"的译文和原文不但"形似"，而且"音似"，两行都用了双声词来增加译文的"音美"，所以以《中国翻译》《外国语》《四川翻译》等杂志发表的文章都认为，这个译文再现了原诗的"意美、音美和形美"。这样看来，中国诗词的"形美"也不是完全不能移植的。

八、结论

上面谈到了中国诗词在"意美、音美、形美"三方面的特点和优势，也就等于比较了中、英诗的异同。大致说来，中诗以精练胜，英诗以精确胜；中诗以含蓄胜，英诗以奔放胜；中诗以意境胜，英诗以情境胜。如果分析一下，又可以说：中诗"意美"丰富，有双关义、情韵义、象征义、深层义、言外义，不容易译成英文。中诗"音美"也很丰富，包括平仄、节奏、双声、叠韵、叠音、形声、押韵等等，但除了平仄以外，其他都有可以在不同的程度上译成英文。中诗的"形美"包括简练、整齐、句子长短、对偶、偏旁相同等等，如以简练而论，译诗也是很难做到"形似"的。

译作能不能胜过原作呢？《文艺翻译与文学交流》的编译者说："作家面对的是自己要反映的生活现实，而译者面对的则是原作的艺术现实，即原作所反映的间接的生活现实。"既然原作和译作所反映的都是生活现实，那就不能排斥间接反映有胜过直接反映的可能。该书第4页上说："翻译要比'原著的准确写照'多一些东西……但这个'多'并不是直接来自原著中所反映的客观现实，而是属于现实主义译者的个性创作。"第23页又说："译者的天赋越高，创作的个性特点表现得也就越突出。"这是从理论上说。从实践来看，我们可以读读荷马史诗《伊利亚特》中赫克托耳别妻的两种英译文：

1. ...only destiny, I ween, no man hath escaped, be he coward or be he valiant, when once he hath been born,...but for war shall men provide and I in chief of all men that dwell in Ilios. (Leaf)

2. Fix'd is the term to all the race of earth,

And such the hard condition of our birth.

No force can then resist, no flight can save;

All sink alike, the fearful and the brave.

...

Me glory summons to the martial scene,

The field of combat is the sphere for men.

Where heroes war, the farmost place I claim,

The first in danger as the first in fame. (Pope)

李夫（Leaf）的译文非常忠实于荷马的原作，我们可以把它当作生活现实的直接反映，比作"原著的准确写照"；而蒲伯（Pope）的译文是客观现实的间接反映，突出地表现了译者的创作个性。译例 1 只能使读者"知之"，但译例 2 却能使人"好之"，甚至"乐之"。因此，我看蒲伯的译文可以当作胜过原作的例子，也可算是"超导"。

日本翻译家河盛好藏说："我倒愿重视具有独创性的误译，使原作者发现译者把他的作品译得完全出乎他的意料，而对译者的独创性表示赞叹不已"。前面谈到的《鸟鸣涧》的几种译文，可以说是得意的误译，甚至可以说是超过"超导"，因为超导体导电不过是无所失而已，而独创性的翻译不仅无所失，还有所得，有所创，这不是超过了"超导"吗？能够超过"超导"，便是文学翻译的最高境界。

现在，世界上有十多亿人用中文，也约有十亿人用英文，因此，中文和英文是世界上最重要的两种文字。如果能够建立中英互译的理论体系，开创中国学派的翻译理论，那对东西方的文化交流应该是个重大的贡献。

1988 年 4 月 10 日

于北京大学畅春园舞山楼

以创补失论

本文是《唐诗英译百论》的序言，文中总结了六位诗体译者和十位散体译者英译的唐诗。评论家认为他们都没有保存原诗的情趣，于是提出诗不可译论。本文作者认为要以创补失，才能译出诗的情趣，并举李白的《峨眉山月歌》的英译为例。本文后半部分可以算是《再创论》的补论。

周扬说过："一个国家人民文化水平的高低……要看……它对人类文化的贡献，也就是说，它为世界文化提供了多少珍品……我国的古代文化并不落后，全世界很少有哪个国家比得上我国……我们的古代文化，已经积累了几千年，它的成品很多，经过了时间和历史的淘汰能够流传下来的都很精致。"[1]我认为，唐宋诗词就是我国古代文化的珍品，即使在国外，地位也是非常高的。1983 年 10 月 31 日《人民日报》上说：美国诗人"佩服中国古典诗歌的蕴藉简约，句少意多。""中国古典诗歌之所长，正是美国新诗之所短。"如果我们能把诗词译成英文，供外国读者借鉴，那可以算是对世界文化做出了贡献。

---

[1]　见 1982 年 11 月 17 日的《人民日报》。

早在 19 世纪末期，英国剑桥大学教授翟理士（H. A. Giles）就曾将李白、王维、李商隐等诗人的名篇译成韵文，其译文能够吸引读者，有独特的风格，得到了评论界的赞赏。范存忠教授曾说过："翟理士的译作再现了中国诗的忧郁、沉思和'言有尽而意无穷'的含蓄之美，从而表达了中国诗的神韵"[①]。翟理士在《中国文学精品选》的序言中却说：原文是日光和酒，译文只可能是月光和水。

20 世纪初期，英国译者弗莱彻（W. J. B. Flectcher）出版了《英译唐诗选》。他在序言中盛赞唐诗，说欧洲人的祖先还在受蛮族侵凌时，中国人的文化就已经如此发达，真是难以想象。他还说译文永远比不上原文，就像假宝石比不上真宝石一样。有人却说他翻译的唐诗，可以和英国诗人济慈（Keats）盛赞过的查普曼（Chapman）所翻译的《荷马史诗》媲美。

到了 30 年代，美国译者哈特（H. H. Hart）出版了他翻译的中国诗集《牡丹园》。他在序言中说：中国文化使今天的西方文化得益不浅，中国的诗句虽然是用最轻的毛笔写在最薄的纸上，却比刻在石碑上更能垂之久远。

同时期的美国女译者哈梦（L. S. Hammond）"试图用一个音节代表一个汉字，并保留原诗的韵律"[②]，例如她翻译的贾岛的《访隐者不遇》。原诗为："松下问童子，言师采药去。只在此山中，云深不知处。"译文如下：

"Gone to gather herbs" —

So they say of you

But in cloud-girt hills,

---

①② 见《外国语》1981 年第 5 期。

what am I to do?

30 年代，美国芝加哥大学第一个出版了中国译者蔡廷干的《唐诗英韵》，他把一个汉字译成两个英文音节，既保存了原文的精神和音韵，又使译文自然流畅，例如他翻译的贾岛的《访隐者不遇》：

I asked a lad beneath an old pine tree—

"My master's gone for herbs," he said to me.

"He must be here within this mountain dell,

But where, with clouds so thick, I cannot tell."

到了 70 年代，香港大学出版了英国译者登纳（J. Turner）的《中诗金库》（*A Golden Treasury of Chinese Poetry*）。译者在序言中说：中国文学是现存的文明中历史最悠久、文学艺术性最丰富的。他翻译中国诗，要使译文本身读起来像一首诗。中国诗的音韵格律，比其他国家的诗更考究。为了保存中国诗的音乐性，他翻译的诗一律用韵。编者还在序言中说："为了保存原诗的韵味和风格，译者采用了英诗的传统形式。"

1980 年，吕叔湘的《中诗英译比录》再版了。他在序言中说："初期译文好以诗体翻译，即令达意，风格已殊，稍一不慎，流弊丛生。故后期译人 Waley，Obata，Bynner 诸氏率用散体为之，原诗情趣，轻易保存。此中得失，可发深省。"

散体译诗能不能保存"原诗情趣"呢？朱光潜在《艺文杂谈》第 71 页上说："诗的要素有三种：就骨子里说，它表现了一种情趣；就表面说，它有意象，有声音。我们可以说，诗以情趣为主，情趣见于声音，寓于意象。"又在第 66 页上说："诗咏叹情趣，单靠文字意义是不够的，必须从声音节奏上表现出来。诗要尽量地利用音乐性来补文字意义的不足。"既然"情趣见于声音""单靠文字意义不够"，那么"单靠文字意义"的散体译文，没有原诗押韵的"音乐性"，怎么可能保留原诗的情趣呢？这在理论上是说不通的；在实践上，让我们来看看外国散体译者吧。

散体译者中最著名的是韦理（A. Waley），他在《译自中国文》的序言中说：中国的旧诗每句有固定的字数，必须用韵，很像英国的传统诗，而不像欧美今天的自由诗。但他译诗却不用韵，因为他说：从长远看来，英美读者真正感兴趣的是诗的内容；而译诗若用韵，则可能因声而损义。他翻译过曹松的《己亥岁》，译文并没有保留原诗的情趣。

再看宾纳（W. Bynner），他在《群玉山头》的序言中说：中国诗人创造的奇迹是使平凡的事显出不平凡的美。他预言未来的西方诗人将要向唐代的大师学习。吕叔湘说："Bynner 译唐诗三百首乃好出奇以制胜，虽尽可能依循原来词语，但不甘墨守。"他翻译过韦应物的《滁州西涧》，就没有保留原诗的情趣。

还有一个日本译者小畑（Obata），曾把《李白诗集》译成英文，得到闻一多的好评，但闻一多认为他没有译出李白的气势，"去掉了气势，就等于去掉了李太白"，所以小畑的译文也对不起原作。

"最成功"的散体译者并不成功，散体诗人的译文又如何？洛威尔（Amy Lowell）是美国意象派女诗人，"她用英诗的自由体来翻译中国诗。她认为再现'诗的芳香比韵律形式'更为重要。她的翻译强调所谓的'无韵的节奏'"[1]。有人认为："她的翻译技巧比以

---

[1] 见《外国语》1981 年第 5 期。

往任何人想要达到的都更为精确。"①她曾用"无韵的节奏"翻译了杨贵妃的《赠张云容舞》。我觉得译诗的"芳香",似乎不是中国花朵的芳香,而是外国的奇花芳香;译诗的"韵律形式",也不像中国唐代的轻歌曼舞,而像美国现代酒吧间的音乐舞蹈。

另外一个更著名的美国意象派诗人庞德(E. Pound)也出版了一本《汉诗译卷》,书中有李白的《玉阶怨》:"玉阶生白露,夜久侵罗袜。却下水晶帘,玲珑望秋月。"译者在注解中说:"'玉阶'表明地点是在宫殿中,'罗袜'表明怨女是个宫中人;'秋月'表明天气晴朗;宫中人怨的不是天气,她等了很久,因为玉阶不但生了白露,而且白露已经浸湿了罗袜。这首诗的妙处是,不明说'怨',而'怨'自见。"这个注解说出了一些原诗的情趣,但是如果没有注解,译文本身并不能使人领会原诗的含蓄之美。

和庞德的加注法相反,美国译者白英(R. Payne)在 40 年代编了一本《白马集》。编者在《翻译法》中说:看来译诗最好是直译,尽量避免加注。因此,译者逐行直译,没有用韵,因为他认为用韵会增加每行的字数,改变原诗的形式,使得诗的面目全非。他翻译了杜甫《春望》中的名句"城春草木深":

In spring the streets were green with grass and trees.

原诗是说因为人烟稀少,一到春天,更使杂草丛生。译文的情趣却和"春风又绿江南岸"相似,而和"国破山河在"大不协调。由此可见,不用韵的逐行直译,也会"使得诗的面目全非"。

60 年代中期,英国译者格雷厄姆(A. C. Graham)翻译了《晚

---

① 见《比较文学译文集》,第 190 页。

唐诗选》。他在序言里说："提出诗的精髓在于意象这种理论后，才有可能为了内容而牺牲严格的形式，而要准确传达原诗的意象，也就必须采用与一般格律形式很不一样的一种绝对的韵律。"①这里总结了美国意象派的看法，提出了诗的精髓在于意象，不是情趣，这和我国"诗以情趣为主"的传统理论不同。朱光潜在《艺文杂谈》第72页上说："诗和一切其他艺术一样，须寓新颖的情趣于具体的意象。情趣与意象恰相熨帖，使人见到意象便感到情趣，才算好诗。"意象派只重意象，不重情趣，从理论上讲，是不可能译好"句少意多"的中国诗的，因为他们要以"美国新诗之所短"来取代"中国古典诗歌之所长"。从实践上讲，我们看看格雷厄姆如何用"绝对的韵律"翻译李商隐《无题》诗中的"晓镜但愁云鬓改，夜吟应觉月光寒"：

Morning mirror's only care, a change at her cloudy temples:

Saying over a poem in the night, does she sense the chill in the moon-beams?

译文还原成中文——早上镜子唯一的忧愁，是她如云的鬓角改变了；夜里吟诗，她会不会感到月光的寒冷呢？原诗最好的解释是：诗人早上揽镜自照，担心的是女方的头发变白了；诗人夜里在月下吟诗的时候，女方也应该感到月光的寒冷。这样理解，才可以看出诗人"春蚕到死丝方尽"的相思之情，才可以悟出双方"心有灵犀一点通"的交感。格雷厄姆的译文只是"准确传达"了原诗的形式，并没有准确传达原诗的意象，更谈不上再现原诗的情趣了。

---

① 见《比较文学译文集》，第221页。

到了 70 年代，英国女译者赫尔登（I. Herdan）翻译了《唐诗三百首》。她在译者序中说："庞德为中诗英译开辟了新天地，但是他译的诗太自由了，往往远离了原诗的意义。因此，我采用了另外一种译法，尽可能地接近原文，既不增加字句，也不改变原文的内容和形式。"如果原文的内容和形式一致，自然可以不必改变；如果内容和形式有矛盾，那不改变形式就会改变内容。例如白居易的《长恨歌》中"归来池苑皆依旧，太液芙蓉未央柳"，从形式上看，"未央"是指汉朝的"未央宫"，但内容却是指唐朝的宫苑。译者直译"未央"，那就是把唐明皇和杨贵妃放到汉朝的宫殿里去了。这种拘泥于形式的译文读起来诗味不浓。

　　美国印第安纳大学出版社出版的《葵晔集——中国三千年诗选》又把形似的散体译文向前推进了一步，他们要保留原文的词性、词序、长短、跨行、对仗等等，就是不要押韵，例如克罗尔（P. Kroll）教授把李白的"故人西辞黄鹤楼"译成：

My old friend, going west, bids farewell at Yellow Crane Terrace.

原诗是说辞别西边的黄鹤楼，到东边的扬州去；译文恰恰相反，拘泥于形式，译成到西边去了，可见忠于形式并不忠于内容。

　　《葵晔集》的另一个译者是美国耶鲁大学傅汉思（H. Frankel）教授，他还写了一本《中国诗选译随谈》。他在序言中说：他在逐字的直译和文学的意译之间，找到了一个妥协的办法，那就是把原诗的一句译成一行，尽可能地不改变原文的词序，力求传达原诗的对仗，但是不求再现原诗每句的字数、音韵、节奏和平仄。此外，他还力求保留原诗的意象。他的《随谈》分析精辟，把庞德的注解法又向前推进了一步。他翻译了李白的《独坐敬亭山》：

"众鸟高飞尽，孤云独去闲。相看两不厌，只有敬亭山。"后两句的译文是：

For looking at each other without getting tired
There is only Chingting Mountain.

译者解释说："这首诗抒写了诗人和大自然的心神交流。在前两句，诗人先提出两种自然现象：'众鸟'和'孤云'。第一句中的'高'自然是指'鸟'，但也和'云''山'有关，表现了诗人的高瞻远瞩。第二句中的'孤'和'闲'也不只是指'云'，还可以应用到诗人的身上，甚至可以表明全诗的情态。诗人使鸟和云先聚后散，加强了孤独的气氛，为相对无言的人和山的出场做好了准备。"这个分析相当深刻，可惜译文本身并不能使读者感到这种孤独。尤其是最后一行，主语只有"敬亭山"一个，怎么能"相看两不厌"呢？

以上谈了六位诗体译者、十位散体译者。有人说翟理士译得"非常不确切"，弗莱彻译得"面目全非"，哈特的翻译"多伤浮冗"①，哈梦的翻译又"多所丢失"②。蔡廷干的译文当然"风格已殊"，登纳的译文也当然"流弊丛生"。六位诗体译者都没有保存原诗的情趣。

而十位散体译者呢，韦理"以平实胜"，但是不够简洁；宾纳"颇呈工巧"，可惜误解不少；小畑"能兼'信''达'之长"③，然而问题却是不"雅"；洛威尔绘声绘色，偏偏不是唐诗的古香古色，而是异国情调；庞德"获得了成功"，但是"过于自由"；格雷厄姆

---

① 见吕叔湘编《英译唐人绝句百首》，第112、116页。
② 见《外国语》1981年第5期。
③ 见吕叔湘编《英译唐人绝句百首》，第112、116页。

"要准确传达原诗意象"，结果只准确传达了原诗的形式，没有准确传达原诗的内容；白英和赫尔登要尽可能接近原文，可是散文味重；克罗尔等追求形似，结果诗味不够；傅汉思分析精辟，但是眼高手低，理论不能联系实际，于是有人提出了诗不可译论。

诗不可译论者说："诗这种东西是不能译的。理由很简单：诗歌的神韵、意境，或说得通俗些，它的味道，即诗之所以称为诗的东西，在很大程度上有机地融合在诗人写诗时使用的语言之中，这是无法通过另一种语言来表达的。"又说："构成诗的原料是文字。诗是表现得最集中、最精练的文字，诗之所以为诗的东西正是通过它的文字。"还说："即使译者准确无误地体会了诗人的意思并且把它充分表达出来了，就是说，一切都明白了，但读者并不能因此而得到读原诗时所应得的享受，诗所以为诗的东西不见了。"[1]换句话说，诗不可译论者认为诗是情趣和意象（内容和形式）的统一体，原诗是不可译的，因为原诗的情趣内容不能用另一种语言（文字）形式来表达。由于两种语言、文化、历史等不同，同一意象造成的情趣、引起的联想也不尽相同，所以诗作为情趣和意象的统一体是不可译的。

我认为这个理论和罗伯特·弗洛斯特（Robert Frost）给诗下的定义有类似之处。弗洛斯特说：诗是在翻译中丧失掉的东西。（Poetry is what gets lost in translation.）也就是说，译诗是有失无得，得不偿失的。但是，《郭沫若论创作》的"编后记"中说："好的翻译等于创作，甚至超过创作"，因此文学翻译"需有创作精神"。这就是说，译诗不但是有得有失，而且是可以再创的。我觉得，这个理论非常重要，可以给文学翻译开创新的局面。

---

[1] 见《翻译理论与翻译技巧论文集》，第192页。

诗不可译论也有一点道理，因为译诗不能百分之百地传达原诗的情趣和意象。诗不可译论的错误，是认为译诗一点都不能传达原诗的情趣和意象。以上六位诗体译者、十位散体译者的译例都可以说明：译诗是可以在某种程度上传达原诗的情趣和意象的。换句话说，译诗是有得也有失的。如果能够有创，那就更有可能得多于失了，现在试把译诗中得、失、创三者的关系图解如下：

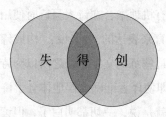

我用左边的圆圈代表原诗，右边的圆圈代表译诗。诗不可译论者认为两个圆圈要合而为一，有得无失，才算翻译。弗洛斯特却认为两个圆圈根本没有交叉的部分，所以译诗是有失无得。我却认为两个圆圈既不可能合而为一，也不容易完全脱离，而是有一个交叉部分。这个交叉部分如果小于左边的新月，那就是得不偿失；如果等于新月，那就是得失相当；如果大于新月，那就是得多于失了。右边的新月却可以代表"富有创作精神"的译文，如果和左边的新月差不多一样大，那就可以算是"失之东隅，收之桑榆"；如果比左边的新月还大，那简直可以说是"青出于蓝而胜于蓝"了。现在，试用我译的李白的《峨眉山月歌》来做说明：

The half moon o'er Mount Brows shines like Autumn's golden brow.

Its reflection stays in the stream while water flows.

I leave the Limpid Brook for the Three Gorges now.

O Moon, why don't you follow me while my boat goes?

原诗第一句"峨眉山月半轮秋","半轮秋"的意象没译出来，这是有所失。但我看到明刊本《唐诗画谱》中的《峨眉山月图》，"山月"被画成一弯眉毛月，于是我就用换词译法，把"半轮秋"改译成"秋天的金色眉毛"，这多少可以传达一点原文的形象，我认为这是有所创。"峨眉"是中国的名山，古写法都是"山"字头，可以引起美丽的联想。小畑的音译，不能给人任何美感，这是有所失。我把"峨眉"译成"眉峰"，使天上的眉毛月和地上的峨眉山遥遥相对，多少可以使人看到李白当年看到的图景，这是有所得。如用bright brow 的头韵 br 来译"峨眉"的"山"字头，这也是有所得，所以我认为第一句译文有得有失。

第二句"影入平羌江水流"，"平羌江"在峨眉山的东北，今天叫"青衣江"，从四川芦山流到乐山，再入岷江。月影映入江水，又随江水流去，这是只有看月的人坐船顺流而下才会看到的妙景。小畑把这句译成：

The pale light falls in and flows with the water of the Ping-chiang River.

将月影译成"淡淡的月光"，从一个字来看是有所失，但从全句看来却是有所得，因为从英文的角度来看，说月光随江水流去，比说月影随江水流去更合逻辑，但这却没能表达出原诗的妙景。我采取了另外一种解释，说月影留在江水里，这为第四句思月"不见"留下了伏笔。"平羌"二字，小畑音译，我略而不译，这也许是有所失，因为原诗正是以四句用了五个地名而成绝唱的。

第三句"夜发清溪向三峡"，一句用了两个地名。"清溪"指清溪驿，在四川犍为县，离峨眉山不远。"三峡"有两种说法：一说是长江三峡，一说是乐山的黎头、背峨、平羌三峡。考虑到第四句的"下渝州"，"三峡"似乎指的是乐山三峡，因为乐山在渝州上游，而长江三峡却在渝州下游。不过这和翻译关系不大，不论三峡是指哪个，翻译都是一样，小畑的译文是：

Tonight I leave Ching-chi of limpid stream for the Three Canyons.

"清溪"二字，小畑既译音，又译意思，似乎并不必要。我却没译"夜"字，因为"影入江水"自然是指月夜。其实要译也不困难，只消把 now 改成 at night，再把第一行欲用的 bright brow 二词颠倒一下顺序，也一样是诗体译文。

第四句"思君不见下渝州"也有三种说法：一说"君"指友人，一说指月，还有一说是"夜间从清溪出发到渝州去，一路上因月亮被两岸的高峰挡住，不能见到，所以很叫人思念"，也就是说，"君"既指月，又指友人。如果让意象派诗人格雷厄姆来译这首七绝，大约又要"避免做出某些选择"，来"准确传达原诗意象"，只把"君"字模棱两可地译成一个 you 了。这种脱离情趣追求意象的译法，是不可能传达出原诗内容的。小畑的译文是：

And glide down past Yu-chow, thinking of you whom I cannot see.

"下渝州"译成"过渝州"，未免太过；you 字没说是谁，一般是指友人，但三种说法到底哪种好呢？我想，这要看哪一种译法更有诗趣。如果把"君"解释为友人，那这首诗的主题就是"见月怀旧"，和李白"见月思乡"的名诗《静夜思》大同小异。但《静夜思》的题目标明"思"字，这首诗的题目却是"山月"，可见主题是"月"而不是"思"。宾纳说过："中国诗人创造的奇迹是使平凡的事显出不平凡的美。"而见月思人这种平凡的事，怎样才能显出不平凡的美呢？我觉得把"君"解释为月，第二句就译出了诗人对峨眉山月的留恋，第三句又暗示了一路上山高水秀的美景，第四句再表明"君"就是月，对月发出抒情的一问，这就有种不平凡的美了。如果这是李白的原意，那译者是有所得；即使这不是诗人的原意，那译者也是有所创。无论是得是创，译者都要问问自己：这种译法能不能使我国文化的珍品成为世界文化的珍品，使外国读者喜见乐闻？

想要把我国诗词译成世界文化珍品，那就要尽可能地传达诗词的意美，音美，形美；而要传达诗词的"三美"，就要用诗体译诗。那种认为散体译诗反而更能保存原诗情趣的说法，是经不起推敲的。现试图解如下：

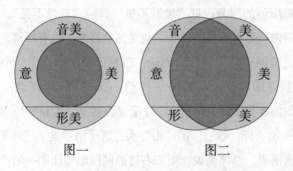

图一　　　　　　　图二

图一的大圆圈代表具有"三美"的原诗，画线的小圆圈代表散体诗文。图二左边的圆圈代表原诗，右边的代表诗体译文，画线的椭圆代表译诗能够传达原诗"三美"的部分，左边的新月代表不能传达的部分，右边的新月代表译者再创的"三美"。比较一下这两

张图就可以看出：散体译文不能传达原诗的音美和形美，而传达原诗的意美也不可能百分之百，只可能是图一画线的小圆圈，所以无论如何也是比不上图二传达"三美"的椭圆部分。如果认为散体译文更能保存原诗情趣，那就是认为情趣不必"见于声音，寓于意象"，和音美、形美无关了。我国诗词是内容和形式的统一体，是意美、音美、形美的统一体，怎能把内容的意美和形式的音美、形美完全割裂开来呢？

从理论上讲，散体译文不可能胜过诗体译文。从实践上讲，我们再来比较一下《峨眉山月歌》的两种译文吧。最为成功、能"兼'信''达'之长"的散体译者小畑，没有译出原诗"半轮秋""影入江水""思君不见"的意美，没有传达原诗用"秋""流""州"押韵的音美，没有传达原诗每句七字的形美，他所保持原诗情趣的那个小圆圈，恐怕不会很大。换句话说，他虽有所得，但是所失的也太多了。诗体译文没有传达"下渝州"等的意美，图二左边新月虽有所失的部分，但把"半轮秋"译成"秋天的金色眉毛"，算是右边新月有所创的部分；把"思君不见"译成"思月不见"，也可以算是中间椭圆形有所得的部分；意美虽有所失，也有所得，还有所创，仅以椭圆形的中间部分而论，恐怕已经比第一图的小圆圈大了。加上诗体用了 now 和 brow 押韵，goes 和 flows 押韵，传达了原诗押韵的音美；译诗每行十二个音节，传达了原诗的形美；还可用 br 的头韵来译"峨眉"的"山"头，这是用音美来传达形美，可以算是有所得。总体来说，图二右边的网圈恐怕比图一的小圆圈大得多，所以怎么能说散体译文比诗体译文更能保持原诗的情趣呢？

苏联现实主义翻译理论家卡什金说得好："富于创造性的翻译，才算得上是崇高的艺术。""然而，翻译有一条不可逾越的界限，那就是要受原作的约束，否则就不成为翻译，而成为随心所欲、自由

190

发挥了。当然，译者理应享有一定的自由，即有根据的自由。"①我所说的有所创，就是指"有根据的自由"，而宾纳把"野渡无人舟自横"中的"无人"译成"似有人"，把"自横"的静态改成相反的动态（The ferry-boat moves as though someone were poling），就是逾越了"不可逾越的界限"。

有的外国读者说："你们把唐诗宋词说得那么好，但是一读散体译文，却觉得淡而无味。"这正是因为译者没有进行创造性的翻译，没有传达原诗的"三美"的缘故。换句话说，图二左边的新月太大，右边的新月太小了。译者的任务应该是使左边的新月成为"杨柳岸晓风残月""夜夜减清辉"，使右边的新月"云破月来花弄影""千里共婵娟"。总而言之，要使译诗本身成为艺术品。

1984 年春于北京大学

---

① 转引自《翻译通讯》1983 年第 10 期，第 40 页。

翻译与评论

———"超导论"

本文针对有人说"雅"字"没有道理"，举例说明文学翻译"越雅越好"（郭沫若语）；针对有人对翟理士的评论，指出不是译者不理解原作，而是评者不理解译者；针对有人对庞德的好评，指出评者赞扬的译文几乎每行都有错。究其原因，都和评者反对"雅"字不无关系，而"雅"字有时需要"超导"（传导信息超过原文）。

俗话说："一个篱笆三个桩，一个好汉三个帮。""牡丹虽好，也要绿叶扶持。"翻译和评论的关系，可以说就是牡丹和绿叶的关系。所谓"扶持"，自然不只是指表扬，还包括批评在内，因为批评的目的，是要使篱笆立得更稳，使好汉变得更强。如果没有表扬，译者可能不知道自己的作品是否能得到社会的公认，能得到哪种程度的公认；如果没有批评，译者又可能看不清楚前进的方向。因此，对于译者，表扬和批评都是"扶持"。这样说来，翻译和评论的关系，又好像是千里马和伯乐的关系了。《鲁拜集》的英译本不就是得到一个"伯乐"的赏识，才流传到今天的么！

《翻译通讯》自从创刊以来，发表了不少评论翻译的文章，既有表扬，又有批评，对开展翻译的研究，起了促进的作用。但评论文章只是各讲各的道理，没有针对性的争辩。而要提高翻译的理论和实践的水平，打开翻译研究的新局面，恐怕需要有针锋相对的争鸣。因此，我在下面对《翻译通讯》中发表的评论，提出一些个人的看法。

一、关于"信、达、雅"

《翻译通讯》创刊号和 1983 年第 10 期第 13 页上两次提到："从译文来说，严复的'信、达、雅'里的'雅'字是没有道理的——原作如不雅，又何雅之可言？"我却觉得严复提出"雅"字，不能说是"没有道理"。赵元任先生说得好："说有易，说无难。"因为我说"雅"有道理，只要举出一个例子，就可以证明我说得对；你说"雅"没有道理，却要证明所有说"雅"有理的例子都是错的，才能说明你没错。《翻译通讯》1981 年第 1 期第 1 页上说过："严复生在使用文言文的时代，所以提出文要古雅；到了使用白话文的今天，'雅'字就不能再局限于古雅的原意，而应该是指注重修辞的意思了。"其实，"信、达、雅"都是相对的。"金无足赤，人无完人"，"信"也没有百分之百的"信"；对于文盲，再通顺的文章也不能"达"；而"雅"字如果指"注重修辞"，则粗俗的文字可以用来描写粗俗的性格，正好说明作者"注重修辞"的苦心。至于说"原作如不雅，又何雅之可言"，文学作品到底是"雅"的多，还是不"雅"的多呢？如果不"雅"，是不是值得翻译？如果原作"雅"，译文不"雅"行吗？下面就来举例说明：

法国大作家雨果在《笑面人》中说：

La pauvreté, j'y ai grandi; l'hiver, j'y ai grelotté; la famine, j'en ai goûté; le mépris, je l'ai subi; la peste, je l'ai eue; la honte, je l'ai bue.

上海译文出版社的译文：

我在穷苦中长大；在冬天里瑟瑟发抖；尝过饥饿的滋味；受人轻视；染过瘟疫；喝过羞辱的酒浆。

北京的人民文学出版社的译文：

贫困，我是在贫困中长大的；冬天，我在冬天中战栗过；饥饿，我尝过饥饿的味道；轻蔑，我曾经受人轻蔑过；黑死病，我曾经生过；耻辱，我曾经忍受过。

原文六个分句都把宾语放在句首，表示强调，并且重复了六个相同的句型，简短有力，每两句都对称。前三个主要动词是双声词；第一、四分句，二、三分句，五、六分句都押了韵，可以说是非常注重修辞，非常优"雅"的文句了。但是上海译文却没有译出原作的强调句型，也没有译出原文的对仗；北京译文虽然有点强调，也有对仗，但是重复太多，没有译出原作的简洁，也没有译出原文的形象化。因此，如果译文只要求"信"和"达"，京沪译文都可及格；如果译文还要求"雅"，那两种译文都不能通过。可见严复提出"雅"字，并不是没有道理的。自然，提出"雅"字不难，做到"信、达、雅"却不容易。现在，我试提出一种比京沪译文稍微优"雅"一点的译文如下：

贫穷，我在其中长大；冬天，我在那里哆嗦；饥饿，我尝过；轻视，我受过；可怕的瘟病，我得过；羞辱的苦水，我喝过。

194

为了译文对称，最后两个分句都加了词，这可以算是"超导"（传导信息多于原文）。再举一个《笑面人》的例子：

Je tiens aux grands et j'appartiens aux petits. Je suis parmi ceux qui jouissent et avec ceux qui souffrent.

上海译文出版社的译文：
　　我是大人物中间的一个，可是我仍然属于老百姓。我置身于这些朝欢暮乐的人当中，可是我仍然和受苦的人在一起。

北京的人民文学出版社的译文：
　　我在大人先生中间，可是我是属于小人物的。我在享乐者中间，我却和受苦者站在同一立场。

上海译文比北京译文"雅"一些，"大人物"和"老百姓"基本译出了原文的对仗，如果改成"小百姓"也许更好一点。"朝欢暮乐"译得很"雅"，对称词就该是"受苦受难"了。下面，我再说一种更"雅"一点的译文：

　　我出身贵族，但属于平民。我身在享乐的人中间，心和受苦的人一起。

　　为了说明"信、达、雅"是相对的，翻译可以有不同程度的"信、达、雅"，我想再举一个英文译例。《翻译通讯》1985 年第 1 期第 26 页上有杨必译的《名利场》第 57 章中的一段：

The hidden and awful Wisdom which apportions the destinies of mankind is pleased so to humiliate and cast down the tender, good, and wise; and to set up the selfish, the foolish, or the wicked. Oh, be humble, my brother, in your prosperity! Be gentle with those who are less lucky, if not more deserving. Think, what right have you to be scornful, whose virtue is a deficiency of temptation, whose success may be a chance, whose rank may be an ancestor's accident, whose prosperity is very likely a satire.

上帝的安排是奇妙莫测的，令人敬畏的，他分配世人的祸福，往往叫聪明仁厚的好人受糟蹋，让自私的、愚蠢的、混账的人享福。得意的兄弟啊，虚心点儿吧！请你们对于潦倒的苦人厚道些，他们就算没比你好，可也不过是走了背运。想想吧，你的道德好，不过是没有受过多大的引诱；你的处境顺，不过是机会凑手；你的地位高，不过是恰巧有祖宗庇荫。你的成功，其实很像是命运开的玩笑，你有什么权力看不起人家呢。

这段译文可以说是做到了"信、达、雅"的。但是，第一句一开始如果译成："上帝的智慧真是高深莫测，令人敬畏"，也可以说是程度不同的"信"。"祸福"二字译得很好，这是"超导"，如果译成"命运"，"信"的程度相差不远，"雅"的程度就大不相同了。cast down 和 set up 如果译成"踩在脚下"和"高高在上"，体现了一点原文的对仗，可以算是程度略高的"雅"。"兄弟"二字如果改译成"老兄"，看起来虽然俗一点，但符合原文的口气，是注重修辞的译法，"俗"倒反而变成"雅"了。如果将 not more deserving 译成"不比你更配享福"，将 less lucky 译成"不走运"，将"没有受过多大的引诱"改成"没有受到多少考验"，也许可以算是程度不相上

196

下的"信"。"祖宗庇荫"译得很好，又是"超导"，如果改成"祖宗保佑"，只可算是程度略低的"雅"。将 prosperity 译为"成功"虽然不能算错，但比起"兴旺发达"，却不能说是"信"的程度更高。总而言之，"信、达、雅"可以有几种高低不同的程度，哪种译文"信、达、雅"的程度最高，或是三种程度加起来的总分最多，就是最好的译文。再说，译文信不信、顺不顺是对或错的问题，译文雅不雅却是好或差的问题。换句话说，译文不可以不信不顺，但只是"信顺"的译文却不一定是最好的译文，因为决定译文高下的一个重要因素是"雅"，而"雅"有时需要"超导"。

《翻译通讯》1985 年第 3 期第 3 页上说："只要能译出质量高的作品，最后总能得到社会的公认。一个翻译家如能达到严复、林纾、朱生豪和傅雷那样的成就，就不怕不被人重视。"这就是说，严复、林纾、朱生豪和傅雷译出了质量高的翻译作品，并且得到了社会的公认。我认为他们的译作质量高，正是因为他们做到了"信、达、雅"。即使他们的译文有时"不信"或者"不达"，但是整体说来，他们的文学语言达到了"雅"的水平，所以才能得到社会的认可。

罗曼·罗兰的《约翰·克利斯朵夫》在第 725 页上有一段写书中主角对巴黎的印象，最后一句的原文和傅雷的译文是：

Les hommes font les œuvres; mais les femmes font les hommes—(quand elles ne se mêlent pas de faire aussi les œuvres, comme c'était le cas dans la France d'alors); —et ce qu'elles font, il serait plus juste de dire qu'elles le défont.

男子制造作品；女人制造男子，——（倘使不是像当时的法国女子那样也来制造作品的话）；——而与其说她们制造，还不如说她们破坏更准确。

"男子制造作品"，"作"也是"制造"的意思，读起来显得重复，搭配也不恰当，这就是说，以"达"而论，译文似乎有所不足。如果要改得"雅"一点，说是男子做事，女子造人，是不是好一些？那最后部分也可以改成：与其说她们做事（或成事），还不如说她们坏事（或败事）更准确。这样，译文不但更"雅"，而且更"达"，这又说明了"雅"可以补"达"之不足。因此，严复提出来的"雅"字，似乎是不无道理的。

二、关于翟理士（H. A. Giles）

《翻译通讯》1983 年第 9 期第 13 页上说："Herbert A. Giles 曾是清末英国驻宁波的领事，因缘际会，爬上了剑桥大学中国文学教授的宝座。他所译的诗，有时非常不确切，最根本的问题是他对汉语理解得不够深透，其次是他坚持用有韵诗来译中国古典诗歌。"第 14 页上还说："Giles 译中国诗确有点不自量力。"

翟理士（Giles）译中国诗是不是"不自量力"呢？我们先来看看国内外学者对其译诗的评价吧。

早在本世纪初，英国文学家斯特莱彻（Lytton Strachey）就说过："翟理士的译本值得一读，因为它不但新奇而且美丽，富有魅力。诗集是十年前出版的，但是我们读后会说：译本中的诗是这一代人所知道的最好的诗，虽然大部分诗是十个世纪以前写的"[①]。又说："正是因为这本选集掌握了感情的色调和深度，才使它在世界文学史上占有独一无二的地位。也正是为了这个原因，它的诗篇虽然古老得出奇，但在我们看来却还是新颖的，诗中所描写的人性

---

① 译自《汉英对照唐诗一百五十首》，第 18 页。

已经使诗篇成为不朽的作品了。"①

即使反对"用有韵诗来译中国古典诗歌"的英国汉学家韦理也不得不承认翟理士"善于将词义和韵律巧妙地结合起来"②。

我国老一辈翻译家范存忠教授说过:"翟理士译的李白、王维、李商隐等诗人的名篇都能抓住读者,有其独特的风格,颇得评论界的赞赏。"③

一个使中国诗词"在世界文学史上占有独一无二的地位""成为不朽的作品"的译者,即使"他所译的诗,有时非常不确切",能不能说他"译中国诗确有点不自量力"呢?姜椿芳在《翻译通讯》1984年第10期第3页上说:"据检查,最脍炙人口的文学译本,往往会在两三千字中发现一个错。"但能不能说这些文学译本的译者也是"不自量力"呢?何况翟理士所译的诗,到底是他翻译得"不确切",还是评论者"理解得不够深透",这也是一个值得商榷的问题,下面就来举例说明。

《翻译通讯》1983年第9期第11页上说:"拿翟理士(Herbert A. Giles)为例,他的错译数不胜数。张籍的《节妇吟》里有以下几句……'还君明珠双泪垂,恨不相逢未嫁时!'翟理士(Giles)是这样译的:

With thy two pearls I send thee back two tears:

Tears—that we did not meet in earlier years!

"'还君明珠双泪垂'是说把明珠还给你的时候,两眼直流着眼泪;

---

① 译自《汉英对照唐诗一百五十首》,第27页。
② 转引自《外国语》1981年第5期,第7页。
③ 转引自《外国语》1981年第5期,第7页。

并不是说还你明珠，同时送给你两滴眼泪。'双泪垂'就是'双泪流'。"《翻译通讯》1984 年第 8 期第 18 页也对这两句译文做了类似的批评，说："硬译作派人或写信退还，殊有损于原诗的意美。"仔细读读译文，译者的意思不过是说送还明珠的时候，带上两滴眼泪而已。原诗有没有这个意思？"还君明珠"双泪流到什么地方去了？有没有可能流到写诗的信笺上？如果有，那不就是附带送上两滴眼泪吗？怎么能说是译错了？我看译者的理解比评者更深刻，译文不但无"损于原诗的意美"，而且可以说是"掌握了感情的深度"。

再深入研究一下，就会发现张籍的《节妇吟》并不是真正"吟"什么"节妇"，而是"寄东平李司空师道"的。《唐诗鉴赏辞典》第758 页上说："李师道是当时藩镇之一的平卢淄青节度使，又冠以检校司空、同中书门下平章事的头衔，其势炙手可热。中唐藩镇割据，李师道用尽各种手段，勾结、拉拢文人和中央官吏……这首诗便是一首为拒绝李师道的勾引而写的名作。通篇运用比兴手法，委婉地表明自己的态度。"这样看来，"还君明珠"不过是表示拒绝勾引而已，但勾引者是"权势炙手可热"的节度使，拒绝也不能得罪他，所以要尽可能"委婉"，于是就"双泪垂"了。这表明"节妇"自己并不是流水无情，而是罗敷有夫，万不得已。既然如此，"双泪垂"是落到诗笺上还是落到地上，更能表明"节妇"的情深，更不会得罪勾引者呢？答案不是一清二楚吗？这样分析了原作者的意图之后，更可以看出译者的匠心独具，"掌握了感情的色调和深度"，使唐诗"在世界文学史上占有独一无二的地位"了。

退一步讲，即使原作者的意图并不是让眼泪落到诗笺上，那这译文就成了译者的再创造，这再创造简直可以说是青出于蓝而胜于蓝，可以算是"超导"。《唐诗鉴赏辞典》第 453 页上谈到杜甫的名诗《春望》时说："'感时花溅泪，恨别鸟惊心'这两句一般解释为，花鸟本为娱人之物，但因感时恨别，却使诗人见了反而堕泪惊心。另一种解释为，以花鸟拟人，感时伤别，花也溅泪，鸟亦惊心。两说虽则有别，其精神却能相通，一则触景生情，一则移情于物，正见好诗含蕴之丰富。"恰好美国译者宾纳的译文就是"花也溅泪，鸟亦惊心"（petals have been shed like tears / and lonely birds have sung their grief）。如果杜诗原意只是"触景生情"，那"移情于物"的译文就可以说是胜过原作，可以算是"超导"。

以上的译例说明："最根本的问题"不是译者"对汉语理解不够深透"，而是评论者对英语的理解不够深透；不是"译文距原文十万八千里"，而是评论者距译文十万八千里；不是"译者把意思领会错了"，而是评论者把译者的意思领会错了。因此，如果要说"不自量力"的话，到底是译中国诗的翟理士，还是没有理解翟理士的评论者呢？

三、关于庞德（Ezra Pound）

《翻译通讯》1984 年第 9 期第 10 页上说："美国诗人庞德（Ezra Pound）译的李白的《长干行》，经常被选入近代英美诗选。庞德不懂中文，他译李白的诗是依照一位日本教授给他译出的大意来进行的，却没想到效果那么好。我们可以拿几行来对比一下：'……十六君远行，瞿塘滟滪堆。五月不可触，猿声天上哀。门前迟行迹，一一生绿苔。苔深不能扫，落叶秋风早。八月蝴蝶黄，双飞西园草。感此伤妾心，坐愁红颜老……'

At sixteen you departed,

You went into far ku-to-yen, by the river of swirling eddies,

And you have been gone five months,

The monkeys make sorrowful noise overhead.

You dragged your feet when you went out.

By the gate now, the moss is grown, the different mosses,

Too deep to clear them away!

The leaves fall early this autumn, in wind.

The paired butterflies are already yellow with August,

Over the grass in the West garden;

They hurt me, I grow older....

"庞德的译文虽不甚贴合原文，有的地方甚至有错误（此处未引），但总的来讲颇有诗味，而且和原诗的'味道'还很'对等'。这种翻译往往影响很大……庞德译的中国诗影响了美国现代诗的创造。"

上文谈道：有人说翟理士译诗"以韵害意"，庞德译诗不用韵，那错误应该比翟理士少了。

尤其是《长干行》的译文，"错误此处未引""和原诗的'味道'还很'对等'"，那应该比翟理士的译文好得多。不料对比之后，错误之多，出人意料。"十六君远行"，是说女方十六岁时，男方就远行了，译文却说成是男方十六岁时远行。"瞿塘滟滪堆"是指长江三峡中危险的礁石，译文没译出来。"五月不可触"，是说五月里江水上涨，看不出礁石，船碰上去，就要失事，译文却说是男方已经走了五个月。"猿声天上哀"，译文说是就在头上。"门前迟行迹"，译文说是男方离家时拖着脚走。"一一生绿苔"，原来是说门前已经长满了绿苔，看不见男方离家时的足印了，译文却说是门前现在长满了各种不同的绿苔。"苔深不能扫"，译文理解似乎没有问题，但表达是不是用 to be cleared away 会好些？"落叶秋风早"，译文总算没有问题。"八月蝴蝶黄"，译文把农历八月译成了公历八月，而公历八月既不是"秋风落叶"的时候，蝴蝶也不会和落叶一样黄，时间一错，这两句诗都说不通了。"双飞西园草"，这句译文总算贴合原文。"感此伤妾心"，译文太简单。"坐愁红颜老"，只译了一个"老"字，原文"老"是"愁"的结果，译文的"老"却可能只是自然现象。这样几乎每句都有问题的译文，怎么可以说是"和原诗的'味道'还很'对等'"呢？这个例子至少可以说明：译文即使不"用韵"，也不一定能不"害意"。译文"从心所欲"而逾了矩，所以不能算是"超导"。

译文"用韵"，是不是一定会"害意"，会"因声损义"呢？我想也不见得。请看看香港商务印书馆出版的《唐诗三百首》新译本的诗体译文：

I was sixteen when you went away,

Passing Three Gorges studded with rocks gray,

Where ships were wrecked when spring flood ran high,

Where gibbons' wails seemed coming from the sky.

Green moss now overgrows before our door.

I see your departing footprints no more.

I can't sweep it away: so thick it grows,

And leaves fall early when autumn wind blows.

In the eighth month yellow butterflies pass,

Two by two o'er our western-garden grass.

This sight would break my heart, I am afraid,

Sitting alone, my rosy cheeks would fade.

《朱光潜美学论文集》第 2 卷第 104 页上说："'从心所欲，不逾矩'是一切艺术的成熟境界，如果因迁就固定的音律，而觉得心中情感思想尚未能恰如其分地说出，情感思想与语言仍有若干裂痕，那是因为艺术还没有成熟。"我想，"因声害义"也是翻译艺术还不成熟的表现，而"超导"却是"从心所欲，不逾矩"的艺术。

　　从《翻译通讯》评论的问题来看，翟理士使中国诗"在世界文学史上占有独一无二的地位"，却得到了"不自量力"的批评；庞德几乎每句有错的译文都被说成是"和原诗的'味道'还很'对等'"。究其原因，这和评论界反对"信、达、雅"中的"雅"字，不能说是没有关系。因此，在理论上，我们应该强调文采（雅）对翻译文学作品的重要性，甚至应强调"超导"；在实践上，应该争取"好上加好，精益求精，不到绝顶，永远不停"，这样才能打开文学翻译的新局面。

（原载《外国语》1985 年第 6 期）

针对弱点超越论

本文原题名为《自学与研究》。研究要针对前人的弱点，才能超越。作者研究了朱译莎剧，发现前后没有呼应；研究了美译《荒原》，发现用词不当；研究法译杜甫的《登高》，发现对仗不够工整。于是针对这些弱点，作者重新翻译，结果超越了前人，也超越了自己。

无论古今中外，凡是学术上有成就的人，一定是善于自学的人。一个人学术上的成就，就是他自学和研究的成果。其实，研究也可以说是进一步的自学。如果说自学需要辅导的话，那研究需要的就是借鉴。

学好英语，对于使用汉语的人来说，是非常重要的。应该怎样自学英语呢？列宁说过，还原翻译法是自学外语的最好方法。这就是说，把一篇英文文章翻译成中文，过了一段时间，等你把英文原文完全忘记之后，再把你自己的译文还原，译成英文，和原文对照比较，取长补短，这样反复进行，你的英语水平就提高了。

这种还原翻译法强调自学，似乎不用辅导，其实，这是把原文当作辅导材料。在把英文译成中文的时候，如果能有一篇参考的中译文，那会使自学者进步快得多。这篇中译文也是很好的辅导材料。

一个自学者开始要把辅导材料当作拐杖；当他能不用拐杖走路时，他的英语水平就大大提高了，就可以进行研究了。

关于研究，要针对前人的弱点，去做自己的工作，如有突破就能前进一步。如莎士比亚《裘力斯·恺撒》（*Julius Caesar*）中勃鲁托斯（Brutus）的演说词，原文和朱生豪的译文如下：

Romans, countrymen, and lovers! hear me for my cause, and be silent, that you may hear: believe me for mine honour, and have respect to mine honour, that you may believe: censure me in your wisdom, and awake your senses, that you may the better judge. If there be any in this assembly, any dear friend of Caesar's, to him I say that Brutus'love to Caesar was no less than his. If then that friend demand why Brutus rose against Caesar, this is my answer: Not that I loved Caesar less, but that I loved Rome more. Had you rather Caesar were living and die all slaves, than that Caesar were dead, to live all freemen? As Caesar loved me, I weep for him; as he was fortunate, I rejoice at it; as he was valiant, I honour him; but—as he was ambitious, I slew him. There is tears for his love; joy for his fortune; honour for his valor; and death for his ambition. Who is here so base that would be a bondman? If any, speak; for him have I offended. Who is here so rude that would not be a Roman? If any, speak; for him have I offended. Who is here so vile that will not love his country? If any, speak; for him have I offended. I pause for a reply.

各位罗马人，各位亲爱的同胞们！请你们静静地听我解释。为了我的名誉，请你们相信我，尊重我的名誉，这样你们就会相信我的话。用你们的智慧批评我，唤起你们的理智，给我一个公正的评断。要是在今天在场的群众中间，有什么人是恺撒的好朋友，我要对他说，勃鲁托斯也是和他同样地爱恺撒。要是那位朋友问我为什么勃鲁托斯要起来反对恺撒，这就是我的回答：并不是我不爱恺撒，可是我更爱罗马。你们宁愿让恺撒活在世上，大家做奴隶而死呢，还是让恺撒死去，大家做自由人而生？因为恺撒爱我，所以我为他流泪；因为他是幸运的，所以我为他欣慰；因为他是勇敢的，所以我尊敬他；因为他有野心，所以我杀死他。我用眼泪报答他的友谊，用喜悦庆祝他的幸运，用尊敬崇仰他的勇敢，用死亡惩戒他的野心。这儿有谁愿意自甘卑贱，做一个奴隶？要是有这样的人，请说出来，因为我已经得罪他了；这儿有谁愿意自居化外，不愿做一个罗马人？要是有这样的人，请说出来，因为我已经得罪他了；这儿有谁愿意自处下流，不爱他的国家？要是有这样的人，请说出来，因为我已经得罪他了。我等待着答复。

原文理直气壮，义正词严，是一篇以理胜情的演说词。剧中的市民听后，都发出了欢呼，要为演说人立一座雕像。但是听了译文之后，听众会不会有相同的反应呢？

首先，原文首尾呼应，逻辑严密，称听众为"罗马人"，是和下文"野蛮人"对立的，表明听众是文明人；接着又称他们为"同胞们"，这是和下文的"奴隶"对立的，表明他们是自由的公民；最后还称他们为 lovers，译文是"亲爱的"，爱什么呢？下文做了回答："有谁不爱他的国家？"所以 lovers 最好译成"爱国者"。"罗马人"是客观的称呼，要激发听众的荣誉感；"同胞们"带有主观的感情，要激发听众的亲切感；"爱国者"更深入一步，要诉诸听众的理智。译文似乎没有领会原作步步深入的意图，尤其严重的，是在单数的形容词"各位"之后，用了复数的"同胞们"，这就是败笔了，所以要针对缺点进行修改，才能超越原译。

演说词前三句的特点是再三重复：先请大家静静地听他解释，因为只有肃静才能听得见；再请大家相信他的人格，因为只有尊重人格才会相信；三请大家运用聪明才智来做批判，因为只有耳聪目明，才能做出公正的判断。第一"请"是客观的起码要求，但是译文没有重复"听"字；第二"请"要激发听众的荣誉感，译文说成是"为了我的名誉"；第三"请"要诉诸听众的理智，译文似乎没有领会称呼和前三句的联系。

接着三句，译文没有错误，但是不够精练有力。第一句后半可以改成：我爱恺撒绝不在他之下。第二句后半可以改为：不是我对恺撒无情（或薄情），而是我对罗马情深（或情更深长）。

接着两句，原文对仗工整，译文用了"因为""所以"，显得拖拉，不如删掉改为：恺撒爱我，我为他痛哭；他很幸运，我为他高兴；他很勇敢，我对他崇敬；但是他有野心，我就把他杀死。友爱得到的是眼泪；幸运得到的是庆贺；勇敢得到的是崇敬；野心得到的是死亡。后一句译文的结构，比原译更接近原文；原译有的搭配不够自然，如"用尊敬崇仰他的勇敢"。

最后六句，是对仗工整的三对问答。原译用了"自甘卑贱""自居化外""自处下流"，但是似乎不如"卑鄙""粗野""无耻"更能和上文的自由民、文明人、爱国者对立，遥相呼应。这样针对缺点修改，就是超越了。

不但翻译散文，就是译诗，也可针对弱点，有所超越。如1994年举行的一次外国文学中译国际研讨会，美国加州大学的杜国清教授在会上宣读了关于英国诗人艾略特的名诗《荒原》的论文。他说："在我看来《荒原》这部作品的主旨和内涵，更是具体而微地包含在开篇这七行之中。"现在把这开篇七行和杜译抄录如下：

April is the cruelest month, breeding

Lilacs out of the dead land, mixing

Memory and desire, stirring

Dull roots with spring rain.

Winter kept us warm, covering

Earth in forgetful snow, feeding

A little life with dried tubers.

四月最是残酷的季节

让死寂的土地迸出紫丁香

掺杂着追忆与欲情

以春雨撩拨着萎顿的根茎。

冬天令人温暖，将大地

覆盖着遗忘的雪泥

让枯干的球根滋养短暂的生命。

《荒原》被认为是"20 世纪英美文学的一部划时代的作品"，"这部凄凉而低沉的作品旨在描写现代文明的枯燥和无力"。（见杜国清论文）这首名诗的特点之一是吸取了中国诗词的优点，大量引经据典；但中国典故多半"化合"在诗内，《荒原》的典故引语却只是"混合"在诗中。《荒原》的特点之二在开篇七行之中非常明显，有五行都是以现在分词结尾，这是从形式上模仿中国诗词内容上的言有尽而意无穷，余音绕梁三日不绝，但杜译并没有体现这个特点。

　　杜译第一行"最是"二字用得很好，但"残酷的季节"却用得不妥，因为"从死寂的土地迸出紫丁香"如鲜花开在牛粪上，只能算是"忍心"，至多说是"残忍"，不能说是"残酷"；其次四月不能算是一个季节，只能说是春天。第二行的"进出"用得不错，但"死寂的土地"加了一个"寂"字，反倒削弱了原诗突出的生死矛盾。这个矛盾也表现在第三行："追忆"代表过去、死亡；"欲情"代表未来、新生。这个矛盾还表现在第四行："萎顿的根茎"是死亡的象征，"春雨"却带来了新生。这是本诗的主题思想，但在译文中却没有体现出来，以上四行是第一句。在第二句中，第五行的"冬天"又象征着死亡，"温暖"却蕴含着生命；第六行的"雪泥"是冬天的具体化，"大地"则是"温暖"的载体；第七行的"球根"和第四行的"根茎"遥相呼应，最后衬托出了"生命"，而杜译却在"生命"之前加了"短暂"二字，这更加削弱了本诗突出的生死矛盾。现在针对杜译的弱点，将本诗前七行重译如下：

> 四月，残忍的春天，死亡
> 的土地上哺育着紫丁香，
> 在尚未消逝的记忆里
> 掺杂着难以满足的欲望，
> 用清新的甘霖滋润着
> 麻木不仁，沉睡的草根，
> 冬天带来了温暖的大地，
> 用雪把过去埋在遗忘里，
> 又用干枯的块茎
> 培植着一线生机。

按照英诗格律，韵要押在重读的音节上；但是按照新的格律，不重读的音节也算押韵。那么，《荒原》前七行结尾的现在分词都可以算韵了。因此，新译的"亡""香""望""里""地""机""根""茎"，都可以说是传达了原诗的音美。但是原诗七行，新译却有十行，没有再现原诗的形美，还可以针对这个弱点进行超越。

翻译理论不但应该适用于外译中，还应该适用于中译外。没有出版过几本外译中和中译外作品的人，难以提出解决中外互译问题的理论。即使出版了几本译著，还要针对自己的弱点不断超越。例如杜甫《登高》中的名句"无边落木萧萧下，不尽长江滚滚来"，我的英、法译文如下：

The boundless forest sheds its leaves shower by shower;
The endless river rolls its waves hour after hour.

Les feuilles tombent en averse de tristesse;
Le fleuve roule l'eau nostalgique sans cesse.

比较一下英、法译文，可以说英译用叠词来译"萧萧"和"滚滚"胜过法译。于是我就针对没有用叠词这个弱点，把法译修改为：

Feuilles sur feuilles tombent jusqu'à la lisière;
Ondes par ondes roule la grande rivière.

这样一改，新译用的叠词更能再现原诗的音美和形美，胜过旧译，但旧译用了"忧郁""思乡"等词来传达原诗言外的意美，新译中却没有了。这是有得有失，还可针对弱点，看看能否超越。

（前半原载《英语辅导》1986 年第 6 期，
后半原载菲律宾《联合日报》1994 年 11 月 3 日）

诗词·翻译·文化

诗不但能表现出个人才气，还能展示民族文化，如英国的乔叟和艾略特，中国的杜诗和姜词。译诗也会表现出文化精神，如美籍学者译《荒原》重真，中国学者重美。美国诗人的《雪夜过深林》积极乐观，唐诗《风雪夜归人》消极悲观；雪莱的《失伴鸟》写鸟，苏东坡的孤鸿却写人鸟合一：说明中西文化不同。

五十年前，北京大学外国文学系主任是叶公超教授。他在美国求学时，出版了一本英文诗集，得到美国诗人弗罗斯特的（Robert Frost）赏识，后来去英国剑桥大学深造，又和英国桂冠诗人艾略特（T. S. Eliot）时相过从。他二十三岁回国后，就在北京大学任教，也许是我国最年轻的英文教授。

他在《叶公超散文集》第220页上谈到艾略特时说："一个人写诗，一定要表现文化素质；如果只表现了个人才气，那结果一定很有限。因为，个人才气绝不能与整个文化相比，这样一来，他（Eliot）认为他的诗超出了个人的经验与感觉而可以代表文化。"

其实，不仅艾略特的诗表现了文化的素质，即使是表现个人才气的诗也会或多或少地表现文化素质的。不仅他写的诗可以代表文化，而且他翻译的诗也可以代表文化，例如他的名作《荒原》开头四行的原文和两种译文：

April is the cruelest month, breeding

Lilacs out of the dead land, mixing

Memory and desire, stirring

Dull roots with spring rain.

1. 四月是最残忍的一个月，荒地上长着丁香，把回忆和欲望掺和在一起，又让春雨催促那些迟钝的根芽。（赵萝蕤译）

2. 四月是最残酷的月份，迸生着紫丁香从死沉沉的地上，杂混着记忆和欲望，鼓动着呆钝的根须，以春天的雨丝。（叶维廉译）

赵萝蕤说《荒原》"集中反映了时代精神：即第一次世界大战后广大西方青年对一切理想、幻想全部破灭的那种思想境界"。这种幻灭思想可以和乔叟（Chaucer）的《坎特伯雷故事集》开头四行对比：

When that Aprille with hise shoures soote (showers sweet)

The droghte of Marche hath perced to the foote

And bathed every veyne (vein) in swich (such) licour

Of which vertu engendred is the flour (flower).

1. 当四月的甘霖渗透了三月枯竭的根须，沐濯了丝丝茎络，触动了生机，使枝头涌现出花蕾。（方重译）

2. 夏雨给大地带来了喜悦，

送走了土壤干裂的三月。

沐浴着草木的系丝茎络，

顿时万花盛开，生机勃勃。（范守义译）

对比之下，可以看出乔叟反映的时代，是生气勃勃的民族文化崛起的 14 世纪，和《荒原》反映的思想境界大不相同。同是英国的四月，一个给大地带来了喜悦，另一个却是残忍的月份；同是英国大地，一个万花盛开，生机勃勃，另一个却是根芽迟钝，死气沉沉。真是天壤之别。

《荒原》中描写的战后年代，也可以在中国诗词中找到类似的描写，如姜白石在 1176 年写了一首《扬州慢》，描绘了战火洗劫后的扬州。前半首词的原文和两种英译文是：

淮左名都，竹西佳处，解鞍少驻初程。过春风十里，尽荠麦青青。自胡马窥江去后，废池乔木，犹厌言兵。渐黄昏，清角吹寒，都在空城。

1. Springtime in this capital, for miles around—

Sees little of wheat, but weeds abound.

Since the Hu scouts came up the river and left,

So much have the people been, of hope, bereft.

Trees are wantonly hewn: gardens lying waste.

No longer is war a topic to their taste.

With eve comes the cold note of a bugle's call,

O'er this city, foredoomed like enough to fall. (Xu Zhongjie)

2. The three-mile splendid road in the breeze I passed by;

It's now o'ergrown with wild green wheat and weeds.

Since Northern shore was overrun by Jurchen steeds,

E'en the tall trees and city walls have been war-torn.

As dusk is drawing near,

Cold blows the horn;

The empty town looks drear. (X. Y. Z.)

姜词中的"竹西佳处"，指的是扬州北门外的竹西亭，唐代诗人杜牧在《题扬州禅智寺》中写过："暮霭生深树，斜阳下小楼。谁知竹西路，歌吹是扬州？"又在《赠别》诗中写过："春风十里扬州路"。因此，"春风十里"指的是扬州载歌载舞的繁华街道。姜词的下半首还曾说道："纵豆蔻词工，青楼梦好，难赋深情。"这是引用了杜牧《赠别》诗中的"豆蔻梢头二月初"，和《遣怀》诗中的"赢得青楼薄幸名"。姜词"二十四桥仍在"却是引了杜诗"二十四桥明月夜，玉人何处教吹箫"。由此可见，姜词写的不仅是个人的经验与感觉，也表现了文化的素质，这和广征博引的《荒原》有类似之处。当年扬州的歌池舞榭，这时却长满了野生的荠菜和麦子，成了一片废墟；被毁坏的城池，古老的大树，都是战火洗劫后的见证；剩下的只有一片荒芜的景象，听到的只有凄凉的黄昏号角。但是姜词并没有直接抒发个人的凄凉感，而是用借物比人、景中见情的手法来描述的。从中可以看出，中国文化有含蓄的、内向的传统。《荒原》和这不同，用了四百三十四行诗来"写干旱之地赤土千里，没有水，长不出庄稼，不但大地苦旱，人的心灵更加苦旱，人类失去了信仰、理想，精神空虚，生活毫无意义"。（赵萝蕤《介绍艾略特的〈荒原〉》）相对而言，西方文化是曲折的，外向的。

乔叟诗中描写的春雨，在中国诗中也可以找到杜甫的《春夜喜雨》：

好雨知时节，当春乃发生。
随风潜入夜，润物细无声。
野径云俱黑，江船火独明。
晓看红湿处，花重锦官城。

1. A good rain knows its season

　　Comes forth in spring

　　Follows the wind, steals into the night;

　　Glossing nature, delicate without a sound.

　　Clouds on country road, all black,

　　Sparks of a lantern from a river boat, the only light.

　　Morning will see red-steeped spots:

　　Flowers heavy on the City of Brocade. (William H. Nienhauser)

2. Happy rain comes in time

　　When spring is in its prime.

　　With soft night breeze't will fall

　　And mutely moisten all.

　　Clouds darken rivershore;

　　Lamps brighten all the more.

　　Saturated at dawn,

　　With flowers blooms the town. (X. Y. Z.)

比较一下杜诗和乔诗，可以看出乔叟写的主要是大地的喜悦，杜甫写的却包含了人的喜悦在内；前者着重的是"真"，后者着重的是"善"，正好代表了东西方文化不同的精神。乔叟写了"土壤干裂的三月"，这主要是自然景象；杜甫写了"野径云俱黑"，隐射了安史之乱的风云变化，而"江船火独明"则可能象征着诗人的爱国之心，逢乱世而益彰。乔诗中的"枝头涌现出花蕾"，说的是自然界的生机勃勃；杜诗中的"花重锦官城"，则表达了城中人的喜悦心情。前者侧重的是"物"，后者侧重的是"心"；前者预告了英国文化的崛起，后者显示了万紫千红的盛唐景象。从杜诗到姜词，可以看到唐宋文化的变迁，正如从乔叟到《荒原》，可以看到英国文化的起落。如果比较一下《荒原》和《扬州慢》，又可以看出宋词写的是家国之恨造成的"心痛"，英诗写的却是理想破灭造成的"心死"，两者的消沉又有所不同。

中西文化的差异不但体现在诗词中，还体现在翻译上。简单来说，西方强调直译，体现了现代的科学精神；中国强调意译，显示了古老的艺术传统。具体说来，叶维廉是美国加州大学教授，他译的《荒原》对号入座，一个中文词对一个英文词，词序一点都不变动，可以算是代表了西方文化的求"真"精神。赵萝蕤是中国北京大学教授，她把自己译的《荒原》说成是"比较彻底的直译法"（《当代文学翻译百家谈》第609页），但和叶维廉的译文一比，可以说是不如叶译彻底。原诗说"四月是最残忍的一个月"，因为四月使生机勃勃的紫丁香长在死气沉沉的大地上，好像把鲜花插在牛粪上一样，所以说四月最残忍。但是赵译说："荒地上长着丁香"，仿佛是在描写一个客观现象，没有说明丁香和四月的关系，这就不如叶译体现了西方文化的"真"。赵译又说："让春雨催促那些迟钝的根芽"，"让"字用得颇为被动，不如叶译"以春天的雨丝"。但是整个读来，赵译却比叶译更"美"，更能显示东方古老的艺术传统。这就是说，叶译虽能使人"知之"，却不能使人"好之"；赵译虽不能使人"知之"甚确，却能使人"好之"更深。

再看方重译的乔诗，不但能够使人"知之"，而且还能使人"好之"，这就比赵译更能体现艺术之"美"。最后来谈范守义的译文，每行十个字，每两行押韵，不但传达了原诗的"形美"，还传达了原诗的"音美"；虽然不像叶译那样"对号入座"，但也不能说它"失真"，却比方译更"美"；不但使人"知之""好之"，而且使人"乐之"，这就可以说是"入于化境"，把英诗化为中诗，使西方文化成为中国文化，进入了翻译的最高境界，比赵译、方译都更能代表中国文化的传统之"美"。综上所述，可以得出结论：叶译最能代表西方文化的科学精神，范译最能代表中国文化的艺术传统，赵译、方译在二者之间。由此可见，翻译也能体现中西方文化的异同。

以上谈的是英诗中译，中诗英译也是大同小异。美国人译的杜诗更能体现西方文化的求"真"精神，中国人的译文更能显示东方文化的求"美"传统。但是姜词《扬州慢》包含的文化典故太多，没有英美人的译文，只有中国人的译作。这又说明了中美文化的一个差异：中国文化更重视过去，美国文化更重视现在。包含文化典故太多的作品不容易译成外国文字，译文只能使人"知之"，很不容易使人"好之"。徐忠杰把长短句译成大体整齐的诗，每两行押韵，这是把词化诗，恐怕"化"得过分了，不能像范守义的译文那样使人"乐之"，但是，徐译还是显示了中国文化的艺术传统。

《荒原》包含的文化典故也多，它引用了三十五个不同作家的作品，但仅就这一点而言，我觉得它更像中国古代的诗词，而不能代表西方文化的主流。下面我们看看弗罗斯特（Robert Frost）一首不包含文化典故的小诗《雪夜过深林》：

Whose woods these are I think I know.

His house is in the village though;

He will not see me stopping here

To watch his woods fill up with snow.

My little horse must think it queer

To stop without a farmhouse near

Between the woods and frozen lake

The darkest evening of the year.

He gives his harness bells a shake

To ask if there is some mistake.

The only other sound's the sweep

Of easy wind and downy flake.

The woods are lovely, dark, and deep,

But I have promises to keep,

And miles to go before I sleep,

And miles to go before I sleep.

谁家的树林？我想我知道，

虽然他家在遥远的村郊；

他不会看到我待在这里

看他的树林为白雪笼罩。

我的小马定会觉得稀奇，
待在这渺无人烟的荒地，
在树林边上，结冰的湖旁，
在一年中最黑暗的夜里。

我的马摇晃颈上的铃铛，
问我是不是走错了地方。
微风扫落鹅毛般的雪片，
是回答他的唯一的声响。

黑暗的深林真令人留恋，
但我有约会，有约会在先。
路还远着呢，在睡觉之前，
路还远着呢，在睡觉之前。（许渊冲译）

这首诗很容易使人联想起中唐诗人刘长卿的《逢雪宿芙蓉山主人》：

日暮苍山远，天寒白屋贫。
柴门闻犬吠，风雪夜归人。

1. A Winter Scene

The daylight far is dawning across the purple hill.

And white the houses of the poor with winter's breathing chill.

The house dog's sudden barking, which hears the wicket go,

Greets us at night returning through driving gale and snow. (W. J. B. Fletcher)

2. Encountering a Snowstorm. I Stay with the Recluse of Mount Hibiscus

Dark hills distant in the setting sun,

Thatched hut stark under wintry skies.

A dog barks at the brushwood gate,

As someone heads home this windy, snowy night. (Dell R. Hall)

3. Seeking Shelter in Lotus Hill on a Snowy Night

At sunset hillside village still seems far;

Cold and deserted the thatched cottages are.

At wicket gate a dog is heard to bark;

With wind and snow I come when night is dark. (X. Y. Z.)

两首诗的主题都是"风雪夜归人",但是两位诗人的心态却不相同。中国诗人说的"日暮",想的可能是自己已到垂暮之年;而"苍山"尚"远",想到的可能是仕途坎坷,前路茫茫,归宿不过是"苍山""白屋""柴门",因此心情和寒天一样凄凉,一片灰色。美国诗人写的是"一年中最黑暗的夜里",但这"黑暗的深林"却"令人留恋",虽然到达目的地的"路还远着呢",但因为"有约在先",这一线希望却使漫漫的长夜呈现出一线光明。"柴门闻犬吠"写出了山村寂寥,"犬吠"似乎并不是友好的欢迎,而是农业社会封闭自守的吠声。美国诗人的小马"摇晃颈上的铃铛",却打破了深林的沉寂,显示了马对主人的关怀,宣告了驰骋千里、前途无限的工业社会已经来临。"风雪夜归人"，一个"归"字，写出了中国诗人对家的眷恋，反映了中国文化中家庭观念的重要性。美国诗人"有约会在先"，和谁的约会呢？是树林的主人，还是树林外的情人？反正不是诗人的家人，这又反映了西方文化中淡薄的家庭观念和四海为家、独立自主的开拓精神。在英诗中，大自然和诗人的关系不但和谐，而且友好；"微风扫落雪片"，似乎也是自然对小马的善意回答。在唐诗中，大自然和诗人的心情显得很和谐，但是关系反而像是对立的。这也反映了中国文化的消极面和西方文化的积极面。

西方文化的积极性甚至在翻译中也有表现。唐诗《逢雪宿芙蓉山主人》的三种英译文，译例 1 的译者是英国人，译例 2 的译者是美国人，译例 3 的译者是中国人。译例 1 把"日暮"改成"日出"，把"苍山"改成"紫山"，这就把唐诗中"暮色苍茫"的灰暗情调换成了朝霞满天的紫红色彩，也是把中国古代的文化译成西方现代的文化了。"夜归人"译成"我们"，这又破坏了原诗的孤寂感；"犬吠"似乎也在欢迎"我们"胜利归来，这就把意气消沉的唐诗译成意气风发的英诗了。译例 2 比译例 1 更能体现西方文化的求真精神，只是最后一行的"归"字译成"归家"，和诗题《逢雪宿芙蓉山主人》有矛盾，破坏了原诗的飘零感。由此可见，英美译者往往自觉不自觉地按照西方文化的精神来解释中国文化。

中国文化的孤寂飘零感，不但表现在唐诗中，也表现在宋词里，如苏东坡的《卜算子》：

缺月挂疏桐，漏断人初静。
谁见幽人独往来，缥缈孤鸿影。

惊起却回头，有恨无人省。

拣尽寒枝不肯栖，寂寞沙洲冷。

1. Half-moon hangs on sparse wu-t'ung tree;

   The water clock stops, people settle down.

   Who sees the recluse passing by, all alone:

   A haunting shadow of a fugitive swan.

   Then, suddenly startled, it turns its head,

   With a grief that no one can know.

   Looking over each wintry bough, it settles on none:

   The lonely sandbank's cold. (Eugene Eoyang)

2. From a sparse plane tree hangs the waning moon;

   The water clock is still and hushed is man.

   Who sees a hermit pacing up and down alone?

   Is it the shadow of a swan?

   Startled, he turns his head,

   With a grief none behold.

   Looking all over, he won't perch on branches dead

   But on lonely sandbank cold. (X. Y. Z.)

这首词中孤寂飘零的既是孤鸿，也是词人自己。译例 1 的译者是
美籍华人，从中可以看出美国文化的科学精神；译例 2 的译者是中
国人，从中可以看出中国文化的艺术传统。第一行的"缺月"译

成"半边月"只是客观的形象；译成"残月"却包含了词人主观的感伤情绪。第二行的"漏断"译成"漏声停止"又是客观叙述；译为"漏声静了"却包含了词人的主观感觉。第三行的"往来"，第一种译成"有往无来"，削弱了下文"无枝可依"的飘零感。第四行承上启下，译例 2 译成问句，巧妙地使词人与孤鸿合而为一，体现了中国文化的艺术精神。下半首的主语，译例 1 是"它"，只指"孤鸿"；译例 2 是"他"，既可指鸿，又可指人。最重要的是最后两句，画龙点睛，说明词人和孤鸿一样寂寞漂泊，无枝可依，但是不肯随波逐流，还要保持自己的清高品格。中文是一种充满艺术的语言，非常精简，主语、介词、连词，都可省略，根据上下文又可以理解字中所无、句中所有的含义，因此非常适于表达这种亦人亦鸿的朦胧诗意。英文却是一种科学的语言，非常精确，主语、介词、连词，都不可或缺。简单说来，英文说一是一，说二是二；中文却可以说一是二，意在言外。美籍学者用科学的方法来译最后两句，结果看不出两句之间有什么关系；中国译者用艺术的方法来译，加上原文内容所有、形式所无的连词和介词，原诗的言外之意才能和盘托出。从这两种不同的译文中，也可以看出中西文化的差异。

苏东坡诗中的孤鸿很容易使人联想起雪莱诗中的失伴鸟：

A widow bird sate mourning for her love
    Upon a wintry bough;
The frozen wind crept on above,
    The freezing stream below.
There was no leaf upon the forest bare,
    No flower upon the ground,

And little motion in the air

Except the mill-wheel's sound.

有鸟伉俪枯树颠，

哭丧其雄剧可怜；

上有冰天风入冻，

下有积雪之河川。

森林无叶徒权桠，

地上更无一朵花，

空中群动皆熄灭，

只闻呜咽有水车。（郭沫若译）

雪莱的诗比起苏词来，似乎是客观的抒情。两首诗都写了孤鸟、寒枝，都充满了诗人对鸟的同情。雪莱的同情是从外部注入的，他先把鸟拟人，然后将心比心，以诗人之心度鸟之心，于是发出了失伴的哀鸣，不过诗人和鸟并没有合而为一。苏东坡的同情却更发自内心，看不清到底是诗人在怜悯鸟，还是鸟在怜悯诗人，二者已经难解难分了，因此比雪莱的更加主观。在雪莱诗中，寒风、水车似乎都在鸣咽，衬托了孤鸟的悲哀；在苏词中，缺月疏桐，寒枝沙洲，都寂寞无言，却衬托出了诗人的清高。由此可见，中西文化是同中有异，异中有同的。

郭沫若是我国著名的诗人，他把这首诗译成七言古体，并且模仿李白《长相思》中的"上有青冥之高天，下有渌水之波澜"，表现了译者的文化素质。但是雪莱原诗用语平易，诗行一长一短，更接近我国的词体；郭译用词古奥，长短一律，读来更像前面徐忠杰译的《扬州慢》，而不如范守义译的乔诗。由此可见，把外国文化

225

归化为本国文化，也有一个"度"的问题，过犹不及。有人说：诗的译者一定要是诗人。我没有读过范守义写的诗，他的知名度自然远远不如郭沫若；但是如以译诗而论，我却认为他是胜过了诗人郭沫若的。

雪莱更是世界闻名的诗人，他认为诗是不可译的；但在济慈去世时，他却把柏拉图的诗从希腊文译成英文：

Thou wert the morning star among the living,
　　Ere thy fair light had fled; —
Now, having died, thou art as Hesperus, giving
　　New splendor to the dead.

　　明丽的光辉消逝以前，
　　　　你是人间的启明，
　　死了，给死者新的光，
　　　　你似夜空的长庚。（江枫译）

雪莱的译诗实践否定了他的翻译理论。这四行诗有韵有调，不但使人"知之"，还让人"好之"，甚至"乐之"，使希腊诗化成了英诗，使希腊文化和英国文化融合成为西方文化。而江枫的译文没有说清"明丽的光辉"是启明星清晨发出的光辉，没有反映西方文化的科学精神，而是代之以中国文化的朦胧艺术手法，结果不能使英诗归化为中诗。

雪莱哀悼济慈的挽诗，很容易使人联想起唐代诗人崔珏的《哭李商隐》：

虚负凌云万丈才，
一生襟抱未曾开。
鸟啼花落人何在，
竹死桐枯凤不来。
良马足因无主踠，
旧交心为绝弦哀。
九泉莫叹三光隔，
又送文星入夜台。

In vain you could have soared up to the azure sky,

Before you could fulfil your ambition you die.

The birds bewail with fallen flowers: "Where are you?"

The phoenix won't alight on dead tree or bamboo.

A horse'd be crippled if not trained by riders good;

The lutist broke his lute for one who understood.

In nether world not sun or moon or stars in sight,

But you're the brightest star in the eternal night. (X. Y. Z.)

《哭李商隐》的最后一句，和雪莱的挽诗真有异曲同工之妙，这不正说明诗人一样爱才吗？崔珏诗中有"凤栖梧""伯牙碎琴"等文化典故，雪莱的译诗和《阿多尼》中，引用的神话传说更多。可见诗和翻译，都"超出了个人的经验与感觉，可以代表文化"。文化中的典故最难翻译，如果直译，即使能够存真，也往往不能存美；如果意译，即使能够存美，往往又难免失真。存真的译文可以使读者"知之"，存美的译文可以使读者"好之"，只有既不失真又能存美的译文才能使人"乐之"。孔子说过："知之者不如好之者，好之者不如乐之者。"所以诗词翻译应该在尽可能少失真的前提下，尽可能多地保持原诗的美。存真的翻译可以介绍外国的文化，存美的翻译才能使外国文化化为本国文化。介绍外国文化的目的不应是为介绍而介绍，应该是为了提高本国文化，而归化正是提高的结果。外国文化无论多好，如果不能为本国文化所吸收，也是不能提高本国文化的。归化一般说来是指进化，但有时退化也可能是进化，例如人的尾巴退化了，人不是因此而进化了吗？典故也是一样，有时也可以退为进的，例如雪莱在译诗中把"启明星"浅化为"晨星"，不是既不失真，又能存美吗？其实，"文化"二字本身就包含了由野蛮进化为文明，由低级向高级转化的意思，最高级的文化并不一定是最高深的、最美的。

（原载《北京大学学报》1990 年第 5 期）

译诗六论

（1）译者一也：翻译是译文和原文矛盾的统一（理想）；（2）译者依也：文学翻译要依其精而异其粗（常道）；（3）译者异也：文学翻译可以创新立异（变道）；（4）译者易也：翻译要换易语言形式（方法论）；（5）译者艺也：文学翻译是艺术，不是科学（认识论）；（6）译者怡也：文学翻译要能怡性悦情（目的论）。

一、译者一也（Identification）

译者易也。古人说过："译即易，谓换易言语使相解也。"（见《翻译论集》第1页）在我看来，也可以说译者一也，因为翻译要使两种语言统一，在多中求一。

统一有不同的层次：在词汇和词组的层次上统一比较容易，在句子的层次上统一就要难些，在段落或全文或全诗的层次上统一，那就更难了。

例如雪莱的诗 *Ode to the West Wind*，有郭沫若、卞之琳、查良铮、王佐良、江枫、俞家钲、丰华瞻七人的译文。除郭译的是《西风歌》之外，其余六人都译为《西风颂》。可见 the West Wind 和

"西风"完全统一，Ode 和"颂"统一的程度就不如"西风"高。这就是说，在词汇层次上的统一，也有高低不同。

在句子层次上的统一，可以比较《西风颂》最后一句的七种译文：

O, wind,

If Winter comes, can Spring be far behind?

1. 严冬如来时，哦，西风哟，
   阳春宁尚迢遥？（郭译）

2. 风啊，你看，
   冬天要来了，春天难道会太远？（卞译）

3. 要是冬天
   已经来了，西风呵，春日怎能遥远？（查译）

4. 呵，西风，
   如果冬天已到，难道春天还用久等？（王译）

5. 哦，风啊，
   如果冬天来了，春天还会远吗？（江译）

6. 啊，西风，冬天来了，春天还会远吗？（俞译）

7. （请你把我的诗篇，散播在普天之下，像从未灭的火炉，吹出热灰和火花！

请把我的醒世预言，传播到地角天涯！）

哦，西风啊，冬天来了，春天还会远吗？（丰译）

七种译文都用了"风""冬""春"三个名词，可见这三个字和原文的统一程度最高。六种译文用了"来"这个动词，五种译文用了"远"这个形容词，这是统一程度较高的字。从句子的层次上来看，七种译文都是和原文统一的。但是哪一种译文的统一程度最高？是不是统一词汇用得越多，句子也就和原文越统一？这需要具体分析。例如卞译加了"你看"二字，在词汇的层次上不统一；但从全句看，"看"字和"远"字押韵，这和原诗用的韵倒是统一的。又如俞译、丰译只说"冬天来了"，没译"如"字，在词汇的层次上也不统一；但从全句来看，"如"字不译反更合乎汉语习惯。由此可见，词汇统一度高并不等于句子的统一度也高。

原诗用韵是 ABA，BCB，CDC，DED，EE。郭译用韵没有规律，有时甚至不用。卞译第五段的韵脚是："林成音，声做神，合生播，纷间唇，看远"，和原韵的统一度很高。查译第五段的韵脚是："林系音，意我一，落命歌，星散唇，天远"，和原韵的统一度也高，但略低于卞译。王译的韵脚是："般妩烂，响头芒，宙发咒，花中叭，风等"，统一度又略低于查译。江译的韵脚是："琴谢情，乐灵你，宙命咒，星家境，啊吗"，统一度又低于王译。俞译加了三行，韵脚是："琴林零，情音馨，哟灵一，地新力，境星角，吧吗"。丰译减了两行，韵脚是："样妩，声音，魂身，上长，下花，涯吗"。俞、丰用韵的统一度似乎更低，但都高于郭译。在段落的层次上，卞译用韵的统一度最高，郭译最低。是不是统一度越高的译文就越好呢？这还要在全诗或全文的层次上来研究。

再举两个例子，也许更能说明问题。先看彭斯（Robert Burns）的《不管那一套》（*A Man's a Man for A'That*）的第一段和两种译文：

Is there, for honest poverty,

    That hings his head, an'a'that?

The coward slave, we pass him by,

    We dare be poor for a'that!

      For a'that, an'a'that,

        Our toils obscure, an'a'that,

The rank is but the guinea's stamp,

    The man's the gowd for a'that.

1. 有没有人，为了正大光明的贫穷

    而垂头丧气，挺不起腰——

    这种怯懦的奴才，我们不齿他！

    我们敢于贫穷，不管他们那一套，

    管他们这一套那一套，

    什么低贱的劳动那一套，

    官衔只是金币上的花纹，

    人才是真金，不管他们那一套！（王佐良译）

2. 穷只要穷得正直，有啥不光彩？

    干吗抬不起头来，这是为什么？

    对这号软骨头，咱们不理睬，

    咱们人穷腰杆直，不管怎么说！

不管他这么说，那么说，

说咱们干的是下贱活；

等级不过是金洋上刻的印，

人，才是真金，不管他怎么说。（飞白译）

两种译文和原文的统一程度都高，第一种译文用词更文雅，第二种更口语化，还押了韵。因为原诗是民歌体，从风格层次上来看，可以说第二种的统一度高于第一种。

再看拜伦（Byron）的短诗《我们已经不再有游兴》（*So, We'll Go No More a Roving*）和两种译文：

So, we'll go no more a roving

    So late into the night,

Though the heart be still as loving,

    And the moon be still as bright.

For the sword outwears its sheath.

    And the soul wears out the breast,

And the heart must pause to breathe,

    And love itself have rest.

Though the night was made for loving,

    And the day returns too soon.

Yet we'll go no more a roving

    By the night of the moon.

1. 我们将不再徘徊

　　　　在那迟迟的深夜，

　　尽管心儿照样爱，

　　　　月光也照样皎洁。

　　利剑把剑鞘磨穿，

　　　　灵魂也磨损胸臆；

　　心儿太累，要稍喘；

　　　　爱情也需要歇息。

　　黑夜原是为了爱，

　　　　白昼转眼就回还，

　　但我们不再徘徊，

　　　　沐着那月光一片。（杨德豫译）

2. 我们已经不再有游兴

　　　　去欣赏良宵美景，

　　虽然心里还溢出爱情，

　　　　月亮还溢出光明。

　　因为利剑会磨损剑鞘，

　　　　灵魂会折磨肉体，

　　心不能永远激烈地跳，

　　　　爱情也需要休息。

　　虽然情人爱良宵美景，

234

　　　　但白天来得太快，
　　我们已经不再有游兴，
　　　　在月下谈情说爱。（许渊冲译）

原诗每行大致七个音节，译例 1 每行七个字，形似的统一度很高。原诗隔行押韵，两种译文也是一样，音似的统一度都高。至于意似的统一度，译例 1 在词汇的层次上比较高，但在全诗的层次上，"徘徊"不如"游兴"，"回还"不如"快来"；"胸臆""稍喘""沐着"显得太文，和全诗的风格不够协调。因此，总的说来，译例 1 和原诗的统一度不如译例 2 高。

　　如果比较一下《西风颂》的七种译文，就音似和形似的统一度而论，都要数卞译的最高；但意似却不如丰译。我在英语系研究生班做过调查，多数学生认为丰译在全诗的层次上最高。所以前面抄了四行丰译，以便比较。

　　比全诗层次更高的，是在文化层次上的统一。但是中英文化传统不同，要在同中见异，异中求同，都不容易做到，那就不是译者一也，而是译者异也。但是异不能脱离原文的依据，所以又可以说译者依也。艺术的最高境界是从心所欲而不逾矩，从心所欲是"异"，矩就是"依"。

二、译者艺也（Re-creation）

　　翻译不能"逾矩"，而"矩"就是规律，所以有人说翻译是科学。但译文和原文不可能没有"异"，而"异"就是创新，所以翻译与其说是科学，不如说是艺术。简单来说，就是译者艺也。前面以《西风颂》为例，卞译加了"你看"二字，丰译的"普天之下""醒世预言""地角天涯",都可以说是从心所欲而不逾矩的典型。英文是比较科学的文字,说一是一,说二是二,比较精确,但是译成中文的时候,不可能完全统一。而中文是比较艺术的文字,往往说一是二,说东指西,比较模糊,译成英文的时候,那就更难统一,更需要译者创新,更需要翻译的艺术了。

关于中文的多义性,袁行霈在《中国诗歌艺术研究》中提出了两个新的概念:宣示义和启示义。"宣示义:一是一,二是二,没有半点含糊;启示义:诗人自己未必十分明确,读者的理解未必完全相同,允许有一定范围的差异。""一首诗在艺术上的优劣,在一定程度上取决于启示义的有无。读者欣赏水平的高低,在一定程度上也取决于对启示义的体会能力。我将中国古典诗歌的启示义大致分为以下五类:双关义、情韵义、象征义、深层义、言外义。"在我看来,英诗的宣示义比较丰富,例如前面举的英文例子,基本都是说一是一,说二是二,没半点含糊。即使是说一指二,如:"冬天来了,春天还会远吗?"既有宣示义"冬去春来",也有启示义"苦尽甘来",但诗人自己是明确的,读者的理解也基本相同,差异不大。而中诗却是启示义比较丰富,读者的理解也不一致,所以说是诗无达诂。既然理解都有差异,翻译如何能统一呢?那时恐怕不是译者一也,而是译者异也。

启示义可以分五类,第一类就是双关义。双关义可以借助同音词表达,例如李商隐《无题》的第三句"春蚕到死*丝*方尽","*丝*"和"思"同音,双关义是:情人相思到死方休。双关义在诗的多义性里是最简单的一种,但是译出来却最困难。这句诗有四种译文:

1. The silkworms of spring will weave until they die, (Bynner)

2. Spring's silkworms wind till death their heart's threads: (Graham)

3. The silkworm dies in spring when her thread is spun; (Herdan)

4. Spring silkworm till its death spins silk from lovesick heart: (X. Y. Z.)

译例 1 和译例 3 都只译了宣示义，没有译启示义；译例 2 加了个 heart，有点启示的意思，但算不上双关；译例 4 既译了 "丝"，又译了 "思"，而且 "相思" 中的 sick 和 silk 不但音似，而且形似，可以说是有点双关的意思了。这就是译者艺也。

不但字音，有时字形也可以造成双关义。如吴文英的 "何处合成愁？离人心上秋"，既可以说是 "心" 上加个 "秋" 字就合成 "愁" 字，也可以说是秋天心上思念离人而发愁了。如果译成：

Where comes sorrow? Autumn on the heart

Of those who part.

那就没有译出双关义来，可见字形双关比字音双关还难翻译。那是不是一点也不能翻译呢？钱歌川在《翻译漫谈》第 74 页上说："拆字为汉文特有的玩意儿，绝不可能翻译，下联为其代表作：

人曾为僧，人弗可以成佛。

女卑是婢，女又何妨成奴。

如照字面译为：

The man who has been a monk cannot become a Buddha.

The girl who is a bond maid may be called a slave.

则汉文的妙处完全丧失，因人曾合为僧字，人弗合为佛字，女卑合为婢字，女又合为奴字，英文都无法译出。"在我看来，应该说是汉文的妙处无法完全译出，但并不是一点也不能曲尽其妙的。如把这副对联的译文改成：

A Buddhist cannot bud into a Buddha.

A maiden may be made a house maid.

那么，bud 和 Buddhist、Buddha 前半形似，maid 和 made、maiden 前半音似，也就算差强人意了。

双关义不但可以借助同音词或字形达成，还可以借助多义词。例如《古诗十九首》之一中的"相去日已远，衣带日已缓"，其中的"远"字，就既可能表示空间距离之长，也可能表示时间距离之久。更妙的是，据叶嘉莹在《迦陵论诗丛稿》第24页上说，这首诗每句都可以作两种不同的解释：诗中的说话人可以是远行人，也可以是送行人；可以是男方，也可以是女方。"行行重行行"写的是离别的动态，对远行人和送行人都可以说。"与君生别离"的"君"字，既可以指远行的男方，也可以指送行的女方。"相去万余里，各在天一涯。道路阻且长，会面安可知？"这四句一句比一句遥远，一句比一句绝望，无论远行人还是送行人都有这种哀伤之情的。"胡马依北风，越鸟巢南枝"既可以指远行人对家乡的怀念，也可以指女方对男方不恋家的怨言，还可能是写双方一南一北，相隔万里，不得团聚的悲哀。"相去日已远，衣带日已缓"两句更进一步，说双方不但空间上相隔万里，在时间上也相会无期，因此，这既可以是写男方的一往情深，也可以是写女方的缠绵柔情。"浮云蔽白日，游子不顾返"两句进一步说双方不但是时空阻隔，感情上也有了隔阂。从男方来说，"不顾返"可以理解为环境逼得自己做出违心的事；从女方来说，却是游子负心了。"思君令人老，岁月忽已晚"两句，可以理解为男方违心是不得已，心里还是思念女方的，自然更可理解为女方思念男方。"弃捐勿复道"可以理解为女方被抛弃的事不必再提了，也可以把"弃捐"理解为"丢开一边"。最后一句"努力加餐饭"，有人说是劝对方加餐，有人说是女方劝自己，因为在"思君令人老"和"岁月忽已晚"的情况下，如果不愿放弃重聚的希望，那就只有"努力加餐饭"了。两种解释哪一种更好呢？看看译文能否帮助解决问题。

You travel on and on.

Leaving me all alone.

Away ten thousand li,

You're at the end of the sea.

Severed by a long way,

Oh! can we meet some day?

Northern steeds love the breeze

And southern birds the trees.

The farther you're away;

The thinner I'm each day.

The cloud has veiled the sun;

You won't come back, dear one.

Missing you makes me old;

Soon comes the winter cold.

Alas! of me you're quit.

I hope you will keep fit.

(I will try to keep fit.)

如果把译文中的"我"改成"你","你"改成"我",就可以看出诗中说话人是男方还是女方更好。朱自清在《古诗十九首释》中说过:"像本诗这种缠绵的口气,大概是居者思念行者之作。本诗主人大概是个'思妇'。"由此可见,理解有助于翻译,翻译也有助于理解,异中求同,多中求一。

三、译者异也（Innovation）

前面谈到:中文是比较艺术的文字,往往说一是二,说东指西,比较模糊,译成英文时,很难做到高度统一,需要译者创新,而创新就难免标新立异,所以又可以说译者异也。

袁行霈在《中国诗歌艺术研究》第9页上说:"中国古典诗歌的语言,是经过无数诗人的提炼、加工和创造,拥有众多的诗意盎然的词语。这些词语除了本身的意义之外,还带着被诗化后的各种感情和韵味。这种种感情和韵味,我称之为情韵义。情韵义是对宣示义的修饰,词语的情韵是因为在诗中多次运用而附着上去的。凡是熟悉古典诗歌的读者,一见到这类词语,就会联想起一连串有关的诗句。这些诗句连同它们各自的感情和韵味一起浮现出来,使词语的意义变得丰富起来。"翻译这种情韵义的时候,就需要标新立异的艺术。

例如温庭筠的《望江南》:"梳洗罢,独倚望江楼。过尽千帆皆不是,斜晖脉脉水悠悠,肠断白蘋洲。"如果把"梳洗"改成"梳头","望江"改成"望河","千帆"改成"千船",或把"脉脉""悠悠"改掉，那这首词的情韵义就丧失殆尽了。例如"楼"字，很容易使人联想起王之涣的"欲穷千里目，更上一层楼"和李白的"故人西辞黄鹤楼，烟花三月下扬州"等诗句的情韵，如果简单译成 storey 或 floor，那就像把"望江楼"改成"看河楼"一样，诗味损失大半了。而要保留原诗情趣，可把"梳洗罢，独倚望江楼"译成：

After dressing my hair,
Alone I climb the stair.
On the railings I lean
To view the river scene.

把"楼"译为 stair 本来太俗，这里因为和 hair 押韵，增加了一点诗意。把"望江"和"楼"分开，说是上楼倚栏去观江景，这又是标新立异了。下面"斜晖脉脉水悠悠"一句最难翻译，因为"脉脉""悠悠"这两对叠字的意思比较模糊，不容易掌握得恰到好处。"脉脉"常和"含情"同用，"悠悠"既可以指时间上的"悠久"，又可以指空间上的"悠长"，还可以指人的"悠闲"，并且可以使人联想起白居易《长相思》中的"思悠悠，恨悠悠"。因此，两个"悠"字加起来并不是一加一等于二，而是一加一等于三或四。这句诗有六种译文：

1. The slanting sun
   Reddens the waters many a mile: (John Turner)

2. Calmly shone the setting sun and the water ceaselessly flew on.
   (Chu Dagao)

3. She stares and stares at the slanting sunshine, the water flowing far away. (Burton Watson)

4. The slanting sunrays cast a lingering glow:
   The broad river in its continuous flow; (Xu Zhongjie)

5. O how tender the sun's parting look, how melancholy the stream's languid flow! (Weng Xianliang)

6. The slanting sun sheds sympathetic ray;
   The carefree river carries it away. (X. Y. Z.)

六种译文都可以用来说明译者异也。译例 1 说：斜阳把万里流水都染红了。把"脉脉"具体化为"染红"，把"悠悠"具体化为"万里"，画出了长江落日的客观景象，但没有写出诗中人的主观感情，这自然和原文有"异"了。译例 2 说：落日静静地照着，江水不断地流着。用"静静"译"脉脉"，似乎带有感情色彩，其实却是"道是有情却无情"。用"不断"译"悠悠"，可能不但表示时间"悠久"，还表示空间"悠长"，似乎比"万里"更进一步，但是还没进入诗中人的内心世界。第三种译文开门见山，直说诗中人凝视着、凝视着西斜的阳光，不断流向远方的江水。表面看来，似乎进入了内心世界；但原文是借景写情，借物写人，译文却是直写其人，直抒其情，化委婉为直率，化曲线为直线，风格未免太不同了。译例 4 说：斜阳投下了依依不舍的光芒，宽阔的河在不断地流着。用"依依不舍"来译"脉脉"，可以说是用不同的词汇，表达了相同的感情，朝统一的方向迈进了一大步，可惜"悠悠"的译法却不能和"脉脉"相提并论。译例5说：太阳临别的目光多么温柔，没精打采的流水多么忧郁！这样就把"思悠悠，恨悠悠"的心情也表达出来了。译例6更进一步，说是斜阳洒下了温情脉脉的光辉，无忧无虑的江水却把相思之情带走，并且一去不复返了。还有 carefree 和 carry 既是双声，又有叠韵，用来翻译叠字，似乎和原文更接近统一了，翻译的方法还是标新立异，所以说是译者异也。

有时若不标新立异，诗就无法翻译。例如唐朝雍陶送客到城外"情尽桥"，雍陶问起桥名的来由，对方回答是："送迎之地止此。"他听了不以为然，就在桥柱上题了"折柳桥"三个字，并且写下了一首诗："从来只有情难尽，何事名为情尽桥？自此改名为折柳，任他离恨一条条。"古人折柳告别，所以折柳又是离恨的象征。这种中国独有、西方所无的文化传统，如何能够译成简练的英文，又能为英文读者所理解呢？那就只好标新立异了。

Why should this bridge be called "Love's End",

Since love without an end will last?

Plant willow trees for parting friend,

Your longing for him will stand fast.

"情尽"原来是指友情，译文改成爱情，其异一也；桥名改为"折柳"，译文相反，说成是植柳，其异二也；原诗是说"离恨"，译文却说相思，其异三也；原诗"条条"柳枝，译文成了棵棵柳树，其异四也。这首译诗可以算是标新立异的典型。

翻译的诗越古，可能越需要标新立异。例如《诗经·周颂》

中有一篇《酌》，是三千年前周成王歌颂周武王伐纣灭商的舞乐。这诗名中的"酌"字到底是什么意思？谁也不能确定。如要翻译，就非创新不可。全诗如下："於铄王师，遵养时晦。时纯熙矣，是用大介。我龙受之，蹻蹻王之造。载用有嗣，实维尔公允师。"这首诗的解释又是同中有异。《诗经全译》的语体译文是："啊！真英武，武王的进攻，率兵讨伐那昏君。顿时光明照天空，成大事呀立大功。我周家应天顺人有天下，威风凛凛兴一番事业呀。一代一代的相传下，武王秉公心，不虚假，大众信服他。"《诗经楚辞鉴赏辞典》中的译文是："呵，光荣的王师！率领你们消灭了殷商。顿时天下重见光明，从此上天永垂吉祥。我顺承天意继承帝业，赫赫的功勋归武王，大周帝业后继有人，先公永远是榜样。"两种译文只有二、三、五句大意相同，一、四、六、七、八句都异。译成英文该何去何从呢？这就要选择了，还要参考其他的注释创新。

The Martial King

The royal army brave and bright

Was led by King Wu in dark days

To o'erthrow Shang and bring back light.

And establish the Zhou House's sway.

Favored by Heaven, I

Succeed the Martial King.

I'll follow him as nigh

As summer follows spring.

诗题《酌》译成"武王"，其异一也；"武王"二字有时译音，有时译意，其异二也；最后一句译成周成王继承其父功业，如夏继春，其异三也。还有其他大同小异之处，就不一一列举了。

译中国诗以标新立异而著名的，可能要算美国意象派诗人庞德。他翻译了汉武帝刘彻（公元前156—前87）的《落叶哀蝉曲》，原诗和译文如下：

> 罗袂兮无声，玉墀兮尘生。虚房冷而寂寞，落叶依于重扃。望彼美之女兮，安得感余心之未宁？

> The rustling of the silk is discontinued,
>
> Dust drifts over the courtyard.
>
> There is no sound of foot-fall and the leaves
>
> Scurry into heaps and lie still,
>
> And she the rejoicer of the heart is beneath them:
>
> A wet leaf that clings to the threshold.

译文把汉武帝的亡妃比作门前依依不舍的湿树叶，这是他的创新，有人认为译文胜过原作。

不但中诗英译，有时英诗中译也要标新立异，才能传达原诗情韵，如下面一首思乡诗：

> Four ducks on a pond,
>
> A grass-bank beyond,
>
> A blue sky of spring,
>
> White clouds on the wing;
>
> What a little thing

To remember for years—

To remember with tears!

最后两行可以译成：相思情绵绵，相思泪涟涟。如果不用这种原文所无、译文特有的叠字，恐怕是很难表达原诗思乡之情的，所以说译者异也。

四、译者依也（Imitation）

前面说过：译者异也，但是异不能脱离原文的依据，所以又可以说译者依也。从反面说，"异"就是译文脱离原文的程度；从正面说，"依"就是接近原文的程度。如果两者之间没有距离，那就是统一了。前面举的几个译例距离原文的远近不同，其中"楼"字的几种译法距离原文较近，"脉脉""悠悠"的译文稍远，"情尽""折柳""如夏继春"更远，"人曾为僧""女又是奴"还要远些，而以"感余心之未宁"的译文距离最远，几乎可以说是达到了翻译的上限，脱离了原文的依据，成为译者的创作了。广义地说，创作也是一种翻译，不过不是把一种文字译成另一种文字，而是把思想译成文字。庞德翻译的《落叶哀蝉曲》虽然缺少文字上的依据，但和原作思想上还是有联系的，所以可算在翻译范围之内。如果思想上也没有依据，那就成了误译。所以说译者依也，就是说译文可以和原文有"异"，但是不得有误。

《外国语》1984 年第 9 期第 10 页上说："庞德译李白的《长干行》，经常被选入近代英美诗选……效果是意想不到的好。"《等效翻译探索》第 28 页上说："他译的《长干行》曾被评论家赞为 20世纪美国最美的诗篇。"现在摘录《长干行》四句和两种译文如下：

十六君远行，瞿塘滟滪堆。五月不可触，猿声天上哀。

1. At sixteen you departed,

   You went into far ku-to-yen, by the river of swirling eddies,

   And you have been gone five months,

   The monkeys make sorrowful noise overhead. (Ezra Pound)

2. I was sixteen when you went away,

   Passing Three Canyons studded with rocks gray,

   Where ships were wrecked when spring flood ran high,

   Where gibbons'wails seemed coming from the sky. (X. Y. Z.)

原诗说女方十六岁时男方远行，庞德的译文说成男方十六岁时远行；原诗说五月出行船容易触礁，庞德说是男方走了五个月。这种译文和原文在思想上也没有联系，所以只能算是创作，不是翻译。作为创作，原诗写触礁沉船，是一般人共有的悲哀；译诗写生离死别，却是个别人特有的悲哀，更容易感动美国的读者，所以成了"20世纪美国最美的诗篇"。作为翻译作品，庞德的《落叶哀蝉曲》如果还可以算是"从心所欲，不逾矩"的话，他的《长干行》却是"随心所欲而逾矩"了。这两首译诗可以看作翻译的一条分界线：前者还以原诗的思想为依据，后者却脱离了原诗的依据。所谓译者依也，就是要尽量缩小译文和原文思想上的距离。这话看起来很简单，但是在实践中还是有不少问题。所以我要提出"译者依也"和"译者异也"的理论来，这就是说：依者依其精也，异者异其粗也。

袁行霈在《中国诗歌艺术研究》第 13 页上谈到"象征义"时说："象征义和宣示义之间的关系是指代与被指代的关系，宣示义在这时往往只起指代作用，象征义才是主旨之所在。"用我的话来说，象征义是精，宣示义是粗；翻译的时候，需要"依"据原文的象征义，却可以有"异"于原文的宣示义。例如杜鹃在中国象征悲哀，在英国却象征快乐，如果只"依"据宣示义，就有"异"于象征义了。李商隐的"望帝春心托杜鹃"有两种译文：

1. Emperor Wang consigned his amorous heart in spring to the cuckoo. (James J. Y. Liu)

2. Amorous heart poured out in cuckoo's cry. (X. Y. Z.)

译例 1 把宣示义和盘托出，说望帝在春天把他的爱恋之心都托付给杜鹃了；但是没有译出原诗的象征义，使英美读者不知道望帝的悲哀，反而误以为望帝的恋爱是快乐的。译例 2 认为"望帝"是宣示义，象征诗人自己，所以可以不译；"春心"就指爱恋之心，"春"也是宣示义，可以不译；"杜鹃"象征悲哀，所以译成杜鹃的悲啼，既译了宣示义，又译了象征义。全句说的是一颗爱恋之心倾吐在杜鹃的悲啼声中。从字面形式上看，译例 2 比译例 1 距离原文更远，但从思想内容来看，译例 2 却近得多，这就是得其精而忘其粗，依其精而异其粗的译法。

　　至于原文的"历史色彩"，或者说是历史文化传统，我看倒是应该尽可能保留的。例如《诗经·召南》有一篇《小星》："嘒彼小星，三五在东。肃肃宵征，夙夜在公。寔命不同。嘒彼小星，维参与昴。肃肃宵征，抱衾与裯。寔命不犹。"《诗序》中说：《小星》，惠及下也。夫人无妒忌之行，惠及贱妾，进御于君，知其命有贵贱，能尽其心矣。"不管这种小妾"进御于君"的说法是不是作诗的本意，两千多年以来，"小星"这个名词已经是"小妾"的象征，已经成为历史文化传统的一部分了。胡适在《谈谈诗经》一文中甚至说："寔彼小星是写妓女生活的最古记载。我们试看《老残游记》，可见黄河流域的妓女送铺盖上店陪客人的情形。再看原文，我们看她抱衾裯以宵征，就可知道她为的何事了。"但是余冠英的译文却不同："小小星儿闪着微微亮，三颗五颗出现在东方。急急忙忙半夜来赶路，为了官家早忙晚也忙。人人有命人人不一样！//小小星儿闪着微微亮，旄头星儿挨在参星旁。急急忙忙半夜来赶路，被子帐子都得自己扛。人人有命人人比我强！"这个译文就和传统的解释不同了。我看不妨把"赶路"改成"陪寝"或"荐枕席"，把"官家"改为"官人"，只改三个字，就和历史文化传统一致了。所以我把全诗英译如下：

The starlets shed weak light,

Three or five o'er east gate.

Having passed with my lord the night.

I hurry back lest I'd be late:

Such is a concubine's fate!

The starlets shed weak light

With the Pleiades o'erhead.

Having passed with my lord the night.

I hurry back with sheets of bed.

What else can I do instead?

我觉得这篇英译文不但译了《小星》的宣示义，而且还译出了"小星"的象征义，这可以算是"依"其精而"异"其粗的译法。

我国有历史悠久的文化传统，译成英文时要尽可能地保存。西方也有丰富的传统文化，译成中文时也要尽可能地再现。例如布莱克（W. Blake）写了一首《向日葵》，第五行的原文和三种译文是：

Where the Youth pined away with desire,

1. 那儿，少年因渴望而憔悴早殇，（飞白译）

2. 那里害相思病而死的少年郎，（宋雪亭译）

3. 怀着欲望而憔悴的钟情少年，（张德明译）

《世界名诗鉴赏辞典》第 123 页上说：诗中"少年"的原型是那喀索斯。这位古希腊美少年因拒绝回声女神的求爱而遭到爱神的惩罚。他在泉水中看到自己的倒影而爱上了它，最后怀着不能实现的爱而"憔悴早殇"。他死后变成了一朵洁白的水仙花。这个神话故事是西方传统文化的一部分，但是三个译例都只依据原文的宣示义，译成"渴望而憔悴早殇""害相思病而死""怀着欲望而憔悴"，没有再现原诗的文化内容。其实，如果译成"顾影自怜消磨了他的青春"，那才可以算是"依"其精的译法，那才是译者依也。

五、译者怡也（Recreation）

译者怡也，换句话说，翻译应该怡性悦情，使人得到乐趣。前面提到："一首诗艺术上的优劣，在一定程度上取决于启示义的有无。"那么，一首译诗给人带来的乐趣，在一定程度上也取决于启示义译得如何了。启示义可分五类，我们已经谈了双关义、情韵义、象征义，现在来谈谈深层义和言外义。

深层义隐藏在字句的表面意义之下，有时可以一层一层地剖析出来，如欧阳修《蝶恋花》中的最后两句："泪眼问花花不语，乱红飞过秋千去。"《古今词论》引毛先舒云："因花而有泪，此一层意也；因泪而问花，此一层意也；花竟不语，此一层意也；不但不语，且又乱落，飞过秋千，此一层意也。人愈伤心，花愈恼人，语愈浅而意愈入，又绝无刻画费力之迹。谓非层深而浑成耶？"欧词语浅意深，内容形式是统一的，所以译文只要能和原文尽量统一，也许可以或多或少地做到"译者怡也"。现将欧词下半阕和英译文抄录如下："雨横风狂三月暮，门掩黄昏，无计留春住。泪眼问花花不语，乱红飞过秋千去。"

> The third moon now, the wind and rain are raging late;
>
> At dusk I bar the gate,
>
> But I can't bar in spring.
>
> My tearful eyes ask flowers, but they fail to bring
>
> An answer: I see red blossoms fly o'er the swing.

深层义在以下两类诗里比较丰富：第一类是感情深沉迂回，含蓄不露的，如杜甫的《江南逢李龟年》："岐王宅里寻常见，崔九堂前几度闻。正是江南好风景，落花时节又逢君。"从字面上看，"落花时节"是点明与李龟年相逢的时令，但李龟年当初曾是红极一时的乐师，如今他流落江南，也就是他的"落花时节"，这是第二层意思。"落花时节"又暗指（杜甫）自己不幸的身世，这是第三层意思。此外还有更深的意义，对于唐王朝来说，经过一场"安史之乱"，盛世的繁荣已经破坏殆尽，也好像是"落花时节"。杜诗感情深沉而又含蓄不露，这就是说其内容大于形式（词语），译文即使和原文表层形式统一了，也不能传达原诗的深层内容。所以译时只能以原诗为依据，而且"译者怡也"的程度也不高，现将两种英译抄录如下：

1. Meeting Li Kuei-Nien in Chiang-Nan

I often saw you in the mansion of Prince Ch'i,

And many times I heard you play in the hall of Ts'ui the ninth.

Just now in Chiang-nan, the scene is so lovely,

But the flowers are falling now that I meet you again.

(Innes Herdan)

2. Coming Across a Disfavored Court Musician

How oft in princely mansions did we meet!

As oft in lordly halls I heard you sing.

The South With flowers is no longer sweet;

We chance to meet again in parting spring. (X. Y. Z.)

译例 1 是根据"译者一也"的思想翻译的。"李龟年""岐王""崔九""江南"都用了音译的方法，但有没有保留原诗的民族色彩、历史色彩呢？第二种译文是根据"译者依也"的思想翻译的。"李龟年"译成"失宠的宫廷乐师"，"岐王宅"只"依"其精而译成"王公宅第"，"崔九堂"也只"依"其精而译成"大臣府邸"，"江南"则只译成"南方"。哪种译文带给读者的信息和乐趣更多？哪种译文"译者怡也"的程度更高呢？

又如杜牧的《秋夕》："银烛秋光冷画屏，轻罗小扇扑流萤。天阶夜色凉如水，卧看牵牛织女星。"袁行霈说："这首诗写了一个失意宫女的孤独生活和凄凉心情……第一，在宫女居住的庭院里竟然有流萤飞动，宫女生活的凄凉也就可想而知了。第二，宫女扑萤体现了她的寂寞与无聊。第三，从这把秋扇可以联想到持扇宫女被遗弃的命运……牛郎织女的故事触动了她的心，使她想起自己不幸的身世……这首诗虽然没有一句抒情的话，但宫女那种哀怨与期望交织的复杂感情蕴含在深层，很耐人寻味。"牛郎织女是中国的故事，不能触动西方读者的心，这时译者就要标新立异，使读者知道宫女的哀怨。也就是说，要根据"译者异也"的思想来翻译，才能得到一点"译者恰也"的效果：

The painted screen is chilled in silver candlelight;

　　She uses silken fan to catch passing fireflies.

The steps seem steeped in water when cold grows the night;

　　She lies watching heart-broken stars shed tears in the skies.

第二类深层义是在自然景物的描写中，如柳宗元的《江雪》："千山鸟飞绝，万径人踪灭。孤舟蓑笠翁，独钓寒江雪。"在渔翁身上，诗人寄托了他理想的人格。渔翁对周围的变化毫不在意，鸟飞绝，人踪灭，大雪铺天盖地，这一切对他没有丝毫的影响，他依然在钓鱼。他那种安然的态度和遗世独立的精神，正是谪居在外的柳宗元所向往的。但对柳宗元谪居在外毫无所知的西方读者，能不能看出这寄寓的深意呢？如果不容易看出，也可以根据"译者异也"的思想，用以得补失的方法来翻译。

1. From hill to hill no bird in flight,

   From path to path no man in sight,

   A straw-cloak'd man afloat, behold!

   Fishing in snow on river cold.

2. From hill to hill no bird in flight,

   From path to path no man in sight,

   A straw-cloak'd man afloat, behold!

   Is fishing snow on river cold.

　　译例 1 最后一句说渔翁在寒江钓鱼，译例 2 却改成在寒江钓雪，是不是更能表现与世无争、遗世独立的精神呢？

　　最后，言外义是诗人未尝言传，而读者可以意会的。如元稹的《行宫》："寥落古行宫，宫花寂寞红。白头宫女在，闲坐说玄宗。"红色的宫花和白头的宫女，色调形成鲜明的对比。红的宫花让人联想到宫女们已经逝去的青春，而宫花的寂寞又象征着宫女们当前的境遇。说"白头宫女在"，言外之意是昔日行宫的繁华已不复存在，只要把那种凄凉寂寞的气氛和抚今追昔的情调表现出来了，其他的也就不言而喻。但是不知道玄宗的历史能不能让西方的读者体会到这种言外之意呢？我们读读下面的译文：

Deserted now the imperial bowers

Save by some few poor lonely flowers...

　　One white-haired dame,

　　An Emperor's flame,

Sits down and tells of bygone hours. (H. A. Giles)

英国译者体会到的言外义是：白头宫女曾受过唐玄宗恩宠，这样就加重了抚今追昔的情调和凄凉寂寞的气氛，用以得补失的方法，取得了"译者怡也"的效果。

前面说到：一首译诗给人带来的乐趣，在一定程度上取决于启示义译得如何；后来举的例子，又是深层义和言外义的翻译。但这并不是说宣示义的翻译不能给人带来乐趣。例如宋代名妓聂胜琼和她的情人话别时，用白描的手法写了一首《鹧鸪天》："玉惨花愁出凤城，莲花楼下柳青青。尊前一唱阳关曲，别个人人第五程。// 寻好梦，梦难成，有谁知我此时情？枕前泪共阶前雨，隔个窗儿滴到明。"后半阕的译文是：

I seek again

Sweet dreams in vain.

Who knows how deep is my sorrow?

My teardrops on the pillow

And raindrops on the willow

Drip within and without the window till the morrow.

这半阕词译的都是宣示义，译后译者自得其乐。有的读者说：这诗不像译文，倒像创作，那就是取得了"译者怡也"的效果了。

六、结论: 译者易也（Rendition）

以上谈了五个翻译问题，这翻译五论之间有什么关系呢？当原文的深层内容和表层形式完全一致的时候，译文才有可能和原文高度统一，这就是"译者一也"。中诗英译这种情况不太多见，我只记得两个例句，一是《古诗十九首》中的"思君令人老"：

Missing you makes me old.

原句五个字，译文也是五个词，排列顺序一样，可以说是"译者一也"。还有一个例子是毛泽东《如梦令·元旦》词中的"风展红旗如画"：

The wind unrolls red flags like scrolls.

原句六个字，译文七个词，多了一个冠词，排列次序也和原文一样，统一的程度就不如第一个例子了。其实，"统一"也可以说是"形似"的"直译"。

当原文的深层内容和表层形式有矛盾时，译文就不能和原文在形式上统一，而只能以原文为依据，这就是"译者依也"。例如李商隐的一首《无题》中有两句："金蟾啮锁烧香入，玉虎牵丝汲井回。"格雷厄姆（A. C. Graham）按照原文的形式翻译如下：

A gold toad gnaws the lock. Open it, burn the incense.
A tiger of jade pulls the rope. Draw from the well and escape.

"金蟾"是门上的金蛤蟆，门上的蛤蟆咬住锁就是门锁上了；烧香是中国古代的文化传统，古人早晚烧香敬天祭祖，这里烧香就暗示夜来临了；"入"的主语是诗人自己。这一句的深层内容是：夜里锁门烧香的时候，诗人赴情人的约会来了。"玉虎"是井辘轳上的装饰品;"牵丝汲井"是用井绳打水,中国劳动人民有晨起汲水的习惯;"回"的主语也是诗人自己。这一句的深层内容是:人们黎明打井水的时候,诗人离开情人回家了。此外,这两句诗还有双关义:"香""丝"与"相思"谐音,暗示诗人赴约会,以了相思之情。因为诗的内容大于表层形式,翻译就需要"依"其精(夜来晨归)而"异"其粗(金蟾玉虎),也可以说是需要"意译":

When doors were locked and incense burned, I came at night;

I left at dawn when windlass pulled up water cool.

当原文的深层内容和译文的表层形式有矛盾的时候,换句话说,当"形似"的译文不能表达原文的深层内容时,那就需要标新立异,这就是"译者异也"。例如杜牧《秋夕》中的牛郎织女,无论"直译"或是"意译",都不能表达宫女的哀怨,那就只好创新,加上"伤心落泪"的字样才能传神,也可以说"神似"。

自然,译者"一也""依也""异也",并不是截然分开的,高度的"依"也可以说是低度的统一,或是低度的标新立异。所以文学翻译不是科学,而是艺术,这就是"译者艺也"。翻译的艺术是要使译文和原文统一,不能统一就要去粗存精,得"意"忘"形",再不能就要标新立异,以得补失。"译者艺也"是文学翻译的认识论,"译者怡也"是文学翻译的目的论。无论"一也""依也""异也",还是"艺也""怡也",都要换易文字,所以说"易也"是总论。

亚伯拉姆斯(M. H. Abrams)在《镜与灯》中提出了艺术四要素:作品、艺术家、宇宙、观众。结合到翻译艺术上来讲,可以有六要素:世界、作者、作品、译者、译作、读者,他们的关系如下图:

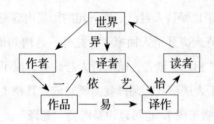

世界影响作者，作者反映世界，创造出作品。译者依据作品，同时受到世界影响，创造出译作来，影响读者。读者受译作影响，做出反应，也会影响世界。当然作者、译者也会影响世界，但那不是翻译艺术的主要关系。所谓"译者一也"，可以包括作者把自己的思想翻译成为文字，即作者和自己作品统一的关系。"译者依也"，指译者对作品的依附关系。"译者异也"，指译者受世界的影响而能标新立异。"译者艺也"，指译者对译作的关系。"译者怡也"，指译作使读者在理性上"好之"，在感情上"乐之"的关系。"译者易也"，就是作品和译作换易文字的关系。译者"一也""依也""异也"是翻译的方法论："一也"是翻译的理想，"依也"是常道，"异也"是变道；"艺也"是翻译的认识论；"怡也"是翻译的目的论；"易也"是翻译的总论。

翻译的方法可以简化为"等化""深化""浅化"，所以翻译学也可以说是一种"化学"。刚才说道，"等化"基本上是"译者一也"；"深化"和"浅化"却既可能是"译者依也"，又可能是"译者异也"。例如把《诗经·采薇》中"杨柳依依"深化为杨柳洒下了难分难舍的泪水是"依也"，说牛郎织女洒下了难分难舍的泪水却是"异也"。把"载渴载饥"译成"Hard, hard the day"，可以算是"译者异也"。（详见《译学要敢为天下先》）

翻译理论来自翻译实践，又要受实践的检验。如果理论和实践有矛盾，就该修改理论，而不是改变实践。翻译理论的目的是提高翻译实践，能够提高翻译实践的理论就是好的翻译理论。

（原载《中国翻译》1991 年第 5、6 期）

译学与《易经》

本文是《译诗六论》的续篇，在六论外，加了"译者意也""译者益也"，一共八论，可和《易经》八卦相比，说明译文在各种不同程度上和原作统一，或以原作为依据，或标新立异，换易语言，以求传情达意，目的在于开卷有益，怡性悦情，使读者知之，好之，乐之。

我在《中国翻译》1991 年第 5、6 期发表了《译诗六论》，后来又补充了两论，一共是八论，和《易经》的八卦有相通之处。古人说过："译即易，谓换易语言使相解也。"所以我想，翻译学也可以说是《易经》，"换易语言"之经。自然，译学的八论和《易经》的八卦是形同实异的，现在解释如下：

一论：译者一也（☰），译文应该在字句、篇章、文化的层次上和原文统一。

二论：译者依也（☱），译文只能以原文字句为依据。

三论：译者异也（☲），译文可以标新立异。

一至三论是翻译的方法论。

四论：译者易也（☳），翻译要换易语言形式。

五论：译者意也（☱），翻译要传情达意，包括言内之情、言外之意。

六论：译者艺也（☶），文学翻译是艺术，不是科学。

四至六论是翻译的认识论。

七论：译者益也（☲），翻译要能开卷有益，使人"知之"。

八论：译者怡也（☳），文学翻译要能怡性悦情，使人"好之""乐之"。

七、八两论是翻译的目的论。

现在，我举唐玄宗《经邹鲁祭孔子而叹之》的几种英、法译文为例来做说明。原诗是："夫子何为者？栖栖一代中。地犹鄹氏邑，宅即鲁王宫。叹凤嗟身否，伤麟怨道穷。今看两楹奠，当与梦时同。"前两句的三种英译文和两种法译文是：

1. O Master, how did the world repay

   Your life of long solicitude? (Bynner)

2. How is it with you, Master K'ung,

   Who strove for your beliefs a whole age long? (Herdan)

3. How much have you done, O my sage,

   All for the good for all the age! (Xu)

4. Qu'en est-il de vous, Maître

   qui vous êtes dévoué pendant si longtemps? (Jaeger)

5. Combien avez-vous fait, cher maître,

   De toute votre vie pour notre bien-être! (Xu)

题目中"孔子"二字的五种译文都是 Confucius，这可以说是"译者一也"，也就是说，译文和原文统一了。一般说来，在词汇的层

261

次上统一比较容易，但是统一的程度还有高低的不同，例如"夫子"二字，译例1、4基本和原文统一了，译例2加了一个"孔"字，译例5加了一个客套的形容词，可见 Master 或 Maître 和"夫子"的统一度，就不如"孔子"译文的统一度高。译例3更把"夫子"解释为"圣人"，这就不是"译者一也"，而是"译者依也"或"艺也"；换句话说，译文没有在词汇的层次上和原文统一，而只是以原文的字句为依据。这是从方法论的观点来说的。如果从认识论的观点来看，译例3传达了唐玄宗对孔子的情意，这是"译者意也"；但是把"夫子"改成了"圣人"，这是"译者易也"；改变语言形式而不改变内容，这是"译者艺也"。

上面谈了词汇层次上的统一。如果从句子的层次上来看，那统一要困难得多。我们把五种译文还原为中文：

1. 夫子呵，这个世界是怎么报答
   你这勤勤恳恳的一生的？
2. 你现在怎么样了，孔夫子？
   你为你的信念奋斗了整整一个时代！
3. 人中的圣贤，你为整个时代
   做了多少事呵！
4. 你这样长期奉献，夫子，
   现在怎么样了？
5. 你做了多少事呵，老夫子！
   整个一生都为了人们的幸福！

"栖栖"两字到底是什么意思？一般解释说是"忙碌不安"，这里指的是"周游列国"。译例1是"勤勤恳恳"，译例2是"奋斗"，

262

译例 3 是"做好事",译例 4 是"奉献",译例 5 是"为人们的幸福做事",没有一种译文是和原文统一的,几乎都只是以原文为依据,只能说是"译者依也"或"异也",而且"依"和"异"的程度也不相同:从译例 1 到译例 5,"依"的程度似乎越来越小,也就是说,"异"的程度越来越大。"栖栖"是这两行诗中最重要的字眼,诗眼不能统一,全句自然无法做到统一了。"一代"二字,也只有译例 2 可以说是"译者一也";译例 1、5 都说"一生",译例 4 说"长期",都是"译者依也"或"异也"。但从目的论的观点来看,能使人"知之",这些译文是"译者益也";原文"栖栖"二字重复,译例 3 第二行重复了 all for the 三个词,原文"中""宫""穷""同"押韵,译例 3 的 sage 和 age 押韵,译例 5 的 maître 和 bienêtre 也押了韵,都传达了原诗的"音美"和"形美",能够使人"好之",又可以说是"译者怡也"了。

上面谈了句子层次上的统一,现在我们再来看看篇章或全诗层次上的统一。下面举辛弃疾《采桑子》的几种英、法译文为例,原词如下:

少年不识愁滋味,
爱上层楼。
爱上层楼,
为赋新词强说愁。

而今识尽愁滋味,
欲说还休。
欲说还休,
却道天凉好个秋!

1. In my young days, I had tasted only gladness,

  But loved to mount the top floor,

  But loved to mount the top floor,

To write a song pretending sadness.

And now I've tasted sorrow's flavours, bitter and sour,

  And can't find a word,

  And can't find a word,

But merely say, "What a golden autumn hour!" (Lin Yutang)

2. In youth, ere Grief to me was known

I loved to climb on high. I loved to climb on high:

  In many a laboured lay

  Grief would I there portray.

But now, with Grief familiar grown,

Slower to speak am I, slower to speak am I.

  At most, I pause and say,

  "What a fine autumn day!" (John Turner)

3. When I was green and hadn't seen

The bitterness of sorrows,

  And upper floors

  I loved to gain:

  And upper floors

  I loved to gain,

To put in odes, très à la mode,

    My sorrows, I sought'em!

Now all there's been, so that I've seen

The bitterness of sorrows,

    I long to tell,

    But I refrain:

    I long to tell,

    But I refrain,

And only say: "Cooler today,

    Quite a nip of Autumn!" (Arthur Cooper)

4. I am young,

And much too much in love with pleasure

To know anything of love;

And yet I force myself to tell of "lyric" sorrows.

You are old,

And they say (you hold your peace)

That you've been "through the mill"

Strange, you never seem to speak of anything but weather.

                                      (John Cayley)

5. When I was young, to sorrow yet a stranger, I loved to go up the
tallest towers, the tallest towers, to compose vapid verses simulating
sorrow. Now that I am to sorrow fallen prey, what ails me I'd rather not

tell, rather not tell, only saying: It's nice and cool and the autumn tints are mellow. (Weng Xianliang)

    6. While young, I knew no grief I could not bear;
        I'd like to go upstair.
        I'd like to go upstair
      To write new verses with a false despair.

      I know what grief is now that I am old;
        I would not have it told.
        I would not have it told,
      But only say I'm glad that autumn's cold. (Xu)

    7. Dans ma jeunesse, ignorant le goût de la mélancolie,
        Je cherchais l'inspiration dans les hauts pavillons;
        Dans les hauts pavillons,
      Composais de beaux vers, très, très mélancoliques.

      Maintenant que je n'ignore plus rien du goût de la mélancolie,
        Je ne veux plus rien en dire.
        Ne veux plus rien en dire,
      Sinon: "Le temps est frais; quel bel automne!"

                    (T'ang et Kaltemark)

    8. Jeune, ne sachant pas ce qui crevait le cœur,
        J'aimais monter sur la hauteur.

J'aimais monter sur la hauteur,

Faisant des vers, je me plaignais de mon malheur.

Maintenant ce qui crève le cœur, je le sais,

Mais je m'en tais.

Mais je m'en tais,

Ne parlant que du bel automne et du frais qu'il fait. (Xu)

想要比较这首词的八种译文，我们还是要先从词汇入手。第一行的
"少年"二字，译例1、4、5、6、8都用了形容词 young 或 jeune，
译例2、7用了名词 youth 或 jeunesse，这七种译文都可以说是"译
者一也"；只有译例3用了 green，不但表示年轻，并强调不成熟，
还和 seen 押了内韵，这可以算是"译者艺也"了。

原文第一行的"愁"字，译例2、3、5、6、7用了 grief sorrow
或 mélancolie，可以说是程度不同的"译者一也"；译例8用"拆词
法"译成了"伤心事"，译例1、4却用"反译法"，把"不识愁滋
味"说成是"只识乐滋味"，这样换易语言形式而不改变原文内容，
都可以说是"译者易也"。

第二行的"楼"字，在中文里是个情韵词，可以引起很多
联想，如王之涣的"欲穷千里目，更上一层楼"，李白的"故人
西辞黄鹤楼"，李煜的"无言独上西楼"等。译例1、2、3用了
floor，显得太俗，没有诗意，译例5用 tower 未免太高，译例7用
pavillon，却又太低，都只能算是程度很低的"译者一也"。译例2、
8用了"浅化法"，说成是"登高"，倒比较有诗意，但这只能算是
"译者意也"。译例6用了 upstair，译文也俗，但译者用了"补偿
法"，加了一个 bear，换了一个 despair 来和它押韵，这就可以算是

"译者艺也"。译例4把第二、三行都删掉不译，这又是"译者异也"了。

原文第四行的"新诗"二字，译例1、4、8都没有译"新"而只译"诗"；只有译例6是"译者一也"；译例7把"新"译成"美"，这是"译者易也"；译例2把"新"改成"吃力写成的"，传达了词人的深层意思，可以说是"译者意也"或"艺也"；译例3说成"流行歌曲"，而且押了内韵，那更是"译者艺也"；译例5把"新诗"译成"毫无新意的陈词滥调"，这是"译者异也"。

辛词下半段第一行又有一个"愁"字，各种译文还是程度不同地和原文统一；只有译例1用了"拆译法"，把"愁"字拆成又"苦"又"酸"，加深了原文的意思，可以说是"译者意也"或"艺也"；译例4译成形象化的片语：久经磨炼，饱尝辛酸，也可以算是"译者艺也"。

下半段第二、三行的"欲说还休"，只有译例3基本上是"译者一也"。其实，所有译文都可以说是程度不同的"译者依也"。

最后一行的"天凉好个秋"，只有译例7、8基本上是"译者一也"。其实，各种译文都可以算是程度不同的"译者意也"。因为如果仔细分析一下，译例1、2只译了"好"而没有译"凉"，译例4"好""凉"都没有译，而只译了"天气"，这都是用"浅化法"，所以可以算是"译者意也"；译例3说"今天更凉，颇有一点秋意！"这也是"译者意也"，而和上一段最后一行押了险韵，这又是"译者艺也"；译例5把"好个秋"具体化为"成熟柔和的秋色"，深化了原文的情意，也可以说是"译者意也"。由此可见，"意也"包括"深意"和"大意"，也就是"深化"和"浅化"。译例6说"我很高兴秋天凉快了"，把"好"字换成"高兴"，既没有"深化"，也没有"浅化"，这就可以算是"等化"，也就是接近"译者一也"的"译者意也"。

以上是在词汇的层次上做的分析，下面再在句子的层次上来做比较。译例 1 把上半段译成一句，把下半段又译成一句，这样，上下段第二、三行完全重复，似乎没有什么意义，是否符合"译者一也"，可以研究。译例 2 用"合句法"把原文第二、三行合成一行，又用"分句法"把原文第四行分成两行，译文的第一、四、五、六行都用了"倒译法"，颠倒了词序，读起来不够通顺，这就只能算是"译者易也"。译例 3 没有"倒译"，它用了"分句法"，把原文每行分译成两行，读起来像现代诗，但是格律严谨，既有节奏，又有内韵、尾韵，可以算是"译者艺也"。译例 4 更现代化，但是格律不如译例 3 严谨，没有用韵，也没有重复，可以说是"译者异也"。译例 5 干脆不分行，译成散体，但有诗的节奏，并且突出诗意，可以算是"译者意也"。译例 6 把上半段和下半段都分别译成两句，这样，"爱上层楼"和"欲说还休"就不是简单的重复，而是强调，并且把上下文联系得更紧密，但上下段的第一行都只是依据原文，增加了原文内容所有、形式所无的词汇，所以只能算是"译者依也"。译例 7 没有重复全行，但能使人"知之"，可以说是"译者益也"。译例 8 押了韵，用词更口语化，符合原作风格，比译例 7 更能使人"好之"，那就算"译者怡也"吧。

分析了八种译文在句子的层次上和原文统一的程度，就会发现：①句子的统一比词汇的统一更难；②句子的统一是相对的；③句子的统一度往往可以代表篇章或全诗的统一度。既然八种译文中都只有基本统一的句子，所以在篇章的层次上，也只有基本统一的诗篇；也就是说，全诗"译者一也"是相对的。八种译文之中，没有一种完全和原文统一，译例 1 的统一度高于其他译文，就算是"译者一也"了。"一也"英文勉强译成 identification，用乾卦（☰）来表示，说明内容和形式基本统一。译例 6 的统一度低于译例 1，高于其他，可算是"译者依也"。"依也"英文勉强译成 imitation，用离卦（☲）来表示，这就是说，上下都统一了，中间还不统一。统一度最低的是译例 4，从内容上看，它把词人的自白改成少年和老年的对话，并删去了"爱上层楼"和"欲说还休"；从形式上看，它把原词四行改成六行，把韵文改成散文，所以这是"译者异也"。"异也"英文译成 innovation，用坤卦（☷）来表示，这就是说，从内容到形式都不统一。以上是翻译的方法论，可以简化为"三 I"（Identification，Imitation，Innovation）。

如果从认识论的角度来看，译例 2 换易了语言形式，可以说是"译者易也"。"易也"译成英文是 transformation 或 rendition，用巽卦（☴）来表示，这就是说，上面两层统一，下面一层不统一。译例 5 传达了原文的深情深意，可以算是"译者意也"。"意也"英文译成 representation，用兑卦（☱）来表示，这就是说，上面一层看来不统一，下面两层的深意却是统一的。译例 3 的"音美"和"形美"，甚至超过了原文：原文上下段第二、三、四行一韵到底，译文上下段第一、七行都押内韵，上段四、六、八行和下段四、六、八行押尾韵，上下段二至六行都有重复，所以真是"译者艺也"。"艺也"英文译成 re-creation，用坎卦（☵）来表示，也就是说，上下看来似乎都不统一，其实中心是统一的。认识论可以简化为"三 R"（Rendition，Representation，Re-creation）。

从目的论的角度来看，译例 7 可以使人"知之"，这就是"译者益也"。"益也"英文译成 information 或 instruction，用艮卦（☶）来表示，意思是说，只要能使人"知之"，不妨改变形式来传达原文的内容。如果译例 8 能怡性悦情，那就是"译者怡也"。"怡也"

英文译成 recreation，用震卦（☳）来表示，意思是说，只要译文能使人"好之""乐之"，表层形式可以不同，深层内容却是一致的。目的论可以简化为 IR（Information，Recreation）。

从译者和作者、读者的关系来看，"一也"是作者和作品的关系，"依也"是译者和原作的关系，"异也"是世界对译者的影响，"意也"是译者和作者的关系，"易也"是原作和译作的关系，"艺也"是译者和译作的关系，"益也"是译者和读者的关系，"恰也"是译作和读者的关系。现在列表图解如后：

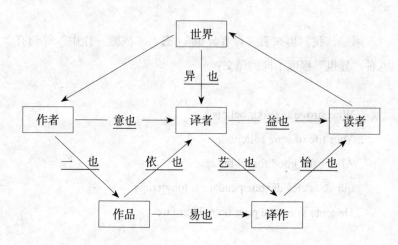

前面说了，译文和原文的统一，可以有各种不同的程度，只用八卦恐怕表示不清楚，还需要用六十四卦。现在就来举例说明，先看"译者一也"（☰）：

☰ "孔子"译 Confucius　　☷ "层楼"译 floor
☰ "夫子"译 Master　　　☶ "层楼"译 tower
☰ "少年"译 Young　　　☵ "层楼"译 Pavillon
☰ "少年"译 Youth　　　☶ "层楼"译 upstair

第二，我们来看"译者依也"（☱）。"欲说还休"有八种"依也"程度不同的译文：

䷀ I long to tell, But I refrain.	䷀ Slower to speak am I.
䷀ I'd rather not tell.	䷀ Mais je m'en tais.
䷀ I would not have it told.	䷀ And can't find a word.
䷀ Je ne veux plus rien en dire.	䷀ You hold your peace...

第三，我们再来看"译者异也"（☷）。"栖栖一代中"等句有八种"异也"程度不同的译文：

...Who strove for your beliefs

...Your life of long solicitude

...All for the good for all the age

...qui vous êtes dévoué pendant si longtemps

...De toute votre vie pour notre bien-être

"新诗"译 vapid verses

"而今识尽愁滋味"译 You are old, and they say…

"爱上层楼"删而不译。

第四，我们来看看"译者易也"（☰）。"易也"包括换易语言和换易语序，"少年不识愁滋味"句中有八种"易也"程度不同的译文：

䷳...I had tasted only gladness

䷳...ere Grief to me was known

䷳...hadn't seen the bitterness of sorrows

䷳...to sorrow yet a stranger

䷳...I knew no grief I could not bear

䷳...ignorant le goût de la mélancolie

䷳...ne sachant pas ce qui crevait le cœur

䷳...too much in love to know anything of love

第五，我们再来看看"译者意也"（䷲）。"意也"包括传达原文的大意和深意，"却道天凉好个秋"句中有八种达意程度不同的译文：

䷲...I'm glad that autumn's cold

䷲...Le temps est frais: quel bel automne!

䷲...parlant du bel automne et du frais qu'il fait

䷲...the autumn tints are mellow

䷲...Quite a nip of Autumn!

䷲...What a golden autumn hour!

䷲...What a fine autumn day!

䷲...you never speak of anything but weather

第六，我们来看"译者艺也"（䷷）。"艺也"包括深化、浅化、分译、合译、加词、减词、重复、押韵等。现在举例说明如下：

▤ "夫子"深化译为 sage of sages

▤ "新诗"深化译为 a laboured lay

▤ "少年"形象化译为 green

▤ "尝尽愁滋味"形象化译为 through the mill

▤ "愁滋味"分译为 sorrow's flavors，bitter and sour

▤ "而今"加词译为 now that I am old

▤ "新诗"押内韵译成 odes très à la mode

▤ "栖栖"重复译成 all for the good for all the age

至于"译者益也"（▤）和"译者怡也"（▤），各人意见不同，那就只好仁者见仁，智者见智了。例如辛弃疾词的八种译文，每各人可以根据译文使自己"知之"的程度，将其排成顺序，"知之"程度最高的用（▤）来表示，其次用（▤），依此类推，"知之"程度最低的用（▤）来表示。"译者怡也"也是一样，每各人根据译文使自己"好之""乐之"的程度，将其排成顺序，"乐之"程度最高的用（▤）来表示，"好之"程度最低的用（▤）来表示。一篇译文的高下，取决于它使人"知之""好之""乐之"的程度。

总而言之，"译者一也"是翻译的理想，在词汇的层次上有时还能做到，但在句子和篇章的层次上就很少能够统一，只能做到"译者依也"。"依也"有时还要换易语言，那就是"译者易也"；有时不但是换易语言，还要传达语言之外的情意，那就是"译者意也"。传情达意不是科学而是艺术，所以说"译者艺也"。而艺术的高下，要看它是否能怡性悦情，使人理性上怡悦，先要使人"知之"，这是"译者益也"；使人感情上怡悦，就要使人"好之""乐之"，这就是"译者怡也"。只要能使人"知之""好之""乐之"，翻译甚至可以标新立异，这就是"译者异也"。从"一也"经过各种不同程度的"依也"直到"异也"，这种同中存异、异中求同的理论就是翻译学的《易经》。

（原载《北京大学学报》1992 年第 3 期）

宣示义与启示义

本文原题为《翻译对话录》，记录了作者与四位教授的笔谈，主要内容是宣示义与启示义的问题。"宣示义说一是一，说二是二；而启示义，作者自己都未必十分明确，读者理解的未必完全相同，允许有一定范围的差异。一首诗艺术上的优劣，在一定程度上取决于启示义的有无。一个读者欣赏水平的高低，在一定程度上也取决于对启示义的体会能力。"（袁行霈语）

台湾文化学院外国语文研究所所长祝振华教授访问了北京大学，这是海峡两岸四十多年来的第一次翻译对话：他重视"宣示义"，我强调"启示义"，现将交流情况摘抄如下。

一

A woman is as old as she looks.

A man is old when he stops looking.

他说：这两句话是不能译成中文的典型例子。原文的大意说，可以根据女人的容貌看出她的年龄，而男人不再看女人的时候，他就是老了。

我说：你对翻译要求太高，要把原文的宣示义和启示义百分之百地译出来，那不但是这两句不能译，就是苏曼殊说的"'思君令人老'英译作 To think of you makes me old"，在我看来，也不能算百分之百"相符"，因为"思"译成 think of 不如 long for 或 miss；但这几种译文，都在不同的程度上翻出了原文，所以我认为翻译是个"度"的问题。你的译文已经在相当的程度上译出了原文的宣示义，如果要译出原文的启示义或幽默味，那恐怕要改头换面说："女人怕照镜子就老了，男人不看女人也老了。"

二

California: a state that's washed by the Pacific on one side and cleaned by Las Vegas on the other.

他说：加州一边靠着太平洋，另一边与美国赌城拉斯维加斯紧邻，因此，加州西边由太平洋的水冲洗，东边却在赌城"输个精光"。换句话说，加州一边靠太平洋，另一边靠赌城；一边"冲洗"，另一边"洗劫"。

我说：你用"冲洗"和"洗劫"，既译出了这两个动词异中之同，又译出了它们同中之异，很好。但是我想，还有其他方法也可传达原文的启示义，比如说：加州西有太平洋浴场，把它洗得干干净净；东有拉维加赌场，使它输得干干净净。

三

What you see

What you hear

When you leave

Leave it here

他说：这是保密防谍的标语，如何翻译成像原文一样的打油诗，而且押韵？真不容易。我们可以勉强地译成下面这个样子："君何所见，君何所闻，君离去时，留给我们。"

我说：作为押韵的打油诗，你的译文已经很不错了。作为标语，是否可以精简一半："君之见闻，留给我们。"其实，第一行重要的是"见"，第二行是"闻"，第三行是"离"（即第四行的"留"），第四行是"此"，所以不妨再精简为："见闻留此"或"留下见闻"。这个例子可以说明中文多么精练（concise），而英文却更加精确（precise）。

四

Nothing except a battle lost can be half so melancholy as a battle won. —The Duke of Wellington

他说：这句俏皮而深富哲理的名言，是击败拿破仑的英国名将威灵顿公爵说的，正译应当是："打胜仗跟打败仗一样地损失惨重！"大意是两败俱伤。

我说：你刚才说的关于女人和男人年老的那两句话是"典型的不能翻成中文的一类例子"，我却觉得公爵这句名言的可译度，和那两句不相上下。如果你认为这句名言的译文是"正译"，我则认为你那两句话的译文也可以算是"正译"。自然，如果要译出原文的启示义，那不妨译成：都道战败苦，谁知战胜惨！

五

A celebrity is a person who works hard all his life to become known, then wears dark glasses to avoid being recognized. —Ferd Allen

他说：原文主要的意思是"出名不易，隐名也难"。如果顺着这个方向去译，不妨翻译如下："所谓名人，就是费尽平生之力出了名，却又戴上墨镜怕人认出来的人。"当然也可以译作："名人乃是费了九牛二虎之力出名却又怕人认出来的人。"

我说：我觉得你重视译意超过译味。你的第二种译文一句之内用了三个"人"字，如果给注重修辞的文体学家看到，可能要提出批评了。其实要译出这句的味道，三个"人"字都可以删掉，改为："终生奋斗为成名，名成反爱戴墨镜。"不过，这就不是"名人"的定义了。

六

There are only two lasting bequests we can hope to give our children. One of these is roots, the other, wings. —Hodding Carter

他说：原文的 wings 应该译成"培养子女独立奋斗的能力"，也就是"把他们自己的翅膀培养硬"的含义。照此，"传统与自力更生的本领"就是留给子孙唯一的、不致"破产"的"产业"。

我说：你的解释很有趣味，如"破产的产业"，"出名"与"隐名"，但是四平八稳，往往牺牲了原文的形象，如根与翅膀。我想，能否形义兼顾，译成"我们只有两条可以传之千秋万代的遗训：一是不忘根本，二是直上青云"？

他说："直上青云"很好。我认为这是译了启示义。

七

The more one gardens, the more one learns; and the more one learns, the more one realizes how little one knows.

——Victoria Sackville West

他说：原文中的 gardens 宜作"建树"或"成就"解释，由"经营园艺"之类的意义转义而得。因此，不妨把全文译为："人越有成就，学习得越多；学得越多，才明白他知道的太少。""多"与"少"前后"呼应"较好。

我说："经营园艺"的形象最好能译出来，可以考虑译成："耕而后有所得，学然后知不足。"这既译了宣示义，又译了启示义。

八

When ideas fail, words come in very handy. ——Goethe

他说：由于人类乃是唯一会找借口的动物，所以歌德的原文大意应当是："计划一失败，借口跟着来。"

我说："计划"不如改成"想法"，前半句可以改为："想法落了空"，全句为了押韵，可以改成："想法不兑现，借口太方便。"

九

A man without tears is a man without heart.

他说：这是美国前副总统韩福瑞的一句名言，本义是：没有眼泪的人缺乏同情心。

我说：译文不妨移花接木，一分为二。译为：不流伤心泪，不是有情人。

十

他说：英国皇家空军的原文是 Royal Air Force，缩写是 RAF。可是，美国空军却把它"译"成 Run Away First（"先溜"），气坏了英国空军。一位英国空军军官谈起美国空军时，也幽了一大默。他说道：

We can cover it in three overs.

They are over drunk. They are over fed. And they are over here!

这位 RAF 的军官说，他们可以用三个 over 把 USAF "一言以蔽之"（cover）！朋友最初把这三句译作：1. 他们"过量酗酒"；2. 他们"过量进食"；3. 他们"过海来此"！我们觉得应该简化中译。因此，第一次改译如下："他们酗酒；他们暴食；他们过分！"

我们再经推敲，仍不满意，于是再作第二次改译："他们过饮、过食、过界！"我们对于"过界"比较欣赏。于是，又做了第三次改译，文曰："他们酒过量；他们食过饱；他们捞过界！"这才算勉强"完稿"。

我说：若在大陆，我们大约会说：他们有三"太"：喝得太多，吃得太饱，手伸得太长！总而言之，我觉得你们继承了传统，我们更重视创新。你们多翻译宣示义，我们多翻译启示义。海峡两岸合作，就可以继往开来了。

＊　　　＊　　　＊　　　＊　　　＊

一

杨周翰教授（1915—1989）在《当代文学翻译百家谈》中说："翻译诗歌几乎不可能'信'。""一种语言中的某个词往往不能同另一种语言中的某个词完全吻合，这种现象在诗歌里尤为突出。"谈到"神似"，他说："神跟形是分不开的，无形何来神？因为原作有那个形，才有那种神，译作的形已走了样（必然走样），神也跟着走样，何来神似？不如老老实实地说是再创造。文学翻译就是知其不可为而为之的事，在'不可能'和'必须为'之间讨生活，最上乘只能近似。"简单说来，他认为"信"就是"完全吻合"；译诗不能"形似"，也不能"神似"，只能"近似"。在我看来，这就是说，译诗的"宣示义"和"启示义"都做不到"信"，而只能做到"近似"。但是，"近似"不是一定程度的"形似"或"神似"吗？"走样"只要不是百分之百"走样"，不也总有百分之几的"近似"吗？而且，两种语言的文化背景不同，词语的"宣示义"和"启示义"

有多有少，如果把"启示义"少的译成多的，那不是译文胜过原文，再创造超越创造吗？那么，最上乘的翻译也就不只是"近似"了。《当代文学翻译百家谈》第334页上说：《追忆流水年华》译本中的"流水"二字，"暗示出普鲁斯特的意识流创作方法，可谓曲尽其妙。"这就是译文的"启示义"比原文更丰富，译文可以胜过原文的例子。

杨周翰在《唐诗三百首新译》中，曾把祖咏的《终南望余雪》译成英文，现将原诗和两种译文抄录于下："终南阴岭秀，积雪浮云端。林表明霁色，城中增暮寒。"

1. How lovely is this northern slope of Zhongnan!

　Piled with fresh snow, above the clouds it leaps;

　The sun emerging, the trees regain their colour,

　But to the city a colder evening creeps. (Yang)

2. How fair the gloomy mountainside!

　Snow-crowned peaks float above the cloud.

　The forest bright in sunset dyed,

　With evening cold the town's overflowed. (Xu)

比较一下杨译和新译，可以说杨译的"终南"和"积雪"没有新译的"阴"和"浮"和原文"形似"；新译的"积"不但"形似"，更可以说是"神似"，杨译"浮"用的是"跃上葱茏四百旋"的"跃"字，把原文的静态改成动态，就既不"形似"也不"神似"了。第三行杨译更散文化，新译更形象化。第四行的"增"字，杨译为"爬"，强调其慢，新译为"泛滥"，强调其广，两种译文都很形象

283

化，可算是再创造，都在不同程度上和原文"神似"。这些问题，在译者生前没有对谈过，只好现在补记下来，作为纪念了。

<h1 style="text-align:center">二</h1>

李赋宁教授在《浅谈文学翻译》中说：翻译"可以归纳出五种对立的提法：(1) 译文必须译出原文的词 (words)——译文必须译出原文的意 (ideas)。(2) 译文应该读起来和原文一样——译文不应该读起来像原文，而应该像一篇地地道道的译文。(3) 译文应该反映原文的风格 (style)——译文应该具有译者自己的风格。(4) 译文应该读起来像与原文同时代的作品一样——译文应该运用与译文同时代的语汇 (idiom)。(5) 译文可以对原文有所增减——译文绝不可对原文有所增减"。李赋宁是怎样解决这五种矛盾的呢？我们可以看看他在《唐诗三百首新译》中翻译的张旭的《桃花溪》。原诗是："隐隐飞桥隔野烟，石矶西畔问渔船。桃花尽日随流水，洞在清溪何处边？"译文如下：

> Dimly an arching bridge arose,
>
>   Veiled in moorland haze.
>
> On the west bank, by the rock close,
>
>   I asked a fisher boat about the maze:
>
> "All day long the peach petal flows
>
>   On the stream that attracts my gaze.
>
> In which place, as I come and doze,
>
>   Is found the cave that stays?"

原诗第一句的"飞桥"译成"拱桥","隔"字译成"笼罩",可见李译在"词"和"意"统一的时候,就既译"词",又译"意",如"桥"字的译文;在"词"和"意"有矛盾的时候,就舍"词"而取"意",如"飞"字译成"拱"字;在原文的启示义不如译文丰富的时候,也可以舍原文的"词"而取译文的"意",如"隔"译成 veiled,这就是发挥译语优势,统一就是提高。原诗第一、二、四句押韵,译文第一、二、四句也押韵,这是译文反映了原文的风格;李译还把每句分译成两行,第一、三、五、七行也押韵,这就是译者自己的风格了。其实,译文既反映了原文的风格,又具有译者自己的风格的。李译第六行增加了 that attracts my gaze,第七行又加了 as I come and doze,可见他认为译文可以对原文有所增减。原诗是一千多年以前写的,译文不可能读起来像原文同时代的作品,而只能运用与译文同时代的语汇。总起来说,翻译原文的宣示义,能使译文读起来大致和原文一样;翻译原文的启示义,读起来可能就像译文了。例如李译第八行加了 that stays 两个词,作为编者,我觉得可以删改,但译者不同意,因为他认为,原诗第三句说:桃花已随流水流走,第四句说:洞却还在原处,如果把 that stays 删去,那就有损于原诗的启示义了,由此可见译者对原诗启示义体会之深。

三

《外语教学与研究》1991 年第 3 期第 65 页转载了王佐良教授的翻译理论:"一、辩证地看——尽可能地顺译,必要时直译,任何好的译文总是顺译与直译的结合;二、一切照原作,雅俗如之,深浅如之,口气如之,文体如之。"这里提出了"顺译"的概念。"顺译"是什么？是不是"意译"？既然"顺译"是"直译"的辩证对立面，那"顺译"就不是"直译"，"直译"也应该指不顺的翻译了。这样理解对不对？还是来看看王译吧。《英语世界》1989年第1期第6页登载了王译的杜诗，原诗是："王杨卢骆当时体，轻薄为文哂未休。尔曹身与名俱灭，不废江河万古流。"两种译文如下：

1. Wang, Yang, Lu, Luo wrote the style of their time,

   Have since been sneered as vulgar and shallow.

   Ye scoffers shall perish body and name,

   While rivers pursue their eternal flow. (Wang)

2. Our four great poets have their own creative style;

   　　You shallow critics may make your comments unfair.

   But you will perish with your criticism while

   　　Their fame will last just as the river flows fore'er. (Xu)

如果译例1是"顺译"，那译例2就是"意译"。第一行"顺译"基本上也是"直译"，传达了原文的"宣示义"；"意译"却把"王杨卢骆"换为"四杰"或"四大诗人"，又把"当时体"换为"创造性的新文体"，这就表达了原文的"启示义"。如果用李赋宁的话来说，那"顺译"只译出了原文的"词"，"意译"却译出了原文的"意"，尤其是言外之意。原诗第二句有两种解释：一种说："'轻薄为文'是时人讥哂'四杰'之辞"，另一种认为"轻薄为文"指的是批评者。"顺译"按照前说，并且没有重复主语，也没有用连词，这或许是"口气如之"，但严格说来，就不合乎语法，不太"顺"了；"意译"按照后说，读起来反倒前后更加连贯，比"顺译"更

"顺"，如按前说，原诗后两句反倒显得突如其来了。第三行"顺译"用了一个古字来译"尔曹"，这也许是"文体如之"；但全诗译文只有这一个古体，其他都是今体，从全局看来，是否文体反不"如之"，不如李赋宁说的应该"运用与译文同时代的语汇"呢？此外，"身与名"的"顺译"是宣示义，"意译"是启示义。最重要的是第四句，"不废江河万古流"的启示义是：你们的评论不能使江河不奔流万年，也不能阻止四杰的名声流传千古，"顺译"没有译出"不废"二字，结果就让江河的水永远白白地流掉了。由此可见，"一切照原作"的理论和"近似"的理论一样，都只看到表层现象，没有进入诗的深层实质，只知"宣示义"而不知"启示义"；不知道译诗只"近似"不够，还要尽可能地传达原诗的"意美""音美"和"形美"。

最后，我想讲个笑话：从前有个士兵中了毒箭，去找外科医生，医生只把箭杆切断，说取出箭头是内科的事。我看，译诗如果只译宣示义而不译启示义，那就有点像这位外科医生。

（原载《北京大学学报英语专刊》1992 年第 2 期）

从诗的定义看诗词的译法

—— 韵体译诗弊大于利吗？

作者在本文中列举出诗的十条定义：（1）诗是把乐趣和真理融合为一的艺术。（2）好诗是强烈感情的自然流露。（3）诗是绝妙好词的绝妙安排。（4）诗记录了最美好、最幸福的心灵度过的最美好、最幸福的时光。（5）诗是音和性的思想。（6）诗是对生活的批判。（7）诗用有限展示无限。（8）诗说一指二。（9）诗是心血、想象、智慧的交流。（10）散文是走路，诗是跳舞。作者根据这些定义，说明韵体译诗利大于弊。

1994 年是中国翻译界丰收的一年。6 月，重庆大学出版社出版了《中国当代翻译百论》；7 月，湖北教育出版社出版了《翻译新论》；8 月，中国文学出版社推出了《诗经》三百零五篇英译本；9 月，新世界出版社推出了《中国古诗词六百首》英文韵译本，其中三百二十首还由英美加澳企鹅集团出版公司编入了《企鹅丛书》。这是企鹅国际书社第一次出版中国人英译的诗词，出版者推荐说：译文绝妙（excellent）；国内《文艺报》11 月 12 日曾发表"书讯"；香港《大公报》10 月 12 日曾发表了评论《英伦新版不朽诗》。短短的四个月之内，每个月都出版了一本重要著译，算是中国翻译界的大事。

但对诗词英译这件大事，评论却各种各样。如《翻译新论》中收录的《关于"音美"理论的再商榷》提出了三个问题：1. 不押韵就不是诗吗？2. 韵体译诗是利大于弊，还是弊大于利？3. 应该走《鲁拜集》的翻译道路吗？这篇论文曾登在《现代外语》1989年第2期上，可惜我当时没看到，评者也没有告诉我，只好现在来做迟到的答复了。

第一个问题："不押韵就不是诗吗？"评者说："许先生认为：如果丢掉了音韵，翻译出来的东西，还能算是诗词吗？"由此可见，我并没有说过"不押韵就不是诗"，只是认为不押韵不能算"诗词"。直到目前，我还没有见过一首不押韵的"诗词"，评者也举不出一个例子来。他只是引用美国译者林同端的话说："大势是免韵"，还引用法国苏珊娜的话："许多清规戒律已被扬弃。"但"免韵"的林译和"扬弃"了"清规戒律"的苏译能算是"诗词"吗？林同端是我大学时代的同学，苏珊娜是外文局的法国专家，我们曾在北京当面讨论过，讨论的情况已收入《翻译的艺术》论文集。1993年毛泽东一百周年诞辰时，中国翻译公司要重新出版英译《毛泽东诗词选》，但并没有选用"免韵"的林译，而是选用了全部押韵的许译。英国里茨大学出版的《宏观语言学》的编者来信说：许译把"不爱红装爱武装"译成"To face the powder and not to powder the face"，可以算作胜过原文的典型。1987年外文局出版法译《唐宋词选一百首》，苏珊娜译了几首扬弃"清规戒律"的词，我却译成韵文，结果法文专家组组长丹妮丝认为许译胜过苏译，出版了韵译本，国际比较文学会第一任会长、巴黎大学艾江波教授对许译作了高度评价。（见《中国古诗词六百首》封底）北京大学闻家驷教授说：把《长相思·雨》中的"一声声，一更更"译成"Ronde après ronde / Et goutte à goutte / La pluie inonde / La belle voûte...", 译文可和原文比美。由此可见，无论是在理论上还是实践上，林、苏都不能证明诗词可以"免韵"。

评者谈到诗的定义，恰巧南京师范大学吴翔林教授的《英诗格律及自由诗》中，收集了欧美诗人对诗的看法，现在大致摘译如下：1. 约翰逊博士说：诗是把乐趣和真理融合而为一，用想象来支持理性的艺术。2. 华兹华斯说：好诗都是强烈感情的自然流露。3. 柯尔律治说：诗是绝妙好词的绝妙安排。4. 雪莱说：诗记录了最美好、最幸福的心灵度过的最美好、最幸福的时光。5. 卡奈尔说：诗是音乐性的思想。6. 亚诺德说：诗是对生活的批判，诗人的伟大在于他能用美好的理想，对现实进行有力的批判，教人应该如何生活。7. 布朗宁说：诗用有限显示无限（"一粒沙中见世界"——许注）。8. 弗洛斯特说：诗说一指二（"意在言外"——许注）。9. 叶芝说：诗是心血、想象、智慧的交流。10. 瓦雷里说：散文是走路，诗是跳舞。我看，这十位诗人都说诗要"意美"，卡奈尔更说到诗要"音美"，柯尔律治则说诗要"形美"。这些关于"三美"的说法，既可应用于英诗，又可应用于中国诗词，但并没有说诗词可以不用韵。瓦雷里说诗是跳舞，在我看来，把像跳舞的诗词译成走路般的分行散文，是不能称其为诗词的。

第二个问题："韵体译诗是利大于弊，还是弊大于利？"评者在论文中引用了吕叔湘先生的话，说诗体译诗，"稍一不慎，流弊丛生"。但他不知道在 80 年代，我对吕先生提出过不同的意见，吕先生当面表示接受，并约我修订他编的《中诗英译比录》，将诗由五十多首增加到一百首，其中收录了五十多首我的韵体译文，书也改成两人合编，1988 年由香港三联书店出版，1990 年又在台北重印。吕先生这种愿意接受意见的学者风度，真是令人钦佩。

评者又引用了阿瑟·韦理的话，说用韵"不可能不因声损义"，所以"韵体译诗是弊大于利"。最近，中国文学出版社出版了我的《诗经》英译本，湖南又出版了汉英对照本，我在湖南本的序言中比较了韦理译的《关雎》和我的译文。据《诗经鉴赏集》说:《关雎》第一段写水鸟叫春，男子求爱；第二、三段写夏天荇菜浮出水面，男子热恋；第四段写秋天收获荇菜，男女订婚；第五段写冬天食用荇菜，男女结合。《诗经》的第一篇说的是：人要模仿自然界外在的秩序（礼）和内在的和谐（乐），小则可以修身、齐家，大则可以治国、平天下。这种"礼乐"治国的思想，在不用韵的韦译中无影无踪，可见不用韵也会"损义"，而用韵的许译反倒没有"因声损义"。《诗经》三百零五篇英译，篇篇如此，中国文学出版社的编辑在前言中说:"自豪地"（proudly）推出这个英译本。为什么"评者"说我"因声损义"呢？他又从六个方面来进行"解剖":

（一）"超码翻译，添枝加叶"。在我看来，超码加词，在翻译中是难免的，问题是加什么词。如果加的是原文表层虽无、深层却可以有的词，那就不是"弊大于利"了。评者以王建的《新嫁娘》为例，头两句是:"三日入厨下，洗手作羹汤。"我前一句译文加了个 shy-faced（羞答答的），后一句"手"后面加了 still fair 两个词，评者说这是"任意枝蔓"。"枝蔓"是有之，"任意"却非也。因为西方的新娘一般比较大方，中国古代的新娘却比较娇羞。王建写诗是给中国人读的，不言自明；译成英文不加"羞"字，外国读者就可能以为新娘很大方地下厨房，那诗意就要大受损失，因不加词而损义了。"手"后面加上"还好看的"也是一样，如果不加，外国读者也可理解为粗手笨脚的新娘，干惯了粗活的新娘下厨房有什么诗意呢？加词之后，新娘的形象就更加鲜明了。前面引用布朗宁的话说:诗用有限显示无限。在我看来，有限和无限是指具体和抽象，个性和共性。在王建诗里，就是用一个新娘的形象，来写唐代的婆媳姑嫂关系，显示如何修身、齐家才能过美好的生活。在这个意义上，《新嫁娘》可以看作《关雎》的续篇。加词如能增添这方面的诗意，那就不是"弊大于利"，而是利大于弊了。

评者举的第二个例子是贺知章《回乡偶书》中的"儿童相见不相识"，我加了 on the way（在路上）三个词。评者说是"水分过多"，我却认为加的是原诗表层虽无、深层却有的词。因为如果不是"在路上"，难道是在家里吗？在家就不会"笑问客从何处来"了。华兹华斯说：好诗都是强烈感情的自然流露。而"少小离家老大回"的游子，例如海外归侨，都是在路上流露出这种感情的。如把这三个词删掉，读起来就不自然了。

（二）"减码翻译，削足适履"。评者举的例子是李白《早发白帝城》中的"朝辞白帝彩云间"，我的译文是"I leave at dawn the White Emperor crowned with cloud"，评者认为我删去了"彩"字没译，"云"字应该译成复数。我却认为译文把彩云比作金光灿烂、五彩缤纷的王冠，不译"彩"字而彩自见，白帝城戴上彩云构成的王冠不是在"彩云间"吗？王冠单数比复数好。雪莱说过：诗记录了最美好、最幸福的心灵度过的最美好、最幸福的时光。用戴上王冠来形容李白在白帝城遇赦、死里逃生的心情，不是最恰当吗？

第二个减码的译例是李白《渡荆门送别》中的"月下飞天镜"，评者认为是指江中的月影，我却没译"下"字，译成天上的明月了。安旗在《李白的名篇赏析》第16页中说："月下，无非是月出的意思。李白另有诗句：'萝月下水壁'，写山间初升的明月，像水壁一样又圆又亮，两处'下'字正可互相印证。"所以"月下飞天镜"就是月亮像明镜飞来悬在天上的意思。我没有错，错的是评者。叶芝说：诗是心血、想象和智慧的交流。李白看见江上明月，心潮澎湃，用他的智慧，把月亮想象成飞来的明镜。安旗用他的智慧，解释"月下"为"月出"。评者只有想象没有智慧，所以就上下颠倒，混淆是非了。

（三）"破坏原诗的含蓄美"。评者举的例子是李商隐《巴山夜雨》中的"却话巴山夜雨时"，许译是"And talk about this endless dreary night of rain"，评者认为 endless（漫长的）、dreary（冷清的）使得"诗无言外之意"。美国诗人弗洛斯特说过：诗要说一指二（即意在言外），但原文是单音节字，重复"巴山夜雨"四个字可以使读者感到漫长、凄清；译文是多音节词，重复并不能取得相同的效果，甚至相反，有人还以为巴山夜雨是件乐事。我看为了避免误解，不如说破。

评者还举了张九龄的《赋得自君之出矣》为例，原诗和两种译文如下："自君之出矣，不复理残机。思君如满月，夜夜减清辉。"

1. Since my lord from me parted,

   I've left unused my loom.

   The moon wanes, broken-hearted

   To see my growing gloom.

2. Ever since you left, my lord.

   The loom I have so long ignored.

   I yearn like the moon full-bright,

   And grow more pale with each night.

评者认为译例 1 用了 broken-hearted（心碎）和 gloom（忧郁），不如译例 2 含蓄。我却认为不说人"心碎"而说月"心碎"，正是高度的含蓄，和杜甫在《月夜》中不说自己思家，反说家人思念自己一样；而且碎心很像残月，真是一举两得的绝妙好词。柯尔律治说过：诗是绝妙好词的绝妙安排。反过来看第二种译文，用了 pale 一词，这词用于古人，表示黄色变白，而清辉是白的，黄色变得越白，清辉便加得越多，这和原文"减清辉"（变残缺）的意思恰恰相反。

（四）"抑义就辞，更易原文"。评者认为我"随意添加形象"。例如陆游《钗头凤》中的"红酥手，黄縢酒，满园春色宫墙柳"，后半句我译成"Spring paints green willows palace walls cannot confine"，评者说："柳喻唐婉。她这时已嫁人，有如宫禁里的杨柳，可望而不可即。"而我却认为"红酥手"正是写唐婉就在眼前，既可望又可即，就像宫禁关不住的杨柳一样。亚诺德说：诗是对生活的批判。陆游说宫墙关不住柳色，正说明封建制度扼杀不了他们的爱情，是对现实的有力批判。原诗比较含蓄，只说"宫墙柳"，而没说宫墙关得住或关不住柳色，但从上文的"手"和"酒"看来，自然是关不住的，否则就不连贯。由此可见，含蓄有时需要说破，评者不就误解为关得住吗？

评者举的第二个例子是李商隐《无题》中的"东风无力百花残"，许译是："The east wind is too weak to revive flowers dead." 评者认为 revive（起死回生）是"误译"，但周汝昌在《唐诗鉴赏辞典》第 1173 页的解释，却和我不谋而合。约翰逊博士说：诗是把乐趣和真理融合为一，用想象来支持理性的艺术。如把"起死回生"删掉，那就只有真理，没有乐趣，只有理性，没有想象了。

（五）"译文重复累赘"。评者说我在苏东坡《赤壁怀古》中不该重复用两个 air，两个 fair 押韵；但他没有说明：air 和 fair 一次用在上段，一次用在下段。两段诗用同韵，英诗中不乏其例，不值得一驳。卡奈尔说：诗是音乐性的思想。只要译文有音乐性，就随人批评好了。

（六）"译文风格同原文背道而驰"。原文押韵，译文也押韵，风格怎么算背道而驰呢？难道不押韵的译文反倒符合原文风格吗？评者举不出例子来。其实，现成的例子倒有一个，就是评者自己译的《赋得自君之出矣》。评者对我的六点批评，我都可以用来批评评者的译文：1. 第二行加了 so long，这是"超码翻译，添枝加叶"。2. "不复理残机"的"残"字没译，这是"减码翻译，削足适履"。3. 把"减清辉"译成"加清辉"，这是"破坏原诗的含蓄美"。4. "不复理残机"中用了 ignore（不理），而原文是不再用织布机的意思，这是"抑义就辞，更易原文"。5. 原文没有"我"字，译文用了两个，照评者的评法，这也是"译文重复赘余"。6. 瓦雷里说：散文是走路，诗是跳舞。原文像跳舞，评者的译文却像走路，这是"风格和原文背道而驰"。

第三个问题："应该走《鲁拜集》的翻译道路吗？"回答：是的。据人民大学出版社新出的《怒涛译草》统计，《鲁拜集》有五百种不同的版本，汉译也有二十种之多，大部分都是根据英译本转译的。我英译的《诗经》《楚辞》《唐诗三百首》《宋词三百首》《李白诗选》《苏东坡诗词选》《西厢记》《毛泽东诗词选》《中国古诗词六百首》（包括英国《企鹅丛书》的三百首）都是走的这条路。自然也有人同意评者的观点，认为韵体译诗弊大于利（见《翻译新论》第74页）。但我要引用杜甫的两句诗来做结："尔曹身与名俱灭，不废江河万古流。""三美译论"是会"与名俱灭"，还是会像"江河万古流"呢？历史会作出公正的结论。

1995 年 1 月 15 日于北京大学

谈重译

重译应该胜过原译，需要发挥译语优势，也就是要用译语最好的表达方式。一流作家不会写出的文句，不该出现在世界文学名著的译本中。重译如能胜过原译，甚至胜过原作，那传达原作风格就是次要的问题。如果妙译和原作风格有矛盾，那可以舍风格而取妙译。

"重译"有两个意思：一是自己译过的作品，重新再译一次；二是别人译过的作品，自己再译一遍，这也可以叫作"复译"，但我已经用惯了"重译"二字，所以就不改了。正如"矮"字是"委矢"两个字组成的，拿起箭来应该是"射"，怎么成了"矮"呢？而"射"是"寸"和"身"两个字组成的，一寸高的身子应该是"矮"，怎么成了"射"呢？于是有人认为"矮"和"射"两个字应该互换，言之成理；但是这两个字已经用了千百年，约定俗成，结果"委矢"还是"矮"的意思，三寸的个子还是"射"的意思。这个问题我们中国人司空见惯，不以为奇，但是落到外国人眼里，他们却如获至宝。如英国诗人庞德和洛威尔读了中文，结果竟创立了意象诗派，影响之大，美国哥伦比亚大学出版社1984年出版的《中国诗选》封底上说："假如没有中国诗词的存在和影响，我们无法想象出 21 世纪英诗的面目。"因此，无论翻译也好，重译也好，不但要引进好的外国表达方式，还要输出好的本国表达方式，不论是外译中还是中译外，都是一样。尤其是对只知有美国，不知有中国，只知道今天，不知道历史的美国人，更是如此。试想，假如美国人都像庞德和洛威尔一样对中国文化有所了解，有所爱好，那今天的中美关系会发展到什么地步？世界文化会得到多少提高？因此，我认为要建立 21 世纪的世界文化，主要是把东方文化输出到西方去；即使是输入西方文化，也要使之适合中国的国情。所以翻译工作者要传播双向的文化，翻译的地位不该在创作之下，翻译的质量也不该低于创作的质量，换句话说，翻译的文句和创作的文句应该没有什么区别。

至于重译，我认为新译应该尽可能地不同于旧译，还应该尽可能地高于旧译，否则，就没有什么重译的必要。我中译英重译过《诗经》《楚辞》《汉魏六朝诗选》《唐宋诗选》《唐宋词选》《李白诗选》《苏东坡诗词选》《西厢记》《元明清诗选》《毛泽东诗词选》等；中译法重译过《古诗词三百首》《唐宋词选一百首》等；法译中重译过雨果的《艾那尼》、司汤达的《红与黑》、巴尔扎克的《人世之初》、福楼拜的《包法利夫人》、莫泊桑的《水上》，现在正在重译罗曼·罗兰的《约翰·克利斯托夫》；英译中则只有花城出版社约我重译的萨克雷的《名利场》。如果没有出版过这两种文字互译的作品，恐怕很难提得出解决中英互译问题的理论。积五十多年中英、中法互译的经验，我得到的一条结论是：文学翻译，尤其是重译，要发挥译语的优势，也就是说，用译语最好的表达方式。再说具体一点，一个一流作家不会写出的文句，不应该出现在世界文学名著的译本中。20 世纪文学翻译作品能够传之后世的不多，而我认为 21 世纪的翻译文学作品应该是能流传后世的。

古代流传到今天的文学名著，首推希腊的《荷马史诗》。据中国译协副会长刘重德在《浑金璞玉集》第 112 页上说：荷马史诗至少有珂伯、蒲柏、查普曼、纽曼等多人的英文重译本，其中蒲柏和查普曼的译本最为重要。沃顿在《英国浪漫派散文精华》第 21 页上说："蒲柏较之荷马有着更多闪光的比喻和动情的描写，总体上也显得更内容丰富、文采飞扬、细腻深入和绚丽多彩。这样，蒲柏的译文反倒比希腊文的原著更受人欢迎了。"查普曼的译文则得到了英国诗人济慈的高度赞扬，但英国评论家阿诺德却说：他们都不符合荷马的风格，蒲柏太典雅，如：

No force can then resist, no flight can save;
All sink alike, the fearful and the brave.
...
Where heroes war, the foremost place I claim,
The first in danger as the first in fame.

但译文胜过了原作，再现原作风格就是次要的了。英国诗人艾略特说过："个人才智的影响有限，民族文化的力量无穷。"

到了 20 世纪，出现了汉武帝哀悼李夫人的《落叶哀蝉曲》的几个重译本，原诗如下："罗袂兮无声，玉墀兮尘生。虚房冷而寂寞，落叶依于重扃。望彼美之女兮，安得感余心之未宁？"英译者有翟理斯、庞德、韦理、洛威尔等。一般认为，韦理的译文比较接近原文的风格，但最成功的是庞德的译文，他的译文甚至选入了英国诗集。现将庞德译文摘抄如下：

The rustling of the silk is discontinued.

Dust drifts over the courtyard,

There is no sound of foot-fall, and the leaves

Scurry into heaps and lie still,

And she the rejoicer of the heart is beneath them:

A wet leaf that clings to the threshold.

庞德的英译文还原为白话后："罗衣不再索索作响，尘埃在庭院中
飘浮。听不见脚步声，枯叶纷纷落下，静静地堆在门前，而她这个
令人心旷神怡的美人却躺在枯叶下面：一片风雨中飘零的树叶依恋
着门槛。"比较一下原诗和白话译文，可以看出其用词的风格大不
一样："罗袂"浅化为"罗衣"；"无声"深化为"索索响"；"玉墀"
浅化为"庭院"；"尘生"等化为"尘埃飘浮"；"虚房"句具体化为
"听不见脚步声"；"落叶"句最重要，原文只是借景写情，庞德却
创造了一个意象，把李夫人的英灵比作一片落叶，依依不舍地恋着
门槛，使得情景交融了；"彼美之女"也深化为"令人心旷神怡的
美人"；最后一句"感余心之未宁"，原文是说汉武帝思念李夫人心
不平静，庞德却把诗人心中的美人和落叶合成三位一体，心不平静
又换成风雨飘零的意象，于是英美评论界认为庞德的译文胜过了原
诗。从以上两个译例看来，蒲柏和庞德的译文胜过了原作，且都没
有考虑原文风格。

　　后来，我把汉武帝悼念李夫人的哀歌重译成英、法文。英译用
的蒲柏的译法，全部押韵，风格比庞德更接近原文，但意象远不如
庞德，不能算是胜过庞译，由此可见其意象比风格更重要。但庞德
没有译"感余心之未宁"，我的法译把这一句译成"心潮起伏"，用
了一个波浪的形象，觉得只以这句而论，可以算是胜过庞德的。现

将我的法译抄下，可见重译可以推进文化的发展。

Je n'entends plus, oh! froufrouter sa soie;

    Je vois croître, oh! la poussière à sa porte.

Sa chambre est froide, désertée par la joie;

    Au vantail clos s'attachent les feuilles mortes.

Cherchant ma belle, oh! mon cœur ondoie

    Comme une mer forte.

    以上谈的是中译外。外译中我也重译过几本：《红与黑》参考了郝运译本，觉得很容易超过；《包法利夫人》参考了李健吾译本，大约有 5% 不容易超过；《约翰·克利斯托夫》参考了傅雷译本，大约有 10% 不容易超过。我参考郝译时，觉得其译文只能使人"知之"，不能使人"好之"。他选用的词汇，几乎都是能从法汉词典上找得到的。我不记得他有什么独到的译法，读了使人叫绝，觉得是自己译不出来的。我参考李健吾的译文时，觉得译文不但使人"知之"，而且使人"好之"，甚至使人"乐之"。这种使人"乐之"的译文约占全书 5%，我一读到就查法汉词典，如果词典中有，我就用在自己的译本中，因为那不是李先生的独创；如词典中没有，那我就不敢掠美，尽量寻找其他的表达方式。如能胜过李译，那是乐何如之；即使不如李译，只要相差不算太远，我还是可用自己的译文；如果相差太远，那只好承认李译不可超越，甘拜下风了。在参考傅译时，我觉得使人"乐之"的译文比李译还多，约占 10%。我的处理方法还和对待李译一样。这样一来，我觉得重译才是真正的文学翻译，因为不必费力去解决理解问题，而可以集中精力去解决表达问题，看怎样表达得更好。一般说来，我不会太费力气去再现原作风格，因为风格问题不容易有共识。我的经验是：费力去传达原作风格，结果把好的译文改坏了。如果妙译和原文风格有矛盾，我会舍风格而取妙译的。

傅雷说过："理想的译文仿佛是原作者的中文写作。"最近《英语世界》百期专刊要我写一篇中、英文的专稿，我就模仿老子《道德经》的第一篇写了一章《译经》。中、英文都是作者写的，是不是"理想的译文"呢？现将原文抄录于下：

译可译，非常译：忘其形，得其意。得意，理解之始；忘形，表达之母。故应得意，以求其同；故可忘形，以存其异。两者同出，异名同理：得意忘形，求同存异；翻译之道。

Translation is possible: it is not transliteration. Neglect the original form; get the original idea. Getting the idea, you understand the original; neglecting the form, you express the idea. Idea and form are two sides of one thing. Be true to the idea common in two languages and free from the form peculiar to the original. That is the way of translation.

三个"译"字，译法各不相同；"得意忘形""求同存异"，在不同的上下文中，有不同的译法；将"两者同出"干脆译成"意"与"形"。我译时没有考虑保留原作风格问题，但是能说这个译文没有再现原作风格吗？

李政道在《名家新见》中说得好："艺术，例如诗歌……用创新的手法去唤起每个人的意识或潜意识中深藏着的已经存在的情感，情感越珍贵，唤起越强烈，反响越普遍，艺术就越优秀。"（见1996年6月24日《光明日报》）我看，艺术当然包括翻译的艺术在内。

优秀的艺术应该在全世界交流，优秀的翻译艺术也应该在全世界进行交流。我认为文化交流并不是为交流而交流，而是为了双方得到提高，为了共同建立新的世界文化。因此我们应该欢迎译文胜过原文，重译胜过原译。庞德把汉武帝的哀歌译成意象派的新诗，得到了国际声誉；我们也就应该把"魂归离恨天"送上国际文坛（杨宪益夫妇在《红楼梦》中译成"return in sorrow to Heaven"，我在《西厢记》中把"休猜做了离恨天"译为"... is this a paradise or a sorrowless sphere？"），这样，重译就可以使国际文坛变得越来越丰富多彩，越来越灿烂辉煌！

（原载《外语与外语教学》1996 年第 6 期）

再创作与翻译风格

　　文学翻译要使读者愉快，得到美的享受，犹如原作者在用译语写作，这就是再创作。翻译风格有"形似"与"神似"之分，在"形似"的译文和原文的内容有矛盾时，翻译只能"神似"，也就是再创作。再创作有高低程度的不同，如将"倾国倾城"理解为"失国、失城、失职、失色"，就是由低而高的再创作。再创作要发挥译语优势，和原文竞赛，才能建立起新的世界文化。

　　《中国翻译词典》第476页上说："茅盾创造性地指出再现意境是文学翻译的最高任务；翻译讲求效果，让译语读者能够像读原作一样得到美的享受"。香港出版的《翻译论集》第66页上说：胡适认为翻译必须要"好"，"所谓好，就是读者读完之后要愉快"。"我们想一想，如果罗素不是英国人，而是中国人，是今天的中国人，他要写那句话，会怎么写呢？"北京出版的《翻译论集》第18页上说：钱锺书认为"译本对原作应该忠实得以至于读起来不像译本"；傅雷则说：译本应该"仿佛是原作者的中文写作"。在我看来，翻译要使读者愉快，得到美的享受，仿佛是原作者在用译语写作，这就是再创作。例如香港出版的《中国现代革命家诗词选》第一首孙中山的《万象阴霾打不开》，后两句是："顶天立地奇男子，要把乾坤扭转来。"英译文是：

Heroes of indomitable spirit, arise!

Let us transform the old world and reverse the tide!

"顶天立地"是汉语中的成语，严格说来，英文中没有一个完全相等，或者完全等值、等效的表达方式。这里译成 indomitable spirit（不屈不挠的精神），只是"顶天立地"的一部分，而且没有"天地"的形象，从某种意义上来说，这不能使读者得到读原文的美感，因此只能说是一种低级的"再创作"。我把这句改译成：

Heroes who would move heaven and earth, arise!

保留了"天地"的形象，是"移天动地"或"翻天覆地"的意思，比起"顶天立地"来，似乎又太过了；但比"不屈不挠"能给读者更多的美的享受，所以这是一种更高级的"再创作"。换句话说，再创作的译文在和原文竞赛，看哪种文字能更好地表达原作的内容。在这次竞赛中，"不屈不挠"有所不及，失败了；"翻天覆地"有所超过，既失败也胜利了。有人会说：过犹不及，"翻天覆地"是超额翻译，不能算是胜利。我却认为孤立地看这句，"翻天覆地"是超译；但跟下文"扭转乾坤"来看，"翻覆"不正是"扭转"，"天地"不正是"乾坤"的意思吗？所以从全文来看，"翻天覆地"更好地表达了原作的内容（不是形式）。又可能有人说：原文先说"顶天立地"，再说"扭转乾坤"，先轻后重，次序井然；译文却重复"翻天覆地"，不是和原文的风格不同吗？我却认为译文并没有说 turn heaven and earth upside-down，而是 move heaven and earth，轻则可以理解为"想方设法"，重也可以理解为"移天动地"；而下文的"扭转乾坤"却同时用了分译法和借代法，用"水土"来代"乾坤"，译成"改造旧世界"和"力挽狂澜"了。这种译法并没有重复"翻天覆地"，也是前轻后重，先后有序，不正符合原诗的风格吗？

还可以举一个例子，罗曼·罗兰在《约翰·克里斯托夫》法文本第 108 页上有一句："Il marchait sur le monde." 鲁迅译成："他踏着全世界直立着。"傅雷译为："他顶天立地地在世界上走着。"（引自《外国语》1995 年第 4 期）哪一种译文更符合原作的风格呢？如果认为鲁译更符合，那么，风格指的就是"形似"；如果认为傅译更符合，那风格指的却是"神似"。在这种情况下，我觉得不必问哪种译文符合原作风格，而应该问：哪种更能给人以美的感受，更能使人愉快？或者说，假如罗曼·罗兰是中国人，他会怎么说呢？我想，假如我是罗兰，我是会用"顶天立地"的。至于作者风格的问题，罗兰在《约翰·克里斯托夫》法文本第 1565 页上说过："Qu'importe celui qui crée? Il n'y a de réel que ce qu'on crée."（管他作者是谁？只有作品才是真实的。）这就是说，作者不如作品重要。应用到翻译上来，就可以说，译者与其斤斤计较如何延续原作者的风格，不如尽力使译文能给人美的享受，就像原作一样。因为法文没有"顶天立地"这个成语，所以罗兰在创作时不会用这个表达方式；但假如他生在今天的中国，知道这个成语，在写这句话时，他大约也会像傅雷一样用"顶天立地"的。这个例子也说明了文学翻译是两种语言文化的竞赛，在竞赛时要发挥译语的优势，使再创作胜过创作，这就是我的"再创作论"。

和孙中山一同领导辛亥革命的黄兴也爱写诗词，如他的《咏鹰》

最后一句是："木落万山空"，意思是说树木落叶，雄鹰飞渡沧海，山都显得空了。我把这句译成英文如下：

Leaves fall and mountains sigh.

"木"字我既没有译成 wood（木或树木），也没有译为 tree（树木），而是用了 leaves（树叶）；"万"在我看来只是"多"的意思，并不真是九千九百九十九加一，所以只译成多数；最后一个"空"字，如果译成 empty，那是描写客观事实，说明雄鹰一去，山都显得空了，我却用了一个 sigh（叹息），说明空山落叶仿佛发出了惋惜的声音，这样更能再现原诗的意境，用的是"再创作"的方法。有人提出要先"形似"而后"神似"，有一个条件，就是原文和译文的形和神都是统一的。如果形和神之间有矛盾，那"形似"之后如何能"神似"呢？如把"木"字译成 wood 是形似，但 wood falls 能不能显示诗人惋惜雄鹰飞去的感情呢？有人也许会说：原诗的感情含蓄不露，译文明说叹息，破坏了原诗含蓄的风格，应该让读者自己去体会诗人的感情。我却认为译者是译文的第一个读者，如果译者自己都读不出原诗的言外之意，怎能希望读者读出来呢？所以我还是舍"形似"而取"神似"，采用再创作的方法。

有时，甚至在原文形神统一的情况下，也要用再创法，如黄兴的《笔铭》："朝作书，暮作书，雕虫篆刻胡为乎？投笔方为大丈夫！"头六个字可以说是形神统一的。如果译成 "You write by day, you write by night"，可以算是形似了，但能不能说是神似呢？我看不能，因为原诗"书""乎""夫"押韵，而译文 day 和 night 并不押韵，只能用再创法改成：

306

> You write and write
>
> By day and night.

这样既重复了 write，又和 night 押了韵，才可以算是和原文神似；但形似的译文怎么可能再现原诗的意美、音美和形美呢？至于后面两句，原文形神就有矛盾了："雕虫"是指小技，"投笔"是指从戎，也可用再创法译成：

> Why should I practise calligrapher's trifling art?
>
> I'd better give you up and play a hero's part.

这样把"雕虫"译成小技，把"篆刻"译成书法家，都可以算是浅化的换译法；把"投笔"译成放弃，把"大丈夫"译成英雄，则可以算是等化的换译法，再创的程度低于"雕虫篆刻"的浅化译文。而"朝作书，暮作书"中的两个"作书"合成了第一行译文，分开的"朝"和"暮"合成了第二行，用的都是合译法，再创的程度又低于等化的译文。只有《咏鹰》中的"空"字译成了叹息，可以算是深化的创译，再创的程度高于浅化和等化的译法。

再举一个例子，黄兴为追悼 22 岁英勇就义的革命烈士刘道一写了一首挽诗，最后一句是"万方多难立苍茫"。我先译成：

> The country in distress, I stand long in twilight.

这是个形似的等化译文，只是客观地描写诗人站在苍茫的暮色之中，却没有传达诗人等待天明的苍茫心情，所以我又用深化再创法改译如下：

The country in distress, when will day replace night?

简而言之，再创的译法就是原作者用译语进行创作，或者说，译者假设自己是原作者会怎么用译语来写，自己就怎么译，这就是再创作。

林语堂在《论翻译》一文中说："一作家有一作家之风度文体，此风度文体乃其文之所以为贵。Iliad（《伊利亚特》）之故事，自身不足以成文学，所以成文学的是荷默（荷马）之风格。杨贵妃与崔莺莺的故事虽为动人，而终须元稹、白居易之文章，及洪昉思与《西厢记》作者之词句，乃能为世人所传诵欣赏。故文章之美，不在质而在体，体之问题即艺术之中心问题。所以我们对于所嗜好之作者之作品，无论其所言为何物，每每不忍释手，因为所爱是那作者之风格个性而已。凡译艺术文的人，必先把其所译作者之风度神韵预先认出，于译时复极力发挥，才是尽译艺术文之义务。"这段话说得很有道理，我认为文学翻译除了应该质体并重之外，所谓"极力发挥"，就是发挥译语优势，进行再创作。但是，再创作应该再现原作的文体美，使"读者能够像读原作一样得到美的享受"。

《外语与外语教学》1998 年第 12 期发表的《汉诗英译中的"炼词"》一文中说，要"再创出形神兼备的译品"。下面我们就来看看文中的一个译例：

窗含西岭千秋雪，……（杜甫《绝句》）

My window does enframe the West Ridge clad in thousand-year snows clean;...

译者说：enframe 有"为画配框"或"置画于框中"之意，"生动地烘托出了窗外如画的景致"。这个译文有没有再现原作的文体美呢？光以炼字而论，"含"字译得不错；但从全句来看，原诗非常精练，译文却在动词前加了一个不必要的 does，又在最后加了一个不必要的 clean，读起来就不能使人像读原作一样得到美的享受。在我看来，这是一个见木不见林的译文。再看一个例子：

夜来风雨声，花落知多少？（孟浩然《春晓》）

A. The winds shatter'd and the rains splatter'd yesternight;

　　How many flowers have dropp'd in a wretched plight?

B. After one night of wind and showers

　　How many are the fallen flowers?

译者说："A 译采用拟声词 shatter'd（哗啦哗啦响）和 splatter'd（淅沥作响）译'风雨声'，比 B 译只说 wind and showers 要生动些。"译者认为"哗啦哗啦响"的风声和"淅沥作响"的雨声，再现了原作的文体美。但是《唐诗鉴赏辞典》第 95 页上说："《春晓》这首小诗……艺术魅力不在于华丽的辞藻和奇艳的艺术手法，而在于它的韵味。整首诗的风格就像行云流水般平易自然，悠远深厚，独臻妙境。"而 A 译用的拟声词不如 B 译的平易自然，说明译者不知道原作者的风格，所以译不出他的风度神韵来。译者在文中还举了很多例子，这两个都不能再现原作的意境，不是我所说的"再创作"。

　　我所说的"再创作"是要既见木又见林，而不画蛇添足，又能使人像读原作一样得到美感享受的译法。例如，笔者最近译了朱淑真的存疑词《生查子》（译存疑词的好处是不必考虑原作者的风格，可以就词论词），下片头两句是："酒从别后疏，泪向愁中尽。"英译文是：

Since he left, I have drunk less and less wine;
Tears melt into grief, more and more I pine.

第二行的 more and more 是不是画蛇添足呢？不是，因为原文有对仗，译文如果没有，就不能使人像读原作一样感到对仗之美了。

再举一首汉武帝的内兄李延年（卒于公元前 87 年）的《李延年歌》为例。原诗如下："北方有佳人，绝世而独立。一顾倾人城，再顾倾人国。宁不知倾城与倾国？佳人难再得！"这首诗流传了两千多年，"倾国倾城"已经成了形容美人的习语，如白居易在《长恨歌》中说："汉皇重色思倾国"；《西厢记》中张生说莺莺："怎当你倾国倾城貌！"但翟理士和宾纳却把白居易这句诗译成：

A. His Imperial Majesty, a slave to beauty,
   Longed for a "subverter of empires"; (Giles)
B. China's Emperor, craving beauty that might shake an empire,
   (Bynner)

译例 A 的英译文把"倾国"译成"倾覆帝国的人"，译例 B 译成"动摇帝国"，都可以说是形似而不意似的译文，所以译李延年的"倾城"与"倾国"时不能采用。我用再创作法把李延年诗后四句英译如下：

At her first glance, soldier would lose their town;

At her second, a monarch would his crown.

How could the soldiers and monarch neglect their duty?

For town and crown are overshadowed by her beauty.

在第一行中，我把"倾城"译成"士兵不愿守城"；在第二行中，我把"倾国"译成"国王宁愿失掉王冠"；在第三行中，我没有重复"倾城与倾国"，而是问：为什么士兵和国王都失职了呢？第四行回答说：因为城池和王冠比起美人来都相形失色了。第一、二行都是创造性的翻译，但和"城""国"还有形似的联系；第三行说"失职"，创造性就更高；第四行说"失色"，又比第三行还要高。这就是程度不同的"再创作"。

短诗比较容易再创作，那么长诗呢？《汉魏六朝诗一百五十首》中有一首苏伯玉妻的《盘中诗》，共四十八行，现将原诗和英译抄录如下：

山树高，	Atop trees high
鸟鸣悲；	Sadly birds cry;
泉水深，	In water deep
鲤鱼肥。	Fatted carp leap.
空仓雀，	In empty house
常苦饥。	Would starve a mouse.
吏人妇，	A poor clerk's wife
会夫稀。	Leads lonely life:
出门望，	Outdoors I sight
见白衣，	A man in white;
谓当是，	But it's not he

而更非。	So dear to me.
还入门，	I come indoor
心中悲。	And I deplore.
北上堂，	West I step forth
西入阶。	To the hall north.
急机绞，	I play my loom.
杼声催。	To dispel gloom.
长叹息，	Long, long I sigh.
当语谁？	Who would reply?
君有行，	Since our adieu
妾念之。	I long for you.
出有日，	You went to roam.
还无期。	When to come home?
结中带，	Like girdle's knot
长相思。	You're not forgot.
君忘妾，	You forget me.
天知之。	Heaven can see.
妾忘君，	If I forget you,
罪当治。	Punishment's due.
妾有行，	My conduct's fit,
宜知之。	You should know it;
黄者金，	Like gold it's bright,
白者玉。	Like silver white;
高者山，	High as hills steep,
下者谷。	Low as vale deep.
姓为苏，	I write to Su

字伯玉，	Whose name's Bo-yu.
人才多，	He's talent wise,
智谋足。	Which none denies.
家居长安身在蜀，	His home is in Chang'an
	But himself in Sichuan.
何惜马蹄归不数。	Why should he spare his steed
	And not come home with speed?
羊肉千斤酒百斛，	I've kept for him sheep fine
	And many jars of wine.
令君马肥麦与粟。	I've kept millet and wheat
	For his horse to eat.
今时人，	Men of today,
智不足。	—What can I say?—
与其书，	Can see no light
不能读。	In what I write.
当从中央周四角。	I begin from the core
	And end in corners four.

原诗写在盘中（见《汉魏六朝诗鉴赏辞典》第 432 页），几乎是不可译的。但用了再创法，如"鲤鱼肥"加了 leap，"空仓雀"换译成 mouse，"会夫稀"正译为 lonely，"北上堂"用了颠倒法，"当语谁"改为"谁回答？"，"君有行"改成"自别后"，"长相思"反译为"不忘记"，"黄者金"换为 bright，"智谋足"后加了"无人不知"，"羊肉千斤"用了减词法，"酒百斛"译成 many，这样就基本上传达了苏伯玉妻相思之情的意美、三字句的形美、韵律的音美。由此可见，再创作的译文是可以传达原作的风格，使人像读原作一

样得到美感享受的。

总之，这首长诗的内容和形式基本统一，翻译时形似就是神似，求真也是求美，所以再创法用得不多，用时再创的程度也不高。而李延年的短诗内容和形式（意和言）却有矛盾，"倾国倾城"并不是倾覆国家城池的意思，所以译文形似并不意似，更不神似，求真而不求美，需要用再创作的"失国、失城、失职、失色"等词来翻译，用词再创的程度也更高。"先形似后神似"论者，只见形似与神似的统一，不见二者的矛盾，所以在《中国翻译》1998年第6期上把狄金森的majority（成熟之年）误译成形似的"多数"，再误译为神似的"决定"，结果既不形似，也不神似。《春晓》的A译者恰恰相反，在"风雨"形似和神似统一的时候，他却加上"哗啦""淅沥"，这都是"再创作"的对立面。

举个总结性的例子。我在北京三联书店出版了一本回忆录，书名是《追忆逝水年华》。后来我又把书译成英文，其实是再创作，甚至根本就是创作，书名叫作 *Vanished springs*（"消逝了的春天"或"逝水年华"）。如果我再把书译成法文，或用法文再创作，书名大约会是 *A la recherche du printemps perdu*（"寻找失去了的春天"或"追忆逝水年华"）。我举这个例子是想要说明：同一作者在用不同的文字创作时，风格会有所不同。因此，译者在再创作时，不必把再现原作者的风格放在第一位，更重要的是使读者像读原作一样得到美的感受，用我的话来说，就是要使读者知之、好之、乐之。

（原载《解放军外国语学院学报》1999年第3期）

新世纪的新译论

—— 优势竞赛论

文学翻译是两种语言，甚至是两种文化之间的竞赛，看哪种文字能更好地表达原作的内容。文学翻译的低标准是求似或求真，高标准是求美。译者应尽可能地发挥译语优势，也就是说，尽量利用最好的译语表达方式，以便使读者知之、好之、乐之。创造性的翻译应该等于原作者用译语的创作，本文主要谈"创优似竞赛"。

一、真与美·美与似

20世纪中国文学翻译的主要矛盾，在我看来，是直译与意译，形似与神似，信达雅（或信达优）与信达切的矛盾。如以译诗而论，我认为主要是真（或似）与美的矛盾。翻译求似（或真）而诗求美，所以译诗应该在真的基础上求美。这就是说，求真是低标准，求美是高标准；真是必要条件，美是充分条件；译诗不能不似，但似而不美也不行。如果真与美能统一，那自然是再好不过的；如果真与美有矛盾，那不是为了真而牺牲美，就是为了美而失真。如译得似的诗远不如原诗美，那牺牲美就是得不偿失；如果译得"失真"却可以和原诗比美，那倒可以算是以得补失；如果所得大于所失，那就是译诗胜过了原诗。钱锺书《谈艺录》第 373 页上说："译者驱使本国文字，其功夫或非作者驱使原文所能及，故译笔正无妨出原著头地。克洛岱尔之译丁敦龄诗是矣。"

《杨振宁文选》英文本序言中引用了杜甫的两句诗："文章千古事，得失寸心知。"英译文是：

1. A piece of literature is meant for the millennium.

But its ups and downs are known already in the author's heart.

"文章"二字很不好译，这里译得不错，也可译成 a literary work，但是都散文化，不宜入诗。其实杜甫写的文章不多，说是文章，指的是诗文，甚至不妨就译成 verse or poem（诗）。"千古"二字也不能直译，这里译得很好，自然也可以译成具体的 a thousand years（千年），那就是"深化"；也可以译成更抽象的 long, long（很久很久），那就是"浅化"。"事"字可以直译为 affair，这里意译为 is meant。全句的意思是：文章是为了流传千秋万代的。译文可以说是准确。下句的"得失"二字，这里意译为 ups and downs（高低起伏，浮沉），比直译为 gain and loss 好得多，指的是文章的命运。"寸心"二字也不能直译为 an inch of heart，这里解释为作者之心，十分正确。只有一个"知"字，可以算是直译。

由此可见，在这两句诗的译文中，意译多于直译，意似重于形似，达到了"信达切"的标准，符合"求真"的要求，但从"求美"的观点来看，却稍显不足。原诗每句五字，富有形美；"事"和"知"押韵，富有音美。而译诗却两句长短不齐，音韵不协，所以我又把这两句译成诗体如下：

2. A poem may long, long remain,

   Who knows the poet's loss and gain (joy and pain) ?

3. A verse may last a thousand years.

   Who knows the poet's smiles and tears?

这两种译文如以"求真"而论，都不如译例 1；如以"求美"而论，则又都有过之而无不及。但是后两个译例"求美"所得，是否大于求真"所失"呢? 以"文章"而论，从字面上来看，改成"诗"似乎有所失，但从内容来看，所失甚微。以"得失"而论，译例 2 的 loss and gain 似乎有所得，但从内容上来看，所得并不比 joy and pain 更多。译例 3 的"千古"所得不比第一种少，"得失"的译文所得更比译例 2 多，因此可以算是得多于失的。

　　总而言之，原诗具有意美、音美、形美，是 best words in best order (最好的文字，最好的形式)。译例 1 最为意似，这是所得，但没有传达原诗的音美和形美，这是所失。"求真"论者认为译文只要意似，越近似越好，音和形都是次要的，不能因声损义，更不能以形害意，所以认为译例 1 最好。"求美"论者却认为译诗的结果应该是一首诗，如果原诗具有"三美"而译诗只是意似，那无论多么近似，也不能算是好译文。具体来说，译例 2、3 虽然不如译例 1 意似，但同样传了原诗的意美；而从音美、形美来看，则远远胜过译例 1。原诗是 best words，意似的文字或对等的文字却不一定是最好的文字。如以"得失"二字而论，gain and loss 是最意似、最对等的文字，但却远远不如其他译文，可见最意似、最对等的文字，并不一定是最好的译文。因此在"对等"和"最好"有矛盾时，应该舍"对等"而取"最好"，舍"意似"而取"意美"。以传达原诗意美而论，译例 2、3 不在译例 1 之下，而音美、形美却在译例 1 之上。

孔子说过："知之者不如好之者，好之者不如乐之者。"我觉得这话也可应用到译诗上来。所谓知之，就是使人理解；所谓好之，就是使人喜欢；所谓乐之，就是使人愉快。在我看来，译例 1 使读者了解原文的内容，这是知之；译例 2 用了浅化的方法，不但使读者了解，还具有意美和形美，可以使读者喜欢，这是好之；译例 3 用了深化的方法，用具体的笑和泪取代了抽象的苦乐，又有音美、形美，可以使读者愉快，这是乐之。知之是译诗的最低要求，好之是中等要求，乐之是最高要求。一般说来，译诗要在不失真的情况下，尽可能地传达原诗的意美、音美、形美，使读者知之、好之、乐之。意美、音美、形美，这"三美论"是译诗的本体论；知之、好之、乐之，这"三之论"是译诗的目的论；等化、浅化、深化，这"三化论"是译诗的方法论。所谓等化，指形似的译文，如"得失"译为 gain and loss；所谓浅化，指意似的译文，如"得失"译为 joy and pain；所谓深化，指神似的译文，如"得失"译为 smiles and tears。这就是"三美、三化、三之"的艺术，或"美化之艺术"。

二、优势论

根据"三美""三化""三之"的翻译理论，我把《诗经》《楚辞》、唐诗、宋词等译成了英、法韵文，现在就来看看理论能否用于实践。

《毛泽东谈文学》中说：《诗经》是中国诗歌的精粹……这种诗感情真切，深入浅出，语言很精练。"（见《光明日报》1996 年 2

月 11 日）例如《邶风·击鼓》中有四句张爱玲认为是"最悲哀的一首诗"："死生契阔，与子成说。执子之手，与子偕老。"首先需要"知之"。第一句中的"契阔"，"契"就是合，"阔"就是离，全句是说：不论生死离合。"与子成说"，意思是说我和你发过誓，说好了要携手同行（"执子之手"），和你白头到老（"与子偕老"）。这四句诗的确感情真切，语言精练。张爱玲在《倾城之恋》中借柳原之口解释说："生死与离别，都是大事，不是由我们支配的。比起外界的力量，我们人是多么小，多么小！可是我们偏要说：'我永远和你在一起，我们一生一世都别离开。'——好像我们自己做得了主似的！"这四句诗有两种英译文：

1. My wife's my life's companion;

   We're bound in marital union.

   I grasped her hand and say,

   "Together we'll always stay."　　　　（辽宁）

2. Meet or part, live or die,

   We've made oath, you and I.

   Give me your hand I'll hold!

   Together we'll grow old.　　　　（北京）

译例 1 还原为中文如后：我的妻子是我的终身伴侣；我们由婚姻结合，我握住她的手说："我们要永远在一起。"这个译文可以使读者知之。第一句"死生"浅化为"终身"，第二句"成说"理解为"结合"，第三句是等化，第四句"偕老"又浅化为"永远"。一般说来，浅化只能避短，不能扬长。扬长就是发扬译语的优势，充分利用译语最好的表达方式。例如"死生"在英语中最好的表达方式是 live or die，译例 1 却浅化为 my life（终身），没有传达原诗的意美，所以虽有押韵的音美和整齐的形式，却不能使人好之，更不用说乐之。

再看译例 2，第一句"死生契阔"并没有译成形似的 die or live，meet or part，因为那虽然是对等的文字，却不是最好的次序；而把"死生"颠倒为"生死"，再把"契阔"的译文放在"生死"之前，那却是最好的译文表达方式，发挥了译语的优势，所以可以使人好之，甚至乐之。同样的道理，第二句原诗"与子成说"的优势是精练，省略了主语"我"字；但英译文的优势是精确，如果不用主语，那就等于省略了"你"字，反而会引起误解，只有补充主语，译成 you and I，才算发挥了英语精确的优势，用了英文最好的表达方式。最后一句的"偕老"二字，在英文中最好的表达方式应该用 till old，译例 1 浅化为 always，显得太散文化，而译例 2 却发挥了译语的优势。由此可见，发挥译语优势是使读者知之、好之、乐之的关键。读者也许会问，"得失"的最好表达方式不是 gain and loss 吗？为什么不算发挥优势呢？答案是在具体情况下，"得则喜，失则忧；喜则笑，忧则泪"，所以"得失"不如译成"喜忧"，更不如"笑泪"，这就是我提出的"发挥译语优势论"或"优势论"。

三、竞赛论

翻译《诗经》需要发挥译语优势，这个理论能不能应用于《楚辞》？《九歌·湘夫人》中有句名句："袅袅兮秋风，洞庭波兮木叶下。"湖南汉英对照本的白话译文是："秋风吹来啊阵阵生凉，洞庭起浪啊落叶飘扬。"英译文也有两种：

1. The autumn breeze sighs as it flutters slow;

   The lake is ruffled, and the leaves drift low.　　（北京）

2. The autumn breeze, oh! wrinkles and grieves,

   The Dongting Lake, oh! with fallen leaves.　　（湖南）

原文"袅袅"二字，发挥了汉语运用叠字的优势，含义丰富而朦胧，使人浮想联翩，如白话译文就解释为"阵阵生凉"。译例1既把秋风拟人化，说是风在叹息，又把秋风拟鸟化，说是风在慢慢地拍翅膀，这都是创造性的翻译法；而译例2又别出心裁，把秋风比作一缕袅袅秋烟，吹起了一湖涟漪，又把涟漪比作愁容，而这愁容却是落叶画在湖面上的，这也是创造性的译法。两个译例都发挥了英语精确的优势，在和精练的中文竞赛，看哪种更能表达原诗的内容。既然两个译例都发挥了译语的优势，采用了尽可能好的表达方式，但是哪一种更好呢？这就是把诗词翻译看作一场优势竞赛了。如果白话译文再现了原诗的意美、音美和形美，那英译也可以说是在和语体译文竞赛，甚至不妨认为在和原文竞赛，看哪种文字能更好地表达原文的内容。

　　从某种意义上看，创作也算是一种翻译，是把作者自己的思想翻译成文字，而中外翻译则是把作者的思想从一种文字转化为另一种文字。既然两种文字都在表达作者的思想，那就有一个高下之分，这就是两种文字在竞赛了。如果说"袅袅兮秋风"是原作的思想，那白话文的"阵阵生凉"虽然发挥了汉语叠字"阵阵"的优势，但以意美而论，显然不如两种英译。译例1虽然精确，但是用词繁复，而且起浪与落叶之间并无联系，显得松散。译例2每行八音节，比译例1少两个，更加精练；而且译了"兮"字，更加精确；秋风、湖水、落叶三者连成一气，关系紧凑，更有意美。

总而言之，白话译文和两个译例都发挥了原语或译语的优势，都具有意美、音美和形美，但比较一下，或者说在竞赛中，就可以发现白话译文在"意美"方面不如英译，只能使人知之；译例1在"三美"方面都不如译例2，但能使人好之；只有译例2在"三美"方面都占了上风，可以使人乐之。如果将来还有一种译文在竞赛中胜过译例2，那又可以使翻译的艺术向前发展，使人类的文化变得更加光辉灿烂，这就是我提出的"竞赛论"。

发挥了译语优势和原文竞赛的《诗经》英译，得到美国加州大学东语系主任韦斯特教授的好评，他说"读来是种乐趣"（a delight to read）。清华大学中外文化班学生和美国留学生共同把《蒹葭》的英译文配乐演奏；墨尔本大学美国学者柯华利斯（Kowallis）说：《楚辞》"当算英美文学里的一座高峰"；英国智慧女神出版社甚至认为英译《西厢记》在艺术性和吸引力方面"可和莎士比亚媲美"，（见1999年8月31日《中国图书商报·书评周刊》）可见"优势论"和"竞赛论"已在国内外产生影响。

四、再创论·创与译

创造性翻译应该等于原作者用译语的创作，如《追忆逝水年华》，英文译成 *Vanished Springs*（消逝了的春天），法文译成 *A la recherche du printemps perdu*（寻找失去了的春天），其实都是创作。

王佐良在《谈诗人译诗》一文中谈到法国的纪德、美国的庞德等诗人时说："他们的译作是好的文学作品，丰富了各国的文学。庞德的译作也许不算忠实的翻译，却是无可争议的英文好诗。"例如庞德把汉武帝的《落叶哀蝉曲》译成英文，最后加了原诗所没有的一行：

A wet leaf that clings to the threshold.

把汉武帝宠妃的阴魂比作一片依恋门槛的湿树叶，结果使这首译诗成了意象派的名作。在我看来，这也可以理解为外国诗人翻译时在和原诗竞赛，发挥了本国语的优势，为了求美，甚至不妨失真。这种译法解释了求真和求美的矛盾，甚至打破了创作和翻译的界限，可以说是一种具有创造性的翻译。不过这里有一个先决条件，那就是译作应该是好的文学作品，能丰富译语的文学。前面提到《谈艺录》中说的"克洛岱尔之译丁敦龄诗"，"译笔正无妨出原著头地"，也可以作为"优势论"和"竞赛论"的说明。

以上谈的是中译英。至于英译中呢，王佐良在上文中谈到拜伦的《唐璜》和穆旦的译本时说："《唐璜》的原诗是杰作，译本两大卷也是中国译诗艺术的一大高峰。"又说穆旦的"最好的创作乃是《唐璜》"。把译本说成是创作，更是打破了创作和翻译的界限。下面我们来看看穆旦是如何化翻译为创作的，先看《唐璜》第一章第七十一段的原诗和两种译文：

Yet Julia's very coldness still was kind,
　　And tremulously gentle her small hand
Withdrew itself from his, but left behind
　　A little pressure, thrilling, and so bland

And slight, so very slight that to the mind

　　'Twas but a doubt....

1. 但朱丽亚的冷淡却含有温情，

　　她的纤手总是微颤而柔缓地

脱开他的掌握，而在脱开以前，

　　却轻轻地一捏，甜得透人心脾，

那是如此轻，轻得给脑子留下

　　恍惚惚的疑团。（穆旦译）

2. 朱丽亚冷淡却含情，

　　她的小手颤抖，轻轻

从他的手中抽出来，

　　却又轻轻一捏，唉！

捏得令人心醉神迷，

　　仿佛是一个谜。（许渊冲译）

比较一下两种译文，可以看出译例 1 仿佛是原诗人用译语的创作，用词准确，如"含有温情""轻轻地一捏""透人心脾""恍惚惚的疑团"，都发挥了译语的优势。原诗每行十个音节，隔行押韵；译文每行十二个字，押韵也是一样，可以说基本上做到了音似和形似。译例 2 在和译例 1 竞赛，每行只八个字，更加精练；译文两行一韵，虽不音似、形似，却有音美、形美。总的来说，译例 1 求似、求真，译例 2 求美，现在再看《唐璜》第一章第七十三段的三行诗：

But passion most dissembles, yet betrays

　　Even by its darkness as the blackest sky

Foretells the heaviest tempest...

1. 热情力图伪装，但因深文周纳，

　　反而暴露了自己；有如乌云蔽天，

　　遮蔽越暗，越显示必有暴风雨。（穆旦译）

2. 有情装成无情，

　　总会显出原形，

　　正如乌云蔽天，

　　预示风暴将临。（许渊冲译）

这三行译例 1 还是做到了意似、音似、形似，但"力图伪装"有贬义，似乎不如"有情装成无情"（这是发挥了中文的优势，在和原文竞赛）；"深文周纳"不容易懂，不如"显出原形"；"乌云蔽天，越蔽越暗"，重复了"蔽"字，不宜入诗。译例 2 把原诗三行改译为四行，每行六字，一、二、四行押韵，还是一样精练，具有音美。如果说前面六行的两个译例难分高下的话，这三行似乎是第二种译文在竞赛中占了上风，再看看《唐璜》第一章第七十四段的三行诗：

Then there were sighs, the deeper for suppression,

And stolen glances, sweeter for the theft,

And burning blushes, though for no transgression...

1. 何况还有叹息，越压抑越深，

   还有偷偷一瞥，越偷得巧越甜，

   还有莫名其妙的火热会脸红。（穆旦译）

2. 叹息越压抑越沉痛，

   秋波越暗送越甜蜜，

   不犯清规也会脸红。（许渊冲译）

在这三行诗的译文中，"越压抑越深"是形似，"越沉痛"却是意似；"越偷得巧越甜"则远不如用"秋波暗送"发挥译语的优势；"莫名其妙的火热"又不如"不犯清规"精确，也是在和原文竞赛；而且译例 2 和原诗一样是隔行押韵的。这就是说，在竞赛中，无论是意似、音似、形似，还是意美、音美、形美，译例 2 都胜过了译例 1。我在 1999 年全国暑期英汉翻译高级讲习班上征求大家意见，结果举手的人都说译例 2 好，没有一个人举手称赞译例 1 的，我认为这是"竞赛论"和"优势论"开始取得的胜利。

为什么说开始取胜呢？因为在我看来，20 世纪的中国译坛还是反对"优势竞赛论"的人更多。上面举的《唐璜》的译例都选自《红与黑》，译例 1 选自南京译本，译例 2 选自湖南译本。上海《文汇读书周报》做过读者调查，认为喜欢南京译本的多于喜欢湖南译本的，这就是说，从实践的结果来看，"求似"胜过了"求美"。从理论上来看，《中国翻译》一年之内，就有三篇文章反对"发挥优势论"，反对"竞赛论"。为什么反对呢？发挥了优势，得到了国际好评的《诗经》《楚辞》《唐诗三百首》《宋词三百首》《西厢记》的英译本不该继续发展吗？

幸好我得到《和谐说》（见《中国翻译》1999 年第 4 期）的作

者郑海凌教授 12 月 25 日的来信，信中说："我认为，'竞赛论'是
'纲'，'和谐说'是'目'，纲举才能目张。'竞赛论'的贡献在于
它突破了翻译'以信为本'的传统观念，培养译者的创新意识。同
时，'优势竞赛论'也揭示了文学翻译的客观规律，与西方语言相
比，汉语文学语言的确有优势，它可以美化和弥补原作的不足，有
的外国作品语言并不精彩，但译成汉语却很感人，这显然是汉语帮
了它的忙。相反，中国文学作品译成西文却往往苍白无力，所以需
要译者发挥创造力，妙笔生花。我赞同您所创导的'求美'的译风，
因为'求真'和'求信'只是一种理想，译者不可能做到，'神似'
与'化境'的局限也正在于此。'优势竞赛论'是 20 世纪中国翻译
理论研究的重大突破，对文学翻译的发展有导向意义，所以我说它
有'超前意识'。'竞赛论'统帅全局，有竞赛才有翻译的艺术。艺
术是自然的美化，翻译是原作的美化……正如您所指出的，'和'
中有异，'同'中无异，'异'就是译者的创新，所以，我在《和谐
说》中提到，好的译文，与原文'和'而不同，平庸的译文与原作
'同'而不和。"（详见郑海凌《文学翻译学》第 112 页）

　　郑海凌是年轻的一代，所以我认为 21 世纪的新译论只有寄希
望于一代新人了！

（原载《中国翻译》2000 年第 3 期）

再谈优势竞赛论

忠实并不等于保留原语的表达形式，文学翻译更要保存原作的艺术魅力。译者要尽可能地利用最好的译语表达方式，以便更好地传达原作内容。译者要有敏锐的感觉才能鉴赏，要有独到的表现力才能创造。独创并不是生造新词，而是巧妙利用旧词。

《中国翻译》2000 年第 3 期发表了我写的《新世纪的新译论》，文中根据中英互译四五十本文学作品的经验，提出了"优势论"和"竞赛论"，并在《摘要》中说明：优势论是指"尽量利用最好的译语表达方式，使读者知之、好之、乐之"；竞赛论是指"看哪种文字能更好地表达原作的内容"。《中国翻译》同年第 6 期又发表了《忠实是译者的天职——评〈新世纪的新译论〉》。我认为"新译论"和"忠实"并不矛盾，因为优势论提出了要"使读者知之"，而能使读者知之的译文应该是忠实的。竞赛论所说的明白地表达原作内容的译文怎么会是不忠实的呢？我在《新译论》中举了《诗经》《楚辞》、杜诗、拜伦诗的译文为例，评者并没有指出译例有任何不忠实的地方，那么，分歧在哪里呢？

评者在第 50 页上说："如果我们想要尽可能地保存原作的艺术

魅力，就应当尽可能地保留原语的表现形式，尽量做到'原汁原味'地传译原作。"可见评者所谓的"忠实"主要是指"保留原语的表现形式"，我说的忠实却是指传达原作的内容。评者认为要保存原作魅力，就要保留原语形式，换句话说，不保留原语形式，就不能保存原作魅力。我却认为如果保留原语形式能够保存原作的魅力，自然可以保留原语形式，但如保留形式而不能保存魅力，或不保留形式却能保存魅力，那就应该舍形式而取内容，舍原语形式而取艺术魅力。再举《诗经》中"死生契阔，与子成说"的英译为例：

Meet or part, live or die,

We've made oath, you and I.

如要保留原语形式，那就应该改成："Die or live, meet or part / With you I've made oath." 这样的译文有没有艺术魅力呢？我看没有。但这是我举的例子，评者并没有表态，不过根据他的理论，是可以得出这个推论的。刚好《中国翻译》第6期第22页举了王佐良译的雪莱《哀歌》，最后两行英文和译文是：

Deep caves and dreary main,（洞深，海冷，处处愁）

Wail, for the world's wrong!（哭嚎吧，来为天下鸣不平！）

译文没有保留原语形式，因为英文并没有"处处愁"三字，是译者加上去的，就像前例中的 you and I 一样；"鸣不平"也没有保留原语形式，而是评者所谓的"用中国习惯的思维定式和抒情达意的方式"，评者认为"那就差不多丢失了原作的艺术魅力"。而我则恰恰相反，认为这两个译例都发挥了译语的优势，在和原语竞赛，看哪种文字更能表达原作的内容，更能保存原作的魅力。这就是我和评者的主要分歧。

评者在第52页上说："精确的西语能比精练的汉语更好地表达《诗经》和《楚辞》里的文化思想。这到底是让中国文学在国际上灿烂夺目，还是黯然失色？"我认为是"灿烂夺目"，因为《诗经》和《楚辞》是我国两千多年前的作品，即使今天的中国学生也要译成语体，才能理解。在我看来，这就是用语体和文言竞赛，看哪种文字能更好地表达原作的思想内容，所以《诗经》中的"死生契阔，与子成说"，陈子展译成："记否誓同死生离合，和你约定的话可确！"程俊英却译成："死生永远不分离，对你誓言记心里。"我认为两种译文都在和原文竞赛。陈译第一句较好，程译第二句较好，所以两种译文都没胜过原文。既然文言译成语体都要现代化，那译成英文自然更要现代化了。在我看来，英译第一句比陈译更好，第二句又比程译更好，可以说是在竞赛中取得了胜利。1999年我在清华大学中外文化班讲解这几句的时候，学生认为比原文好理解，甚至有外国学生认为胜过原文。这不正是使中国文化思想在国际上灿烂夺目吗？怎能说是"黯然失色"呢？

评者在第49页上说："语言可以作为比较的对象，但不可以作为竞赛的角色。"但是比较总要分出优劣，或者不分高下，这不就是竞赛了吗？

在评论的第二部分，评者引用钱锺书先生的话来反对"竞赛论"和"优势论"，说二论不符合读者的审美期待。但钱先生在读了我的唐诗英译和译论之后却说："二书如羽翼之相辅，星月之交辉，足征非知者不能行，非行者不能知。空谈理论与盲目实践，皆当废然自失矣。"

评者在评论的第三部分说："'竞赛论''优势论'变'译意'为

'创意'，变'桥梁'为'跳板'；与翻译活动的本质不相符，与文化交流的宗旨相抵触。"在我看来，他的"译意"和"桥梁"指的只是"保留原语形式"；而上面举的《诗经》和雪莱诗的译例，是"译意"还是"创意"呢？我认为是"译意"，因为译文虽然没有保留原语形式，却表达了原文的内容，与翻译活动的本质毫不矛盾。至于文化交流的宗旨，是为交流而交流，还是为了双方都能得到提高呢？我认为应该是提高。中国新文化能够提高到今天的地步，难道与中西文化的交流没有关系吗？那为什么不应该使中国文化走向世界，使全球文化都得到提高呢？我认为有了"优势论"和"竞赛论"，文学翻译才能提高全球文化，共同提高才是文化交流的真正目的。

在评论的第四部分，评者谈到"忠实是译者的天职"时，举了英国诗人菲茨杰拉德（Fitzgerald）译的《鲁拜集》为例，并且提到荷马史诗，但他不知道《鲁拜集》的译文是最不忠实于原文内容的，英国有人甚至把它当作创作。说来也巧，我提出"优势论"和"竞赛论"正是受了《鲁拜集》和荷马史诗译文的启发，如荷马《伊利亚特》中的英雄赫克托耳有句名言，现将两种英译和我的汉译抄录如下：

1. For war shall men provide and I in chief of all men that dwell in Ilios. (Leaf)

2. Where heroes war, the foremost place I claim,
   The first in danger as the first in fame. (Pope)

3. 冲锋陷阵我带头，论功行赏不落后。

译例 1 是保存了原文形式的译文，译例 2 却是发挥了英语优势，在和原文竞赛的译文。我认为译例 2 远远胜过了译例 1，所以汉译也发挥了汉语优势，又和英译竞赛。香港《文汇报》2000 年10 月 22 日评论说：汉译"实在贴切透了"。由此可见，"优势论"和"竞赛论"不但提高了全球的翻译水平，也提高了全球的文化水平。

　　《忠实是译者的天职》一文通篇引语，没有一个译例。这样的文章能算是在评《新世纪的新译论》吗？几百年来，翻译界的争论主要是直译或意译，形似或神似的问题。评者所谓的"忠实"其实不过是形似而已。但是直到今天，全世界没有出版过一部形似的文学杰作，而神似的名著则有荷马史诗和《鲁拜集》的英译本。所以要谈新世纪的新译论，只谈"忠实"是远远不够的，我是根据自己翻译文学名著的经验，才提出要用最好的译语表达方式，以便更好地表达原作的内容，这就是"优势论"和"竞赛论"。

　　最后，我要举个例子来说明二论和文化的关系。毛泽东的《昆仑》词中说："而今我谓昆仑：不要这高，不要这多雪！安得倚天抽宝剑，把汝裁为三截？一截遗欧，一截赠美，一截还东国！"词中三个"一截"，中国译者译成 one piece，美国译者译成 onepart，都可以算是"保留了原语形式"，但是没有"艺术魅力"。我在香港中文大学讲学时就发挥了英语优势，来和中美译者竞赛，把后三句译成：

I would give to Europe your crest,

And to America your breast,

And leave in the Orient the rest.

香港《文汇报》2000 年 10 月 22 日报道："许老总算有点幽默感。演讲结束前，他将三个押韵的英文字，分赠欧美中三地——鸡冠（crest）送欧洲，乳房（breast）赠美国，安宁（rest）留同给中国。"我原来把三个"一截"译成"顶峰或顶部、胸部、余部"，这就丰富了英语文化；《文汇报》记者把"余部"理解为"安宁"，反过来又丰富了汉语文化，这样使全球文化更加丰富多彩了。

傅雷家书中说："任何学科，中人之资学之，可得中等成就，对社会多少有所贡献；不若艺术特别需要创造才能，不高不低，不上不下之艺术家，非特与集体无益，个人亦易致书空咄咄，苦恼终身。"我认为这话可以用到翻译上来：一般译者可对社会做出贡献，但文学翻译却需要创造才能，因为文学翻译是艺术。傅雷又说："艺术乃感情与理智之高度结合，对事物必有敏锐之感觉与反应，具备了这种条件，方能有鉴赏；至若创造，则尚须有精湛的基本功，独到的表现力。"在我看来，保留原语表现形式只要理智，不用感情，所以中美译者只把"一截"译成 one piece, one part，可以算是尽到了忠实于原文的天职；但是译者没有敏锐的感觉，不能发现原文重复之美在英文中并没有重现，也就是说，鉴赏能力不够高。如果没有独到的表现力，即使译者或评者能分辨高下和美丑，那么他也不能保存原作的艺术魅力。所以把三个"一截"分别译成 crest, breast（or chest），the rest，这就是有艺术魅力的译文，这就是再创造，甚至可以说是创造。

罗丹说得好："独创性，就这个字眼儿的肯定意义而言，不在于生造出一些悖于常理的新词，而在于巧妙地使用旧词。旧词足以表达一切，旧词对于天才来说已经足够。"[1]巧妙使用旧词就是发

---

① 转引自《大浴女》，第 158 页。

挥旧词的优势，如 crest，chest or breast，rest 都是旧词，用来翻译"一截"就是发挥了英文的优势，就是艺术创造，在和中文竞赛，看看哪种文字能更好地表达原作的内容，这就是我说的"优势竞赛论"。

贺麟在《论翻译》中说："译文与原文的关系，在某种意义上，固然有似柏拉图所谓抄本与原型的关系，而在另一意义下，亦可说译文与原文皆是同一客观真理之抄本或表现也。就文字言，译文诚是原著之翻抄本，就义理言，译本与原著皆系同一客观真理之不同语文的表现。故译本表达同一真理之能力，诚多有不如原著处，但译本表达同一真理之能力，有时同于原著，甚或胜过原著亦未尝不可能也。"在我看来，译文和原文不但可以表现同一客观真理，也可表现同一主观思想，描写同一客观事物，一般来说，译文不如原文，但如果发挥了译语优势，有时也可接近原文，有时甚至可能胜过原文，如三个"一截"译成 crest，breast，rest。贺麟是哲学家，从他的《论翻译》中，我找到了"优势竞赛论"的哲学理论基础。

叶君健在《翻译也要出精品》一文中说："'精品'是指一部作品被翻译成另一种文字后，能在该文字中成为文化财富，成为该文字所属国的文学的组成部分，丰富该国的文学宝藏。从这个意义上讲，'翻译'就不单是一个'移植'问题了，它是再创造，是文学的再创造。"又说："只有文学性强的作品才能成为一个国家的文化财富，具有永恒的价值，因为这类作品作用于人的感情，人的心灵，掀动人的喜怒哀乐，最终给人提供艺术的享受。"还说："译本的所谓'精品'是译者的学识，思想感情和文学修养与原作相结合的结晶，这种结合本身就是一种再创造，是通过译者对原作的彻底消化而再创造成为本国文字中的'精品'，这种'精品'说是译者的创作，我想也不为过。"最后他说："我们也要把尽量多的世界文学名著变成中国文学的一部分……这里要展开竞争。"这又为我的"再创论"和"竞赛论"提供了理论基础，所以我认为"优势竞赛论"是站得住脚的。

（原载《中国翻译》2001 年第 1 期）

文学翻译克隆论

在生物学上，克隆就是无性生殖或把新基因引入机体，使新机体或复制品等同甚至超越原机体或元件。在文学翻译上，克隆论则是再创造，有时甚至是创造了一个等同原文或超越原文的文本，方法是充分利用语言的优质基因，把原语所无而译语所有的内容用最好的译语方式表达出来。本文举例说明了克隆论为什么优于其他理论。

20世纪可能改造未来人类面目的伟大成就是克隆技术。所谓克隆就是把一个生命机体的优质基因移植到另一个生命机体中去，使后者变得更完美，甚至超越原来的机体。这种克隆也可以应用到文学翻译上来，那就是把一种语言文字的优质基因移植到另一种语文中去，使后者获得新生命，甚至超越原文，例如英国诗人雪莱（Shelley）《哀歌》（*A Dirge*）的最后一段和王佐良的译文：

Rough wind, that moanest loud
　　Grief too sad for song;
Wild wind, when sullen cloud
　　Knells all the night long;

Sad storm, whose tears are vain,

Bare woods, whose branches strain,

Deep caves and dreary main, —

　　Wail, for the world's wrong!

号啕大哭的粗暴的风，

悲痛得失去了声音；

横扫阴云的狂野的风，

　　彻夜将丧钟打个不停；

暴风雨空把泪水流，

　　树林里枯枝摇个不停，

洞深，海冷，处处愁——

　　哭嚎吧，来为天下鸣不平！

比较一下译文和原文，可以说"号啕大哭""悲痛失声""横扫阴云""打个不停""处处愁""鸣不平"都是中文的优质基因，王佐良移植到雪莱的诗中去了，用的是克隆的方法，使英诗在中国得到了新生命。至于是否超越原文，可能各人意见不同。在我看来，"为天下鸣不平"包含了中国的文化基因，是胜过了英文的。再举李白的诗《自遣》为例："对酒不觉暝，落花盈我衣。醉起步溪月，鸟还人亦稀。"翁显良和我的译文分别如下：

1. Didn't know night had fallen—flowers too—fallen all over me.

Sobering up now. Up and take a stroll, along the gleaming stream.

Not a bird out, hardly anyone, just the moon and me. The moon and me. (Weng)

2. I'm drunk with wine

   And with moonshine.

   With flowers fallen o'er the ground

   And o'er me the blue-gowned.

   Sobered, I stroll along the stream

   Whose ripples gleam;

   I see not a bird

   And hear not a word. (Xu)

翁译还原如后:"不知道夜已降临——花也落了——落满了我一身。现在酒醒了,起来走走,沿着月光闪烁的小溪走着。没有一只鸟飞出来,几乎没有一个人。只有月和我,只有月和我。"比较一下,可以看出翁译没有"对酒"二字,但是暗藏在后面的"酒醒"中。"暝"字说成"夜已降临",而"降临"和花"落"在英文中是同一个字,这就巧妙地利用了英文的优质基因。"衣"字也没有译,但暗藏在"我"字里,和最后两个"我"遥相呼应,又很巧妙。第三句的"月"字也没有译,暗藏在"闪烁"中。最后重复了两次"月和我",这又是引进英文散文诗的优质基因,突出了全诗孤独的主题。我的译文却突出了"醉"的主题,不但醉酒,月光也醉人,落花也令人陶醉,这便是引进了英诗的优质基因,"衣"字我把《诗经》的"青青子衿"引入英文。此外,我还把莎士比亚用字具体的优质基因引入唐诗,把"溪月"说成"波光月影",把"鸟"和"人"特殊化为鸟语人声。最后,我又借用英诗的内韵来译李白的诗,以便传达李诗的意美和音美。这些都是用了"克隆"的方法。

　　我把《楚辞》译成韵体英文和法文,得到国内外的好评,如美国学者柯华利斯(Jon Kowallis)说:"许译《楚辞》非常了不起,当算英美文学里的一座高峰。"法国驻华大使毛磊（Morel）也说《楚辞》是"非常好的作品"（travail exceptionnel），译文能够得到母语读者这样高的评价，原因就是用了克隆法。例如《湘夫人》中的名句："帝子降兮北渚，目眇眇兮愁予。袅袅兮秋风，洞庭波兮木叶下。"我的英、法译文如下：

Come down on northern shore, oh! my princess dear!

Your dreaming eyes, oh! have made me sad and drear.

The autumn breeze, oh! ripples (or wrinkles) and grieves,

The Dongting Lake, oh! with fallen leaves. (Eng)

Descends an nord, oh! à l'île vide!

　　Nul chagrin, princesse, oh! ne m'apporte!

Le vent d'automne, oh! souffle et ride

　　Le lac de Dongting, oh! de feuilles mortes. (Fr)

这四句诗有不同的解释：有人说第一句是陈述句，那就平淡无奇，有人说是祈使句，那感情要强烈得多，所以英文和法文都译为祈使句。第二句的"目眇眇"有人说是诗人的眼睛，那就是放眼远望的意思，不足为奇；有人说是帝子的眼睛，那却带有渺渺茫茫、如梦如幻的含义，更有诗意。第三、四句的英译文还原是：秋风吹皱了洞庭湖面，用落叶画出了湖水的愁容。"吹皱"（ripples）和"愁容"（grieves）都是英文的优质基因，用克隆的方法引进到《楚辞》中来，更能表达作者对湘夫人的哀思。下面再看看《西厢记》中的名句"露滴牡丹开"的两种英译文：

1. And the drops of dew make the peony open. (Hsiung)

2. The dewdrop drips,

   The peony sips

   With open lips. (Xu)

比较一下两种译文，可以看出译例 2 中的 drips（滴），sips（吸），lips（唇）是译例 1 所没有的。这三个同韵词是英文的优质基因，我用克隆法引进到《西厢记》中来。英国智慧女神出版社说：许译《西厢记》在吸引力和艺术性方面，可以和莎士比亚的《罗密欧与朱丽叶》媲美。莎士比亚是一千年来世界文学的高峰，许译可和莎剧媲美，可见译本已使中国文学进入世界名著之列，由此也可看出克隆法的重要性。

克隆法引进的优质基因，为我提出的发挥译语优势论提供了科学依据。其实，克隆是为了译出更好的译作，而更好的译作就要发挥译语的优势，所以我提出过文学翻译的标准是信、达、优，也就是"信达优论"。人们自然也有反对的意见，如"信达切论"[①]"最佳近似度论"[②]"辩证统一论"[③]"紧身衣论"[④]等，最后二论公开表示反对"优势论"。检验理论的标准是实践。用上面最后二例来检验，哪种译论能出更好的译作呢？译例 1 符合"信达切论"，是最佳近似度，符合辩证统一论，也可以算是穿了"紧身衣"；译例 2 不切，不是最佳近似度，不符合辩证统一论，也没穿"紧身衣"，

---

① 见刘重德《文学翻译十讲》，北京：中国对外翻译出版公司，1991 年，第 14 页。

② 见《中国翻译》2001 年第 1 期，第 13 页。

③ 见孙致礼《我国英美文学翻译概论》，南京：译林出版社，1996 年，第 5—16 页。

④ 见《中国翻译》1998 年第 1 期，第 46 页。

但是发挥了汉语的优势。所以如果认为译例 1 更好，那就支持"信达切论"；如果认为译例 2 更好，那就支持"信达优论"；如果认为二译难分高下，那就只好百花齐放了。不过《楚辞》和两首诗的译例却都是发挥了译文优势的，如果信达切派翻译不出更好的译文，那就只能承认"信达优论"和"克隆论"是站得住脚的。

《外语与翻译》2000 年第 4 期发表了《论中国古典诗歌的不可译性》和《关于译韵的讨论》。前者认为古诗的形式与音韵不可译，古诗的三美更不可能再现，并以我译的杜甫《登高》为例，说译诗两行一韵，换四次韵，不符合律诗一韵到底，逢双句押韵的格式。我认为他说的是音似，而不是音美的问题。两行一韵虽不音似，却是可以再现原诗音美的。所谓音美，就是说和原诗的音韵格式虽不相同，却和原诗的音韵一样美。这就是用了"克隆"的方法，引进了优质基因，使译文可以和原文比美，甚至可以超越原作，意美和形美也是一样。现在就举《登高》中的"无边落木萧萧下，不尽长江滚滚来"的英译为例：

The boundless forest sheds its leaves shower by shower;

The endless river rolls its waves hour after hour.

这两句英译还原成中文的意思是：无边无际的树林一阵一阵地撒下了树叶，无穷无尽的长江时时刻刻波涛滚滚而来。如果意美是指字字对等，那落木和树林洒下树叶，萧萧和一阵一阵都不相同，时时刻刻和波涛更是原诗中没有的文字。但是能说这个译文没有再现原诗的意美吗？原文落木如果译成 falling wood 能算意似吗？不尽可以指空间，也可以指时间，加上时时刻刻正是用了"克隆法"，引进了优质基因。这说明了用"克隆法"是可以再现原诗意美的。

余光中在《谈文学与艺术》第 93 页记录了他和瑞典文学院院士马悦然的对话："像杜甫《登高》里面这两句：无边落木萧萧下，不尽长江滚滚来。无边落木，木的后面接萧萧，两个草字头，草也是木；不尽长江呢，江是三点水，后面就滚滚而来。这种字形，视觉上的冲击，无论你是怎样的翻译高手都是没有办法的！"可见余光中也认为这两句的形美是不能再现的。但是上面的译文用了克隆法，引进了优质的音美基因，用 sh & sh，r & r 的双声或头韵来译草字头和三点水，而且 shower by shower 和萧萧的音义都很相近，这说明音、形、意三美都是有可能再现的。

评者又举杜甫《春望》为例，说我"译诗的节奏，音律却离原诗更远……'烽火连三月'与'白头搔更短'是典型的'以韵害义'"。是这样吗？现在看看"烽火连三月，家书抵万金"的英译：

The beacon fire has gone higher and higher;

Words from household are worth their weight in gold.

原诗每句五字：前二后三；译文每行十个音节，前四后六，正好是原诗的一倍，怎能说离原诗的节奏音律更远呢？可见评者重的是音似，我重的是音美。再看意美，三月有两种解释：一种说是三个月，一种说是从前一年的三月到这一年的三月，我说烽火越来越高，两个意思都可以包括在内，这能算是以韵害义吗？再说"家书抵万金"，"万金"根本不能字对字译，我用"克隆"的方法，译成一字重一金，这能说没有再现原诗的意美吗？

我看评者所谓的意美，其实只是形似；他所理解的翻译，只是字对字的翻译，所以就说中国古典诗歌不可译了。我却认为文学翻译可以用"克隆法"，可以引进优质的基因，那不但是意美，就连原诗的音美和形美也不是不可再现的。

评者再举王勃《送杜少府之任蜀州》为例，说我"牺牲原诗的意美就是改变原来的说法"。改变原来的说法会牺牲原诗的意美吗？先看"城阙辅三秦，风烟望五津"的英译：

You'll leave the town walled far and wide
For mist-veiled land by riverside.

评者认为译文不能指明京城长安和目的地蜀川。但是有人考证，王勃当时不在长安，而在成都，英译两地都包括，正好传达了原诗的意美。地名如果音译，那有什么意美呢？评者是中国人，以为形似的音译有意美；其实译文主要是给英美人读的，英美读者会喜欢形似的音译吗？美国哥伦比亚大学的伊生博士在中国教大学英语教师的英文，来信说我译的《送杜少府之任蜀州》最好，原信如下：

I have found your books and translations amongst the best I've encountered. Even when you offer several other translators' renderings, I feel most pale by comparison to your ability to capture not only the meaning, but also what I believe from reading the Chinese is the "mood" and "feel" of the poem. Your translations are always "balanced" and even when your choice of words strays far from the literary meaning, I feel (as you express in your 1+1>2 formulation) that you manage to add something that wasn't there to the "space" occupied by the original poem. The best example I can find of this is in your translation of Wang Bo's "Farewell to Vice-Prefect Du" where you translate "海内存知己，天涯若比邻" as "If you have a friend who knows your heart, Distance can't keep you two apart." Even though the translation should probably read, "If there exists someone in the sea of life who truly understands you, the edges of Heaven are closer than neighbors," while literal, this translation fails to capture the mood and rhythm of the original poem, or all the subtleties and shades of meaning—and so something is lost rather than gained (as Frost suggested). However one does not feel that loss upon reading your rendering. In fact, you not only translate but also create—and so I am doubly indebted to your books, not only for helping me to understand the original poems, but also for creating "new (?)" poems to enjoy as well.

美国读者的信是否可供考虑? 傅雷的一个重要观点是:"艺术乃感情与理智之高度结合,对事物必有敏锐之感觉与反应,具备了这种条件,方能有鉴赏;至若创造,则尚须有精湛的基本功,独到的表现力。"我认为译论家需要有敏锐的感觉和反应,才能有鉴赏力;文学翻译家需要有独到的表现力,才能有创造性的翻译作品和翻译理论。

我提出的译论是把科学应用到文学翻译上来的艺术。在数学方面,我提出了文学翻译的公式是 1+1>2[1];在物理方面,我提出了文学翻译等于超导[2];在化学方面,我说过翻译是把一国文字化为另一国文字的"化学";现在,在生命科学方面,我又提出文学翻译的"克隆论",我认为这是 20 世纪具有创造性的文学翻译理论。

(原载《外语与翻译》2001 年第 2 期)

---

[1] "1+1>2"见《外国语》1990 年第 1 期,第 6—10 页。
[2] "超导论"就是导体或译文传递的信息多于原文,见《外国语》1988 年第 3 期,第 1 页。

扬长避短优化论

在《翻译通讯》1981 年第 1 期上，我提出了"忠实于原文内容，通顺的译文形式，发扬译语的优势，可以当作文学翻译的标准"。后来我收到读者来信，有的表示赞同，有的提出疑问。现试举例进一步谈谈扬长避短、发挥译文优势的问题，也就是优化论。

英国 19 世纪小说家司各特在他的名著 *Quentin Durward*（林琴南译为《奇婚记》）中，记叙布根第公爵要把伊莎白伯爵小姐嫁给奥尔良亲王时说：

"My Lord of Orleans, she shall be yours, if I drag her to the altar with my own hands!"

The Countess of Crèvecœur, a highspirited woman, ...could keep silent no longer. "My lord," she said, "your passions transport you into language utterly unworthy. The hand of no gentlewoman can be disposed of by force." (Scott: *Quentin Durward*, Chapter XXXV)

"奥尔良亲王，她是你的人了，我拖也要亲手把她拖到教堂里去！"

克雷夫葛伯爵夫人是个勇敢的女人……她觉得不能再保持沉

默了。"殿下,"她说,"您说出的气话有失您的身份,一个贵族小姐是不能被迫去做新娘的。"

这段译文忠实、通顺,但是有没有发挥译文的语言优势呢?让我们再看一看下面的译文:

> "奥尔良勋爵,我非要她嫁你不可,就是拖,我也要亲手把她拖到教堂里去!"
>
> 克雷夫葛伯爵夫人是个见义勇为的贵妇……她觉得不能不仗义执言了。
>
> "主公,"她启禀道,"您在盛怒之下,就难免失言了。一个名门淑女的终身大事,怎好强人所难呢!"

我觉得"非要她嫁你不可""见义勇为""仗义执言""主公""启禀""盛怒之下""难免失言""名门淑女""终身大事""强人所难",都是更加精确、更加深刻的汉语译文,因此,可以说是发挥了译文的语言优势,也就是优化了。但是优化也要注意分寸,这里如果用上"天颜震怒""犯颜直谏"等词,那就显得太过分了。

英译汉的扬长避短、发挥译文优势,还不难理解。汉译英,尤其是汉诗英译,如何才能扬长避短呢?吕叔湘先生在《中诗英译比录》的序中说:"以诗体译诗之弊,约有三端。一曰趁韵……二曰颠倒词语以求协律……三曰增删及更易原诗意义。"我的意见是:趁韵,颠倒词语,增删更易,似乎都是英诗之长。把汉诗译成英诗,正是要发挥这些长处。

现在谈谈我的看法。先说趁韵,趁得好是押韵,趁得不好就是凑韵。汉诗用韵,一般是两行(十个字或十四个字)有一个字押韵;

而英诗用韵，却是两行（二十个音节或二十四个音节）有两个词押韵，用韵的密度，或与汉诗相等，或比汉诗更密，所以说用韵是英诗的长处。如果汉诗译成英诗，也像汉诗一样，两行只有一个词押韵，那就变成二十个音节或二十四个音节才有一韵，用韵的密度大大地低于汉诗，音乐性当然比不上原文，这就不是扬长避短，而是取短弃长了。吕叔湘编注的《英译唐人绝句百首》中举了两首趁韵的诗为例，第一首是王绩的《过酒家》，原诗如下："此日长昏饮，非关养性灵。眼看人尽醉，何忍独为醒？"译文是：

> Fill up this day the sorrow-drugging bowl!
>
> What matters though we drown the brightest soul?
>
> With wine o'ercome when all our fellows be,
>
> Can I alone sit in sobriety? (Tr. Fletcher)

原诗每句五字，译文每行五个抑扬格的音步，把原诗的平仄改成译文的抑扬，这就是扬长避短，因为英诗没有平仄之分，平仄是英诗之短，而抑扬却是英诗之长。编注者在《赘说》中写道："第三行倒装句法，不用 are 而用 be，大有趁韵之嫌。"的确，用韵不自然就成了凑韵，凑韵是译诗之短，但是能不能化短为长，把凑韵改成自然的押韵呢？现在，我试把这首诗另译如下：

> Drinking wine all day long.
>
> I won't keep my mind sane.
>
> Seeing the drunken throng,
>
> Should I sober remain?

译文押韵力求自然，但第四行最后两个字颠倒了。在汉诗中颠倒词语也许是不通顺的，但在英诗中却合乎格律，这就是说，颠倒词语在汉诗中要算短处，容许颠倒却可以说是英诗的长处。而要扬长避短，就得发挥英诗容许颠倒的优势。这自然不是说可以随意颠倒，但如果以为在汉诗中是不通顺的，在英诗中也不通顺，那就和强求英诗要有平仄一样，不合乎扬长避短的要求了。

《唐人绝句百首》中第二首趁韵的诗，是崔护的《题都城南庄》："去年今日此门中，人面桃花相映红。人面不知何处去，桃花依旧笑春风。"现将翟理士的译文抄录于后：

On this day last year what a party were we!

Pink cheeks and pink peach-blossoms smiled upon me;

But alas the pink cheeks are now far far away,

Though the Peach-blossoms smile as they smiled on that day.

阿瑟·韦利在他翻译的 *A Hundred and Seventy Chinese Poems* 中说道：

Giles' translation combines rhyme and literalness with wonderful dexterity. (Arthur Waley: *The Method of Translation*)

读了上面的译诗，使人觉得翟理士果然名不虚传。吕叔湘在《赘说》中写道："第一行……感叹句的动词和主语并不必易位（跟疑问句不同），此处作 were we，是凑合韵脚。"这就是说，第一行的译文犯了两个毛病：一曰趁韵，二曰颠倒词语。这里如不颠倒词语又能押韵当然更好，但颠倒词语却是扬长避短。现在试将这首诗另译如下：

In this house on this day last year, a pink face vied

In beauty with the pink peach blossoms side by side.

I do not know today where the pink face has gone,

In vernal wind still smile pink peach blossoms fullblown.

我的译文趁韵而跨行。固然，汉诗一般是不跨行的，但跨行却符合英诗的格律，也就是英诗之所长，趁韵而跨行可以说是扬长避短。

现在再来谈谈译诗可否增删的问题。增删是不是不忠实于原文呢？我的看法是：如果增的是原文内容所有、形式所无的词语，删的是原文形式虽有、内容可无的词语，那不但不能算是不忠实，还可以算是扬长避短。现从《英译唐人绝句百首》中找一个译例来说明增删如何扬长避短，如金昌绪的《春怨》："打起黄莺儿，莫教枝上啼。啼时惊妾梦，不得到辽西。"弗莱彻的译文如下：

Oh, drive the golden orioles

From off our garden tree!

Their warbling broke the dream where in

My lover smiled to me.

吕叔湘在《赘说》中写道："英文诗也有和中文诗的平仄相当的节奏，就是轻音和重音的配置。""用诗体译诗，因为受韵脚和节拍的牵制，词语方面就不得不更加灵活些，增添，减省，以及换一种说法的地方更多。如这首'莫教啼'三字就省译了，第四行也改换了说法，但原诗的意义仍然忠实地表达出来了。如不能谨守原诗的意思和精神，就不算译得好。"吕叔湘的这些论述我完全赞同。我认为，忠实于原文的内容可以有五种深浅不同的程度，最浅的是删，其次是浅化，再其次是等化，最深的是深化，最后是增。《春怨》的译文删了"莫教啼"，"不得到辽西"浅化了，却又增了 garden 一词，这都不是最好的办法。最好的译文要能深化，如前面谈到的斯各特的译文；其次要求等化；即使是浅化，也要求浅化得尽可能深一点。现试将《春怨》另译如下：

> Drive orioles off the tree
> For their songs awake me
> From dreaming of my dear
> Far off on the frontier.

上述译文删了"黄"字，这是删了译文内容已有、形式可无的字，无害于忠实；也删了"啼时"，这是删了原文形式虽有、内容可无的词语，不但避免了重复，而且可以说是扬长避短。my dear 是添加的，这是增了原文内容已有而形式所无的词语；"辽西"二字，弗莱彻没有译，这里浅化为 frontier（边塞）。"辽西"是个中国地名，不能完全避而不译，不如加以浅化为妥。此外，译文四行都押了韵，每行基本六个音节，直到最后一行才有一个标点，这也是扬长避短、发挥英诗可以跨行的优势。

　　浅化就是避短，深化却是扬长，等化也可以说是半扬长半避短。下面举个等化的译例：在《英译唐人绝句百首》和《翻译通讯》1981 年第 5 期黄新渠的《几点看法》中都提到了张九龄的《赋得自君之出矣》："自君之出矣，不复理残机。思君如满月，夜夜减清辉。"翟理士的译文是：

Since my lord left—ah me, unhappy hour!

The half-spun web hangs idly in my bower;

My heart is like the full moon, full of pains,

Save that 'tis always full and never wanes.

吕叔湘在《赘说》中写道："三四译文亦自有意致，然而与原诗大相径庭了。译回来便是思君异明月，终岁无盈亏。"黄新渠也在《几点看法》中说："可惜最后两句……译走了样……全诗的意境没有了。这是以格律诗译格律诗，因韵害意，以致得不偿失，虽有形美和音美，却失去最主要的意美了。"这个译文有没有失去最主要的意美呢？我的意见是：译文第三行加了 full of pains，这就是说明月不是指一般的满月，而是指充满了悲哀痛苦的明月，因此，"终岁无盈亏"也不是指一般的盈亏，而是说明月的悲哀痛苦永远也不会减少，这和原文"减清辉"不是有异曲同工之妙吗？如果不说是比原文更深化，至少也可以说是等化的佳例了。这正可以说明以格律诗译格律诗能达到自由诗无法达到的高度，也是译文应该扬长避短的一个好例子。

最后谈谈深化的问题，例如王维的《班婕妤》："怪来妆阁闭，朝下不相迎。总向春园里，花间笑语声。"弗莱彻的译文是：

Dost wonder if my toilet room be shut?

If in the regal hall we meet no more?

I ever haunt the Garden of the Spring;

From smiling flowers to learn their whispered lore.

吕叔湘在《赘说》中写道："原诗三四两句仅状其春游天真之态，

译文更深一层。译文之观点与原诗相反：原诗虽无'你'字，其为对婕妤而言自无可疑，译诗则为婕妤自道。或因不明'怪来'（即'怪道'）一语之意义，致有此转换，然译文之观点亦自可取。"这就是说，译文第三、四行比原文更加深化，译文的观点也可以说是与原诗的等化。

总之，我认为忠实通顺是翻译的必需条件，也就是说，翻译不忠实通顺是不行的；扬长避短，发挥译语优势却是翻译的充分条件，也就是说，译者越能发挥译文的语言优势，越能优化译语的表达方式，译作就越好。

（原载《翻译通讯》1982 年第 4 期）

发挥优势竞赛论

——译文能否胜过原文

青出于蓝，而胜于蓝。译文出于原文，能不能胜于原文呢？钱歌川在《翻译的技巧》第 447 页上说："Charles Baudelaire：法国诗人，代表作有《恶之花》诗集，以译介 Poe 的作品驰名于世，公认译得比原作更好。"范存忠在《外国语》1981 年第 5 期第 8 页上说："有些译诗经过译者的再创造，还可以胜过原作。"王佐良在《外语教学与研究》1981 年第 1 期谈到林纾的译文时说："有时译文的干净妥帖甚至胜过原作。"美国印第安纳大学欧阳桢教授 1981 年 2 月至 5 月在北京外文出版社讲课时说："你的想象力比较丰富，你就可能译得更好，甚至比原文还要好……德国人认为 Slago 和 Teeg 翻译的莎士比亚的作品要比原文好……King James 的《圣经》英译本被称为经典作品，其中有些句子确比原文要好。第 23 首歌中有一妙句：The valley of the shadow of death（山谷中悠荡着死的影子），而在希伯来原文中却是 darkness（黑暗）。没有'影子'，没有'死'，而只是'黑暗'。James 将此译成了'死的影子'，妙极！我喜欢这个译文。"[1]

---

[1]　引自《编译参考》1981 年第 9 期，略有修改。

最近读到吕叔湘 1944 年编注，1980 年再版的《英译唐人绝句百首》，里面有不少名篇佳译，我想研究一下，这些佳译能否胜过原文。先看看王维的名诗《相思》："红豆生南国，春来发几枝。愿君多采撷，此物最相思。"弗莱彻的译文是：

The red bean grows in southern lands.

　　With spring its slender tendrils twine.

Gather for me some more, I pray,

　　Of fond remembrance 'tis the sign.

　　吕叔湘在这首诗的《赘说》中写道："第四句不易译，此译却好。"第四行译文传达了原诗的意美，的确可以说是佳译。但以全诗而论，原诗十字一韵，富有音美；译文却在十六个音节后，才有一个音节押韵，音乐性不如原诗，那就不能说是胜于原文了。我想试把这首名诗改译如下：

Red berries grow in southern land,

　　In spring they overload the trees

Gather them till full is your hand!

　　They would revive fond memories.

　　我的译文虽然第一、三行，第二、四行都押了韵，但是第三行的节奏不如弗莱彻的译文更合乎格律，可以说是顾此失彼了。

　　孟浩然的《春晓》是家喻户晓的名诗："春眠不觉晓，处处闻啼鸟。夜来风雨声，花落知多少？"安纳的译文是：

I awake light-hearted this morning of spring,

Everywhere round me the singing of birds—

But now I remember the night, the storm,

And I wonder how many blossoms were broken.

吕叔湘在这首诗的《赘说》中写道："通首言之，仍是译中佳品。"
但是翁显良在《外国语》1981 年第 6 期上说:这首诗"区区二十字，
似浅而实深；翻译起来，似易而实难。""几位译者都以为啼是唱歌，
'啼'和'花落'似乎没有关系，除非鸟儿和风雨一样无情。""孟
浩然写的虽是一日之晨，却已到三春之暮，'啼鸟'不是在唱歌而
是在悲鸣。或者说，诗人听起来是悲鸣。"高卧松云的孟夫子，一
朝梦觉，深感岁月蹉跎，功名未立，难免有迟暮之叹。然而他毕竟
是风流天下的名士，发而为绝句，更要讲究含蓄，于是有了这首以
清新婉约著称的《春晓》。五言四句，一声叹息：晚了！晚了！今
天醒来晚了！春光难驻，风雨难堪，落红难缀，晚了！如果这样理
解不错的话，翻译时就可以摆脱原作形式上的束缚，表现诗人当时
的精神状态，力求言浅意深：

Late! This spring morning as I awake I know. All round me the
birds are crying. The storm last night, I sensed its fury. How many, I
wonder, are fallen, poor dear flowers!

这篇译文的确理解深刻，有独到之处，令人钦佩。但是完全"摆
脱原作形式上的束缚"，读起来散文诗的意味比较重，难免有损于
诗意的传达；Late 一词虽不是不可加，但一声叹息，未免有损原诗
"讲究含蓄"的风格。现试改译成诗体如后：

(1) In drowsy spring I slept until daybreak,

　　When the birds cry here and there, I awake.

　　Last night I heard a storm of wind and rain.

　　How many blossoms have fallen again!

(2) This morn of spring in bed I'm lying,

　　Not woke up till I hear birds crying.

　　After one night of wind and showers,

　　How many are the fallen flowers!

　　李白的《静夜思》更是一首传诵千古的名诗："床前明月光，疑是地上霜。举头望明月，低头思故乡。"安纳的译文是：

So bright a gleam on the foot of my bed,

Could there have been a frost already?

Lifting myself to look, I found that it was moonlight.

Sinking back again, I thought suddenly of home.

　　吕叔湘在《赘说》中写道："译文第一行不点明是月光，只说是亮光，第二句用问话活画出了一个'疑'字，然后第三行用 found 来表示恍然大悟，可谓能善体诗人之意。原诗先说出月光，'疑'字反而无力。要是我们不为这首诗的名气所慑服的话，不妨说译诗是青出于蓝。"这篇译文有独到之处，可以说是胜过原作。但这只是就诗的意美而言，如果从音美和形美的角度来看，那么原诗音调铿锵，一、二、四行押韵，最后两行还有对仗；而译文却无韵无调，各行长短不齐，朗诵起来，就远远不及原作了（改译文见《三美与三化论》)。

再举一首李白的《秋浦歌》为例："白发三千丈，缘愁似个长。不知明镜里，何处得秋霜。"翟理士的译文是：

> My whitening hair would make a long long rope,
>
> Yet could not fathom all my depth of woe;
>
> Though how it comes within a mirror's scope,
>
> To sprinkle autumn frosts, I do not know.

读了翟理士这首译诗，觉得他真是"一代汉学权威，卓越翻译大师"。吕叔湘在《赘说》中写道："此译宛转自然而切合原意，亦不可多得。第一行不云'三千丈'，似不及原诗夸张之甚，但第二行云'犹不及愁之深'，则又较原诗更进。"这篇译文用词具体，交叉押韵，抑扬顿挫，合乎格律，真是无论意美、音美、形美，比起原诗来，都毫无逊色，可以说是一首不可多得的、胜过原作的译诗。

韦应物的《滁州西涧》是一首意味深长的名诗："独怜幽草涧边生，上有黄鹂深树鸣。春潮带雨晚来急，野渡无人舟自横。"安纳的译文是：

> Where tender grasses rim the stream
>
> And deep boughs twill with mango-birds,
>
> On the spring flood of last night's rain
>
> The ferry-boat moves as though someone were poling.

吕叔湘在《赘说》中写道："原诗是'潮带雨'译作'雨成潮'，然滁州何来潮水，译者不以辞害意，得之。末句'无人'译作'似有人'，大佳。"这就是说，译文在意美方面胜过原诗。但原诗末句是静态，译文却是动态，能否说是胜过原文呢？我把这首诗译成两种韵文，末句一首译成动态，一首译成静态，以便比较：

(1) Alone I love the riverside with grass o'errun,

   Where golden orioles hidden in thick foliage sing

   At dusk the stream o'erflows with the showers of spring,

   A ferry boat moves as if'twere poled by someone.

(2) Alone I like the riverside where green grass grows,

   And golden orioles sing amid the leafy trees.

   At dusk with spring showers the river overflows,

   A lonely boat athwart the ferry floats at ease.

《千家诗》对这首诗的注解是："此亦托讽之诗。草生涧边，喻君子生不遇时；鹂鸣深树，讥小人谗佞而在位；春水本急，遇雨而涨，又当晚潮之时，其急更甚，喻时之将乱也；野渡有舟，而无人运济，喻君子隐居山林，无人举而用之也。"如果译成动态，那就尽失托讽之意了。所以比较之下，我觉得还是译成静态更能传达原诗的意美。

另外还有一首关于动态和静态有争论的名诗，那就是张继的《枫桥夜泊》："月落乌啼霜满天，江枫渔火对愁眠。姑苏城外寒山寺，夜半钟声到客船。"这首诗的解释更多，辽宁人民出版社的《古诗词选释》把"乌啼"注为"地名，在枫桥的西面"；把"江枫"注为"江，指江村桥；枫，指枫桥。"林同端在《译诗的一些体会》

中把"愁眠"当作山名，说"好像江枫渔火和愁眠山产生了一种有意识的对话之感"（见《外语教学与研究》1980 年第 1 期）。这样一来，这首名诗简直成了一本地名字典了。我看还是《千家诗》的注解好些："明月初落，寒乌夜啼，秋霜满空，江枫叶落，渔火炊烟，皆与舟中愁眠之人相对而难寐者也。忽闻寒山钟声，夜半而鸣，不觉起视，客船已至姑苏城外之枫桥矣。"安纳的译文是：

While I watch the moon go down, a crow caws through the frost.

Under the shadows of maple-trees a fisherman moves with his torch;

And I hear from beyond Suzhoo from the temple on Cold Mountain,

Ringing for me here in my boat the midnight bell.

吕叔湘在《赘说》中写道："原诗'对愁眠'纯是静境，今作渔火徐移，则以动与静相映，意境似更好。"这就是说，动态胜似静境，所以译文胜过原文了。我不同意这种看法，倒认为《新选唐诗三百首》说得不错："诗人写了所闻，月落时的乌啼，寒山寺夜半传来的钟声。于寂静的景物描绘中，杂以声响的描写，更能衬托出秋夜的幽静。"这样以动衬静才是原诗的意美，而"渔火徐移"那种动静相映，却是译者对原诗的曲解，并没有传达原诗的意美，更不可能胜过原诗了。还有，原诗末行有个动静相映的动词"到"字，译文却偏偏没有译出来。因此，我把这首诗改译如下：

The moon goes down and crows caw in the frosty sky,

Dimly-lit fishing boats 'neath maples sadly lie.

Beyond the Suzhou walls the Temple of Cold hill

Rings bells which reach my boat, breaking the midnight still.

有一首吕叔湘认为"译得很不坏"的诗，是崔道融的《春闺》："欲剪宜春字，春寒人剪刀。辽阳在何处，莫忘寄征袍！"弗莱彻的译文是：

My husband to the wars has gone

And I a cloak for him would make

To wrap him from the ragged clime

Lest bitter cold his slumbers break.

But when I tried to cut the words

Of "Happy Spring" as omen fair,

The chilling breath that winter leaves

Benumbed and left me helpless there.

If cold am I, far colder thou

Upon those desert plains and bare!

Thou lookest for thy cloak and I

Of sending it despair.

编注者在《赘说》中写道："这首诗的译文和原诗词语出入之处很多：只有中间四行是依据原诗一二两句译的（'春寒'两字译得很好），前四行完全是添出来的，后四行和原诗三四句也不密合。这种译法可以称为解说式译法。这首诗译得很不坏……"我觉得这首诗有点像蒲伯（Pope）译荷马的译法，传达原诗的意美和形美都有问题，现在改译如下：

I try to cut for him a cloak of spring,

But my scissors breathe the cold lingering.

Far, far away is his garrison town,

Is he not expecting a warrior's gown?

最后，吕叔湘认为译得"比原诗好"的是杨贵妃的《赠张云容舞》："罗袖动香香不已，红蕖袅袅秋烟里。轻云岭上乍摇风，嫩柳池边初拂水。"美国诗人洛威尔（Amy Lowell）的译文是：

Wide sleeves sway.

Scents,

Sweet Scents

Incessant coming.

It is red lilies,

Lotus lilies,

Floating up,

And up,

Out of autumn mist.

Thin clouds

Puffed,

Fluttered,

Blown on a rippling wind

Through a mountain pass.

Young willow shoots

Touching,

Brushing

The water

Of the garden pool.

编注者在《赘说》中写道："这首诗译得很好，竟比原诗好，原诗只是用词语形容舞态，译诗兼用声音来象征。第一，它用分行法来代表舞的节拍。行有长短，代表舞步的大小疾徐。不但全首分成这么多行，不是任意为之，连每节的首尾用较长的行，当中用短行，都是有意安排的。第二，它尽量应用拟声法，如用 puffed，fluttered，rippling，touching，brushing 等字，以及开头一行的连用三个长元音，连用三个 S 音，第二节的重复 lilies，重复 up 等等，所以结果比原诗更出色。"这就是说，译诗在意美、音美、形美三方面都超过了原诗。但是我却觉得原诗有如袅袅秋烟，轻云摇风，嫩柳拂水，节奏缓慢，从容不迫，读了好像看见唐代宫女在轻歌曼舞一样。而译诗给我的感受，却像听见美国女郎在酒吧间跳摇摆舞，时快时慢，如醉如痴，印象大不相同。因此，我还是把这首诗改译如下：

Silken sleeves sway with fragrance incessantly spread,

Out of autumn mist float up lotus lilies red.

Light clouds o'er mountains high ripple with breezes cool;

Young willow shoots caress, water of garden pool.

从《英译唐人绝句百首》中的八首名诗佳译来看，可以说多半是在意美方面超过了原文，当中《滁州西涧》和《枫桥夜泊》译文的意美还可商榷，《春晓》和《静夜思》译文的音美不如原诗，《春闺》和《赠张云容舞》译文的形美和原诗相距太远，只有《相思》和《秋浦歌》的译文在"三美"方面都有所突破。由此可见，译格律诗要胜过原作很不容易，但也不是绝不可能。一般评论译格律诗的人，多半只注意译文的意美，而忽视了音美和形美。

朱树飏在《评介林同端译注〈毛泽东诗词〉》中说，林译"是迄今为止我们所见到的最好译本"，其实也是片面地就意美一点而论的。他说林译"万水千山只等闲"用了 tame 一词，"有力地表现了红军克服自然险阻的气概"；"残阳如血"译成 Blood-dyed, the sun dips 是"诗中有画"，"写得真妙"！前面提到欧阳桢认为《圣经》中把"黑暗"译成 shadow of death 比原文还要好；因此，林译也可以说是超过了原文，因为她把"等闲"人格化了，使"残阳"更形象化了。但是，这个问题也有不同的看法，"一代汉学权威、卓越翻译大师"阿瑟·韦理就在《中国诗一百七十首》的序言中说：

Above all, considering imagery to be the soul of poetry, I have avoided either adding images of my own or suppressing those of the original.

（Arthur Waley: *The Method of Translation*）

即使林译在意美方面超过了原文，但是她把原诗一行分译成几行，长短不一，只有 rhythm wave 基本上不押韵，就和洛威尔翻译杨贵妃的舞诗一样，若以音美和形美而论，距离原诗就太远了，例如原文"苍山如海，残阳如血"的对仗韵脚，在译诗中都无影无踪了。

我说译诗要传达原诗的音美和形美，但并不是说只要传达了音美和形美就是好译文，更不是说可以忽视意美。传达了原诗意美而没有传达音美和形美的翻译，虽然不是译得好的诗，也不失为译得好的散文；如果只有音美和形美而没有意美，那就根本算不上是好翻译了。不过"三美"的重要性，并不是鼎足三分的。在我看来，音美和形美是必需条件，而意美却既是必需条件，又是充分条件。这就是说，译诗不传达原诗的音美（包括押韵）和形美，那是不能超越前人的；但只传达原诗的音美和形美，也不能算是青胜于蓝。只有在传达音美和形美的条件下，译诗的意美也要胜过原诗，才可以说是超越前人。

有个外国学者说过：翻译是两种文化的统一。而在我看来，统一就是提高。因为两种文化的历史不同，发展不同，总是各有长短的，如果能够取长补短，那不是可以共同提高了吗？从这个意义上来说，翻译又可以说是两种文化的竞赛，在竞赛中，要争取青出于蓝而胜于蓝。如果能取一种文化之长，补另一种文化之短，使全人类的文化得到发展，那就能达到翻译工作者的最高目标了。

（原载《教学研究》1982 年第 2 期）

*　　　*　　　*　　　*　　　*

从三美的观点看来，译文很难胜过原文，但若只从意美的观点来看，则如译文能发挥译语的优势，也就是说，能充分利用最好的译语表达方式，那译文也不一定不能超越原文，这可以算是译语在和原语的竞赛。所谓竞赛，是看哪种表达方式更能传达原文的内容。一般说来，竞赛是在几种译文之间展开的。叶君健在《翻译也要出"精品"》（见《中国翻译》1997 年第 1 期）中说："我们也要把尽量多的世界文学名著变成中国文学的一部分，要圆满地完成这项工程，单凭'信达雅'恐怕还不够，我们需要有个性的译作，这里要展开竞争。"叶君健说的是把世界文学译成中文，我觉得把中国文学译成外文也是一样。叶君健说需要有个性的译作，我觉得表现个性就要发挥译语的优势，竞争才能取得胜利，这就是我说的竞赛论。下面再来举例说明：

王维《相思》诗中说红豆"最相思"，表面上说："只有这红豆才最惹人喜爱，最叫人忘不了。"其实诗人真正不能忘怀的，是自己的朋友，或者是情人。传说古代有一名女子，丈夫死在边境，她也在树下痛哭而死，死后化为红豆，于是人们又称红豆为"相思子"。这种典故是很难译成外文的，但美国译者说红豆是"美好回忆的象征"，美好回忆包括朋友或情人的往事等在内，这就婉转地表达了原文的内容，是有个性的译作，也发挥了译语的优势，所以吕叔湘说："此译却好。"而中国译者用了"复活"这个动词，说红豆可以使美好的回忆复活，"复活"是比"象征"更形象化的表达方式，这两个词就在展开竞赛，究竟谁胜准负？可能是个仁者见仁，智者见智的问题，我个人觉得"复活"略胜一筹。英国译者赫尔登（Innes Herdan）还把"此物最相思"译成：

These are the best forget-me-mots!

把"红豆"说成是西方的"勿忘我草"，仅以意美而论，可算绝妙好译；可惜没有押韵，若以三美而论，就不一定能算胜利了；但是竞赛能够提高翻译水平，是不能否认的。

第二个例子是孟浩然的《春晓》。我看美国译者也在和中国译者展开竞赛，吕叔湘说美国译文"仍是译中佳品"，我却觉得翁显良的散体译文极有个性，远远胜过美译；若以三美而论，是否能够赛过韵体译文？那就要看哪种译文更能发挥译语的优势了，试比较吴钧陶在湖南版《唐诗三百首》中的韵译：

Slumbering, I know not the spring dawn is peeping,

But everywhere the singing birds are cheeping.

Last night I heard the rain dripping and wind weeping.

How many petals are now on the ground sleeping?

吴译一韵到底，很不容易，极有个性，但是最后用了一个问号，仿佛诗人真是要问花落了多少似的，因为惜春正是这首诗的主题，这就远不如用惊叹号更能表示惜春之情了。由此可见，吴译虽然在音美和形美上胜过了翁译，但在主要的意美上不如其他译文，所以在竞赛中不能说是取得了胜利。

第三个例子是李白的《静夜思》。这首诗的英译很多，现在只把最后一句"低头思故乡"的十种译文抄下，看看竞赛的结果如何。

1. Then lay me down and thoughts of home arise. （翟理士）

2. Then hide them (eyes) full of Youth's sweet memories. （弗莱彻）

3. And sink to dream of thee. My fatherland, of thee! (Cranmer-Byng)

4. I drop my head, and think of the home of old days. （洛威尔）

5. I bowed my head and thought of my far-off home. (Obata)

6. Sinking back again, I thought suddenly of home. （安纳）

7. Lowered head dreams of home. (Wong)

8. With head bent low, Of home I dream. （登纳）

9. My eyes fall again on the splash of white, and my heart aches for home. (Weng)

10. Before my bed a pool of light /... /

... / Bowing, in homesickness I'm drowned. (Xu)

这句诗的关键字是"思"，译成 think，thought（想到）的最多（1，4，5，6），译为 dream（梦见）的其次（3，7，8），第 2 例特殊化为 sweet memories（甜蜜的回忆），译例 9 则特殊化为 my heart aches（心灵的痛苦），但是几种译文都没有说明见月思乡的缘故。我国有中秋节全家团圆的习俗，天上月团圆，地上人团圆，但是西方没有团圆的说法，所以见了圆月不一定能想到团圆或团聚，只有译例 10 第一句把月光比作池水（a pool of light），最后说沉浸在乡愁中（drowned in homesickness），又把乡愁比作水，这样把月光和乡愁联系起来，不是用"圆"，而是用"水"，可以说是发挥了译语的优势，在竞赛中以巧取胜了。

第四个例子是李白的《秋浦歌》。吕叔湘认为翟理士的译文"较原诗更进"，这就是说，译文胜过原文了。但原诗每句只有五个字，非常精练，译文却是十个音节，从音美和形美的观点来看，比原文多了一倍。能不能再展开竞赛，使译文变得更精简呢？《中国古诗词精品三百首》中的新译文是：

Long, long is my whitening hair;

Long, long is it laden with care.

I look into my mirror bright.

From where comes autumn frost in sight?

新译和翟理士的译文一样，用重复 long 的方法来译原文夸张的"三千丈"，又再用重复 long 的方法来说明"愁"的时间之长。原译说"愁"用了一个动词 fathom（深不可测），强调的是深度，新译用了一个分词 laden（载不动许多愁），强调的是重量，都发挥了译语的优势，各有千秋，但新译每行只有八个音节，就比原译略胜一筹了。

《第二届全国典籍英译研讨会论文摘要》中有汪榕培新译的《枫桥夜泊》，论文中说：新译文是"通过对《枫桥夜泊》30 种不同译文的比读，吸取原有译本优点形成"的。这就是说，新译文应该是30 种译文竞赛中的胜利者，现在，我们来看看新译：

When the moon slants, ravens croak and cold airs grow,

Bank maple groves and fishing glows invoke my woe.

From the Hanshan Temple outside Suzhou moat,

The midnight tolls resound and reach my mooring boat.

新译把原诗第一句的"月落"改成"月斜"，"霜满天"改成"寒霜生"，更加符合实际情况；把第二句的"江枫"说成"岸边枫林"，"对愁眠"改成"引起愁思"，更加具体；把第三句的"姑苏"现代化为"苏州"，"城外"具体化为"城壕之外"，"寒山"又采用了音译；第四句的"钟声"后面加了动词"回响"，使得声音更加嘹亮。总的看来，新译更能达意，但是译诗不只是要达意，更需要传情，新译传情做得如何呢？

袁行霈在《中国诗歌艺术研究》第 9 页上说："词语的情韵是由于这些词语在诗中多次运用而附着上去的。""一见到这些词语，就会联想起一连串有关的诗句，这些诗句连同它们各自表达的情感和韵味一起浮现出来，使词语的意义变得丰富起来。"诗词的情韵义特别丰富，如《枫桥夜泊》第一句的"月落"会引起视觉上的昏暗感，"乌啼"会引起听觉的哀愁；而汪译的"月斜"引起的昏暗感不如"月落"，反而减少了心灵的悲哀感，"霜满天"并不是事实，是写游子心中的寒冷感——感到满天是霜，可见霜浓；而汪译的"寒霜生"大大地减少了游子感到的寒冷；第二句的"江枫渔火"半明不灭，色彩暗淡；汪译用词却太明亮；第三句的"姑苏城外"，汪译说是"城壕"，那会引起战争的联想，和原诗的气氛不协调；"寒山"的音译又减少了寒冷感和哀愁；第四句的"夜半钟声"，汪译用词却太响亮；诗中的"客"字没有译，更减少了天涯游子的愁思，远不如另一译文：

Bells break the ship-borne roamer's dream and midnight still.

总之，在译诗竞赛中，有三条标准：第一，译文是否达意，能使读者知之（理解），这是低标准；第二，译文是否传情，能使读者好之（喜欢），这是中标准；第三，译文能否感动读者，使其乐之（愉快），这是高标准。知之或者达意，标准容易统一。好之或者传情，乐之或者感动，却因人而异。傅雷说过："艺术乃感情与理智之高度结合，对事物必须有敏锐之感觉与反应……方能有鉴赏。"能使鉴赏力高的读者好之，甚至乐之，那才是竞赛的胜利，这就是竞赛论的三部曲。

（2005 年 6 月补写）

再创论与艺术论

《郭沫若论创作》编后记中说：文学翻译"与创作无以异"，"好的翻译等于创作，甚至超过创作"，因此，文学翻译须"寓有创作精神"。[①]茅盾也在1954年全国文学翻译工作会议上提出：必须把文学翻译工作提高到艺术创造的水平。[②]因此，我想，研究一下创造性的翻译，对打开文学翻译的新局面，也许会有好处。

（一）谈英译汉

我国第一个"有创作精神"的文学翻译家是林纾，他翻译的狄更斯的作品，有人认为胜过原著。钱锺书在《林纾的翻译》中说："最近，偶尔翻开一本林译小说，出于意外，它居然还没有丧失吸引力。我不但把它看完，并且接二连三地重温了大部分的林译，发现许多文章都值得重读，尽管漏译误译随处都是。我试找同一作品后出的——无疑也是比较忠实的——译文来读，譬如孟德斯鸠和

---

① 见1982年11月16日《人民日报》第八版。
② 见《翻译通讯》1983年第1期。

狄更斯的小说，就觉得宁可读原文，这是一个颇耐玩味的事实。"①
林译为什么"还没有丧失吸引力"，"值得重读"呢？我们来分析一下林纾译的狄更斯《块肉余生述》和后出的董秋斯译的《大卫·科波菲尔》，还有张谷若译的《大卫·考坡菲》吧。原书第一章第一段最后一句是：

It was remarked that the clock began to strike，and I began to cry，simultaneously.

（林译）闻人言，钟声丁丁时，正吾开口作呱呱之声。

（董译）据说，钟开始敲，我也开始哭，两者同时。

（张译）据说那一会儿，当当的钟声和呱呱的啼声，恰好同时并作。

比较一下三种译文，可以看出林译富有文采，董译比较平淡，张译虽有文采，但最后四字和董译一样是半文言文，全句风格不够一致。茅盾说过："翻译的过程，是把译者和原作者合而为一，好像原作者用另外一国文字写自己的作品。这样的翻译既需要译者发挥工作上的创造性，又要完全忠实于原作的意图。"②假如狄更斯用文言文来写，可能会写得和林译不相上下；假如他写白话，我想，他大概会说：钟声当当一响，不早不晚，我就呱呱坠地了。

再举一个例子，《大卫·考坡菲》第四章写到大卫在他母亲、继父和姐姐三人监视之下，由于心情紧张，背不出书来时，有这样

---

① 见钱锺书《旧文四篇》，第 67 页。

② 见《翻译通讯》1983 年第 1 期，第 16 页。

一段对话：

"Oh, Davy, Davy!"

"Now, Clara," says Mr. Murdstone, "be firm with the boy. Don't say, 'oh, Davy, Davy!' That's childish. He knows his lesson, or he does not know it."

"He does not know it," Miss Murdstone interposes awfully.

"I am really afraid he does not." says my mother.

"Then, you see, Clara," returns Miss Murdstone, "you should just give him the book back, and make him know it."

"Yes, certainly," says my mother, "that is what I intend to do. my dear Jane. Now, Davy, try once more, and don't be stupid."

（林译）"大卫，大卫。"麦得斯东曰："克拉拉，汝对此孺子，宜加以坚定之力，勿言大卫大卫，作孺子声，彼能背者背之，不能背则已，讵尔以微声趣之，即能记忆耶！"迦茵曰："不能背已耳。"母曰："然，吾颇疑其不能诵也。"迦茵曰："克拉拉，汝掷还其书，令更熟之"母曰："然，吾意亦正尔。大卫，汝更诵之，勿泛勿躁。"

（董译）"噢，卫呀，卫呀！"

"喂，克拉拉，"摩德斯通先生说道，"对待孩子要坚定。不要说'噢，卫呀，卫呀！'那是孩子气的。他或是知道他的功课，或是不知道。"

"他不知道。"摩德斯通小姐恶狠狠地插嘴道。

"我真怕他不知道呢。"我母亲说道。

"那么，你明白，克拉拉，"摩德斯通小姐回答道，"你应当把书给回他，要他知道。"

"是的，当然，"我母亲说道："这正是我想做的，我亲爱的珍。那，卫，再试一次，不要糊涂。"

（张译）"哦，卫呀，卫呀！"

"我说，珂莱萝，"枚得孙先生说，"对这孩子要坚定。不要净说'哦，卫呀，卫呀'，那太小孩子气了。他会念了就是会念了，没念会就是没念会。"

"他没念会。"枚得孙小姐令人悚然可怕的插了一句说。

"我也恐怕他没念会。"我母亲说。

"那样的话，你要知道，珂莱萝，"枚得孙小姐回答说，"你就该把书还给他，叫他再念去。"

"不错，当然该那样，"我母亲说。"我也正想把书还他哪，我的亲爱的捷恩。现在，卫，你再念一遍，可不许再这么笨啦。"

这段对话最重要的动词是 know，前后出现了四次，林译的前三次译成"背"，第四次译成"熟"；董译四次都是"知道"，张译第一次是"会念"，二、三次是"念会"，第四次是"念"。假如狄更斯能用中文创作，他在这里会用"背"字，还是"念"字，还是"知道"呢？我看大约会用"背"字，绝不会用"知道"，因为 know 最常用的意义虽然是"知道"，但 know one's lines 却是"背熟台词"的意思。对话中有一个形容词 firm，林译、董译、张译都译为"坚定"。firm 最常用的意义固然是"坚定"，但是也有"严格"的意思。这里如果译成"坚定"，那就是说，大卫的母亲对待孩子有时严格，有时不严，所以继父要她"坚定"。但从上下文看来，继父认为大卫的母亲太"孩子气"了，从来不够严格。因此，假如狄更斯用中文写作的话，这里大约不会用"坚定"，而是会用"严格"二字的。

茅盾说过："好的翻译者一方面阅读外国文字，一方面却以本国的语言进行思索和想象，只有这样才能使自己的译文摆脱原文的语法和语汇的特殊性的拘束，使译文既是纯粹的祖国语言，而又忠实地传达了原作的内容和风格。"[①]从以上两个译例看来，林译是"以本国的语言进行思索和想象"的，所以现在"还没有丧失吸引力"。

茅盾接着又说："我们一方面反对机械地硬译的办法，另一方面也反对完全破坏原文文法结构和语汇用法的绝对自由式的翻译方法。"[②]关于绝对自由式的翻译，我手头没有现成的材料，只好把我四十年前在西南联大翻译的英国十七世纪诗人德莱顿的戏剧《一切为了爱情》来做例子：

Portents and prodigies have grown so frequent
That they have lost their name.

（初稿）凶兆异迹，接连而来，人们都看惯了，简直不以为怪。

（二稿）不吉祥的兆头，稀奇古怪的事情，接二连三地发生，但是人们都司空见惯了，觉得一点也不奇怪

（三稿）怪事年年有，不如今年多，但是今年的怪事太多了，人们也都司空见惯了，反而觉得没有什么奇怪的。

（四稿）凶兆和怪事不断地发生，人们都司空见惯了，并不觉得奇怪。

回忆当时的想法，大约认为初稿平淡无奇，"凶兆异迹"四字没有摆脱原文语汇的拘束，所以就改成了二稿。后来又想用更纯粹的祖国语言，于是就改成了三稿。但是三稿脱离原文太远，"凶兆"

---

①② 见《翻译通讯》1983 年 1 期，第 17 页。

的意思根本没有译出来，这就有点像"绝对自由式的翻译"了，所以又改成了四稿。现在看来，创造性的翻译并不"绝对自由"，它创造的，应该是原文深层内容所有、原文表层形式所没有的东西，换句话说，就是要"忠实于原作的意图"，[①]所以还是三稿更好。

（二）谈法译汉

茅盾在全国文学翻译工作会议上说："文学翻译是用另一种语言把原作的艺术意境传达出来，使读者在读译文的时候能够像读原作一样得到启发、感动和美的感受。这样的翻译，自然不是单纯技术性的语言外形的变易，而是要求译者通过原作的语言外形，深刻地体会到原作者的艺术创造过程，把握住原作的精神，在自己的思想、感情和生活体验中找到最适合的印证，然后用适合原作风格的文学语言，把原作的内容与形式正确无遗地再现出来。"[②]我觉得要体会原作者的艺术创造的过程，就是要了解原作的意图，这是创造性翻译的第一步工作。

最近出版了罗大冈翻译的罗曼·罗兰的小说《母与子》，译者在《译本序》中说："罗曼·曼兰认为人生如梦，小说的主人公安乃德每开始一场新的幻梦时，都感到欢欣鼓舞，如同受到魔法的魅惑一样……因此他把小说的女主人公叫作受魅惑而欢欣鼓舞的灵魂。"这是翻译的第一步，译者了解了原作的意图；第二步就该用"适合于原作风格的文学语言"来再现原作的内容了。译者过去把书名 *L'ame Enchantée* 译为《欣悦的灵魂》，说是"接近直译而非完全直译"。我却觉得这个译名只是"单纯技术性的语言外形

---

①② 见《翻译通讯》1983 年 1 期，第 17 页。

的变易"，因为它没有"把原作的艺术意境传达出来"。如果要用"纯粹的祖国语言"来翻译这个书名，是不是可以用《心醉神迷》或者《神迷》两个字呢？我觉得这本书头三段就是描写女主人公安乃德"心醉神迷"状态的缩影。现在，来看看头三段的原文和罗译：

Elle était assise près de la fenêre, tournant le dos au jour, recevant sur son cou et sa forte nuque les rayons du soleil couchant. Elle venait de rentrer. Pour la première fois depuis des mois, Annette avait passé la journée dehors, dans la campagne, marchant et s'enivrant de ce soleil de printemps. Soleil grisant, comme un vin pur, que ne trempe aucune ombre des arbres dépouillés, et qu'avive l'air frais de l'hiver qui s'en va. Sa tête bourdonnait, ses artères battaient, et ses yeux étaient pleins des torrents de lumière. Rouge et or sous ses paupières closes. Or et rouge dans son corps. Immobile, engourdie sur sa chaise, un instant, elle perdit conscience...

Un étang, au milieu des bois, avec une plaque de soleil comme un œil. Autour, un cercle d'arbres aux troncs fourrés de mousse. Désir de baigner son corps. Elle se trouve dévêtue. La main glacée de l'eau palpe ses pieds et ses genoux. Torpeur de volupté. Dans l'étang rouge et or elle se contemple nue... Un sentiment de gêne, obscur, indéfinissable: comme si d'autres yeux à l'affût la voyaient. Afin d'y échapper, elle entre plus avant dans l'eau, qui monte jusque sous le menton. L'eau sinueuse devient une étreinte vivante; et des lianes grasses s'entourent à ses jambes. Elle veut se dégager, elle enfonce dans la vase. Tout en haut, sur l'étang, dort la plaque de soleil. Elle donne avec colère un coup de talon au fond, et remonte à la surface. L'eau maintenant est grise, terne, salie. Sur son écaille luisante, mais toujours le soleil... Annette, au bras d'un saule qui pend sur l'éang s'accroche, pour s'arracher à l'humide souillure. Le rameau feuillu, comme une aile, couvre les épaules et les reins nus. L'ombre de la nuit tombe, et l'air froid sur la nuque...

Elle sort de sa torpeur. Depuis qu'elle y a sombré, quelques secondes à peine se sont écoulées. Le soleil disparaît derrière les coteaux de Saint-Cloud. C'est la fraîcheur du soir.

　　安乃德坐在窗前，背朝窗外，夕阳照在她的脖子和粗壮的后颈上。她刚刚从外边回屋。几个月以来，她一直没有像今天似的整日在外面奔跑。在田野间，她一边走，一边陶醉于春天的暖阳中。熏人的阳光如同美酒一样，光秃的树枝没有在酒中投下阴影，而正在消逝的寒冬，却用清新的空气增加了它醉人的力量。她的脑袋里嗡嗡作响，血脉疾跳，眼前涌现出一片奔流的光波。在她闭着的眼皮底下，浮现出大红和金黄颜色。在她身上，也有一片金黄和大红。她一动也不动，四肢麻木地坐在椅子上，瞬息间，她失去了清醒的意识……

　　在树林里，展开一片水塘，水上照着一团阳光，好比一只眼睛。四边的树干披着青苔做成的皮袄，围成一圈。安乃德产生了沐浴的愿望，她发现自己衣服全已脱光。池水用冰冷的手抚摩着她的脚和她的膝盖，极大的快感使她遍身发麻。在大红和金黄色的池塘里，她观赏着自己的赤裸的身体……她感到一种说不清楚的、莫名其妙的、困窘的情绪：好像旁边有别的眼睛在窥视，别人看见了她。为了逃避这种目光，她走向更深的水中，水一直没到下巴。池水的涟漪活泼地拥抱着她，滑腻的水藻缠住了她的腿。她想挣脱，反而陷入淤泥。高高地照在池面上的那一团阳光正在沉睡。她生气地用脚跟跺了池底一下，重新浮到水面。水，现在是灰色、暗淡而混浊的。在那光亮的鳞甲上，阳光却老是……安乃德为了摆脱湿漉漉的污泥，攀住了一条横卧在水上的柳树枝干。婆娑的枝叶好似一只翅膀，盖住她的赤裸的肩头和腰部。夜幕垂下来了，她觉得脖子后边凉飕飕的……

　　她从麻木状态中醒来，她沉浸在这种状态中只不过几秒钟。太阳消失在圣克卢丘陵后面，黄昏凉意袭人。

首先，原文第一个词是代词 elle（她），译文却是名词"安乃德"。一般说来，法文小说是先出现名词，后出现代词的。那么，罗曼·罗兰为什么在这里先用代词、后用名词呢？这就需要深入了解作者的意图了。我想有两个可能：第一个可能是，作者要突出的不是女主人公这个人，而是她"心醉神迷"的状态。如果译文开宗明义，第一句的第一个词就是一个人名，那就会使读者的注意力集中到人名上去，至少要记一下女主人公的名字吧。而罗曼·罗兰希望读者看到的却只是一个坐在窗前，背朝窗外，浴着落日残辉，"心醉神迷"的少女形象。所以一开始并没有点明少女的名字，是不想分散读者的注意力。我看这种写法有点像我国京剧的亮相：主角出台之前，先在幕后唱上一句，让听众只闻其声，不见其人，听力更加集中，而且更加急着要见其人。等到主角出台，一个亮相，台下就掌声四起了。如果这是原作者的意图，那第一句的第一个字还是不用名词，改用代词好些。第二个可能是：elle（她）代的是 l'âme enchantée（欣悦的灵魂或"心醉神迷"的人儿），那就只译成代词还不够，可以画龙点睛，加上"心醉神迷"

378

四个字，这是原文内容所有、原文形式所无的词语，是"深刻地体会了原作者的艺术创造的过程"之后，用来再现原作的"文学语言"。

原文女主人公的名字直到第三句才出现。接着，第四句、第六句、第七句的主句都没有用动词。这是什么缘故？原作的意图是什么？原作者的艺术创造的过程是怎样的？这又需要在自己的思想、感情、生活体验中找到最合适的印证了。我想，罗曼·罗兰不用动词，还是为了突出描写女主人公"心醉神迷"的状态。因为一个人在出神的时候，是不太会注意到外界动态的，所以作者使我们看到的不是连续不断的动作，而是一幅幅静态的图画。因此，翻译的时候也应该尽量少用动词。译文第四句"光秃的树枝没有在酒中投下阴影"，这个译法似乎可以商榷。从内容上看，树枝怎么会在"酒"中投下阴影呢？从形式上看，原文代词 que 前面有一个"'"，这就是说，代词不是代前面的"酒"字，而是代更前面的"阳光"。再说，醉人的阳光中没有掺杂一点枯树的阴影，残冬的寒风却使阳光显得更加醉人，不是更突出了令人"心醉神迷"的环境吗？

第一段描写了女主人公"心醉神迷"的外形，第二段就来刻画她"心醉神迷"的内心了。因此，罗曼·罗兰又用了一系列没有动词的句子，来描写女主人公潜意识的活动。潜意识中的幻觉往往是一些不连贯的静态图画：首先，安乃德仿佛看到树林中的一片池塘，水上铺着一层阳光。原文没有用动词，译文加了"展开"二字，这就和作者描写的心理状态不一致。原文说一层阳光或一片阳光，重的是面积；译文说一团阳光，重的是体积。到底是"一层"还是"一团"更符合模糊的感觉呢？其次，女主人公恍惚地看到长满青苔的老树，译成"四边的树干披着青苔做成的皮袄"，未免太具体了，不符合她出神时的心理状态。第三句写她想洗个澡，或者不如说，想在水里泡泡。原文又没有动词，译文却不但加了个"发生"，而且还加了个主语，仿佛安乃德真要洗澡似的。"愿望"两个字也用得太重，其实不过是一闪而过的"念头"而已。白日做梦的大约都有这种经验，一想到洗澡，就会发现自己不知道怎么搞的，衣服已经脱掉了，从译文中，读者却不容易得到这种白日梦的感觉。下面写女主人公仿佛浸在凉水中的感觉，"极大的快感"似乎不如"心旷神怡"更能给人美的享受。"她观赏着自己的赤裸身体"，"观赏"一般需要时间，而这幻觉只是几秒钟的事，所以不如改成"瞧着"。她感到一种"困窘的情绪"，好像有人在偷看她，那就说是她觉得难为情了。"她走向更深的水中"又是行动，而在幻觉中，只要一觉得难为情，不必走动，身子就已经浸到水里去了。"池水的涟漪活泼地拥抱她"，原文似乎是说：池水仿佛有了生命，紧紧地拥抱着她那曲线毕露的身体。"在那光亮的鳞甲上"，是不是改成"在那发亮的鳞甲似的水面上"更容易懂一点？最后，"她从麻木状态中醒来"，如果说是出神的或"心醉神迷"的状态，那就又切合原书名了。

这里只是举一个例子说明创造性的翻译如何忠实于原作意图的问题。

（三）谈汉译英

以上两部分讲的是翻译散文，结论是：一要"忠实于原作的意图"，二要"用适合于原作风格的文学语言"来再现原作。至于翻译诗词，首先提出来的一个问题是：诗可译不可译？这是一个和 to be or not to be 一样有争论的问题。早就有外国学者说过：诗一翻译，就不称其为诗了。最近，我国也有人写了一篇《论诗之不可译》，[①]并且举了杜甫《月夜》的英、俄译文为例。现在，先把杜甫的原诗和路易·艾黎的英译摘抄如下："今夜鄜州月，闺中只独看。遥怜小儿女，未解忆长安。香雾云鬟湿，清辉玉臂寒。何时倚虚幌，双照泪痕干！"

> This night at Fuchow there will be
>
> Moonlight, and there she will be
>
> Gazing into it, with the children
>
> Already gone to sleep, not even in
>
> Their dreams and innocence thinking
>
> Of their father at Chang'an;
>
> Her black hair must be wet with the dew
>
> Of this autumn night, and her white
>
> Jade arms, chilly with the cold; when,
>
> Oh, when shall we be together again
>
> Standing side by side at the window,
>
> Looking at the moonlight with dried eyes?

"诗之不可译"论者说"艾黎的译文无疑是高水平的"，"不过单就'信'这一点来说，仍不乏可以推敲之处。"如"闺""独""香雾云鬟""虚幌"等词的译法就可以商榷，第一、二行译文不够简练，全诗增加的行数太多。但是，能否因此得出结论，说诗是不可译的呢？现在，我把这首诗重译如下：

---

① 见《编译参考》1981 年第 1 期。

Alone in your bed-chamber you would gaze tonight

At the full moon which over Fuzhou shines so bright.

Far off, I feel grieved to think of our children dear,

Too young to yearn for their father in Chang'an here

Your fragrant cloud-like hair is wet with dew, it seems;

Your jade-white arms would feel the cold of clear moonbeams.

When can we lean by the window screen side by side,

Watching the moon with tears wiped away and eyes dried?

第一行译文用了 would，我觉得更能表明"闺中只独看"是诗人的想象，不是描绘客观的现实。译文每行都是十二个音节，大体整齐，更能传达出原诗的"形美"。不过有利必有弊，译文要求"形似"，结果显得不够精练，而且节奏也不全是抑扬格。关于这点我有一个解释，既然原诗并不是一平一仄的，那么译文也不一定要一抑一扬；但从格律体英诗的观点看来，自然还是尽可能地符合英诗的格律更好。总而言之，我认为译诗和译散文不同，译诗主要是要传达原诗的意美、音美、形美。根据以上三种译文来看，原诗的"三美"并不是不可传达的，自然传达的程度有所不同。这就正如绘画一样，画中的人物风景和真正的人物风景也有所不同，但并不能因此就说，人物和风景是不能画的。

《国外文学》1982 年第 1 期 11 页上说"罗伯特·弗·洛斯特（Robert Frost）给诗下了定义：诗就是'在翻译中丧失掉的东西'（what gets lost in translation）。"换句话说，译诗是得不偿失，甚至是有失无得的。我不同意这种说法，我认为译诗有得有失，现试图解如下：

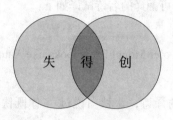

失　得　创

左边的圆圈代表原诗，右边的圆圈代表译诗，两个圆圈的交叉部分就代表译诗"所得"，左边的新月代表译诗"所失"，右边的新月代表译诗"所创"。如果"所得"大于"所失"，那就不能说译诗得不偿失；如果"所创"大于"所失"，那就可以说是青出于蓝而胜于蓝了。例如李白的《峨眉山月歌》："峨眉山月半轮秋，影入平羌江水流。夜发清溪向三峡，思君不见下渝州。"日本译者小畑把第一句诗翻译如下：

The autumn moon is half round above the Yo-mei mountain

陆志韦教授在《中国诗五讲》第 8 页上说："半轮秋"三个字译得不够生动具体，如果译成 half disk autumn，英美人又会觉得很怪。这就是说，诗意"在翻译中丧失掉"了。但是有没有办法使诗意失而复得呢？我想，这就需要再创作了。假如李白能用英文写诗，他会怎么写呢？应该不会把"峨眉山"一字一音地写成英文吧。会不会说是 Mount Brow 呢？我看不是没有可能，因为王观的词《卜算子》不就说过"水是眼波横，山是眉峰聚"吗？假如李白也把"峨眉"叫作"眉峰"，那就好办一点，因为半轮新月不也可以叫作眉毛月吗？那把峨眉山上的半轮新月比作秋天的眉毛，虽然形象不全相同，但是也多少可以传达一点诗的"意美"吗？这样再创作之后，我就斗胆把这句不可翻译的名诗试译如下：

The half moon o'er Mount Brow looks like Autumn's bright brow.

谈到创造性的译诗，瞿秋白说过："你既钦羡于原作的神韵，又得意于译文的形式，你就会不自觉地与原诗人取得心灵上的共鸣，或许就是我们所说的'心有灵犀一点通'吧，保持在这种状态下，你就可以施展你运用文辞的技巧，用探索和联想去字斟句酌——但不可以松懈、草率，否则神韵立刻会从你的笔下溜走——这样揣摩、选择、提炼、再创造，你不仅会得到一篇好的译诗，还会使你赢得无上的快乐和许久的陶醉，甚至忘乎所以，以为这竟是自己的新作。"这说出了译者心里想说却没说出口的话。现在，我想从自己的翻译实践中举个例子来做一点说明。杜牧的《清明》几乎是家喻户晓的名诗："清明时节雨纷纷，路上行人欲断魂。借问酒家何处有？牧童遥指杏花村。"《唐人绝句选注析》说："杜牧这首《清明》写得自然，毫无雕琢之感，用通俗的语言创造了非常清新生动的形象和优美的境界。诗句含蓄，耐人寻味，可谓'含不尽之意见于言外'。"要和"原诗人取得心灵上的共鸣"，看来这还不算太难，但是如何译成英文，引起英美读者"心灵上的共鸣"呢？首先，"清明"二字无论如何翻译，恐怕也不容易引起没有扫墓这种风俗习惯的英美读者的共鸣。因此，只好用通俗的英语，再创造一个"清新生动的形象和优美的境界"，那就是再创作了。

On the day of mourning for the dead it's raining hard,

My heart is broken on my way to the graveyard.

Where can I find a wine-shop to drown my sad hours?

A cowherd points to a cot amid apricot flowers.

我的译文没有译出"清明"二字，这是有所"失"；但用通俗的语言解释了"清明时节"的内容，这是有所"得"；衡量一下，应该说是"得不偿失"的。第二句的"断魂"二字没译出来，这是所"失"；但用了通俗的"心碎"，这是所"得"，我看这里可以说是得失相当。第三句无所"失"却有所"创"，我认为这是得多于失。不过这里可能会有人提出不同的意见，因为原句含蓄，虽有"借酒浇愁"之意，却无"借酒浇愁"之辞，译文明说"消愁解闷"，那就不是"含不尽之意见于言外"了。换句话说，我为了传达原文内容所有、形式所没有的东西，破坏了原诗含蓄的风格。究竟哪种意见对呢？检验真理的标准是实践，如果实践的结果是：用含蓄的译法能引起英美读者的共鸣，那自然应该保留原诗含蓄的风格；如果不能，那就只好舍风格而取内容了。

（四）谈汉译法

《翻译通讯》1983 年第 3 期发表了法国译者《致〈离骚〉法译者的信——兼论中国诗词的法文翻译》，信中反对把中国诗词译成法文诗体，第一个理由是法文诗体"与中国诗体如此风马牛不相及"！法诗与中诗有没有关系呢？早在 20 世纪 30 年代，朱光潜教授在《诗论》一书中就对中诗、英诗、法诗进行过比较研究。用我的话来说，中诗与法诗都具有意美、音美、形美，不能说是风马牛不相及。

这位法国译者反对诗体译诗，因为她认为："越是屈从于洋诗规划，就越脱离原文；反之，译文越忠实，就越难塞进洋框框。"

这话看起来似乎有理，但是否真有道理？还需要经过实践的检验。我们先来看一篇"不屈从于洋诗规划"的散体译文，是不是不"脱离原文"？忠实的译文是不是"难被塞进洋框框"？《中国文学》1980 年第 2 期发表了李清照的词《如梦令》的法译文，原词如后："昨夜雨疏风骤，浓睡不消残酒。试问卷帘人，却道海棠依旧。知否？知否？应是绿肥红瘦。"《唐宋渊选注》中说："本词前四句用孟浩然'夜来风雨声，花落知多少'（《春晓》）的诗意，通过问答，暗示出作者惜春而又不伤春的内心感受。"《蓼园词选》中指出："一问极有情，答以'依旧'，答得极淡，跌出'知否'二句来；而'绿肥红瘦'无限凄婉，却又妙在含蓄。短幅中藏无数曲折，自是圣于词者。"我们看看这首惜春词的散体译文：

La nuit passée, un vent violent a soufflé, mêlé de pluie,

Mon lourd sommeil n'a pas dissipé mon ivresse.

J'interroge la fille qui tire le rideau,

Elle me répond: "Intact est demeuré le pommier sauvage."

 "Ne le sais-tu pas?

Il a dû gagner en vert mais perdre en rouge!"

这位法国译者说："诗的形式和内容是不可分割的。""自由体诗已揭示出诗句里的音韵和节奏的内蕴是多么丰富。"第一句话说得不错。既然形式和内容不可分割，那么，原诗有韵有调的形式，译成无韵无调的自由诗体，不管"诗句里的音韵和节奏""多么丰富"，这种自由诗体还能说是忠实于原文的吗？原文分明"跌出'知否'二句"，译文却只译了一句，这说明译者不理解作者的意图。作者因为"依旧"二字"答得极淡"，所以重复"知否"，表现了她急切的心情，表现出她"惜春而又不伤春的内心感受"。原文"答得极淡"，因为有韵有调，所以富有诗意；而译文"答得极淡"，又无韵无调，那就淡而无味，完全是散文了。《朱光潜美学论文集》第二卷第226页上说："如果用诗的方式表现的用散文也可以表现，甚至可以表现得更好，那么，诗就失去了它的'生存理由'了。"这位译者把她译的诗分行写，但如果不分行，像散文一样一直写到底，难道会有什么损失吗？如果没有损失，那就说明她的译文不是诗，不能说是忠实于原文。反之，"译文越忠实"，是不是"就越难塞进洋框框"呢？朱光潜《诗论》第104页上说："'从心所欲，不逾矩'是一切艺术的成熟境界，如果因迁就固定的音律，而觉得心中情感思想尚未能恰如其分地说出，情感思想与语言仍有若干裂痕，那就是因为艺术还没有成熟。"朱先生说的是写诗，但我觉得可以应用到译诗上来，认为"固定的音律"是"洋框框"，译文难塞进去，那也是因为翻译的艺术还没有成熟的缘故。朱先生还说："起初都有几分困难，久而久之，驾轻就熟，就运用自如了。"现在把我克服困难后翻成诗体的译文抄录如下：

Hier soir vent à rafales et pluie par ondées.

J'ai bien dormi mais je ne suis pas dégrisée.

Je dis à la bonne de lever le rideau.

  "Le pommier sauvage est," me dit-elle. "aussi beau."

  "Ne sais-tu pas, ne sais-tu pas"

Qu'on doit trouver le rouge maigre et le vert gras?

但是法国译者说："给原作（特别是中文原作）强加上人为的韵律，只能歪曲和背叛它，所得的结果是苍白无力的回光返照，是一种非驴非马的变种，只能像醉汉一样在两种不同的文化之间蹒跚着，最后却把灵魂丢掉了，这是多么可惜呀！"又说诗体译文的诗句味同嚼蜡，形同僵尸，读者很难体会出原作的艺术形象。"这种绞尽脑汁、像做练习一样造出来的诗，读起来真是令人啼笑皆非！"这位译者的意见代表了国际上流行的一种思潮，我认为有必要在这里进行答辩。比较一下李清照词的两种译文，到底是诗体还是散体"苍白无力""味同嚼蜡、形同僵尸"，使"读者很难体会原作的艺术形象"呢？到底哪种译文"歪曲和背叛"了原作呢？至于"非驴非马的变种"，难道散体译文是纯种的法国马吗？至于"像醉汉一样……蹒跚着"，那就请读一下第一行散体译文，一行之内用了三个é韵的词，而在行末却没有韵，这不活像一个醉汉东倒西歪，在水里走了三步吗？而诗体译文每两行押韵，难道不是走得四平八稳吗？至于"像做练习一样造出来的诗"，朱光潜的《诗论》第104页上说："文法与音律可以说都是人类对于自然的利导与征服，在混乱中所形成的条理。它们起初都是学成的习惯，在能手运用之下，习惯就变成了自然。"不经过练习，怎能征服自然、造成条理、成为能手呢？说到"啼笑皆非"，就请来读一首令人"啼笑皆非"的散体译诗吧。

《中国文学》1980年第2期发表了晏几道《临江仙》的法译文，原文如下："梦后楼台高锁，酒醒帘幕低垂。去年春恨却来时。落花人独立，微雨燕双飞。记得小苹初见，两重心字罗衣。琵琶弦上说相思。当时明月在，曾照彩云归。"《唐宋词选注》说："这首词是晏几道的代表之作。起首两句，写梦后酒醒，但见楼锁帘垂，暗示去年此时楼台大开、帘幕高卷的热闹情景，为下面'春恨'作好伏笔。'去年'句承上启下，写人去楼空，怅恨不已，从而引出对往事的追忆。落花微雨是'春'，人独立而见燕双飞，是托出'恨'字。下阕追想初见小苹，留下了很深的印象。琵琶惯弹别曲，明月曾照彩云，这是见物思人，反衬出目前月在人不见的孤寂之感和相思之情，全词表现了曲折深婉的风格。"《注解》中说："小苹：歌女名。""两重心字罗衣：罗衣上双重心字图案。""彩云：指小苹。李白《宫中行乐词》八首之一：'只愁歌舞散，化作彩云飞。'"现在我们来看看《中国文学》的散体译文：

Eveillé, on trouve vides le pavillon et la terrasse,

Dégrisé, on apercoit les rideaux clos...

Alors surgit le regret du dernier printemps...

Devant les fleurs fanées, ta silhouette solitaire,

Et dans la bruine, en couple, les vols des hirondelles.

Je me souviens de ma rencontre avec Xiao Ping:

Tous deux en robe de crêpe parfumé, liés par nos cœurs.

Les cordes du "pipa" disaient l'amour,

La lune éclaire toujours la fuite des nuages

这首词是晏几道怀念歌女小苹的作品，抒写了个人的相思之情，但是译者在第一、二行中却没有用"我"字做主语，而是用了一个个人色彩不浓的 on（人们），这就冲淡了原词的抒情意味。第四、五句套用五代翁宏《春残》诗的名句，"人独立"中的"人"是作者自己，译者却译成了"你"。"你"是谁呢？是小苹吗？译者在下半阕翻译小苹时用的是第三人称。因此这个"你"既不是词人，又不是歌女，不知道到底指的是什么人。下半阕第二句，译者望文生义，不求甚解，说成是两人同心相连，都穿罗衣，但他并不知罗衣一般是女子穿的。最后一句，译者把"彩云"译成复数，显然又不知道"彩云"是指小苹；还把"曾照"译为"一直照着"，那就没有理解作者是说：当时照见小苹归去的明月还在，而人却已不在了。这不是令人"啼笑皆非"吗？

这位法国译者说道："时至今日，许多清规戒律已被扬弃，没有人还以为只有掰着指头数音节才作得出像样的诗来！"但是，译诗应该传达原诗的"意美""音美""形美"是不是清规戒律呢？我们来看看法国还没有被"扬弃"的诗人马拉梅（Stephane Mallarmé）和瓦莱里（Paul Valéry）的理论吧。瓦莱里说："他（马拉梅）以非凡的成就论证了诗歌须予字意、字音甚至字形以同等价值，这些字同艺术相搏或相融，构成了文采洋溢、音色饱满、共鸣强烈、闻所未闻的诗篇。诗句的尾韵、韵迭，形象、比喻、隐喻，在这里都不再是言辞可有可无的细节和装饰，而是诗作之主要属性：'内容'亦不再是形式的起因，而是效果中的一种。"法国20世纪的诗人还没有一个可以说是超过了瓦莱里的，而瓦莱里同意马拉梅"予字意、字音甚至字形以同等价值"，这就是说，"音美""形美"和"意美"同等重要，不是诗歌"可有可无"的"装饰"，而是"诗作之主要属性"。而这位法国译者却把"音美"和"形美"看成是"已被扬弃"的"清规戒律"。在这种翻译思想的支配之下，怎么可能译好富有"意美、音美、形美"的中国诗词呢？

这位法国译者特别反对尾韵，她说："每个音节、音素所起的作用都应该是相同的，而不是每句最后一个音节才得天独厚，也并非只有等距的押韵音节才能获得节奏和乐感。简言之，首先强调的是'诗魂'，即诗歌的生命之所在，只有它才能给遣词用字以韵味、色彩、节奏和生命。"但是，朱光潜《诗论》第175页上说："韵的最大功用在把涣散的声音联系贯串起来，成为一个完整的曲调。它好比贯珠的串子，在中国诗里这串子尤不可少。邦维尔在《法国诗学》里说:'我们听诗时,只听到押韵脚的一个字,诗人想产生的影响也全由这个韵脚字酝酿出来。'"《诗论》又说:"中国诗的节奏有赖于韵,与法文诗的节奏有赖于韵,理由是相同的:轻重不分明,音节易散漫,必须借韵的回声来点明、呼应和贯串。"中、法诗学家的理论,晏几道和李清照的词的翻译实践,都证明了这种不用尾韵的自由诗体不能翻译富有"三美"的中国诗词,不能给译文"以韵味、色彩、节奏和生命","所得的结果只是苍白无力的回光返照",使"读者很难体会原作的艺术形象"。至于她所说的"诗魂",也许就是我所说的"意美"吧。

不过,这位法国译者也认为文学翻译是"再创造",她说:"因为舍弃了生造韵律所带来的条条框框……译者就只有放手对原作进行再创造。"说到"生造",朱光潜《谈文学》第 352 页上说:"艺术(art)原义为'人为',自然是不假人为的;所以艺术与自然处在对立的地位,是自然就不是艺术,是艺术就不是自然。说艺术是'人为的'就无异于说它是'创造的'。创造也并非无中生有,它必有所本,自然就是艺术所本。艺术根据自然加以熔铸雕琢,选择安排,结果乃是一种超自然的世界。换句话说,自然须通过作者的心灵,在里面经过一番经营,才能变成艺术。艺术之所以称为艺术,全因在'自然'之上加这一番'人为'。"朱先生接着举例说,"浑身都是情感不能保障一个人能成为文学家,犹如满山都是大理石不能保障那座山有雕刻,是同样的道理。"朱先生所说的才是真正的艺术创造,和这位法国译者所谓的"再创作"不是一回事,因为这位译者一再反对"人为的韵律",不知道"人为"就是"创造",而原文就是创造性翻译艺术的根本。

我国的文学翻译家郭沫若、茅盾、瞿秋白、朱光潜等对创造性的翻译都有所论述,对我国的翻译理论有重大的贡献。现在,我想根据我个人的实践经验，小结一下：一、文学翻译要"忠实于原作的意图"（详见《谈法译汉》）；二、要"运用适合原作风格的文学语言"再现原作，就是我所说的"发挥译文优势"（详见《谈英译汉》）；三、诗词翻译要创造性地传达原作的"意美、音美、形美"（详见《谈汉译英》）；四、"好的翻译等于创作"，但并不是"随心所欲"的翻译，而是"从心所欲，不逾矩"（详见《谈汉译法》）；五、"从心所欲，不逾矩"是翻译艺术的成熟境界，这就是翻译的"艺术论"。

1983 年 6 月 24 日
赴欧三十五周年纪念日

翻译的哲学

本文是作者 1987 年在河南大学外语系作的学术报告，可以概括为四个字："美化之势"，指三美、三化、三之、三势（优势、均势、劣势）。一般来说，改变劣势用浅化法，能使读者知之；取得均势用等化法，能使读者好之；发挥优势用深化法，能使读者乐之。这就是翻译哲学的认识论、目的论和方法论。

（一）认识论

《英汉翻译教程》的绪论中说："翻译是用一种语言把另一种语言所表达的思维内容准确而完整地表达出来的语言活动。"其实，无论是英译汉还是汉译英，尤其是文学翻译，都不容易，不可能做到"准确而完整"。因为英文是拼音文字，中文主要是象形文字，两种文字大不相同。翻译只能在"异中求同"，不可能"同中存异"。译文所表达的不是多于就是少于原文，很少有"准确而完整"的时候。这就是说，翻译的"准确"不是绝对的，而是相对的，译文只有一定程度的"准确性"，或者说是"准确度"。因此，文学翻译不能算是一门"准确的科学"，只能算是有一定"模糊度"的艺术，例如莎士比亚的《哈姆雷特》中的名句：

To be or not to be—that is the question.

（朱生豪译）生存还是毁灭，这是一个值得考虑的问题。

（卞之琳译）活下去还是不活：这是问题。

朱生豪和卞之琳都是我国著名的翻译家，但是他们的译文能不能说是"准确而完整地重新表达"了原文的内容呢？比较一下原文和两种译文，可以说原文的含义大于译文的含义，因为 to be or not to be 既可以用于国家或集体的"生存"或"毁灭"，又可以用于个人"活下去还是不活"下去，因此，两种译文都不能说是"准确而完整"地表达了原文的内容。但是相对而言，哈姆雷特在剧中自言自语的不是国家的存亡，而是个人的生死，所以应该说卞译的"准确度"高于朱译。再进一步分析，假如哈姆雷特说的是中国话，此时此地，他会问自己"活下去还是不活"吗？根据下文出现的两个 to die 来看，他这时考虑的问题，与其说是"活不活"，还不如说是"死不死"吧！如果把 to be or not to be 译成"死还是不死"，那从形式上来看，几乎可以说是最不"准确"，甚至是恰恰相反的了，怎么可能算是"准确而完整"的呢？像 to be 这样最常用的基本词汇都不可能做到"准确"，就更不用提其他的文学翻译了。

其实，不但是译文不能"准确而完整地重新表达"原意，就连原文也未必是"准确而完整地"表达了作者的原意。这就是说，原文的内容和形式（特指语言表达方式）之间有差距，也有矛盾。例如王之涣的名诗《登鹳雀楼》："白日依山尽，黄河入海流。欲穷千里目，更上一层楼。"仔细分析一下，第一句说的是夕阳西下，用"尽"字似乎并不"准确"；第二句说"黄河入海"，但鹳雀楼在山西，无论多高，也看不见黄河入海处；第三句的"千里目"只是说远，并不是准确的一千里；第四句的"一层楼"也只是说高，并不强调"准确"的"一层"。既然原文的语言形式并没有"准确"地表达原文的内容，那么译文如果要表达原意，就不能使用和原文对等的词汇，因此，文学翻译，尤其是诗词翻译，就不可能"准确而完整"，只能是带有模糊性的了。

那么，文学翻译是不是根本用不着"准确"，而是越模糊越好呢？却又不然。虽然文学翻译从宏观上来说可以模糊，但从微观上来说，反而是应该尽可能"准确"的，不过只是"尽可能"，而不是"准确而完整"，例如彭斯的名诗《我的心呀在高原》的第四行：

My heart's in the Highlands wherever I go.

（王佐良译）我的心呀在高原，别处没有我的心。

（袁可嘉译）我的心呀在高原，不管我上哪里。

这两种译文，前半部是"准确"的，后半部却带有模糊性，可以说王译是模糊而不正确的。由此可见，文学翻译还是应该尽可能地"准确"的。朱光潜在《诗论》中说"'从心所欲，不逾矩'，是一切艺术的成熟境界"，自然也是翻译艺术的成熟境界。我想，"从心所欲"就是该模糊就模糊，该自由就自由，但是不能超越正确的范围，这就是"不逾矩"。

《英汉翻译教程》给翻译下了定义，要求翻译"准确而完整"，那是把翻译（包括文学翻译）当成科学，这个定义本身就是不科学的。如果要给翻译下一个比较模糊的定义，那大概可以说：翻译是两种语言文字的统一。一种语言的内容和另一种语言的文字合二为一了，就可以说是翻译。但是，文学翻译不仅是两种文字的统一，还应该是两种文化的统一，例如李清照的名诗："生当作人杰，死亦为鬼雄。至今思项羽，不肯过江东。"项羽为什么"不肯过江东"呢？因为他"与江东子弟八千人渡江而西，今无一人还"，所以他无面目见江东父老。如果不知道这段历史，不了解这个文化背景，那就不能用英语的文字来表达汉语的内容，就不能翻译。了解这个历史背景之后，可以把这首绝句翻译如下：

Be man of men while you're alive,

And soul of souls if you were dead.

Think of Xiang Yu who'd not survive,

His men whose blood for him was shed.

原文的"人杰"被说成是"人中的俊杰"，"鬼雄"被说成是"鬼中的英魂"，"不肯过江东"没有译出来，却说是项羽在他的士卒为他流血牺牲之后，不肯苟且偷生。从两种语言的表达方式看来，这不能算是两种文字的统一，但从两种语言所表达的内容看来，英语的文字却基本上表达了汉语的内容，也就是说，两种文化基本上统一了。

进一步说，文学翻译不但是两种文化的统一，还可以说是两种文化的竞赛。因为两种文化有同有异，各有长短。一种文化的长处就是它的优势，短处就是劣势。如果两种文化的长处相同，优势相等，也就是说势均力敌，那么翻译就不太难，翻译的准确度也比较高。但事实上，两种文化往往是各有长短，互为优劣的。如果一种文化有的长处，另一种文化却没有，那若想取得均势，就要展开竞赛。竞赛时要发挥优势，要在异中求同。例如李清照《夏日绝句》中的"不肯过江东"，就是汉语所有、英语所无的表达方式，但是不肯苟且偷生却是两种文化所共有的思想内容。因此，用"苟且偷生"来取代"过江东"，算是在异中求到了同，也算是改变了译文的劣势，发挥了原文和译文所共有的优势。

我国的文化历史悠久，语言的表达方式丰富，这都是汉语的优势，在翻译时，是不是应该充分发挥呢？让我们来看一个例子：司各特在他的历史小说《昆廷·杜沃德》第一段中描写了15世纪的欧洲：

The latter part of the fifteenth century prepared a train of future events...

这半句如果译成"15世纪后半部分准备了一系列的未来事件"，似乎也可以算是准确的翻译。但是汉语表达方式丰富，就以"准备"二字为例，还可以选用"酝酿""揭开序幕""铺平道路""鸣锣开道"等词。因此，如果把这半句改成"15世纪下半叶酝酿着后来的风云变化"，也许更能传达历史小说的风格，这就是发挥了译语的优势。以上可以说是翻译哲学的认识论：翻译是两种语言的统一，文学翻译是两种文化的竞赛，竞赛中要发挥译语的优势。

（二）目的论

研究翻译理论，目的是为了提高翻译实践的能力。一般来说，能够提高翻译能力的理论才是正确的理论，翻译能力提得越高，越能说明翻译理论正确。目前世界上约有十亿人用英语，又有十多亿人用汉语，所以英汉互译是全世界最重要的翻译。而使英汉互译能力提得最高的理论，还是严复提出的"信、达、雅"三字经。比起

"信、达、雅"，西方用语言学来研究翻译的理论，目前只能说是还处在翻译研究的初级阶段。因为他们解决的问题太少，实用价值不高；而"信、达、雅"三原则却对文学翻译起了非常重大的作用。"信"，可以使读者"知之"；"达"，可以使读者"好之"；"雅"或者文采，可以使读者"乐之"，使译文读者和原文读者感到同样的乐趣，那就达到了翻译的最高境界。一个文学翻译工作者应该经常自问："我的译文能使读者'知之'，还是'好之'，还是'乐之'？"如果能使读者"乐之"，那才算达到了文学翻译的最高境界，"知之、好之、乐之"就是翻译哲学的目的论。

现在举王之涣《登鹳雀楼》的译文来做说明。先看美国译者宾纳（Bynner）的译文：

Mountains cover the white sun,

And oceans drain the golden river;

But you widen your view three hundred miles,

By going up one flight of stairs.

译文还原后大致是说：山挡住了白色的太阳，海洋吸引着金黄色的河流。你可以把眼界扩大三百英里，只要再爬一层楼梯。这位美国译者的译文大致可以说是达到了"知之"的境界。下面再看翁显良的译文：

Westward the sun, ending the day's journey in a slow descent behind the mountains. Eastward the Yellow River emptying into the sea. To look beyond, unto the farthest horizon, upward! Up another storey!

翁译大致是说：西边的太阳结束了一天的旅程，慢慢地落到山背后去了。东边的黄河流入了大海。要想看到山河之外，看到最遥远的天边，那就上去吧，再上一层楼吧！翁译加了"西边"和"东边"两个方向词，使图景更加清晰，词语更加对称，"尽"字的译法准确度很高，后两句译文的气势恢弘，可以说是达到了"好之"的境界。但把这首著名的五言绝句译成散文诗，总觉得有点美中不足，能不能译成韵文呢？我先试译如下：

The white sun sinks behind the hill;

    The Yellow River flows into the sea.

If you want to see farther still,

    Climb to a higher balcony.

我的初稿为了押韵，第一行用了 hill 一词，而且用的是单数，比起美译和翁译来，气势就小多了；最后一行也是为了押韵，选了"阳台"一词，似乎又太洋气了一点，读来并不能使自己"乐之"，当然更不能使读者"乐之"了。于是我又重译如下：

The sun beyond the mountains glows;

The Yellow River seawards flows.

You can enjoy a grander sight

By climbing to a greater height.

新译第一行没有"白"字，但动词却用了"发出白光"，也没有译"尽"字，但状语却说是"山外"，这就是说"白""尽"二字已经融入译文，化得不显痕迹。"好之"的译者还是主客分隔的，

"乐之"的译者就该主客合一了。第二行的"入海"合译成一个副词，也比初稿精练。最后两行没有逐字翻译"千里"和"一层"，而是用了两个双声词来表示对仗，以音代形。译文每行八个音节，都是四个抑扬格音步，每两行押韵，译后颇能自得其乐。如果读者能和译者产生共鸣，那就可以算是"乐之"了。但是原文读者和译文读者因为文化背景不同，兴趣爱好往往也有差别，那么，译文应该使哪种读者感到"乐之"呢？我想，不但应该使只懂译文的读者"知之"或"好之"，而且更应该使既懂原文、又懂译文的读者"好之"或"乐之"。

（三）方法论

怎样能使文学翻译为读者"知之、好之、乐之"呢？概括地说，可以采用"深化、等化、浅化"三种方法，这就是翻译哲学的方法论。所谓"深化"，包括特殊化、具体化、加词、一分为二等译法；所谓"浅化"，包括一般化、抽象化、减词、合而为一等译法；所谓"等化"，包括灵活对等、词性转换、正说、反说、主动、被动等译法。

先说"深化"。前面把李清照的"不肯过江东"改成"不肯苟且偷生"，就是通过原文的表层形式，进入原文的深层内容，所以说是"深化"译法。翁显良把"白日依山尽"中比较抽象的"尽"字，译成比较具体的"慢慢落下"，可以算是"具体化"的译法。他在"白日"之前加上"西边"，在"黄河"之前又加上"东边"，这用的是"加词法"。把 at all seasons 译成"春夏秋冬"，就是把季节分为四季了，可以说是"分译法"，也可以叫作"一分为二法"。总之，译文的内容比原文更深刻了，这就是"深化"。

"浅化"和"深化"正好相反，把深奥难懂的原文化为浅显易懂的译文就是"浅化"，例如"黄粱梦"不必说明小米没煮熟，一场好梦就惊醒了，只译成 a golden dream，就可以算是"浅化"，也可以说是"一般化"的译法，因为是把一个特殊的"黄粱梦"译成一个一般的美梦了。前面说的"欲穷千里目，更上一层楼"，如果改成"若要看得远，就要爬得高"，把具体的"千里"化为抽象的"远"，把具体的"一层"化为抽象的"高"，这都是"抽象化"的译法。"楼"字删而不译，也可以算是减词法。鲁迅的诗句"躲进小楼成一统，管他冬夏与春秋！"有人逐字直译，结果毫无诗味；有人不拘形式，把后一句译成 I do not care what season it is（管他什么季节），那就是用了"合译法"，或者说是"合而为一法"。

至于"等化"，把"无风不起浪"译成"无火不生烟"，可以算是"等化"译法。如果译成"有烟必有火"，那就是"正译法"，因为把否定句改成肯定句，把反面的说法换成正面的说法了。在《傲慢与偏见》中，王科一把 you were the last man in the world whom I could ever be prevailed on to marry 译成"哪怕天下男人都死光了，我也不愿意嫁给你"，把肯定句译成否定句，把正面的说法改成反面的说法，这就是"反译法"。关于词性转换，主动译成被动，被动译成主动，因为译文和原文的深浅度基本相等，这里就不一一举例了。

关于"深化"和"浅化"，叶嘉莹教授在《迦陵论诗丛稿》第20页中说："我以为诗人所写之内容，就其深浅广狭而言，一种是属于共相的，一种是属于个相的……后主所写的词好像能写千古人类所共有的某种悲哀，而道君皇帝所写的则只是一己之悲哀而已。"这就是说，"共相"更深，"个相"更浅。但是深浅是相对的，也是可以转化的，例如贺知章的《回乡偶书》："少小离家老大回，乡音无改鬓毛衰。儿童相见不相识，笑问客从何处来？"这首诗是贺知章离家五十多年之后，八十多岁回乡时写的，本来"只是小我"的感伤，但是到了一千二百多年后的今天，台湾同胞回到大陆探亲，还能引起心灵的共鸣，这就是"个相"转化为"共相"，浅显的内容也"深化"了。第三句的"儿童"，究竟是指自己家中的儿女，还是指村中的儿童？一般来说，诗人已经八十多岁，儿女应该已经上了年纪，不会再是儿童。这样就事论事的解释，只能说是"个相"的。如果解释为自己家中的儿童都"相见不相识"，那就更富于戏剧性，引起的共鸣面更广，也就是说，"个相"深化为"共相"了。所以我翻译时采用了"深化"的译法：

Old, I come back to my homeland I left while young,

Thinner has grown my hair though I speak the same tongue.

My children whom I meet do not know who am I.

"Where are you from, dear sir?" they ask with beaming eye.

至于"等化"，我想用张祜的《河满子》来说明问题："故国三千里，深宫二十年。一声河满子，双泪落君前。"《唐人绝句选》引《剧谈录》说："孟才人善歌，有宠于武宗，属一旦圣体不豫，召而问之曰：'我或不讳，汝将何之？'对曰：'若陛下万岁之后，无复生为。'是日令于御前歌《河满子》一曲，声调凄咽，闻者涕零。及宫车晏驾，哀恸数日而殒。"根据这个注释，我把《河满子》翻译如下：

Homesick a thousand miles away,

Shut in deep palace twenty years,

Singing the dying swan's sweet lay,

Oh! how can she hold back her tears!

将"三千里"译成"一千英里",这是"等化";如果只译成 far far away,那就是"浅化"了。Home 后面加了 sick,"深宫"前加了 shut,这都是加词或"深化"。将《河满子》译成天鹅临终时美妙的歌声,也是"等化";如果译音加注,那就无法使读者"好之"。歌声之前加了 sweet,这是以乐衬哀,倍增其哀的译法,也可以算是"深化"。总而言之,文学翻译可以采用"深化、等化、浅化"三种方法,这三种方法也适用于诗词翻译。

诗词翻译应该尽可能地传达原诗的"意美、音美、形美",以上讲的都是"意美"问题。其实传达诗词的"音美"和"形美",也可以用深化、等化和浅化的方法。例如《河满子》每句五个字,第二、四句押韵,既有音美,又有形美。译文每行八个音节,四个音步,可以说是用"等化"的方法传达了原诗的"形美";但译文第一、三行押韵,第二、四行也押韵,押韵密度大于原诗,可以说是用"深化"的方法传达了原诗的"音美"。"河满"二字都是"水"旁,具有"形美";译文用了 swan 和 sweet 两个双声词,既有"形美",还有"音美",也可以算是用"等化"或"深化"的方法来传达原诗的"形美"。由此可以看出,"等化"也有深浅度的不同。

总而言之,我提出来的翻译理论可以用四个字来概括,那就是"美化之势"。"美"指"意美、音美、形美",就是"三美";"化"指"深化、等化、浅化",就是"三化";"之"指"知之、好之、乐之",就是"三之";"势"指"优势、均势、劣势",就是"三势"。换句话说,翻译要发挥译文的优势,改变劣势,争取均势;使读者知之、好之、乐之(或使译文 readable, enjoyable, delectable);采用的译法基本是深化、等化、浅化;而译诗更要求再现原诗的意美、音美、形美。取得"均势"基本上是"等化",

一般能使读者"好之";改变"劣势"基本上是"浅化",一般能使读者"知之";发扬"优势"基本上是"深化",一般能使读者"乐之"。这就是翻译哲学的认识论、目的论和方法论。

其实,我所说的翻译哲学就是翻译理论。"认识论"只是谈论我对翻译的认识;"目的论"只是谈论翻译的目的;"方法论"只是谈论翻译的方法。

（原载河南大学《英语学报》1988 年第 1—3 期）

文学翻译与翻译文学

文学翻译的最高目标是成为翻译文学，要使翻译作品本身成为文学作品，不但要译得意似，还要译出意美。作者并举朱生豪译莎士比亚，傅雷译罗曼·罗兰为例，指出彭斯诗译得不意似，瓦雷里诗译得形似而不神似，以此作为对照。

文学翻译的最高目标是成为翻译文学，也就是说，翻译作品本身要是文学作品。三百年来，在世界范围内，成为文学作品的译作不多。如以英美文学而论，18世纪蒲伯译的荷马史诗《伊利亚特》和《奥德赛》，19世纪菲茨杰拉德译的《鲁拜集》，20世纪庞德译的李白诗和雷罗斯译的杜甫诗，都曾被编入《英诗选集》，翻译作品本身便成为文学作品了。但是，一般说来，这些译作多是求真不足，求美有余，而真正的翻译文学应该是既真又美的。

外国文学经过翻译能成为中国文学。英国作品有朱生豪译的莎士比亚之作，法国作品有傅雷译的巴尔扎克和罗曼·罗兰之作。朱生豪才高于学，所以译文"信"不足而"雅"有余，如他译的《罗密欧与朱丽叶》的最后两行：

古往今来多少离合悲欢，
谁曾见这样的哀怨辛酸！

这两行译文如果和曹禺的直译比较：

人间的故事不能比这个更悲惨，
像幽丽叶和她的柔密欧所受的灾难。

就可以看出朱译的艺术手法。他把"人间"拆译为"古往今来"，把"故事"具体化为"离合悲欢"，又把"悲惨"拆译为"哀怨辛酸"。如果要用数学公式来表示这种译法，那大致是：4=1+1+1+1。

另一方面，朱译又把不言自明的"幽丽叶和她的柔密欧"删了，这种减词不减意的译法也可以用数学公式来表示：4-2=4。

由此可见，朱译能够曲折达意，婉转传情，用词高雅，可以算是一种再创作的译法。

他"信"的不足则表现在误译上，如《安东尼与克莉奥佩特拉》第一幕最后一句，原译为："他将要每天得到一封信，否则我要把埃及杀得不剩一人。"后来方重教授校正为："要不然我要把埃及全国的人都打发去为我送信。"朱译有时不一定是误译，但还可以精益求精，如《温莎的风流娘儿们》第二幕第二场中，毕斯托尔说："那么我要凭着我的宝剑，去打出一条生路来。"在司各特《昆廷·杜沃德》的第二章中引用这句话的译文是："世界就是一个蚌壳，我要用刀剖出珍珠。"朱译把"蚌壳"的形象删去，这就不能算是"减词不减意"了。但总的说来，朱译是瑕不掩瑜的，所以成了翻译文学。

至于傅雷，他的译文"重神似不重形似"，如《约翰·克利斯朵夫》第2卷第428页：

> 克利斯朵夫虽然自己不求名，却也在……巴黎交际场中有了点小名气。他的奇特的相貌……极有个性的那种丑陋，人品与服装的可笑，举止的粗鲁，笨拙，无意中流露出来的怪论，琢磨得不够的，可是方面很广很结实的聪明……使他在这个国际旅馆的大客厅中，在这一堆巴黎名流中，成为那般无事忙的人注目的对象。

郭麟阁在《当代文学翻译百家谈》中说：这段翻译"有不少地方达到'神似'……'很结实的聪明'在汉语中不可理解。许渊冲建议改为'溢于言表的才智'，可以考虑"。这就是说，傅译既"信"又"雅"，只是有时在"达"方面，还可以精益求精。

有人认为傅雷的译作风格盖过了原作者的风格，读傅译的巴尔扎克和罗曼·罗兰的作品时，"原作者不见了，读者看到的是译者在说话"。事实是如此吗？让我们读读傅雷译的巴尔扎克《幻灭》第22页上的一段描写：

> 吕西安的个子中等，细挑身材。看他的脚，你会疑心是女扮男装的姑娘，尤其是他的腰长得和女性的一样，凡是工于心计而不能算狡猾的男人，多半有这种腰身。这个特征反映性格难得错误，在吕西安身上更其准确。他灵活的头脑有个偏向，分析社会现状的时候常常像外交家那样走入邪路，认为只要成功，不论多么卑鄙的手段都是正当的。世界上绝顶聪明的人必有许多不幸，其中之一就是对善善恶恶的事情没有一样不懂得。

读了这段译文，难道不能看出巴尔扎克冗长、曲折、细致、深刻的描写手法，形象化的语言，和罗曼·罗兰的风格大不相同吗？怎么能说傅译是"貌合神离"而不是"神似"呢？

和傅雷风格不同的有卞之琳，他在《英国诗选》中附译了法国诗人瓦雷里的《风灵》，并在注解中说："瓦雷里以风灵（中世纪克尔特和日耳曼民族的空气精）喻诗人的灵感。它飘忽无定，出于偶然或出于长期酝酿，苦功通神，突然出现，水到渠成。它在诗中出现，高深莫测，捉摸不定；最后一转，出现了一个神奇地形象，一个女子换内衣的一瞥，一纵即逝。"现将卞译合行抄录如下：

> 无影也无踪，我是股芳香，
> 活跃和消亡，全凭一阵风！

> 无影也无踪，神工呢碰巧？
> 别看我刚到，一举便成功！

> 不识也不知？
> 超群的才智，盼多少偏差！

> 无影也无踪，
> 换内衣露胸，两件一刹那！

原诗每行五个音节，韵式是 ABBA，ACAC，DDE，AAE。卞之琳把一个法文音节译成一个单音汉字，韵式除第二段改成 ACCA 外，都和原诗非常"形似"。但是若以"神似"而论，译文还有可以商榷之处，如第三段"超群的才智盼多少偏差"就不好懂。其实原文是说：超群的才智也会出多少偏差，犯多少错误，失掉多少抓住灵感的机会，而这却是意中之事。卞译强调"意中之事"，用了一个"盼"字，结果反而出"偏差"了。我认为译诗要得其精而忘其粗，得其神而忘其形，因为译诗总是有得有失的，如果能"得意忘形"，那就不算"得不偿失"了。现在试把这句诗改译如下：

①超群的才智出多少偏差！
②超群的才智少不了偏差！
③超群的才智多次失良机！

①更"形似"，③更"神似"，②在①和③之间，更加"意似"，因为包含了"意料中"的意思。卞译"换内衣露胸，两件一刹那"更不好懂。现试改译如后：

①更衣一刹那，隐约见酥胸！
②脱衣又穿衣，瞬间露玉体！

①用了卞译原韵，但是颠倒了韵序，因为我觉得保留原诗的"意美"比"音美"更重要。②则改动了原韵，和"多次失良机"押韵了。"酥胸"改译为"玉体"，这可能有所失；"玉体"和"良机"押韵，这又是有所得。如果认为所得大于所失，那我觉得可以为了更多的"音美"，牺牲少许"意美"。

　　牺牲"意美"，不能超过"意似"的限度。"酥胸"是"玉体"的一部分，二者是"意似"的，所以不妨换用。如不"意似"，那换用就成了误译，如《世界抒情诗选》里选了一首彭斯的诗：

呵，如果你站在冷风里，

　　一个人在草地，在草地，

我的小屋会挡住凶恶的风，

　　保护你，保护你。

如果灾难像风暴袭来，

　　落在你头上，你头上，

我将用胸脯温暖你，

　　一切同享，一切同当。

如果我站在可怕的荒野，

　　天黑又把路迷，把路迷，

就是沙漠也变成天堂，

　　只要有你，只要有你。

如果我是地球的君王，

　　宝座我们共有，我们共有，

我的王冠上有一颗最亮的珍珠——

　　它就是我的王后，我的王后。

朱曼华在《彭斯一首诗译文的质疑》中指出：第三行的"小屋"是误译，原文是苏格兰高地人穿的方格花呢子"披风"的意思，所以第七行才说"用胸脯温暖你"。第九行"可怕的"、第十行"天黑又把路迷"都是望文生义，是想当然，原文是"荒凉的""阴郁的""空旷的"的意思。第十五行"珍珠"也是误译，因为王冠上最亮的是深山中采来的"宝石"，不是海里捞来的"珍珠"。彭斯是苏格兰人，披风，荒凉、阴郁、空旷的草原，甚至宝石，都带有苏格兰的地方色彩，译者完全没有理解。这就是说，译文不够"意似"，没有达到文学翻译的最低要求。自然不能算是翻译文学了。

综上所述，可以看出：翻译彭斯这种意在言内的诗歌，只要做到"意似"，就可以传达原诗的"意美"。但是翻译《风灵》这样意在言外的诗歌，"形似"并不等于"意似"，直译就不容易再现原诗的"意美"。我认为：译诗要尽可能地传达原诗的"意美""音美"和"形美"。至于小说和戏剧，傅译和朱译之所以能成为文学作品，还有一个重要的原因，那就是他们发挥了译文语言的优势，使读者不仅能"知之"，而且"好之"，甚至"乐之"。

如何发挥译文语言的优势呢？说来话长。早在1943年大学毕业的时候，我翻译了英国桂冠诗人德莱顿的诗剧《一切为了爱情》，但是十二年后，经过上海文艺联合出版社一位编辑的加工润色，才得以出版。其中有一句埃及女王说的话："我的爱带有超越一切的热情，一开头就飞出了理智的范围，现在更到九霄云外去了，哪里还顾得到理智？""九霄云外"这句就是编辑加工润色的结果，我觉得这几个字是原文内容可有、原文形式所无的词语，正好发挥了汉语的优势。于是在后来的翻译中，我也如法炮制。

我译罗曼·罗兰的《哥拉·布勒尼翁》，第一章有一句主人公哥拉的自白，我的初稿是："在这副上过硝的老皮囊里，我们装进了多少快乐和痛苦，坏主意，滑稽事，经验和谬误，多少稻草和干草，无花果和葡萄，青果子，甜果子，玫瑰和蔷薇……"这样"形似"的译文，有没有达到"意似"的要求呢？恐怕没有。几经斟酌之后，定稿改成："我们装进了多少快乐和痛苦，恶作剧，穷开心，经验和错误，多少需要的和不需要的，情愿吃的和不愿吃的，生的和熟的，醉人的和刺人的东西……"我认为这样才有可能达到使读者"知之"的最低要求。

哥拉自白的原文中用了许多同韵字，读起来很像我国的顺口溜，令人觉得妙趣横生。但是译文只有"痛苦"和"错误"，"干草"和

"葡萄"押了韵，不足以使读者"好之"。第五章中还有另一段顺口溜，译文如下："你还不知道我是个多坏的坏子，我游手好闲，好吃懒做，放荡无度，胡说八道，疯头癫脑，冥顽不灵，好酒贪饮，胡思乱想，精神失常，爱吵爱闹，性情急躁，说话好像放屁。"在这句译文中，"做"和"度"，"道"和"脑"，"灵"和"饮"，"想"和"常"，"闹"和"躁"，都是音近或叠韵字，所以和原文不但"意似"，而且还算是"音似"了。

哥拉说话还喜欢用双声词，例如他在第一章中形容他的老婆时说："嘿！她多活跃，……满屋子只看见她瘦小的身影，寻东寻西，爬上爬下，咯吱咯吱，咕噜咕噜，怨天怨地，骂来骂去，从地窖到顶楼，把灰尘和安宁一起赶跑。"这是用重复"寻""爬""怨""骂"等字的方法来译双声，也可以说是发挥了汉语的优势。

哥拉厌恶宗教战争，他在第二章中说："谁晓得他们为了什么理由打仗？昨天为了国王，今天为了神圣同盟。一会儿为了旧教，一会儿为了新教。所有的教派都是一样，其中没有一个好人；吊死他们，我都舍不得花一根绳子。"这个译文可以算是"意似"；如果把后半句改译为"吊死他们，我都怕会玷污我的绳子"，那就能更神气活现地表现出哥拉的性格，可以算"神似"了。

最近校译法国作家普鲁斯特的巨著《追忆似水年华》，有人提出书名应译为《寻找失去的时光》，我觉得那只能使人"知之"，现译名却能使人"好之"。秦观有个名句"柔情似水"，所以"似水年华"可能引起柔情的联想，不如"流水年华"，可以使人联想李煜的名句"流水落花春去也"。但是"流水年华"可能引起的联想太广泛，如秦观的"流水绕孤村"使人有孤独感，"淡烟流水画屏幽"又有幽静寂寞之慨，都没有一去不复返的意思。所以我看还是《追忆逝水年华》最为"神似"，并能使人"乐之"，甚至拍案叫绝。有人认为"逝水"是名词，不能用来形容"年华"，但"豆蔻"也是名词，"豆蔻年华"不是成了习惯用语吗？"逝水年华"正是可以和原文相媲美的"再创作"。

我曾说过：翻译是两种语言的竞赛，文学翻译更是两种文化的竞赛。译作和原作都可以比作绘画，所以译作不能只临摹原作，还要临摹原作所临摹的模特，要临摹"风灵"在"更衣一刹那"露出的"酥胸"。如果译者能够发挥译文语言和文化的优势，运用"深化、等化、浅化"的方法，使读者"知之、好之、乐之"，如果译诗还要尽可能地再现原诗的"意美、音美、形美"，那么文学翻译就有可能成为翻译文学。

1989 年 10 月 18 日于北京大学

（原载《世界文学》1990 年第 1 期）

文学翻译与科学翻译

关于科学和艺术，我曾经说过："科学研究的是'真'，艺术研究的是'美'。科学研究的是'有之必然，无之必不然'之理，艺术研究的是'有之不必然，无之不必然'之'艺'。"换句话说，科学研究的是客观真理，不以人的主观意愿为转移，可以用实验来证明；而艺术研究的规律却受到主观意愿的影响，合乎规律的不一定好，不合规律的不一定不好，也不能用机械来证明。如果要用数学公式来表示，我说过科学的公式是1+1=2（内容等于形式，言等于意），艺术的公式却是1+1＞2（内容大于形式，意大于言，可以创新）。

关于科学和文学，英国文学家赫胥黎（Aldous Huxley）说过："把语言所说不清楚的，说清楚了，是科学；把语言所不能表达的，表达出来，是文学。"哈佛博士童元方1996年在香港翻译学术会议上解释三类语言时说："第一类是用日常语言能够说得明白的，称为常用语言；第二类是用数字，用图画，用定义，用逻辑，用符号等的补助，把日常语言所说不清楚的，说清楚了，称为科学语言；第三类则是日常语言所不能表达的，用烘托，渲染，比喻，讽刺，幽默……把用日常语言所不能表达的表达出来，称为文学语言。"

童元方把赫胥黎的"语言"限定为"日常语言"，科学和文学的区别就说得更清楚了。

关于文学语言，我国作家汪曾祺 1987 年在哈佛和耶鲁讲《中国文学的语言问题》时说："文学的语言，不是口头语言，而是书面语言，是视觉的语言，不是听觉的语言。"中国的文学语言不是日常的口头语言，而是视觉的语言，也就是说，中国文学语言不但具有意美和音美，还具有形美；在西方文学中，文学语言却是听觉的语言，书面语言和口头语言的差别不如在视觉语言中大，而且只有意美和音美，缺少形美。由于西方语言的口语和书语相差不远，所以在西方语言之间互译时，可以采用对等的科学翻译方法。而视觉语言和听觉语言之间的差距很大，据计算机统计，中文和英文的词汇，只有 40% 可以找到对等词，因此在中西语文互译时，尤其是在翻译文学作品时，至少有 60% 不能用科学翻译法。

文学是语言的艺术，诗词是中国语言最高的艺术，因为诗词的感情容量大，启示性强，不限于说一是一，说二是二。而可以说一指二，意在言外。中文是意合的语言，不是形合的语言，也就是说，连词、介词等往往可以省略，因此意象的组合灵活，密度大，含义也丰富，意象之间有很大的跳跃性，给读者留下了想象的余地。中文没有严格的形态变化，可以突破时空关系，主宾关系，有很大的弹性，给读者留下了补充的余地。因此，在把诗词译成西方文字时，译者可以有再创作的空间。

袁行霈在《中国诗歌艺术研究》中提出了宣示义和启示义的概念："宣示义，一是一，二是二，没有半点含糊；启示义，诗人自己未必十分明确，读者的理解也未必完全相同，允许有一定范围的差异……一首诗艺术上的优劣，在一定程度上取决于启示义的有无。一个读者欣赏水平的高低，在一定程度上也取决于对启示义的体会能力。"这也是说，如果一首诗只有宣示义，翻译成外文时基本可用科学翻译法；如果有启示义，那用科学翻译法就不够，需要用再创的文学翻译法。

杨振宁在我的《追忆逝水年华》的英文本序言中说："许多年前，艾略特来参观普林斯顿高等学术研究所。有一天，在所长奥本海默举行的招待会上，奥本海默对他说：'在物理方面，我们设法解释以前大家不理解的现象；在诗歌方面，你们设法描述大家早就理解的东西。'许渊冲在这本回忆录中写道：'科学研究的是 1+1=2，艺术研究的是 1+1=3。'不知道他的意思和奥本海默有无相通之处。"

杨振宁说的是诗和物理学，我看也可以扩大为文学和科学。那么，我的公式和奥本海默的话有没有相通之处呢？他说科学家设法解释大家以前不理解的现象，这话自然不错。例如 1957 年以前，大家不理解宇称不守恒的现象；但到了 1957 年，杨振宁和李政道打破宇称守恒定律之后，大家就理解了，宇称不守恒定律就成为 1+1=2 的一般客观规律了。奥本海默说：诗人描述大家早就理解的东西，这话说得也对也不对，例如李商隐的名句"春蚕到死丝方尽"，如只理解为春蚕吐丝到死为止，这是大家都理解的现象，并且可以译成英文和法文：

1. Spring silkworm spins silk till its death. (Eng.)
2. Le ver de soie meurt, sa soie épuisée. (Fr.)

这时翻译的形式等于内容，言等于意，公式是 1+1=2。但是原诗的"丝"和"思"同音，包含有"相思"的意思，就是说诗人的相思之情好像春蚕吐丝一样，一直要到死方休，这就不一定是大家早就理解的东西，译成英法文也不容易双关，只好加词译为：

416

1. Spring silkworm till its death spins silk from lovesick heart. (Eng.)

2. Le vet meurt de soif d'amour, sa soie épuisée. (Fr.)

英文的 silk 和 sick 字形相似，只差一个字母。声音也和原文的"丝"差不多，法文的 soie 和 soil 也是音形都相似，并且头韵相同，都可算是巧译。但从原文观点看来，却是内容大于形式，意大于言，公式是 1+1=3（或 1+1 ＞ 2）。如果再把李商隐这句诗理解为诗人写诗一直要写到死为止，那就更不是大家以前都能理解的，内容更大于形式，意也更大于言，公式就可以是 1+1=4 了。由此可见奥本海默说的是理解以前的事情，我说的却是理解以后的规律。

1999 年，杨振宁在纽约州立大学的荣休会上，引用了李商隐的诗句"夕阳无限好，只是近黄昏"，并且把诗译成英文：

The evening sun is infinitely grand,

Were it not that twilight is close at hand.

原诗每句五字，译成五个音步，不但内容准确，而且音韵节奏优美，"无限"和"只是"的译文，更说明译者是一位科学家，译文是科学翻译。

中国诗词的感情容量大，启示性强，往往可以说一指二。李商隐这首诗说的是夕阳，指的却可以是人到晚年；说的是"无限好"，指的却可以是灿烂辉煌；说的是黄昏，指的却可以是接近终点，面临死亡。杨振宁翻译的基本是宣示义，如果要译启示义，我想可以翻译如下：

The setting sun appears sublime,

But Oh! 'tis near its dying time.

比较一下两种译文，杨译的"夕阳"非常精确，客观；许译的"落日"稍微带了一点感情色彩，略有主观惋惜之意。杨译把"只是"说成"如果不是"，也是客观说理；许译加了一个叹词，说是"可惜接近死亡"，抒情色彩更浓。由此可以看出科学翻译和文学翻译的不同。

总之，科学重直译，文学重意译；科学翻译重形似，文学翻译重神似；前者要对等，后者要再创；科学翻译重宣示义，文学（尤其是诗词）翻译重启示义；前者要"信达切"，后者要"信达优"（the best words in the best order）。科学家翻译的文学作品说明了：科学翻译和文学翻译应该如何结合起来。

我国文学家萧乾在《文学翻译琐谈》一文中说："我有时用温度来区别翻译。最冷的莫过契约性质的文字，本身就死板而机械，容不得半点灵活。把那种文字机械化并不难，文学翻译则是热的，而译诗的热度尤其高。这里'热'指的当然是情感。科技翻译只能——也只准许照字面译，而文学翻译倘若限于字面，那就非砸锅不可。"又说："一个译者（指的当然是好译者）拿起笔来也只能揣摩原作的艺术意图，在大脑中构想出原作的形象和意境，经过'再创作'，然后用另一种文字来表达。"由此可见，萧乾是反对形似的文学翻译，主张再创作，重视启示义的。

例如王勃的名句："海内存知己，天涯若比邻。"如要译得形似，先要逐字翻译一下："海"是 sea，内是 within，存是 exist，知是 know，己是 self。再把字拼成词："海内"是在四海之内的意思，可以加上省略了的介词和形容词，译成 within the four seas；"知己"是知道自己的朋友，又要加上省略了的"朋友"，译为 a friend who knows you。第三步是把字和词再拼成句:"海内"就是天下（in the world, on the earth）,"知己"就是知心人（a bosom friend, one who knows your heart）;中文"海内"可作主语,英文加了介词就是状语,需要补个主语;和下一句连起来看,这一句应该是条件,所以还要加个连词。因此,全句可以译成:

If you've on earth a bosom friend,

下一句"天涯若比邻"也可逐字翻译一下:"天"是 sky,"涯"是 margin 或 end,"若"是 like,"比"是 close 或 near,"邻"是 neighbor。再把字拼成词,"天涯"是"远方"的意思,"比邻"是"近邻"的意思;再把字和词拼成句,又要加上主语"在天涯海角的人",全句就成了"远在天边的人也近如邻居",因此可以翻译如下:

He's near to you though at world's end.

这两行译的是宣示义,但是启示义呢? 天涯海角就是无论距离多远,比邻就近在眼前,整句的意思就是距离不能分开我们。因此用再创的译法,可以把这两句重译如后:

If you have friends who know your heart.
Distance cannot keep you apart.

前面说了,一首诗的优劣往往取决于启示义的有无,一个译者水平的高低往往取决于对启示义的体会能力。如果从启示义的观点来看,第二种译文优于第一种;但从形似的观点来看,却是第一种优于第二种，由此又可看出文学翻译理论和科学翻译理论的不同。中国文学语言是视觉文字，西方文学语言却是听觉文字。因此，中国诗词译成英文，如果难分高下，不妨高声朗读，看看哪种译文容易上口而且好听，哪种容易记忆而且宜于背诵，就可以较出高下了，因为诗词总是要喜闻乐见的。

前面谈到文学翻译可以结合科学翻译，那么，文学翻译理论能不能利用科学研究的成果呢？我看是可以的。例如物理学的超导现象，人们发现了一种在传导电流时可以没有损失的导体。因此，在翻译时，如能发现一种方法，使传导的信息和情感不受损失，那就可以算是文学翻译的超导论。又如生命科学的"克隆法"，可以把一种优质基因注入一个生命机体中去，使机体变得更完美。因此，在翻译时，也可以把优质的文字基因注入到译文中去，使译文变得更完美，那就是文学翻译的"克隆法"。下面来举例说明。

唐代诗人王昌龄的名诗《芙蓉楼送辛渐》，最后一句"一片冰心在玉壶"非常出名，说自己的心纯洁无瑕，好像玉壶中的冰一样。英国译者赫尔登的译文是：

My heart is a piece of ice in a jade cup.

这句译文还原成中文是：我的心是玉杯中的一块冰。从形式上看来，译文似乎不错，但有没有传达原文的思想感情呢？没有，因为原文是说心地纯洁，译文却可能使人误以为诗人的心冷酷无情，像一块冰了。因此应该修改如下：

My heart is free of stain like ice in a jade vase.

这样才算传达了原文的信息和纯洁无瑕的感情，可以说是起到了"超导"的作用。又如诗人高适和琴师董大分别时写的诗："莫愁前路无知己，天下谁人不识君？"可以译成：

Fear not you have no admirers as you go along!
There's no connoisseur on earth but loves your song.

把"知己"说成"崇拜者"，把"谁人"说成"爱歌的知音"，都可以算是"超导"了。

毛泽东写了一首七绝《为女民兵题照》："飒爽英姿五尺枪，曙光初照演兵场。中华儿女多奇志，不爱红装爱武装。"外文出版社和中国翻译公司的英译文分别是：

1. How bright and brave they look, shouldering five-foot rifles
On the parade ground lit by the first gleams of day.
China's daughters have high-aspiring minds,
They love their battle array, not silks and satins. (Foreign Languages Press)

2. So bright and brave, with rifles five-foot long,
    At early dawn they shine on drilling ground. (or place)
Most Chinese daughters have a desire strong
    To be battle-dressed and not rosy gowned. (China Translation Corporation)

3. To face the powder, not powder the face. (Xu)

第一句的"飒爽"二字是豪迈而矫健的意思，这里两种译文都用了双声词 bright and brave，传导的韵味没有什么损失，可以算是"超导"。第二句的"曙光"是主语还是状语呢？译例 1 理解为主语，那就只是对演兵场的客观描写；译例 2 理解为状语，就加了个主语 they，即"女民兵"，说她们容光焕发，为演兵场增辉添彩，那就不只是"超导"，因为注入了新基因而成为"克隆"了。第四句"不爱红装爱武装"中有两个"爱"字，两个"装"字，译例 1、2 都没有传导这个特点，显然是有所损失；译例 3 却用了两个 face 和两个 powder，从形式上弥补这个缺陷，可以算是"超导"；从内容上看，把红装说成是涂脂抹粉，把武装说成是面对硝烟，这就注入了优质基因，可以说是"克隆"了。

其实，超导法和克隆法在西方早已有人用过，最著名的是 18 世纪蒲伯（Pope）译的《荷马》（Homer），有人认为他的译文不符合原作的风格，有人却认为它胜过了原作。还有 l9 世纪菲茨杰拉德（Fitzgerald）译的《鲁拜集》（The Rubaiyat），大家公认没有他的英译本，这本波斯诗集可能就不会流传于世。我用这些方法把中国古典诗词译成英法韵文，有人说是"有史以来第一"，有人却说我是"千古罪人"。看来千秋功罪，只好任人评说了。

和科学成就相结合的文学翻译理论不但可以应用于诗词英译，也可以应用于英诗汉译。例如雪莱（Shelley）的《哀歌》，现将原诗和得奖的译文抄录于后：

O World! O Life! O Time!

On whose last steps I climb,

Trembling at that where I had stood before.

When will return the glory of your prime?

No more, —Oh, never more!

Out of the day and night

A joy has taken flight;

Fresh spring and summer, and winter hoar

Move my faint heart with grief, but with delight

No more, —Oh, never more!

哦，时间！哦，人生！哦，世界！

我正登临你最后的梯阶，

　　战栗着回顾往昔立足的所在，

你青春的绚丽何时归来？

　　　　不再，哦，永远不再！

从白昼，从黑夜，

喜悦已飞出世界，

　　春夏的鲜艳，冬的苍白，

触动我迷惘的心以忧郁，而欢快，

　　　　不再，哦，永远不再！

　　比较一下原诗和译文，可以看出译文第一行就犯了三个错误，把表示感叹的 O 译成表示顿悟的"哦"，仿佛诗人对时间、人生、世界都毫不了解，写诗时才恍然大悟似的，这和原文相去甚远。第二行的"梯阶"又是不通的中文，显然是为了凑韵而颠倒了"阶梯"，为什么不用更通顺的"台阶"呢？第三行的"所在"太散文化，可能因为译者不了解原文的代词 that 代的是 step，因为 that 是单数，而 steps 是复数；但是一查雪莱的原稿，就会发现原来是用复数的 those，后来才改 that，可见雪莱要说这是他立足的最后一个台阶，译者因为理解不深，所以就译得散文化了。第四行的"绚丽"译得也不确切，原文是光荣的意思。下一段的第一二行"从白昼，从黑夜，喜悦已飞出世界"又是逻辑不通，白天黑夜和世界是什么关系？如何能从时间飞出空间呢？第三行原文漏了一个"秋"字，一查原稿就可知道，不查也行，只要数一数这一行的音节和音步，再和上一段第三行对比，就会发现原文少了一个重音音节。应该加字的地方译者没有加，上一行不该加字的地方，译者偏偏加了一个"世界"，这就不是注入优质基因，而是注入劣质基因，不能算是"克隆法"了。这从反面说明了"克隆"不能用伪劣商品冒充，也要"打假"。可以用"超导法"和"克隆法"，可把这首诗改译如下：

啊！世界，啊！人生，啊！光阴，
对我是山穷水尽。
往日的踪影使我心惊，
青春的光辉何时能再回？
不会啊！永远不会！

欢乐别了白天黑夜，
已经远走高飞。
春夏秋冬都令人心碎，
欢乐随流水落花去也。
一去啊，永远不回！

前面说过，各人对启示义的理解可以不同，但是不能误解。新译文的"山穷水尽""远走高飞"等都是"超导"，春花冬雪去也，成了"落花流水"，这是"克隆"。以上从正反两方面的例子，可以看出文学翻译如能结合科学成就，那是大有可为的。

形似·意似·神似"三似论"

为了更美，没有一条清规戒律不可打破。

——贝多芬

中文和西方文字互译的问题，归根结底，还是形似、意似或神似的问题。仔细分析一下，形似又可以分为形似而不意似和形似而又意似两种；意似也可分为意似而不形似和意似而又形似两种；不形似就比较接近神似了。如以译诗而论，形似而又意似的译例，最著名的是《古诗十九首》中的"思君令人老"，英译文是：

Thinking of you makes me old.

一般认为既形似又意似。但是仔细研究一下，thinking of 只是"想到"的意思，想到一个人怎会使自己变老呢？所以这里"思"字不如译成 longing for, yearning for, missing（思念，怀念，惦记）更加意似。由此可见形似还有各种不同的程度，在具体情况下最恰当的形似就是意似。又如毛泽东《元旦》中的诗句"风展红旗如画"，英文译成：

The wind unrolls red flags like scrolls.

几乎也是一个字对一个字，既形似又意似的。但再研究一下发现，unroll 是把卷好了的东西打开，而风卷红旗不会像卷画那样整整齐齐，所以"卷"字不如译成 unfurl，更加自然。"画"字译为 scrolls 是"画卷"的意思，那就是把一面红旗比作一个画卷了；虽然不能算错，但不如把所有飘扬的红旗比作一幅画，气势更加恢宏，那"画"就该译成 picture 了。然而 unrolls 和 scrolls 押内韵，富有音美；picture 虽然更有意美，但音美却差多了。两害相权择其轻，权衡一下利害得失，scrolls 意美所失小于 picture 音美所失，所以从全句来考虑，还是用 unrolls 和 scrolls 更好。由此可见翻译要有整体观念，局部需要服从整体，不能因小失大。

上面谈的只是其中的两句诗。如果谈到诗段，情况又要更复杂一些，例如《木兰诗》最后一段四句："雄兔脚扑朔，雌兔眼迷离。双兔傍地走，安能辨我是雄雌？"前两句如何理解呢？《汉魏六朝诗鉴赏辞典》第 1573 页上说："扑朔是跳跃貌，迷离是兔眼眯缝貌，此二句互文，雄兔扑朔而又迷离，雌兔迷离而又扑朔，两兔一道在地上奔跑，谁又能辨其雌雄！"如果这样理解，这四句可以译成英文如下：

Both buck and doe have lilting gait,

And both their eyelids palpitate.

When side by side two rabbits go,

Who can tell the buck from the doe?

和原文一比，可以说这个译文是意似而不形似的，因为第一行的主语就既有雄兔又有雌兔。但是《文汇读书周报》2002 年 2 月 22 日 11 页上说："扑朔、迷离是表现雄兔和雌兔的各自特征，也是它们的区别性。当雄兔向雌兔求爱时，雄兔脚扑打（动物中的雄性向雌性求爱时大都要显示一下自己）；而雌兔接受雄兔求爱时，则眯起眼睛。另外，抓住兔子的耳朵（不能抓尾巴）将兔子提起来时，雄兔不老实，乱扑打，而雌兔则比较老实眯起眼睛。后来化为成语的扑朔迷离，则是由上转意，指事物不好分辨。"这个解释显得非常有理，可以据此译成英文如下：

The wooing buck would stamp his feet;

The doe, wooed, blink bleary eyes sweet.

When two rabbits go side by side,

Who can tell buck from doe bleary-eyed?

　　这个译文可算是既形似又意似的，前两行还加译了"求爱"字样，可以说是不形似而神似；最后一行加了"眯眼"二字，又可以算是意似而不形似的了。由此可见形似、意似、神似，三者的关系错综复杂，不能简化说只重形似或只重神似，更不能说形似而后神似，因为形和神有时统一，有时却是矛盾的。

　　神似和形似统一的时候很少，形神兼备的最著名的例子是杜甫的诗句"无边落木萧萧下"。后三字卞之琳译成"shower by shower"，可以说是既形似，又神似，还音似，是很难得的妙译。但一般说来，神似和形似是矛盾多于统一的，如吴钧陶把王之涣的诗句"白日依山尽"译成：

The mountain is eating away the setting sun.

说山把落日吃下去了，形象生动，可以算是神似，但却不能说是形似。又如白居易在《后宫词》中的诗句"红颜未老恩先断"，《古诗词六百首》中译为：

Her rosy face outlasts the favor of the king.

说宫女的红颜保持得比帝王的恩宠还久，从反面来写"老"和"断"，也可以算是神似而不形似的例子。

一般说来，翻译一首诗，很难译得完全形似，也难完全神似而一点都不形似。具体情况需要具体分析，下面就来举例说明。1645年清军占领南京，明朝灭亡。当时才15岁的诗人夏完淳参加了反清复明的活动，三年后被捕，押解离开故乡云间时，写下了一首诗《别云间》：

> 三年羁旅客，今日又南冠。无限山河泪，谁言天地宽？
> 已知泉路近，欲别故乡难。毅魄归来日，灵旗空际看！

第一句的"羁旅"二字，是"长久居留他乡"的意思，这里指诗人三年来在外奔波，从事反清活动。第二句的"南冠"二字，是"南方人的帽子"，因为南方的楚国人成了北方晋国人的囚犯，所以"南冠"就用来代替犯人，这里说诗人坐牢了。两句诗说一指二，所以翻译不能形似，只能意似。第三句"无限山河泪"有两种解释：一是把"山河"拟人化，说是山河被清军占领，悲伤得流泪了，这时译文可以形似；二是说诗人看见山河被敌人占领，不禁难过得流泪，这种理解就只能译得意似。第四句问谁说天地宽呢？意思是说诗人成了囚犯，天地怎么能算宽大？即使宽大又有什么用？这又不能译得形似，而是应该神似。第五句的"泉路"指的是黄泉，就是死人所在的阴间，只能译得意似。只有第六句"欲别故乡难"说一指一，可以译得形似。第七句的"毅魄"说的是刚毅的魂魄，指的是自己，所以只好形意兼译了。最后一句说自己即使死了，灵魂也要高举义旗从天上回到故乡来的。一个"看"字，写出了壮烈牺牲的诗人对后人寄托的希望，这自然只能译得神似了。全诗翻译如下：

Having struggled three years,

    I'm now again in jail.

Our boundless land sheds tears;

    It's vast to no avail.

I know my death is near;

    It's hard to leave homeland.

Should my soul reappear,

    I'd wave my flag in hand.

    第一、二行译文说：我斗争了三年，现在又入狱了，翻译用的是"浅化"法。第三、四行说：无限的山河都在流泪，天地宽大又有什么用呢？用的是"等化"法。第五行说我知道死期将近了，这也是"浅化"；第六行说很难离开故乡，这又是"等化"。第七行说如果我的英灵再现，可以说是"等化"或"浅化"。第八行说我手里挥舞着旗子，那就更生动形象了，可以算是"深化"了。"浅化"只是意似而不形似，"等化"却是意似而又形似，"深化"则是神似，甚至可以说是创造了意义，如龚自珍的诗句"落红不是无情物，化作春泥更护花"译成英文：

The fallen blossoms are not an unfeeling thing:
Though turned to mud, they'd quicken flowers' birth next spring.

"催促花的新生"就是神似，因为它创造了新的意义，也更美了。贝多芬说：为了更美，没有什么规律不可以打破。总之，"形似"而不"意似"的公式是 1+1 < 2；"意似"是 1+1=2；"神似"是 1+1 > 2。这说的是诗词英译，下面来谈谈法译汉。

法译汉的主要矛盾，一般说来，是直译和意译之间的矛盾。也可以说是"形似"和"神似"之间的矛盾，按照我提出的翻译标准，又可以说是忠实于原文形式和发挥译文优势之间的矛盾。傅雷在《论翻译书》中说过："愚对译事看法实甚简单：重神似不重形似；译文必须为纯粹之中文，无生硬拗口之病；又须朗朗上口，求音节和谐。"现在，我们先来看看巴尔扎克在《高老头》中的几句话和傅雷"神似"的译文：

Quoique j'aie bien lu dans ce livre du monde, il y avait des pages qui cependant m'étaient inconnues. Maintenant, je sais tout. Plus froidement vous calculerez, plus avant vous irez. (Balzac: Le Père Goriot)

虽然人生这部书我已经读得烂熟，可是还有一些篇章不曾寓目，现在我全明白了。你越没有心肝，就越高升得快。

这段译文除了"不曾寓目"是书面语，不符合书中人物说话的语气之外，可说是"神似"的译文。

下面我们再来看看一些"形似"的译文。巴尔扎克在《人生的开始》中描写主角奥斯卡说：

Qu'un enfant de dix-neuf ans, fils unique, tenu sévèrement au logis paternel à cause de I'indigence qui atteint un employé à douze cents francs, mais adoré et pour qui sa mère s'impose de dures privations, s'émerveille d'un jeune homme de vingt-deux ans,...n'est pas des peccadilles commises à tous les étages de la société, par l'inférieur qui jalouse son supéneur? (Balzac: Un Début dans la Vie)

译文 1：
一个十九岁的孩子，又是独养子，在一个年薪只有一千二百法郎的穷公务员的家庭中，受着严格的管束，却又受到母亲的溺爱，为他不惜自己挨穷受苦，现在这孩子突然对一个二十二岁的青年人的阔绰表示惊叹……这难道不是社会各阶层都存在的由于下层人物妒忌他们的上层人物而犯的小毛病吗？

译文 2：
一个十九岁的孩子，而且是独生子，继父又是一年只赚一千二百法郎的穷职员，管他管得挺严，母亲却爱他如命，为他不惜吃苦受罪。一个这样的孩子，看到一个二十二岁的阔绰青年，怎能不佩服得五体投地？……社会上哪个阶层的人没有这种眼睛往上看的小毛病？

两种译文的前半部分大同小异，译例 1 的后半部分拘泥于原文的形式，译例 2 却发挥了译文的优势。

巴尔扎克接着描写这个二十二岁的阔绰青年乔治，对这个十九岁的穷孩子奥斯卡说了一句话：

—Le vieillard n'est pas fort, dit Georges à Oscar, que cette apparence de liaison avec Georges enchanta.

译文 1：

"那老头子并不怎么厉害。"乔治对奥斯卡说，这种和乔治的表面上的联系，使奥斯卡觉得高兴。

译文 2：

"这个老头子并不太厉害。"乔治赏了奥斯卡一个面子，使他觉得受宠若惊。

"表面上的联系"和"高兴"都是"形似"的译文，但在具体的情况之下，这种"表面上的联系"指的就是"赏脸"或者"赏个面子"。这是现成的汉语表达方式，法语却没有这种表达法，也就是说，这时法语词汇不如汉语丰富，表达方式不如汉语确切、深刻。同样的道理，"高兴"有各种不同的程度，在具体的情况下，一个穷孩子对一个阔绰的青年佩服得五体投地，这个青年忽然赏脸和他说话，他会高兴到什么程度呢？我想用"喜出望外"比用"高兴"更确切、深刻，而用"受宠若惊"却是再恰当不过了。假如巴尔扎克是中国人，故事写到这个地方，我想他也会用"赏个面子"和"受宠若惊"的，甚至会为法语没有这种表达方式而感到遗憾。因此，在这种情况下，应该充分发挥译文的语言优势，使译文读起来比原文更具体。有时语言优势在原文方面，如刚才提到的"人生这部书"就是汉语原来没有的表达方式，这时就要吸收过来，化为己有。同样的道理也可以应用于汉译法，汉译英。这样，各种文化通过翻译，互相取长补短，不就使全人类的文化更加丰富多彩了吗？这应该是翻译的最高目标。

下面，巴尔扎克描写公共马车中的英国旅客：

Les Anglais mettent leur orgueil à ne pas desserrer les dents...

译文 1：
英国人用骄傲来封住自己的嘴巴……

译文 2：
英国人以为咬紧牙关，一言不发，便可以抬高身价……

译例 1 看起来好像"形似"，但其实译得不够明确。追求"形似"，有时反而貌合神离。例如，巴尔扎克接着写公共马车上旅客交谈的情况：

La conversation s'engage avec d'autant plus de chaleur, que tout le monde a senti le besoin d'embellir le voyage et d'en charmer les ennuis.

译文 1：
于是交谈就尽可能地热烈了，以致大家都觉得有使旅行有趣起来的需要，以便驱除旅途中的烦恼。

译文 2：

旅途越是无聊，旅客越需要消愁解闷，谈话就越起劲。

旅客谈得起劲，冒充大画家的小画师希奈就大吹牛皮，把一件艳事吹得天花乱坠，不料被一个隐匿身份、微服出行的伯爵听出了破绽：

—Et que dit de cela Mme Schinner? reprit le comte, ...
—Est-ce qu'un grand peintre est jamais marié en voyage?

译文 1：

"希奈太太对此将作何感想呢？"伯爵接着说……
"难道一个大画家就永远不能在旅行中结婚吗？"

译文 2：

"希奈夫人对这件艳事有什么看法呢？"……
"画家出了门，永远是单身。"

原文第二句的直译是：一个大画家在旅行时还算是结了婚的人吗？意思是说：画家不在家中，夫人也管不着。译例 1 追求"形似"，结果译得并不"意似"；译例 2 译文不求"形似"，结果反而"神似"。小画师吹牛皮时露出了马脚，把闹事的达尔玛西人说成是用法语叫喊的，又被伯爵问得张口结舌，不知如何回答是好。这时，口齿伶俐的小学徒弥斯蒂格里来帮腔：

—L'émeute parle la même langue partout, dit le profond politique

Mistigris.

译文 1：

"群众暴怒的语言到处都是一样的。"弥斯蒂格里像很老练的政治家那样说道。

译文 2：

"普天下闹事的人都有共同的语言。"弥斯蒂格里这位擅于辞令的外交家来解围了。

译例 1 把小学徒说成是像"老练的政治家"虽然不错，但是帽子未免太大，不如把"政治家"的范围缩小到"外交家"，把"老练"具体化为"圆滑"，或者更具体的"擅于辞令"。尤其是"解围"二字，可说是比原文更深化，更发挥了译文的语言优势。

巴尔扎克描写一个女仆出身的总管太太：

puis une ou deux locutions de femme de chambre, des tournures de phrase qui démentaient l'élégance de la toilette, firent promptement reconnaitre au peintre et à son élève leur proie:...

译文 1：

其次是说话的语气和一两句女仆惯用的成语，暴露了在漂亮服装下的实质，使画家和他的学生马上认清了他们的猎获物的本来面目。

译文 2：

然后，她一不小心又漏出了一两句女仆的口头禅，用字造句也和高雅的服装不太相称，于是画师和他的学徒马上抓住了狐狸的尾巴。

以上几个译例可以说明：当"形似"和"神似"发生矛盾的时候，应该舍"形似"而取"神似"。不过，"形似"和"神似"有时是一致的，不"形似"也就不"神似"，例如雨果在《笑面人》中写道：

Je tiens aux grands et j' appartiens aux petits. Je suis parmi ceux qui jouissent et avec ceux qui souffrent. (Hugo: L'Homme Qui Rit).

译文1：
我是大人物中的一个，可是我仍然属于老百姓。我置身在这些朝欢暮乐的人当中，可是我仍然和受苦的人在一起。

译文2：
我出身贵族，但属于平民。我身在享乐的人中间，心和受苦的人一起。

原文对仗工整，译例1的"大人物"对"老百姓"，译得"形似"，也就"神似"。可惜句型不够对称，"朝欢暮乐"应该对"受苦受难"，才算"形似"，只用"受苦"二字，就显得对仗不工整。译例2也用"受苦"，但和前面的"享乐"对称，可以说是既"形似"又"神似"了。《笑面人》中还有一段话，典型地体现了雨果的风格。

La pauvreté, j'y ai grandi; l'hiver, j'y ai grelotté; la famine, j'en ai goûté; le mépris, je l'ai subi; la peste, je l'ai eue; la honte, je l'ai bue.

译文 1：

"我在穷苦中长大，在冬天里瑟瑟发抖；尝过饥饿的滋味；受人轻视；染过瘟疫，喝过羞辱的酒浆。"

译文 2：

"贫穷，我在其中长大；冬天，我在那里哆嗦；饥饿，我尝过；轻视，我受过；可怕的瘟病，我得过；耻辱的苦水，我喝过。"

原文六个分句都把宾语放在句首，表示强调；并且重复了六个相同的句型，语气简短有力；每两句对称，还有三句押韵。译例 1 的"瑟瑟"二字没有必要，"酒浆"二字加得也不妥当，不如译例 2 的"苦水"，而"可怕"二字，却是用来传达"形美"的原文，结果"形似"也就更"神似"了。

以上说的都是散文，译诗有没有"形似"和"神似"的矛盾呢？我们来看看缪塞的一首咏月诗：

C'était dans la nuit brune,

    Sur le clocher jauni

        La lune

Comme un point sur un i.

Lune, quel esprit sombre

    Promène au bout d'un fil

        Dans l'ombre

Ta face ou ton profil?

译文 1：
暮色苍茫古塔高，
高塔顶上明月照，
好像颠倒的惊叹号！

月呵，哪一个神仙，
用一根无形的银线
在转动你的正面和侧面？

译文 2：
暮色苍茫古塔黄，
明月高挂古塔上，
　　　好像
一竖上面加一点。

月啊，哪一个神仙
用根银线在暗中
　　　转动
你的正面和侧面？

　　原诗每行都是六个音节，第三、七行只有两个；译例 1 每行
七八个字，最后一行十个，但是少了两个短行，不够"形似"；译
例 2 每行七字，第三、七行也是两个，更能传达原诗的"形美"。
原诗隔行押韵，译例 1 每段三行一韵，译例 2 却是两行一韵，都传
达了原诗的"音美"。译例 1 读起来像歌谣，译得"神似"，译例 2

既"神似"又"形似"。从"意美""音美""形美"三方面来考虑，我就取"形似"兼"神似"了。

雨果和缪塞是19世纪的浪漫主义作家，巴尔扎克也是19世纪批判现实主义大师，他们都是蒸汽机时代的文学家。到了20世纪电子时代，文学翻译有没有什么不同呢？20世纪法国的第一位大作家是罗曼·罗兰，他写了三部小说：第一部是《约翰·克利斯朵夫》，有傅雷的译本，我看和傅译的巴尔扎克没有多大差别。第二部是《哥拉·布勒尼翁》，这是一个雕花木工的自述，高尔基曾说过这是一本"最奇妙的书"。它的风格的确与众不同，例如第一章中哥拉谈到自己：

Dans ce vieux sac tanné, avons-nous fait entrer des plaisirs et des peines, des malices, facéties, expériences et folies, de la paille et du foin, des figues et du raisin, des fruits verts, des fruits doux, des roses et des gratte-culs, des choses vues et lues, et sues, et eues, vécues!

（初稿）在这副硝过的老皮囊里，我们装进了多少快乐和痛苦，坏主意，滑稽事，经验和谬误，多少稻草和干草，无花果和葡萄，青果子，甜果子，玫瑰和蔷薇，多少见过的，读过的，知道过的，有过的，生活过的东西！

（定稿）在这副上过硝的老皮囊里，我们装进了多少快乐和痛苦，恶作剧，穷开心，经验和错误，多少需要的和不需要的，情愿吃的和不愿吃的，生的和熟的，醉人的和刺人的东西，多少见过的，读过的，知道的，有过的，生活过的事物！

初稿译得"形似"，但是读后可能莫名其妙，不知所云，所以定稿只好改用意译，而原文最后五个过去分词还是没有译出韵来，而这正是原文独特的风格，就像我国民间的"顺口溜"一样。再看第五章哥拉对他的情人说的话：

Tu ne sais pas quel mauvais diable je fais, chenapan, fainéant, pochard, paillard, bavard, étourdi entêté, goinfre, malicieux, querelleux, songe-creux, colérique, lunatique, diseur de billeversées.

"你还不知道我是个多坏的坏子，我游手好闲，好吃懒做，放荡无度，胡说八道，疯头癫脑，冥顽不灵，好酒贪饮，胡思乱想，精神失常，爱吵爱闹，性情急躁，说话好像放屁。"

原文有五个不同的韵，译本基本四字一句，每两句押一韵，虽然不是"音似"，却大致传达了原文的"音美"，而且可以说是发挥了译文的语言优势。但是译文太整齐，和原文不"形似"，这又是顾此失彼了。

原书不但韵文很多，双声词用得也不少，如第一章中哥拉谈到他的老婆时说：

Hai! comme elle se démène,...remplissant la maison de son corps efflanqué, furetant, grimpant, grinchant, grommelant, grognant, grondant, de la cave au grenier, pourchassant la poussière et la tranquillité.

嘿！她多活跃……满屋子只看见她瘦小的身子，寻东寻西，爬上爬下，咯吱咯吱，咕噜咕噜，怨天怨地，骂来骂去，从地窖到顶楼，把灰尘和安宁一起赶跑。

原文一连用了六个 gr 双声词，译文很难译得"音似"，只好重复不同的"寻""爬""怨""骂"，同时镶嵌上"东西""上下""天地""来去"等虚用的实词，这也可以说是扬长避短，发挥译文的语言优势。

以上三个译例谈的是"形似"或"音似"的问题，翻译《哥拉·布勒尼翁》自然也有"神似"的问题，如第一章写哥拉对生活的热爱：

Grand Dieu! que la vie est bonne! J'ai beau m'en empiffrer, j'ai toujours faim, j'en bave; je dois êre malade: à quelque heure du jour, l'eau me vient aux babines, devant la table mise de la terre et du soleil...

（初稿）伟大的上帝！生活多么好！我虽然拼命吃喝，还总是饥饿，还流着馋涎；我恐怕是病了：随便什么时候，只要在摆满了土地和阳光的餐桌面前，我总是口水直流……

（二稿）……我沉醉在阳光里，饱餐着大地的秀色，但是口水还是直流。

（定稿）……只要面对着醉人的阳光和秀色可餐的大地，我的口水总是直流。

初稿译得"形似"，但是不好理解，不如"神似"的定稿。

"神似"和"形似"或"音似"有时并不矛盾，反而可以说是统一的，如第五章写哥拉和一个好朋友为了争夺一个情人而打起来时，作者写道：

N'est rien tel que d'être amis pour bien être ennemis.

朋友翻了脸，比仇人还狠。

原文的 amis 和 ennemis 有韵，译文的"脸"和"狠"也有点"音似"，这样翻译就可以算是"神似"和"音似"统一了。

"神似"和"形似"的统一问题，在罗曼·罗兰的第三部小说《心醉神迷》（现译《母与子》）中可以看出。小说一开始就写女主人公安乃德：

Elle était assise près de la fenêtre, tournant le dos au jour, recevant sur son cou et sa forte nuque les rayons du soleil couchant. (Rolland: l'Ame Enchantée)

安乃德坐在窗前，背朝窗外，夕阳照在她的脖子和粗壮的后颈上。

这个译文可以说是"意似"的，但是译得不够"形似"，原文以代词开始，译文却译成名词"安乃德"了。一般说来，法文小说也是先出现名词，再出现代词的，罗兰在这里为什么反其道而行之呢？我想这一句主要是写女主人公心醉神迷的状态，如果先用名词，读者的注意力就集中到人名上去了，至少要记女主人公的名字。而罗兰希望读者看到的，只是一个坐在窗前，看着落日的残辉，心醉神迷的少女。不提她的名字，一是为了避免分散读者的注意力，二是因为代词比名词更模糊，能更好地创造心醉神迷的气氛，三是可以隐隐约约地点明书名。我看这种写法，有点像我国京剧主角出场的唱词。主角出台之前，先在幕后唱上一句，让听众只闻其声，不见其人，精神更加集中，更加急着要见到其人，等到主角出台，一个亮相，台下就掌声四起了。如果我这样解释不无道理的话，那这样开门见山、单刀直入的译法，就是可以商榷的了。我认为这个译文不够"形似"，结果也就不能传神。

罗兰在第一段写了少女心醉神迷的状态之后，第二段就来写她潜意识的活动：

Désir de baigner son corps. Elle se trouve dévêtue. La main glacée de l'eau palpe ses pieds et ses genoux. Torpeur de volupté.

安乃德产生了沐浴的愿望，她发现自己的衣服全已脱光。池水用冰冷的手抚摩她的脚和她的膝盖。极大的快感使她遍身发麻。

原文写的是潜意识活动，潜意识的幻觉往往是一些不连贯的静态图画，所以作者用了一些没有动词的句子，来描写女主人公心醉神迷时的模糊感觉。她想洗个澡，或者不如说，想在水里泡泡，但译文不但加了个动词"发生"，还加了个主语，仿佛安乃德真要洗澡似的。"愿望"两个字也用得太重，其实这不过是一闪而过的"念头"而已。白日做梦的人大约都有这种经验，一想到洗澡，就不知道衣服怎么已经脱掉了。从译文中，读者却得不到这种白日做梦的感觉。"极大的快感"五个字用得也不够传神，如果说是"心旷神怡"，那就可以说是发挥译文的语言优势了。总而言之，译文因为不够"形似"，结果就不"神似"。

从上面举的雨果、缪塞、巴尔扎克、罗曼·罗兰作品的译例来看，可以得出结论：当"形似"和"神似"能统一的时候，译文应该做到"形似"；在"形似"和"神似"矛盾时，则应该舍"形似"而取"神似"。

中国学派的古典诗词翻译理论

美国《新闻周刊》2005 年 4 月的一期封面上写了几个大字：
"21 世纪是中国的世纪"。这就是说，中国的经济和文化对 21 世纪
的世界起到非常重要的作用，正如美国对 20 世纪，英国对 19 世纪，
法国对 18 世纪，西班牙对 16 世纪的世界一样。但在 16 世纪以前，
从公元 6 世纪到 15 世纪这 1000 多年的时间里，中国都是世界上最
繁荣且文化最发达的国家。在 2000 年前，西方处于希腊罗马时代，
中国则是春秋战国及秦汉盛世，这是东西文化并立的局面。而西方
从希腊罗马到西法英美，每个世纪都会产生一个不同的强国，中国
却在几千年来一直屹立在东方，留下了大量的文化典籍。如果把这
些典籍译成英文，将对全世界文化的发展起到非常重要的作用。因
此，大连典籍英译研讨会的召开，有着为"中国世纪"鸣锣开道的
意义，而大连《外语与外语教学》共出版了 200 期，也为走向"中
国世纪"的道路铺上了一砖一瓦。

如何把中国的文化典籍译成英文？现在西方盛行的是对等翻译
理论，因为据电子计算机统计，西方文字（如英法德俄西）有 90%
以上可以对等；而中文和英文差距很大，大约只有 40% 可以对等，
因此对等译论只适用于小部分中英互译。尤其是在诗词英译中，中

英对等文字可能更少，对等译论的适用性要小得多。现在就来举例说明，《诗经》第一篇《关雎》，第一段原文是："关关雎鸠，在河之洲。窈窕淑女，君子好逑。"余冠英的语体译文是"关雎鸟关关和唱，在河心小小洲上。好姑娘苗苗条条，哥儿想和她成双。"这段诗的几种英译如下：

1. Kuan-kuan go the ospreys,

    On the islet in the river.

    The modest, retiring, virtuous young lady:—

    For our prince a good mate she.

    (James Legge, 1861)

2. Waterfowl their mates are calling,

    On the islet in the stream.

    Chaste and modest maid! fit partner

    For our lord (thyself we deem).

    (Wiliam Jennings, 1891)

3. "Fair, fair," cry the ospreys

    On the island in the river.

    Lovely-is this noble lady,

    Fit bride for our lord. (Arthur Waley, 1918)

4. On the river-islad—

    The ospreys are echoing us.

    Where is the pure-hearted girl

To be our princess? (Witter Bynner, 1929)

5. Byriverside are cooing

A pair of turtledoves;

A good young man is wooing

A fair maiden he loves. (XuYuanchong, 1985)

6. The waterfowl would coo

Upon an islet in the brooks.

A lad would like to woo

A lass with good looks. (Wang Rongpei, 1994)

以上 6 个译例，前 4 个是英美学者在 19 世纪和 20 世纪前期的译文，后两种是中国学者 20 世纪后期的译文。比较一下，可以看出中西译文的异同。首先，"关关"二字，译例 1 音译得最对等，译例 3 意译，译例 2 说是叫声，译例 4 说是回声，那就是一般化，对等程度都低。译例 5、6 说是"咕咕叫"，那却是特殊化，对等程度如何，要看主语如何翻译。译例 6 和译例 2 一样，把主语"雎鸠"说成是水鸟，这是一般化，但水鸟有没有咕咕叫的？如果没有，那主语和谓语的搭配就有问题。译例 5 说是斑鸠，这是特殊化，而斑鸠却是咕咕叫的，因此可以说译例 5 是更好的译文。

其次，"在河之洲"，译例 1、2 最为对等，译例 3、4 把"洲"说成岛屿，未免太大；译例 6 把"河"说成是溪，未免太小，而且溪用复数，几条溪中有一个小岛，不大可能。译例 5 把"洲"说成河边，看来最不对等，但无论洲或小岛都是河边，倒是更可能达意。最后，"君子"和"淑女"到底是什么人？西方译文都说是贵

447

族男女，从过去的观点来看，是对等的。但是闻一多指出：《国风》多是民歌，所以男女都是"采荇菜"的劳动人民，于是余冠英把男女译成"哥儿"和"姑娘"。这样看来，西方译文和原文并不对等。译例5说是青年男女，反而更符合现代意义；译例6说是少男少女，又未免太年轻了。由此得出的初步结论：古典诗词英译，少半可以选择对等的译文，多半需要采用最好的译语表达方式。

《典籍英译研究》中有一篇林玉娟的文章，谈到《诗经·螽斯》的英译，原诗第一段是："螽斯羽，诜诜兮。宜尔子孙，振振兮。"袁梅的语体译文是："蝈蝈绿翅膀啊，聚来乱纷纷啊。你的众子孙啊，多得连成群啊。"汪榕培的英译如下：

The locust music fills the air,

Hum, hum, hum;

May you sons and daughters bear,

Delighted and handsome!

汪译没有翻译"羽"字，虽然看着不对等，但却译出了翅膀发出的声音，传达了原诗的意美和音美，林玉娟说是"超越了原作"，因此可以算是最好的译语表达方式。但第四行的"高兴"和"漂亮"并不对等，是否能算作最好的表达方式？那就要研究了。

《诗经·击鼓》中有4个名句："死生契阔，与子成说。执子之手，与子偕老。"张爱玲的语体译文是："生和死都在一起，我和你誓言不改，让我们两手相搀，活到老永不分开。"两种中国人的译文如下：

1. Meet or part, live or die,

We' ve made oath, you and I.

"Give me your hand I'll hold,

And live with me till old!" (Xu Yuan chong, 1991)

2. My wife's my life's companion;

We're bound in marital union.

I grasped her hand and say,

"Together we'll always stay."

(Wang Rongpei, 1994)

在"死生契阔"中，"契"是"契合"，合在一起的意思，"阔"是"开阔"，分开的意思。全句是说：无论是生是死，是分是合，我们都说好了，要手挽着手，一直活到老。从这个意义上来说，译例1是对等的。译例2说：我的妻子是我的终身伴侣，这和原文是不对等的。对等的和不对等的译文，到底哪种是更好的译语表达方式呢？译例2虽然达意，但不传情；译例1却形象具体，传情而又达意。

对等的译文成了更好的译语表达方式，由此可以得出结论：如果对等的译文是最好的译语表达方式，那就可以采用对等的译文。如果不是，那就要用最好的，而不是对等的译语表达方式。这话说来简单，但却是我60年的翻译心得。我在翻译时，如果只想翻译得更对等，更切合原意，那我多半译不出满意的译文。如果我改变一下想法，只问自己的译文是不是表达原意的最好译语方式，能不能找到更好的，甚至是超过原作的表达方式？那我往往在"山重水复疑无路"的时候，却能发现"柳暗花明又一村"，甚至喜出望外。下面再来举例说明。

《诗经·采薇》描写战后士兵返乡的名句是："昔我往矣，杨柳依依。今我来思，雨雪霏霏。"余冠英的语体译文是：

"想起我离家时光，杨柳啊轻轻飘荡。如今我走向家乡，大雪花纷纷扬扬。"这4句诗的英译有如下几种：

1. At first, when we set out,

   The willows were fresh and green;

   Now, when we shall be returning,

   The snow will be falling in clouds.

   (James Legge, 1861)

2. At first, when we started on our track,

   The willows green were growing.

   And now, when we think of the journey back,

   'Tis raining fast and snowing.

   (William Jennings, 1891)

3. Willows were green when we set out,

   It's blowin' an' snowin' as we go...

   (Ezra Pound, 1915)

4. When we left home

   The willows were softly swaying;

   Now as we turn back

   Snow flakes fly. (Yang Xianyi etc., 1983)

5. When I left here,

Willows shed tear.

I come back now;

Snow bends the bough. (Xu Yuanchong, 1988)

6. When I set out so long ago,

Fresh and green was the willow.

When now homeward I go,

There is a heavy snow. (Wang Rongpei, 1994)

以上 6 个译例，前 3 个是英美学者 19 世纪、20 世纪之交的译作，译例 1 是散体，译例 2、3 押了韵。但"依依"和"霏霏"的译文能不能算对等呢？英美学者都把"依依"说成"青青"，只译出了杨柳的外形，没有表达"依依"的情意。"霏霏"二字，译例 1 说雪落如云，倒有一点形象；译例 3 重复了元音，可以说是用声音来译叠字，虽比"依依"译得略胜一筹，但比起中国人的译文来，似乎还是有所不足。译例 4 和余冠英的语体译文一样，都把"依依"说成"轻轻飘荡"，比"青青"更动态化；又用双声来译"霏霏"，说成雪片纷飞了。

译例 6 更是四行一韵，用音美来弥补意美之不足。若以"依依"和"霏霏"而论，则 5 个中外译例都没有传达原诗依依不舍的离情别意，而这恰恰是原诗成为"千古丽句"的主要原因。因此，译例 5 把抽象的离情化为具体的流泪，这就是把杨柳拟人化了。但杨柳是没有眼泪的，所以英文的眼泪用了单数，表示这不是物质的泪，而是悲哀的象征。正如英国诗人柯尔律治在《老船夫曲》第 13 行说老船夫用眼神来留住客人时，眼睛没有用复数而

是用了单数一样:

He holds him with his glittering eye.

至于"霏霏"二字,语体译文"纷纷扬扬"也只是客观的描写,并没有写出诗人主观的心情,而这诗的妙处正在今昔对比:同一条路,去的时候杨柳依依不舍,回来时候的杨柳被纷纷扬扬的大雪压弯了树枝,压得只见大雪不见杨柳了。此时无声胜有声,此处无形胜有形,大雪压弯了树枝的杨柳不正好象征着被战争压弯了腰肢的士兵么?诗借景写情,一切景语都成了情语,因此流传千古了。怎样能使译文的景语也成为情语呢?译例 5 就把"霏霏"二字形象化地译成"压弯树枝",在我看来,"压弯树枝"是"雨雪霏霏"的内容所有、形式所无的表达方式,是不对等的,但却是更好的表达方式。有人认为原诗含蓄,译文也该含蓄,这就是说,译文应该和原文对等。但电子计算机已经表明:中文和英文只有 40% 左右可以对等,那 60% 左右的不能对等的表达方式(如"依依"和"霏霏")怎么办?恐怕不是译过了头,就是不及。如果说译例 5 "太过",那其他 5 个译例就是"不及"。孔子说过"过犹不及",因此中国译者不敢译得太快,译文永远不及原文。

其实,中国学派的优化远远领先于西方的对等译论,能解决西方译论所不能解决的问题。西方还在必然王国挣扎,而中国已经进入自由王国了。

在这次典籍英译研讨会上,江枫又提出了"形似而后神似"的理论,他只看到形似和神似的统一,却没有看到形似和神似的矛盾。其实,形似既是对等也是优化。刚刚谈到的"依依"和"霏霏",在英文中根本没有对等词,那如何能译得形似?如何能"形似而后神似"？江枫举了《登鹳雀楼》的英译为例。现在，我们就来看看这首诗的原文和几种译文：

白日依山尽，黄河入海流。欲穷千里目，更上一层楼。

1. Mountains cover the white sun,

   And oceans drain the golden river;

   But you widen your view three hundred miles

   By going up one flight of stairs. (Witter Bynner, 1929)

2. As daylight fades along the hill,

   The Yellow River joins the sea.

   To gaze unto infinity,

   Go mount another storey still. (John Turner, 1976)

3. The sun beyond the mountain glows;

   The Yellow River seawards flows.

   You can enjoy a grander sight

   By climbing to a greater height. (Xu Yuanchong, 1987)

江枫认为译例1把"千里目"说成"三百英里"符合"形似而后神似"的原则，译例2第一行的"尽"，第二行的"入"，第三行的"千里"，也是"形似而后神似"的。只有译例3全无是处，用江枫自己在香港《诗网络》第18期中的话说："'白日依山尽译成了太阳在山后照耀。'许渊冲说我分不清山后与山外之别，请问beyond the mountains 是在山的那边不是？译山后与译山外又有什么

453

不同？"我的回答是："山外青山楼外楼"是说山外还有许多青山，如果改成山后青山，那就可能只有一座青山了，山外的眼界远远大于山后，正是原诗"千里目"的意境。江枫没有明确分清山外和山后，如何能懂得这首译诗的气魄？江枫又说许译第三、四行"把具有丰富内涵的形象语言'浅化'成为抽象概念'爬得高，看得好'"。他认为译例1、2都形似而神似，那么请问"三百英里"有什么丰富内涵？infinity（无穷无尽）能算形象语言吗？如果能算，那么"宏伟的远景"为什么是呢？"楼"字在中文里有非常丰富的内涵，英文根本没有能够传达中文情意的对等词，译例1、2都把"楼"庸俗化了。只有译例3说是"更高的地方"，因为height还有高贵卓越的内涵，反倒可以传达一点原文的情意。加上"千里目"和"一层楼"的对仗工整，译例3也有对仗，而且押韵，并有两个gr的双声词隔行相对，富有音美和形美，如以三美而论，远远胜过了译例1、2。加上原诗这两句富有哲理，如果译成日常生活中的"楼"，西方读者会觉得过分夸张，近乎荒诞：上一层楼怎么可能看到300英里之外，甚至望到无穷无尽的远景？由此可见，对等的译文并不能传达原来的诗意，反而不如抽象化的"登高望远"更能传达原诗的意美和理趣。这个例子充分说明了江枫的"形似而后神似"其实是"形似而不神似"。和西方的对等译论一样，不能解决古典诗词翻译和典籍英译的问题。

　　《第二届全国典籍英译研讨会论文摘要》选载了汪榕培的《比读是复译的基础/复译是比读的升华》一文，摘要中说："本文通过对《枫桥夜泊》的30种不同译文比读，吸取原有译本的优点形成一个新的译文来验证上述观点。翻译离不开'阅读—接受—理解—移植—加工'等几个过程，复译更要突出原创性。"但原创性如何突出呢？《枫桥夜泊》的原文是"月落乌啼霜满天，江枫渔火对愁眠。姑苏城外寒山寺，夜半钟声到客船。"汪榕培的最新译文如下：

Maple Bridge Night Mooring

When the moon slants, ravens croak and cold frosts grow,

Bank maple groves and fishing glows invoke my woe.

From the Hanshan Temple outside Suzhou moat,

The mid night tolls resound and reach my mooring boat.

比较一下原文和汪译，可以看出译文把第一句的"月落"改成"月斜"，"霜满天"改成"寒霜生"，更加符合实际情况。第二句的"江枫"改成"岸边枫林"，"对愁眠"改成"引起愁思"，更加具体。第三句的"姑苏"现代化为"苏州"，"城外"具体化为"城濠"，以便和下一句押韵，"寒山寺"采用了音译。第四句的"钟声"加了动词"回响"，使得声音更加嘹亮。总的说来，汪译的"升华"表现在达意的具体化上，但是传情做得如何呢？

袁行霈在《中国诗歌艺术研究》第9页上说："词语的情韵是由于这些词语在诗中多次运用而附着上去的。凡是熟悉古典诗歌的读者，一见到这些词语，就会联想起一连串相关的诗句。这些诗句连同它们各自的感情和韵味会一起浮现出来，使词语的意义变得丰富起来。"由此可见，中国诗词的情韵义非常丰富，不是英文的对等词或近似词所能表达的，如前面提到的"楼"和"依依"等词。联系到《枫桥夜泊》，第一句的"月落"引起视觉上的昏暗感，增加了心灵的哀愁；而"月斜"引起的昏暗感不如月落，反而减少了诗人的哀愁。"霜满天"不是事实，而是写诗人心中的寒冷感，感到满天是霜，由此可见霜的浓度；而"寒霜生"却大大减少了诗人所感到的寒冷。第二句的"江枫渔火"色彩暗红，半明不灭，汪译用词过于明亮。第三句"姑苏城外"，如说"城濠"，则会使人联想起战争，与原诗气氛不协调；"寒山"音译，又减少了寒冷和哀愁之感。第四句的"夜半钟声"，汪译用词太过响亮；一个"客"字，包含多少天涯游子的愁思，而在汪译中却寻不见踪影。由此可见，汪译虽然达意，但传情还是有所不足，不能说是吸取了30种"原有译本的优点"，《典籍英译研究》第164页登了一篇原有译文如下：

At moonset cry the crows, streaking the frosty sky;

Dimly-lit fishing boats 'neath maples sadly lie.

Beyond the city wall, from Temple of Cold Hill

Bells break the ship-borne roamer's dream and midnight still.

第一行译文用了 streaking 一词，是把乌鸦的啼声比作一道闪光划破了霜天，同时暗示刺痛了天涯游子的思乡之心，这样打破了声和光的界限，造成了声光和心灵的交感，才可以算是翻译中文情韵词的方法。第四行译文说钟声惊破了客船中愁眠的游子之梦，打破了夜半的沉寂，和第一行的乌啼霜满天遥相呼应，正如鸟鸣山更幽一样，乌啼和钟声使游子心里愁更愁了，这才是汪榕培所说的"升华"，也就是创造性的翻译。这种创译和西方庞德的翻译不同，创译是从心所欲而不逾矩的，庞译却逾矩了。从以上几个例子看来，西方译文（庞德的除外）基本和原文形式上对等，是达意而不传情的；中国学派的文学翻译却要求优化，传情而又达意。我评论文学翻译的标准是：一要达意，二要传情，三要感动。正如孔子所说的，"知之者不如好之者，好之者不如乐之者。"知之就是理解、达意；好之就是喜欢、传情；乐之，就是愉快、感动。

形似且意似的翻译能使人知之，传达意美才能使人好之，传达三美 (意美、音美、形美) 更能使人乐之，如把"关雎"译成 Cooing and Wooing，可以用等化、浅化、深化 (三化) 的方法传达三美。等化包括对等、等值、等效，如把"死生契阔"译成 meet or part，live or die；浅化指一般化、抽象化，如把"千里目"和"一层楼"译成 a grander sight，a greater height；深化是指特殊化、具体化，如把"杨柳依依""雨雪霏霏"译成 Willows shed tear 和 Snow bends the bough。总之，我把文学翻译总结为"美化之艺术"，就是三美，三化，三之 (知之，好之，乐之) 的艺术。三美是诗词翻译的本体论，三化是方法论，三之是目的论，艺术是认识论。

　　为什么说"美化之艺术"是中国学派的文学翻译理论呢？因为"美"字取自鲁迅的三美论 (意美以感心，音美以感耳，形美以感目)，"化"字取自钱锺书的化境说，"之"字取自孔子的知之，好之，乐之；"艺术"取自朱光潜的艺术论 ("从心所欲而不逾矩"是一切艺术的成熟境界)。此外，我还把文学翻译总结为"创优似竞赛"，"创"字取自郭沫若的创作论，"优"字就是翻译要发挥译语优势，要用最好的译语表达方式；"似"字取自傅雷的神似说，"竞赛"取自叶君健的竞争论。这 10 个字取自中国的翻译大家，所以可以说是中国学派的文学翻译理论。

　　中国译者已经取得了中英互译的丰硕成果，而西方学者却没有出版过一本中英互译的作品，因此中国翻译远远胜过了西方。如果继续发挥优势，那中国文化就可以使全球文化更加灿烂辉煌。

　　　　(本文是作者在第三届全国典籍英译研讨会上的发言稿，
　　　　　原载《外语与外语教学》，2005 年第 11 期)

文学翻译: 1+1=3

本文作者第一次提出文学翻译的公式是 1+1=3，而科学的公式是 1+1=2，所以文学翻译不等于科学。作者还举了李白的《哭纪叟》和李煜的《浪淘沙》的英译为例，说明形似而不意似的公式是 1+1=1，意似的公式是 1+1=2，神似的公式才是 1+1=3。

河南大学出版的《文学翻译原理》第 1 页中说："文学翻译理论是一门研究文学翻译的性质和一般规律的科学。"中国对外翻译出版公司出版的《诗词翻译的艺术》第 430 页上说："科学包含客观的真理，不受个人的思想和感情的影响。"那么，文学翻译理论受不受个人思想和感情的影响？是不是一门科学呢？

我个人的意见是：文学翻译是艺术，文学翻译理论也是艺术。科学研究的是"真"，艺术研究的是"美"。科学研究的是"有之必然，无之必不然"之理，艺术研究的是"有之不必然，无之不必不然"的艺。如果可以用数学公式来表达的话，我想，科学研究的是 1+1=2，3-2=1；艺术研究的却是 1+1=3，3-2=2。因为文学翻译不单是译词，还要译意；不但是译意，还要译味，这也可以用数学公式表达如下：

译词：1+1=1（形似而不意似）

译意：1+1=2（意似）

译味：1+1=3（神似）

假如译词而不译意的话，那只能算是翻译了一半，所以说一加一还等于一。如果翻译了原文的意思，那可以算是一加一等于二。如果不但传达了原文的意思，还传达了原文内容所有、字面所无的意味，那就是一加一等于三了。反之，如果译了意而没有译词，那可能是三减二等于二；如果还译了味，那甚至可能是三减二等于三。现在举例说明如下：

李白在天宝十二年（公元 753 年）到宣城，认识了一位有姓无名的卖酒老人，一说是纪叟，一说是戴老。老人酿的酒名叫"老春"，味道醇厚，李白一尝，就和这家小酒馆结下了不解之缘。不料几年之后，李白旧地重游，再到酒馆的时候，老人却已经溘然长逝了。李白就在酒馆的墙壁上，写下了一首哀悼老人的《哭宣城善酿纪叟》：

纪叟黄泉里，还应酿老春。

夜台无李白，沽酒与何人？[①]

虽然这首诗只有短短的四句二十个字，但要译意又要译味，并不容易。首先，这是一首哀悼死者的诗，但李白却把纪叟当作一个活人，

[①] 《哭宣城善酿纪叟》与后文提及的《题戴老酒店》为李白的同一首诗的两个版本，之间有少数几处用词的差别，译文将两种版本混淆了。在《哭宣城善酿纪叟》版中，应是"夜台无晓日"，在《题戴老酒店》版中才是"夜台无李白"；而"纪叟黄泉里"在《题戴老酒店》版中为"戴老黄泉里"……此处，为照顾文章分析的对应关系，保留许文原貌，特此说明。——编者注

说他还在黄泉之下酿酒。这说明李白对美酒是多么热爱，对酿酒老人是多么深情，甚至希望他死后还能继续酿酒。其次，分明是李白怀念纪叟，却反说成是纪叟在黄泉之下也会怀念他这位"知己"，这就使他的怀念之情加深了一倍。最后，李白用了"黄泉""老春""夜台"等带有民族文化色彩的字眼，要用另一种文字来表示这些词汇的意义，传达文字的情趣，那就更困难了。

我在《文学翻译原理》第 19 页上读到库珀（Arthur Cooper）的译文：

例 1

Vintner below Fountains Yellow,

"Spring In Old Age," still do that vintage?

Without Li Po there on Night's Plateau,

Which people stop now at your wineshop?

这个译文不说"纪叟"，而说"酿酒的人"，用的是"浅化"或"一般化"的译法，倒能达意。但把"黄泉"说成是"黄色的泉水"，如果不加注解，读者恐怕不会知道酿酒的人已经死了；如果加注，那读诗的趣味又要大受影响。至于"老春"，就是陈年好酒的意思，不必译成"老年的春天"，这样一译反倒不像酒名。"夜台"逐字直译，恐怕也不能使读者知道这是"坟墓"的婉转说法。"李白"是"酒仙"的同义词，这里就有"酒逢知己"的意思，与其译音，不如译意。尤其是第四句，原来是说黄泉之下没有李白这样的老主顾，好酒还能卖给什么人呢？还有什么人能像李白这样识货呢！而译文却说成是：现在还有什么人停留在你的酒店里？仿佛李白关心的只是喝酒的主题似的。这就使原文语重情长、意浓如酒的诗味，几乎

460

消失殆尽了。因此，这个译文只译了词并没有达意，更说不上传情，只能算是"貌合神离"的译文了。

下面再看翁显良在《古诗英译》中翻译李白《题戴老酒店》的散体译文：

例 2

A Dirge

Down there, master brewer, you'd still be practising your art. But how you'd miss me, old friend! For where in the realm of eternal night could you find such a connoisseur?

翁译的标题用了"挽歌"一词，把《哭宣城善酿纪叟》中的"宣城"二字删了，这用的是"减词法"；又把"善酿纪叟"这个专门名词换成普通名词"酿酒大师"，这用的是"换词法"；再把这个名词和第一句的"纪叟"（或"戴老"）二字合并，这用的是"合词法"，也可以说是"移位法"或"移词法"，把标题中的词汇转移到译文的第一、二句中去了。如果要用数学公式来表示这几种翻译法，也许可以说：

减词：$2-1=2$

换词：$2+2=3+1$

合词：$2+2=4$

移词：$1+2=2+1$

"减词法"是"二减一还等于二"，这就是"减词不减意"。"换词法"是原文说"二加二"，译文说"三加一"，总和不变，这也是"换词不换意"。"合词法"是原文说"二加二",译文说"四";一个分说,一个合说。"移位法"更简单,只是变换词汇的前后位置,内容并不变化。翁译"黄泉"用的是"浅化法",把特殊的"黄泉"一般化为"地下";"酿老春"是酿特殊的好酒,翁译也"浅化"为一般的"干你的老行当"了。翁译"纪叟"二字用的却是"分译法",把"纪叟"一分为二,分成第一句译文中的"酿酒师傅"和第二句中的"老朋友"。但在第二句中,翁译还画龙点睛地加了"怀念"一词,这用的是"加词法"。"夜台"一词,翁译也用了"加词法",在"夜"前加上了一个形容词"永恒的",这就使"夜台"的意义"深化"了。最后,翁译还把"沽酒与何人"中的"人"字,"深化"为特殊的、关键性的字眼:"知音"。结果译文无论是传情还是达意,都远远胜过了库珀的翻译。如果用数学公式来表示翁译的这些方法,也许可以说:

浅化:2∶4=1∶2
分译:4=2+2
加词:2+1=2
深化:1∶2=2∶4

"加词法"和前面说的"减词法"相反:"二加一还等于二",这就是"加词不加意",也就是说,增加的只是原文内容所有、字面所无的词。"分译法"和前面说的"合词法"相反:"合词"是把原文的"二加二"合成译文的"四","分译"却是把原文的"四"分成译文的"二加二"。"深化"和"浅化"又是一对矛盾:"深化"是把原文的"一比二"扩大加深为译文的"二比四",比例扩大了,但比值并没有改变,而"浅化"法是把原文的"二比四"缩小简化为"一比二"，虽然比例缩小了，但比值也没有改变。如果比值发生变化，那有两种可能，一是译文歪曲了原文，二是译文超越了原文。歪曲原文，那是译文没有"译意"，只是"译味"，而且"味"和原文不同。超越原文，那是译文既"译意"，又"译味"，而且"味"比原文还浓。如果译文能够超越原文，那应该说是对两种文化的交流做出了创造性的贡献。

翁显良的译文用了"加词""减词""分词""合词""换词""移词""深化""浅化"等译法，是不是可以说既有"译意"又有"译味"了呢？是的，如果"译味"只指"意味"而言，在我看来，翁译可以说是超越了古今中外的前人。但是"诗味"并不限于"意味"，还有几乎是同等重要的音韵、节奏、格调等等。就以《哭宣城善酿纪叟》而论，原诗四句二十个字，每句字数相等，每逢偶句押韵，读起来抑扬顿挫，言有尽而"韵味"无穷。翁译却把全诗分译三句，每句字数不等，长短不一，只有节奏，没有韵律，"黄泉"译得太短，"夜台"却又译得太长，全诗读起来，没有原诗的平衡感，这和原诗的"韵味"就大不相同了。由此可见，把中国诗词译成散体或分行散文，无论传情达意的程度有多高，也是译不出原文"诗味"的。

现在，我们再看看《李白诗选》中的诗体译文：

例 3

Elegy on Master Brewer Ji of Xuancheng

For thirsty souls are you still brewing

Good wine of Old Spring, Master Ji?

In underworld are you not ruing

To lose a connoisseur like me?

这个译文把"黄泉"译成是"饥渴的阴魂"居住的"下界",可以说是比翁译更加巧妙。"饥渴"可以使人联想到泉水,这样来译"黄泉",几乎可以算是"只可意会,不可言传"的译法。如果要为这种译法取个名字,只好说是"等化法""创译法",或者是"换词法"。同时,译文用的是陈述式,仿佛诗人在对活在"下界"的纪叟说活;翁译用的却是虚拟式,这就是说,诗人知道纪叟已经死了,他只是幻想在和死人说话而已。两相比较,就不难看出哪种译文更能传达原诗的深情。此外,原诗每句五字,译诗每行八个音节;原诗平仄分明,译诗都是抑扬格;原诗每十个字押一次韵,译诗每八个音节有一个韵,用韵的密度也大致相当。因此,无论是"译意"还是"译味",无论是"意味"还是"韵味",这个译文都比翁译更加接近原诗。译文中所用的"等化法",如果要用数学公式来表示的话,也许可以说:

等化:$2+2=2 \times 2$

　　总结以上三个译例,可以说译例 1 只是"形似",译例 2 是"神似"而不"形似",译例 3 既"形似"又神似。换句话说,译例 1 既没有译意,也没有译味;后两个译例却既译了意,又译了味;译例 2 只译出了意味,译例 3 还译出了韵味。从这里还可以看出:李白原诗只有一种解释,只要理解了诗意,也就不难译出诗味。

　　如果原诗不止一种解释,那该如何译意?如何译味呢?例如李煜的名作《浪淘沙令》:

帘外雨潺潺,
春意阑珊。

罗衾不耐五更寒。

梦里不知身是客，

一晌贪欢。

独自莫凭栏，

无限江山，

别时容易见时难。

流水落花春去也，

天上人间。

这首词有八种解释不同的译文：1.英国剑桥大学 30 年代的译文；2.《外国语》总 14 期发表的林同济教授 40 年代的译文；3.英国《企鹅丛书》60 年代的译文；4.《翻译通讯》1981 年第 5 期的译文；5.美国哥伦比亚大学华逊（Watson）的译文；6.北京《词百首英译》中的译文；7.香港《唐宋词一百首》中的译文；8.北京《唐宋词选一百首》中的法译文。现将八种译文的后半首抄录如下：

1. Alone in the twilight I lean over the balcony;

   Far off lies my native land,

   Which it is easy to part from, but hard to see again.

   Flowing waters and faded flowers are gone forever,

   As far apart as heaven is from earth.

2. Gaze not alone from the balcony,

   For the landscape infinite extends.

   How ever easier parted than met.

   The river flows—

The blossoms fall—

Spring going—gone;

In heaven as on earth!

3. Alone at dusk I lean on the balcony;

Boundless are the rivers and mountains.

The time of parting is easy, the time of reunion is hard.

Flowing water, falling petals, all reach their homes.

Sky is above, but mail has his place.

4. Do not lean on the balustrade alone,

To gaze at my lost hills and streams.

It's easy to bid farewell,

But it's hard to meet again,

Spring has gone with the fallen petals

And the waters running.

What a world of difference

Between a prisoner and a king!

5. Don't lean on the railing all alone,

Before these endless rivers and mountains.

Times of parting are easy to come by, times of meeting hard.

Flowing water, fallen blossoms—spring has gone away now,

As far as heaven from the land of men.

6. Alone, I wouldn't rest, on a rail, my hand,

To scan what was once my limitless land.

Easy to leave one's hearth and come to this nook.

Hard to get back to one's home to have a look.

Flowing water never returns to its sources.

My country's and mine is a hopeless, lost cause.

Fallen flowers cannot go back to their stock;

Chips off the mass revert not to the block.

One's spring and youth has passed never to return.

One's destiny is not of Heaven's concern.

7. Don't lean alone on railings and

Yearn for the boundless land!

To bid farewell is easier than to meet again.

With flowers fallen on the waves spring's gone away.

So has the paradise of yesterday.

8. Tout seul, contre la balustrade ne prends pas appui

Pour regarder fleuves et monts à l'infini.

Car ce qui est perdu ne peut être repris.

Les fleurs tombent, l'eau coule et le printemps s'enfuit,

Du paradis d'hier au monde d'aujourd'hui.

原词后半首的第一句是"独自莫凭栏"。靳极苍在《李煜词详解》中说:"独自一人,可别上高楼凭栏远望呀。'莫'一作'暮',那就作时间解亦可。"译例1、3译作"暮",其他都译作"莫"。到底是"暮"好还是"莫"好呢?我想,"暮"使人看到的形象是后主李煜一个人形单影只，在黄昏时分，登上高楼，凭栏远望，怀念失去的江山。"莫"所提供的意境却是叫任何国破家亡、流落他乡的游子，都不要登高望远，以免触景生情，涕泪涟涟。"暮"是"个相"，引起的是对李后主个人身世的同情；"莫"是"共相"，引起的是普天下飘零人内心的共鸣。两个字的意义不同，诗句的意味也就有浅有深。在这种情况下，我认为译者不但要追究"莫"字的意义，而且还应该译出"莫"字更深的意味。意义是对不对、真不真的问题，意味却是好不好、美不美的问题。"真"只是译诗的低标准，"美"才是译诗的高标准。

第二、三句是"无限江山，别时容易见时难"。靳极苍解释说："那可爱的国家呀，离别的时候很容易（就是丢失得很快），要再见，可就难极了（就是恢复无望）。"这个解说不错，译例1、2也是这样译的，译例2的第三句还译得很简练。但译例3、4、5、8没把"江山"译成"国家"，却照字面翻译了。译例3、5把"别时容易见时难"中的两个"时"字也译了出来，意义就和原文貌合神离了。

最后两句是非常著名的绝妙好词："流水落花春去也，天上人间。"《唐宋词鉴赏集》第78页上说："这首词的收尾别具匠心，和开头相呼应：有潺潺春雨，流水才更急更盛，流水送走了落花则可以说是'春意阑珊'的具体写照。"又说："对于最后一句，曾有过几种不同的解释：一种是说，春天逝去了，归向何处呢？天上还是人间？一种是说，春天逝去比喻国破家亡，对照过去和现在的生活便不啻天上人间（译例7、8作此解，译例4、5也有此意——许注）；还有一种是说，'流水落花春去也'，形容离别的容易，'天上人间'则形容相见的难（译例1可能有此意——许注）。'天上人间'说的是人天的阻隔（见俞平伯《读词偶得》）。"作者最后还说："我以为'天上'是指梦中天堂般的帝王生活，'人间'则指醒来后

468

回到的人间现实（译例 7、8 都有此意——许注）。……梦境和现实，过去和现在，欢乐和悲哀，概括起来便是'天上人间'。"这些解释说明诗句蕴含的意义多么丰富，意味多么深长！但是这些还不足尽其意：译例 1 说流水和落花一去不复返了，就像天上和人间一样相距遥远。译例 2 说河水在流——花在落——春天在消逝——已经消逝了：天上人间都是一样！林同济先生这个译文独出新意，别有韵味。译例 3 说流水落花都到家了。天在上头，人有他的地方。这种逐字硬译，说明译者根本不理解原诗的含义，自然更谈不上"译味"了。译例 4 说囚犯和君王真有天渊之隔，理解虽然不错，但表达却太露骨，没有保留原诗含蓄的风格。译例 6 把这十一个字扩展成为五句：流水永远不会回到源头。我的国家和我个人的事业都已失败，前途毫无希望。一个人的青春已经一去不复返，一个人的命运是得不到上天眷顾的。这样长篇大论，借题发挥，即使揭示了原诗的含义，恐怕也大大地破坏了原诗的韵味！但这个译例可以用来说明"译意"和"译味"的矛盾：原诗"言有尽而意无穷"，译者要用有穷的"言"来尽无穷的"意"，结果就难免得"意"失"味"。这看起来似乎是 1+1=3，其实却是 3+3=3，因为加"意"太多，诗"味"反冲谈了。

总而言之，文学翻译最好能够做到"形似""意似""神似"，如果三者不可得兼，可以不必要求"形似"。"意似"和"神似"一般来说是一致的，"神似"比"意似"的层次更高，就是我所说的"意美"。如果原文有不同的解释，很难说哪种解释更"意似"，我认为，最富有"意美"的译文就是最好的译文。

（原载《外国语》1990 年第 1 期）

谈"比较翻译学"

研究"比较翻译学"的目的是要提高翻译水平,解决理论问题。本文比较了西方的"对等"论和中国的"再创"论,"形似"论和"神似"论:认为"对等"论或"形似"论只能解决低层次的翻译问题,高层次的问题要用"再创"论或"神似"论才能解决。本文比较了法国《红与黑》的中、英译本,英国雪莱诗的四种中译本,说明了比较翻译学是"创造美"的竞赛。

我在英国出版的《宏观语言学》1993年第4期上提出过"比较翻译学"的理论。我认为比较不同的译文不但可以提高翻译水平,而且还可以解决翻译理论上有争议的问题。因为有比较就有鉴别,有鉴别就可以把感性认识上升为理性认识。"比较翻译学"不是为比较而比较,而是为了促进国际文化交流,为了建立21世纪的世界文化。20世纪的世界,一直是西方文化占统治地位,在翻译理论方面也是一样。但西方文化并不能解决国际上的经济、政治问题,所以不少学者转向东方,认为21世纪将是东方发挥文化优势的世纪。因此,促进东西方的文化交流,提高翻译水平,比较翻译理论,就是具有国际意义的大事了。

东西方文化的差别，体现在翻译理论方面的，如以中国和美国而论，大致是中国传统文化更重宏观，美国当代文化更重微观；中国译论家把翻译尤其是文学翻译当作艺术，所以提出了"信、达、雅"的原则；而美国译论家把翻译当成科学，所以提出了"动态对等""等效""等值"等理论。其实，西方译论家的理论出自他们的翻译实践，他们的实践多是西方语言之间的翻译；由于西方语言都是拼音文字，而且多有历史渊源，所以不难做到"对等""等值"或"等效"。我们不妨比较一下《红与黑》第一章中的一句法文和它的英译文：

1. Ce travail, si rude en apparence, est un de ceux qui étonnent le plus le voyageur qui pénètre pour la première fois dans les montagnes qui séparent la France de l'Helvétie.

2. This work, apparently so arduous, is one of the things which most astonish the traveler making his first visit to the mountains that separate France from Switzerland.

法文和英文的主语、谓语、表语、宾语、定语、状语甚至两个定语从句，几乎都可以说是"对等"的，所以不难做到"等值"或"等效"，同样也可以用"对等"的理论来进行检验。下面我们再比较一下这句法文的上海和湖南的两种中译文：

3.（上海）这种劳动看上去如此艰苦，却是头一次深入到把法国和瑞士分开的这一带山区里来的旅行者最感到惊奇的劳动之一。

4.（湖南）这种粗活看来非常艰苦，头一回从瑞士翻山越岭到法国来的游客，见了不免要大惊小怪。

从微观的角度来看，译例 3 比译例 4 更"对等"；但和译例 2 比起来，"对等"的程度就差得多，定语从句都放前了。从宏观的角度来看，译例 4 却比译例 3 更"等效"。我说"等效"，其实是说效果更好，因为从微观的角度看，很难说译例 3 或译例 4 产生的效果和原文"对等"；而译例 4 的"翻山越岭"四字内涵丰富，产生的效果甚至比原文还好。所以"对等""等值""等效"的理论如果应用到西方语言之间的翻译上，也许还行得通；但要用到中西互译上，结果就会适得其反，因为"对等"的译文（如译例 3）并不好，好的译文（如译例 4）既不"对等"，又不"等效"。如果用中国传统译论的"信、达、雅"三原则来检验，则可以说译例 3 "信"而欠"达"，根本不"雅"；而译例 4 既"信"又"雅"；译例 2 既"信"又"达"。这就是说，中国传统译论不但可以用于中西互译，也可用于西方语文之间。不过后者只有"信"和"达"的问题，前者却多了一个"雅"，也就是"优雅"或"文采"，用我的话来说，是"发挥译语优势"的问题，而发挥"优势"，却不是用"对等"或"等效"能解释的，因为后者注重的是一个"等"字，而"优"却不是"等"就够了。高健在《外国语》1994 年第 2 期第 3 页中说得好："等值等效说比较更适合于以资料、事实为主的科技翻译，而不太适用于语言本身在其中起着重要作用的文学翻译；换句话说，它更适合于整个翻译过程中较低层次的翻译（在这类翻译中一切似乎都有其现成的译法），而不太适合于较高层的翻译（其中一切几乎全无定法，而必须重新创造）。"

我国主张"形似"的译者不少，江枫就是其中之一。他在《中国翻译》1990 年第 2 期发表了一篇《形似而后神似》。从题目上看来，他认为先要"形似"，然后才能"神似"；换句话说，如不"形似"，也就不能"神似"。他在第 17 页上说："译诗，不求形似，单求神似而获得成功者，我敢断言，绝无一例！"这个"断言"很武断。"译诗，不求形似，单求神似而获得成功者"，最著名的例子，是菲茨杰拉德英译的《鲁拜集》，英文学者几乎无人不知，而江枫却断言"绝无一例"。台北书林公司出版了黄克孙衍译的《鲁拜集》，也是"不求形似，但求神似"的，如："一箪疏食一壶浆，一卷诗书树下凉。卿为阿侬歌瀚海，茫茫瀚海即天堂。"钱锺书教授读后说："黄先生译诗雅贴与 Fitzgerald 的原译媲美。Fitzgerald 书札中论译事屡云'宁为活麻雀，不作死老鹰'，况活鹰乎？"难道这还不算成功？难道要宁为"形似"的死麻雀？

江枫只见"形似"与"神似"的统一，而不见二者之间的矛盾，如以中文、英文而论，"形""神"之间的矛盾是远远多于统一的。再从实践来看，江枫译《雪莱诗选》是怎样"形似而后神似"的？我在北京大学英语系为研究生开文学翻译课时，批评过江枫译的《云》，现将原诗、江译、新译摘抄一段如下，以便比较。

The sanguine sunrise, with his meteor eyes,

　　And his burning plumes outspread,

Leaps on the back of my sailing rack,

　　When the morning star shines dead;

As on the jag of a mountain crag,

　　Which an earthquake rocks and swings,

An eagle alit one moment may sit

　　In the light of its golden wings.

（江译）血红的朝阳，睁开他火球似的眼睛，

　　　　当启明熄灭了光辉，

再抖开他烈火熊熊的翎羽，跳上我

　　扬帆疾驰的飞霞脊背；

像一只飞落的雄鹰，凭借金色的翅膀，

　　在一座遭遇到地震

摇摆、颤动的陡峭山峰巅顶

　　停留短暂的一瞬。

（新译）朝阳睁开眼睛，像血红的流星，

　　它展开燃烧的翅膀，

跳到我扬帆远航、随风飘荡的背上，

　　晨星已经暗淡无光。

我像被地震震动的一座陡峭山峰，

　　峰顶有一片巉岩，

旭日有如雄鹰，两翼灿烂如金，

　　暂时落在巉岩上面。①

江译把启明星从原文的第四行移到第二行，于是第三行两个本来是写朝阳的动词"抖开"和"跳上"，却变成写启明星了。江译为了追求"形似"，把六至八行译成生硬的长句，读者不免要问，雪莱的诗怎么这样差？原诗一、三、五、七行都押内韵，读起来有平衡感；江译没有内韵，停顿或前或后，读起来就不平衡。这样"形似"的译文难道能算是"神似"？再看新译，在"形"和"神"能统一的时候，就要求"形似"，所以一、三、五、七行都用了内韵；第四行的"晨星"（即启明星）既没有移前，也没有移后。但

---

① 见辜正坤主编《世界名诗鉴赏辞典》，北京大学出版社，1990 年 2 月。

当"形""神"有矛盾时，就不要求"形似"。如第七行的"旭日"二字，就是原文形式所无、内容可有的主语，加上去虽不"形似"，但是却更通顺达意。也许孤证不足为凭，再看雪莱的《哀歌》（*A Lament*）及梁遇春、王佐良和江枫的译文：

O World! O Life! O Time!

On whose last steps I clime,

Trembling at that where I had stood before.

When will return the glory of your prime?

No more—Oh, never more!

Out of the day and night

A joy has taken flight;

Fresh spring and summer, and winter hoar

Move my faint heart with grief, but with delight

No more—Oh, never more!

呵，世界！呵，人生！呵，光阴！我踏着我的残年上登，看到了以前站足的地方，我浑身发颤，青春的光荣哪时回来？再也不——呵，绝不再来！

朝朝夜夜欣欢渐渐地远走高飞，阳春，夏天同皓冬使我微弱的心儿感到悲哀，但快乐之感是再也不——呵，绝不再来！（梁译）

啊，世界！啊，人生！啊，时间！

登上了岁月最后一重山！

回顾来路心已碎。

昔日荣光几时还？

啊，难追——永难追？

日夜流逝中，

有种欢情去无踪。

阳春隆冬一样悲，

心中乐事不再逢。

啊，难追——永难追！^①（王译）

哦，时间！哦，人生！哦，世界！

我正登临你最后的梯阶，

战栗着回顾往昔立足的所在，

你青春的绚丽何时归来？

不再，哦，永远不再！

从白昼，从黑夜，

喜悦已飞出世界；

春夏的鲜艳，冬的苍白，

触动我迷惘的心以忧郁，而欢快，

不再，哦，永远不再！^②（江译）

比较一下三个译例，可以说梁译用词比较陈旧；王译也是白话里
夹文言，但是可以使人"知之"；江译却是在"形"和"神"可

---

① 王佐良《英国诗文选译集》，外国语教学与研究出版社，1983 年 8 月。

② 《雪莱诗选》，江枫译，湖南人民出版社，1982 年 8 月。

以统一的时候（如第一行是从空间到人，再到时间），偏偏译得不"形似"（第一行反其道而行之，译成从时间到人，再到空间）。第二行可能是为了凑韵，把"阶梯"改成"梯阶"，读起来非常别扭，不如"台阶"。第三行译成"立足的所在"，太散文化，没有诗味，可能是不了解原文 that 是代 step 的缘故。第四行"绚丽"也不如梁译、王译，只有第五行可以算是"形似"。第六行又只"形似"而不"神似"，"从白昼，从黑夜"和第七行的"世界"不知什么关系，显得不合逻辑。第八行又是可以"形似"而不"形似"，把两个形容词译成名词了。第九、十行连使人"知之"的最低要求都没达到，更不要说使人"好之"或"乐之"了。从江枫自己的译诗实践看来，他所谓的"形似而后神似"是站不住脚的。

比较不是为了比较而比较，而是为了提高。如果从前面三个译例中取长补短，那就可以超越前译了。现试改译如下：

啊！世界！人生！光阴！
对我是山穷水尽，
往日的踪影使我心惊。
青春的光辉何时能再回？
不会啊！永远不会！
欢乐别了白天黑夜，
已经远走高飞；
春夏秋冬都令人心碎，
赏心事随流水落花去也，
一去啊！永远不回！

原诗第一行用了三个 O，从内容上讲，可能表示世界、人生、时间三位一体，因为人生是在空间和时间中存在的；从形式上讲，可能因为这"三位一体"都是单音节词。译成中文，"呵"字音似，"啊"字意似，"哦"字音似而意不似，因为表示的不是感叹，而是领会、顿悟的意思。而第一行译成中文，"呵"字最好放后；如要"形似"放前，则不如用"啊"更意似。"啊"用三个过于强调，不容易理解到"三位一体"，所以我认为只用一个就够了。第二行的 steps 梁译成"残年"强调了时间，王译成"最后一重山"强调了空间，不如模糊的"山穷水尽"，还可以应用到人生上。第三行我本想译成"回顾走过的脚印使我胆战心惊"，后来觉得用字太多，就改成现译了。这说明一个句子不止有一个译法，为了宏观可以牺牲微观。第五行王译不如江译，但江译"不再"也不自然，所以改为"不会"。有一种版本第八行原诗只提"春、夏、冬"，而没提"秋"，梁译"形似"，王译省略了"夏"，我却根据雪莱原稿增加了"秋"，正好说明翻译有"等化""浅化""深化"三种方法。梁、王都用"阳春"，梁译"皓冬"更加形似、意似，但不如王译的"隆冬"自然，而原诗用 hoar 主要为了和 more 押韵，并不是非"皓"不可，所以"隆冬"也好。我却把 hoar 和 fresh 都移到第九行去译，因为阳春鲜花盛开，隆冬白雪皑皑，但春天一去，花就落了，冬天一过，雪也化为流水，所以我说：赏心事随流水落花去也。"对等"派的评论家也许要说这是陈词滥调，我却自得"再创作"之乐，简直觉得像春回大地一般。创造美是世界上最大的乐事，也是文学翻译的最高目标，而比较翻译学则是创造美的竞赛。

（原载《外语与翻译》1994 年第 3 期）

江枫在香港《诗网络》第 17 期发表了《雪莱写诗，会用美国英语？》，并说我对他的批评是"诽谤与谎言"，还说我没有看到雪莱原稿，现在答复如下。

雪莱的《哀歌》原稿取自《诺顿英国文学选读》(*The Norton Anthology of English Literature*) 第 4 版第 2 卷第 3 部分第 2520 页。从第二稿第二段第二、三行可以看出：第三行的 those which I have trod before 中的 those 是指 steps，但在誊清稿中，第一段第三行改成 that where I had stood before，而 that 是 those 的单数，所以是指 step。但是江枫在《外语与翻译》中说：that 不可能指 step，因为原文是复数。

第二稿第一段第三行的 summer（夏天）和 winter（冬天）之间空了一个字，但在第二稿第三段第三行却把 summer（夏天）涂掉，改成 autumn（秋天），由此可以看出在夏天和冬天之间，雪莱想加一个秋字。为什么没有加呢？因为《哀歌》两段的第 3 行都应该是十个音节，如果加上 autumn，全行就多了一个音节，但是秋天也可用 fall，而且只有一个音节，全行正好十个，所以我认为可以加 fall。但是江枫反对了，他说："所谓'第八行漏了一个秋字'，却是造伪作弊，无中生有！"看看原稿第二稿第三段的 autumn（秋），就可以知道我不是无中生有了。但是江枫又说："虽然英国的雪莱学者也曾探讨过能给原来的缺口增添一个什么词，但是从不曾有任何人敢于断言'漏掉'了什么，即使想到了'秋'，也只能是 autumn，而绝不可能是 fall，难道雪莱是美国人？"所以江枫文章标题就是："雪莱写诗，会用美国英语？" fall 是美国英语吗？请看《牛津高级学者辞典》(*The Advanced Learner's Dictionary of Current*

English）对 fall 的第 4 个注解：（now chiefly U. S. A.）autumn。这就是说，fall 当"秋天"讲，"现在"主要用于美国。请注意：辞典明白无误地说是现在，而雪莱并不是"现在"写的《哀歌》，而是 19 世纪的 1821 年，也就是一百八十多年前写的，和他同时代的诗人华兹华斯（Wordsworth）的诗中就曾用过 from spring to fall（从春到秋），由此可见在 19 世纪，fall 并不是美国英语，英国诗人雪莱完全可以用 fall 来表示秋天。江枫说"从不曾有任何人敢于断言'漏掉'了什么"，从雪莱《哀歌》的原稿中留下的空白看来，我就敢于断言这里漏了一个"秋字"。又从音节数来推断，我又敢于断言这个"秋"字的英文只可能是 fall。在我看来，假如雪莱起死回生，看到这个 fall，还会说中国人是他的"一字之师"呢！

我说江译《哀歌》"十行就有十个错误"，如第一行 O World！O Life！O Time！江译是"哦，时间！哦，人生！哦，世界！"据《现代汉语词典》第 941 页，"哦"是叹词，表示将信将疑也表示领会，顿悟。而雪莱原文是表示感叹，既不是将信将疑，也不是领会顿悟，所以江译一行犯了三个错误，江枫却狡辩说、"哦"在这里没有特定意义，"就像'洞庭波兮木叶下'句的'兮'字"。"兮"字没有特定意义，但是不能用于句首，有谁见过用"兮"字开头的句子？怎么能把"哦"字用于句首而不加标点呢？江枫又狡辩说："在雪莱的第一稿、第二稿和誊清稿中 O / oh / ah 是交换使用的，但他不知道许渊冲该算雪莱'一下犯了几个错'？"雪莱交换使用 O / oh / ah，只表示叹词可以译成"啊"或"呵"，但并没有换成表示领会、顿悟，或没有特定意义的叹词，这和江枫的错毫无关系。江译《哀歌》第 5 行和第 10 行的"哦，永远不再！"也是两个误译，江枫却引用黄某的译文"哦世界！哦人生！哦岁月！"来证明他没错，但他不知道黄译也是错误，两个错误加起来并不能负负得正，反倒会错上加错。江枫又引用查良铮的译文来作证，没有注意到查译的"哦"后面有个标点，和他的错误并不相同。江枫的第六个错是不通的"梯阶"，第七个错是不懂代词的用法，第八、九个错是说"从白昼，从黑夜（时间），喜悦已飞出世界（后改天外，但都是空间）"。第十个错是把"鲜艳的春天"说成是"春夏的鲜艳"（没译"秋"字，还没计算在内）。这十个错误铁证如山，抵赖不掉。

江枫说我对他的批评"穷凶极恶"，并且引用冯亦代的话说：我是"要用一己的私见，强加于人，是一种恶霸作风"。这是穷凶极恶的恶霸作风吗？是用一己的私见强加于人吗？难道用词的错误，语法的错误，理解的错误，都不该批评纠正吗？批评纠正就是强加于人吗？难道外国人不敢断言的，"翻译为世界之最"的中国人也不敢断言？敢于断言就是恶霸作风？我看这番话倒是恶霸作风，是中国文学翻译发展道路上的阻力。

名著·名译·译风

一

日本《读卖》月刊1994年1月号说："20世纪在文化方面没给我们这一代留下多少有益的东西。"在文学方面呢？符家钦在《记萧乾》第40页上说："《尤利西斯》是乔伊斯的传世名著，与《约翰·克利斯朵夫》《追忆逝水年华》等被公认为20世纪的奇书。"这三本奇书是不是20世纪给我们留下的传世名著呢？说来也巧，我和这三本书多少都有一点关系。我曾参加过《追忆逝水年华》第三本的校译，现在正重译《约翰·克利斯朵夫》，只有《尤利西斯》这本"天书"，因为已有萧乾和金隄的两种译本，所以还没有硬碰过。

《记萧乾》第47页上说："乔伊斯故意把英文中yes（是）、no（不是）开头字母互相调换。表面是文字游戏，但钱锺书在《管锥篇》里却破译为：'中国有唯唯否否的说法，nes、yo正表达了辩证中你中有我、我中有你的对立关系，很有哲学意味。'旨哉斯言。"据说萧乾和文洁若的译文就是"唯唯否否"，金隄如何翻译？我不知道。但我想到，还可以有几种不同的译法。第一，原文既是文字游戏，故意把yes、no开头的字母互相调换，那么，翻译也可以用

形似的方法，把"是""否"两个字的上半和下半互相调换，创造
两个新字："叐"（"否"头"是"尾）和"昌"（"是"头"否"尾）。
原文是天书，译文也是天书；原文唯唯否否，译文也"是"中有
"否"，"否"中有"是"；第二，yes 和 no 也可译成"有"和"无"。
那么 nes 和 yo 就可译成"无头有尾，有头无尾"；第三，如嫌"头
尾"哲学意味不重，可以考虑译成"无始有终，有始无终"；或"有
始有终，无终无始"；第四，还可考虑用合词法译成"有无相生相
灭"，或再用分词法译为"无中生有，有中存无"；第五，如果认为
"有无"不如"是否"或"是非"，也可考虑译成"似是而非，似非
而是"或"是是非非，非非是是"，甚至套用成语"此亦一是非，
彼亦一是非"。这样看来，原文越是模糊朦胧，译文越可丰富多彩，
这也可以看作是两种文字的竞赛吧。

二

如果说 20 世纪在世界文学方面给我们留下了三本奇书，那么，
在中国翻译方面有没有留下什么传世名著呢？根据我一家之言，我
认为也有三部名译，那就是朱生豪的《莎士比亚全集》、傅雷的《巴
尔扎克选集》和杨必的《名利场》。我和这三部名译，也多少有一
点关系，我写过研究《罗密欧与朱丽叶》和《安东尼与克柳芭》的
论文，译过一本巴尔扎克的小说，现在有出版社问我"敢不敢重译
《名利场》"。

关于朱生豪，我的一家之言是"才高于学"。据《朱生豪传》
的作者告诉我，朱生豪夫人认为这一语中的。钱锺书先生在《林纾
的翻译》中说："最近，偶尔翻开一本林译小说，出于意外，它居
然还没有丧失吸引力。我不但把它看完，并且接二连三地重温了大

部分的林译，发现许多都值得重读，尽管漏译和误译随处都是。我试找同一作品后出的——无疑也是比较'忠实'的——译本来读，比如孟德斯鸠和狄更斯的小说，就觉得宁可读原文，这是一个颇具玩味的事实。"我读朱译就和钱先生读林译有同感。这说明"忠实"只是文学翻译的低标准，"有吸引力"才是高标准。换句话说，"学高于才"的人可以译得"忠实"，"才高于学"的人却可以译得"有吸引力"。如果才学都高，译得既"忠实"又"有吸引力"，既不"失真"又能"存美"，那自然更好。但事实上，这是很难做到的，下面就来举例说明。

莎士比亚的《哈姆雷特》中的名句"To be, or not to be——that is the question."有十几种译法：

1. 生存还是毁灭，这是一个值得考虑的问题。(朱生豪)
2. 是生存还是消亡，问题的所在。(孙大雨)
3. 存在，还是毁灭，就这问题了。(林同济)

这三个译例大同小异地被译成"生存"或"存在"，"毁灭"或"消亡"。但这些词汇，更适宜用于集体，不适宜用于个人，因此，我认为不够"忠实"。

4. 死后还是存在，还是不存在——这是问题。(梁实秋)
5. "反抗还是不反抗"，或者简单一些"干还是不干"。(陈嘉)

这两个译例的理解与众不同，不是翻译界的共识，只能作为一家之言。梁实秋的译文，我早在 1939 年就读过，当时的印象是"觉得宁可读原文"。

6. 是生，是死，这是问题。（许国璋）

7. 生或死，这就是问题所在。（王佐良）

这两个译例非常简练，但听起来像是哲学家在讲台上讨论问题，不像是剧中人在舞台上吐露衷情，与原文风格大不相同。许国璋研究语言，王佐良研究文体，但理论都没有联系实际。

8. 生存还是不生存，就是这个问题。（曹未风）

9. 活下去还是不活，这是问题。（卞之琳）

10. 活着好，还是死了好，这是个问题……（方平）

11. 应活吗？应死吗？——问题还是……（黄兆杰）

这四个译例代表了主流，但有没有联系舞台的实际、生活的实际呢？生活中会不会问"活下去还是不活"呢？如果想"活下去"，那就不会这样问；如果不想活下去，或是有问题，那就该问："死还是不死？"所以结合下文的 to die，我认为译文应该是：

12. 死还是不死？这是个问题。

前十一个译例是译莎士比亚，最后一个是译哈姆雷特；前五个译例分别是说什么的问题，而后六个译例分别是怎么说的问题。

三

20 世纪三大奇书之一有《约翰·克利斯朵夫》，中国三大名译之一有傅雷，那傅雷译的《约翰·克利斯朵夫》真是名著名译了。傅雷的译论言简意赅：第一，"翻译应当像临画一样，所求的不在形似而在神似"；第二，"理想的译文仿佛是原作者用中文写作"（以上见《高老头》重译本序）；第三，"我们要在最大限度内保持原文句法，但无论如何要让人觉得尽管句法新奇但仍不失为中文"；第四，"只要有人能胜过我，就表示中国还有人，不至于'廖化当先锋'，那就是我莫大的安慰。"（以上见《翻译论集》，第548—549页）用我的话来说：第一，翻译要"得意忘形"；第二，翻译是再创作；第三，反对"洋泾浜"译文；第四，欢迎后继有人。傅雷的理论是否联系实际？让我们来读读他的译文：

他的相信社会主义是把它当作一种国教的。——大多数的人都是过的这种生活。他们的生命不是放在宗教信仰上，就是放在道德信仰上，或是社会信仰上，或是纯粹实际的信仰上——（信仰他们的行业和工作，在人生中扮演的角色），——其实他们都不相信，可是他们不愿意知道自己不相信：为了生活，他们需要有这种表面上的信仰，需要有这种每个人都是教士的公认的宗教。

傅译第一句的前半部分"他的相信社会主义"是"保持原文句法"的，如果是"原作者的中文写作"，大概不会说"他的相信……"。第一句的后半部分"过的这种生活"不够明确，过的哪种生活？"原作者的中文写作"可能要说清楚。第二句"他们的生命"放在信仰上，也不像"原作者的中文写作"，尤其是"信仰上"重复了四次之多；后半句甚至将"行业""工作""角色"都译成"信仰"了，用词可能不当，不如后来改用的"相信"。最后一句"这种每个人都是教士的公认的宗教"又是"保持原文句法"，所以不像"原作者的中文写作"。总而言之，从以上几个例子看来，傅雷的译文不是"理想的译文"，原因就是他"最大限度内"要"保持原文句法"。因此，如果要使译文比较理想，那就要把像"原作者的中文写作"放在第一位，"保持原文句法"如果不像"原作者的中文写作"，那就不必"保持原文句法"。根据这一家之言，我把这段改译如下：

他对社会主义的信仰就像一种宗教信仰——大多数人都是靠信仰过日子，他们不能没有信仰，不管是宗教上、道德上、社会上或实际上的信仰，——如相信自己的行业、工作，自己在生活中扮演的角色是有用的，——其实，他们哪样也不相信。不过，他们不愿意了解自己的真面目，因为他们需要信仰的假象才能生活下去，每个人都需要冠冕堂皇的宗教才能成为信徒。

我觉得新译不如傅译"形似"，但更"神似"。

四

《中国翻译》1996年第2期发表了罗国林的《风格与译风》，文中引用林语堂的话说："译艺术文最重要的，就是原文之风格与其内容并重。不但要注意其说什么，还要注意怎么说。""凡译艺术文的人，必须先把其所译作者之风度神韵预先认出，于译时复极力发挥，这才是尽译艺术文之义务。"但是，如果"怎么说"和"风度神韵"有矛盾怎么办？例如刚才讲的傅译和新译，如以"怎么说"而论，那是傅译更近原文风格；如以"神似"而论，却是新译更近原文风格。罗国林自己也承认：翻译界对风格问题"争论不休，难以达成共识"。那与其争论傅译与新译哪种更近原文风格,不如直接问哪种译文更能使读者"知之、好之、乐之"。所谓"知之",就是知道原文说了什么;所谓"好之",就是喜欢译文这个"说法";所谓"乐之",就是读起来感到乐趣。要使读者"知之、好之、乐之",首先要译者自己"知之、好之、乐之";自己"知之、好之、乐之",能否引起读者共鸣,那就要用实践来检验了。

其次,罗国林反对"美文风",反对"四字词组",说"小说语言里使用那么多四字词组,总让人疑心是要掩盖表现手段的贫乏"。四字词组是"表现手法的贫乏"吗?本文开头译 nes、no 时,用了"是中有否,否中有是""无头有尾,有头无尾""无始有终,有始无终""无中生有,有中存无""似是而非,似非而是"等十几个四字词组,表现手法多么丰富!请问不用四字词组,译得出这本"天书"中的哲学意味吗?早在 21 世纪初,英国哲学家罗素就说过:中国文化在三方面胜过了西方文化:第一,艺术方面,象形文字(包括四字词组)高于拼音文字;第二,哲学方面,儒家的人本主义优于宗教的神权思想;第三,政治方面,"学而优则仕"则胜过贵族世袭制。法国诗人瓦雷里也说:"有无相生、长短相成的这种对称排比的表达方式……是人类高度文明的表现。"(转引自《中国比较文学通讯》1992 年第 4 期)这种"人类高度文明的表现",却被有些人污蔑为"陈词滥调"。即使是"陈词滥调",只要使用得当,也是可以化腐朽为神奇的。

再次,罗国林反对"发挥译语优势论"。所谓"发挥译语优势",就是要用译语中最好的表达方式,它的反面是所谓的"等值"的表达方式,例如《红与黑》第一章第三段一句有两种译文:

1. 这种劳动(把碎铁打成钉)看上去如此艰苦,却是头一次深

入到把法国和瑞士分开的这一带山区里来的旅行者最感到惊奇的劳动之一。(沪译)

2. 这种粗活看起来非常艰苦，头一回从瑞士翻山越岭到法国来的游客，见了不免大惊小怪。(湘译)

译例1是罗国林所谓的读者"比较看好"的"等值"译文，译例2是读者"并不看好"的"发挥了汉语优势"，用了"四字词组"的"美文"。请问哪种译文更能使人"知之、好之、乐之"呢？译文到底是应该"等值"，还是应该"发挥译语优势"，用"翻山越岭"和"大惊小怪"等四字词组呢？

罗国林还反对译文语言和原文语言的"竞赛论"，这里有一个关于认识论的问题。译文语言和原文语言不可能字字句句完全"等值"，比较起来，总是既有均势，也有优势和劣势的，如四字词组是汉语的优势之一，关系从句是英语的优势之一。如果翻译两种语言是"均势"的词句，那可以用"等值"的译法；如果翻译原文有"优势"的词句——如《红与黑》这句原文有关系从句——那译文语言就处于"劣势"地位；如不发挥译语优势，那就出现了处于"劣势"的上海译文。因此，译者一定要用译语和原语竞赛，发挥译语的优势（如湖南译文的四字词组），这样才能扭转"劣势"，争取"均势"，如能取得"优势"那自然更好。如果不发挥译语优势，那汉译英时，因为汉语没有关系从句，所以英语也不该用关系从句，这样的英译文能使读者"知之、好之、乐之"吗？诺贝尔文学奖评奖委员会说：中国文学的英译本太"糟糕"，就是因为"翻译腔"太严重，没有发挥译语的优势。几十年来，我国翻译界一直是"等值"占优势，这次《红与黑》讨论的结果就是一个例子。难道这还不是个惨痛的教训吗？难道中国译者还要坚持"洋泾浜"的译文？难道中国文学永远不要走向世界，不要外国读者"知之、好之、乐之"吗？我认为 21 世纪应该是世界文学的时代，所以提出要建立 21 世纪的世界文学。

但是，罗国林又来反对了。他说："笔者百思弄不明白……所谓 21 世纪的文学，究竟是什么样子呢？"其实，早在五十年前，闻一多先生就在西南联大提出过：中国文学系和外国文学系应该合并，成立文学系或世界文学系，因为中国文学系的学生不能够不懂外国文学。这是 20 世纪 40 年代的事。难道到了 21 世纪，中国还应该有不懂外国文学的作家吗？所以我认为要建立 21 世纪的世界文学。作家不可能都精通外文，因此，翻译文学就要提到更高、更重要的地位。除非一国创作的文学作品占了世界文学二分之一以上，否则创作的数量总不如翻译多。因此，翻译的质量也应该提高到创作的同等地位，一定要反对"翻译腔"，也就是傅雷说的，要使"译文仿佛是原作者的中文写作"。用我的话来说就是：一流作家不会写出来的文字，翻译文学中也不应该出现。一个角色不会说的话，也不该搬上舞台。如前面提到哈姆雷特的名句，说"活下去还是不活？"那会使听众认为哈姆雷特在发神经病，所以不如改成"死还是不死？"才符合舞台角色的心情，才"仿佛是原作者的中文写作"。

这还只说了翻译文学的一面，还有另一面是要把中国文学译成外文，首先是译成全世界最通行的英文，使之成为世界文学的一部分，这才是建立 21 纪的世界文学。由于英文和中文使用的人最多，差距最大，所以没有出版过中英互译作品的人，恐怕是很难提得出解决中英互译问题的理论的，因此这个重任就要落在有互译经验的翻译家身上了。我曾模仿老子《道德经》写了一篇《译经》："译可译，非常译；忘其形，得其意。得意，理解之始；忘形，表达之母。

故应得意，以求其同；故可忘形，以存其异。两者同出，异名同理：得意忘形，求同存异，翻译之门。"这也算一家之言吧。

《光明日报》1996 年 6 月 24 日刊登了李政道的《名家新见》："艺术，例如诗歌、绘画、雕塑、音乐等，是用创新的手法去唤起每个人的意识或潜意识中深藏着的已经存在的情感。情感越珍贵，唤起越强烈，反响越普遍，艺术就越优秀。"我看这也包括翻译的艺术在内。

关于翻译学的论战

在我和规律之间，用不着中间人。

——罗曼·罗兰

《外语与外语教学》1999 年 10 月发表了张经浩和张后尘关于翻译学的论战：张经浩和劳陇在《揭破"翻译（科）学"的迷梦》一文中说"纯理论凭空构造'翻译学'，不仅是不可能成功的，也是没有什么价值的"。张后尘却说："总结翻译规律，旨在建立科学的翻译学的尝试，都是可取的，也是值得敬仰的。"在我看来，两派争论的问题是在对科学的理解上。张经浩所理解的科学，是严格意义上的自然科学，科学规律是不以人的主观意志为转移的。张后尘所理解的科学，是广义的社会科学，社会科学的规律就不能说是不以人的主观意志为转移的了。所以我认为：从严格的意义看来，纯理论（没有实证）凭空虚构（没有实践）的，自认为有指导意义的翻译科学是没有什么价值的；但从广泛的意义来看，总结了翻译规律的，描述性的翻译学（不是翻译科学，也不能说有指导意义）又是可以建立的。

1951 年，董秋斯在《论翻译理论建设》一文中说："翻译是一门科学……在工作中有一定的客观规律可以遵循……这规律是客观存在的，不是某些人凭空想出来的。"他的理论似是而非，他所说的科学自然是社会科学，但是社会科学的规律能够像自然科学规律一样，不以人的主观意志为转移吗？如果不能，那就不能算是客观规律了。理论要接受实践的检验。现在我们就从董秋斯翻译的《大卫·科波菲尔》（*David Copperfield*）中的例子来看他遵循的是不是客观规律吧。

1. It was remarked that the clock began to strike, and I began to cry, simultaneously.

译例 1：
据说，钟开始敲，我也开始哭，两者同时。（董秋斯译）
译例 2：
据说，钟声当当一响，不早不晚，我就呱呱坠地了。（许渊冲译）

2. "Be firm with the boy. ...He knows his lesson, or he does not know it."

译例 1：
"对待孩子要坚定。……他或是知道他的功课，或是不知道。"（董秋斯译）

493

译例 2：

"对待孩子要严格。……他不是背得出他的书，就是背不出。"
（许渊冲译）

从以上几句的两个译例来看，可以说译例 1 是科学派的译文，遵循的是直译、形似，或"信达切"的原则或规律；译例 2 是艺术派的译文，遵循的是意译、神似，或"信达优"（就是发挥译语优势）的规律。既然遵循的是两种不同的原则或规律，那就说明翻译原则，尤其是文学翻译的规律，是依译者主观意志为转移的，那就不能算是客观规律了，所以我认为文学翻译和文学译论都不是科学，而是艺术。

有人认为翻译和译论既是科学，又是艺术，那么我就要问：科学和艺术有什么不同呢？在我看来，科学是不依个人的主观意志为转移的，而艺术却相反，是依艺术家的主观意志为转移的。那么，文学翻译和译论怎么可能既依主观意志为转移，又不依主观意志为转移呢？所以我认为应该说：文学翻译有的地方可以用科学派的译法，如译例中的"据说"和"对待孩子"；有的地方该用艺术派的译法，如"不早不晚"和"背得出，背不出"。据计算机统计，西方语言（如英法德俄西等文字）之间的翻译有 90％以上可以用电子计算机进行，而中西语文的互译却只有 40％可以用科学派的译法，因此，我认为中英之间的文学翻译和译论不可能是科学，只能是艺术。

《中国翻译》2001 年第 4 期发表了一篇《国内翻译界在翻译研究和翻译理论认识上的误区》的文章，文中认为存在三个误区："一是把对'怎样译'的探讨理解为翻译研究的全部；二是对翻译理论的实用主义的态度，只看到理论的指导作用，却看不到理论的认识作用；三是片面地强调翻译理论或翻译研究的'中国特色'，'自成体系'，忽视了中外翻译理论的普遍性。"

作为"国内翻译界"在20世纪出版了50多部中英法文互译作品的译者，我想自己比没有出版过一部互译作品的空头理论家更有发言权。

首先，国内翻译界并没有把"怎样译"的探讨当作翻译研究的全部，而只是翻译研究的重点。关于翻译研究，尤其是文学翻译的认识论，国内翻译界早在1987年的《外语学刊》和1988年的《外国语》中就提出了文学翻译超导论，把翻译理论和物理学的超导作用联系起来了；今年《外语与翻译》第2期又发表了《文学翻译克隆论》，讲述了文学翻译理论和生命科学的最新成就。由此可见"误区"论者非常片面，对国内翻译界的成就并不了解。

其次，"误区"论者认为"对翻译理论的实用主义态度"是第二个"误区"。可见论者觉得翻译理论不必有实用性，更不必用实践去检验。在我看来，这个论者不但没有指出国内翻译界的"误区"，反倒是要把翻译界引入最大的误区了。他说"只看到理论的指导作用"，这话不对！因为没有受到实践检验的空论是没有指导作用的。他又说"看不到理论的认识作用"，这也不对！难道"超导论"和"克隆论"没有认识作用吗？可见论者主观片面，了解毫不深入。

最后，"误区论"者认为强调翻译理论的中国特色，忽视了中外翻译的普遍性。在我看来，这是一个特性与共性的问题。共性或普遍性应该是建立在特性之上的，如果不了解中国翻译的特性或特色，又如何能知道中外翻译的共性或普遍性？从论者文中看来，中外翻译其实是指西方语言之间的翻译，并不包括中西翻译在内。西方译者中没有一个出版过一本中西互译作品，他们的"纯理论"怎么可能适用于中国译者并起到指导作用呢？这从理论上是讲不通的。从实践上讲，两方的"纯理论"对我完全无用，如果要说指导，那就像是说一本《音乐原理》指导了贝多芬创作他的交响乐一样荒谬。

论者说西方的"纯理论""深化了我们对翻译的认识"，但比得上中国学派《文学翻译谈》（台北书林公司出版）中的认识论（文学翻译：1+1>2）深刻吗？论者又说纯理论"极大地提高了文学翻译和文学翻译家的地位"，但地位是靠译著还是靠纯理论来提高的呢？这是常识，根本谈不上理论了。论者还引用了美国教授 Barnstone 的话来作证，恰好这位教授来北京和我谈过话，还送了我一本译诗集。他把毛泽东《送瘟神》中的"人遗矢（屎）"译成"men lost arrows"（人遗失了箭），把李清照的"寻寻觅觅"译成"Seek, seek, search, search"（你去寻吧，找吧）。根据这种实践提出来的纯理论能够指导中英互译的译者吗？这真是天大的笑话了！

《中国教育报》2001 年 8 月 9 日第 5 版发表了《学术腐败问题答问录》，文中提到了"出版物低水平""制造学术泡沫""名义上是学术论文、专著，实际上却差不多是学术垃圾。这种情况，理科有，文科更多"。希望我们翻译界不要"制造学术泡沫"和"学术垃圾"！奥运会要审查参赛资格，百米成绩十一秒以上不能入选。刊物选稿也是一样，不能刊登"学术泡沫"，希望主编要把好关！

《中国翻译》还展开了归化和异化的论战，2002 年第 1 期发表了孙致礼的《中国的文学翻译：从归化趋向异化》一文，他反对文学翻译要"发挥译文优势"，并且认为 21 世纪的文学翻译，异化是主导。文中还举例说明，第一个例子是莎士比亚的《罗密欧与朱丽叶》第三幕第二场 134—135 两行的两种译文：

He made you for a highway to my bed;

But I, a maid, die maiden-widowed.

1. 他要借着你做牵引相思的桥梁，

    可是我却要做一个独守空闺的怨女而死去。（朱生豪译）

2. 他本要借你做捷径，登上我的床；

    可怜我这处女，活守寡，到死是处女。（方平译）

3. 他原来把你用作走到新房的路，

    如今我死了，还是处女，可又是寡妇。（曹禺译）

孙致礼只举了前两个译例，他认为朱生豪用的是归化译法；方平采取了严格的异化译法，既体现了对莎剧艺术形式的最大尊重，又不折不扣地传达了原作的神味。是这样的吗？方平说"借你作捷径"，"借"字分明借自归化的朱译，但朱译借绳子做桥梁是通顺的中文，方译"借你做捷径"却有问题，"捷径"分明是归化，怎么成了严格的异化呢？如果要发挥译语优势，我看应该改成"把你当作捷径"，那才既可以算是归化，又可以算是异化，同时又证明了归化和异化都不是翻译的关键，关键是"优化"，就是发挥译语优势，充分利用最好的译语表达方式。如果归化的方式最好或最优，那翻译就该归化；如果异化的方式最优，那就该异化。这就是归化和异化的竞赛，看哪种译法能胜利，胜利的就是"优化"。方译"登上我的床"既不是归化，又不是异化，而是方平为了"以顿代步"（以译文一顿代替原文一个音步）硬拼出来的译文，如果这是"严格的异化"，那异化就是失败的，如果我是观众，听见台上的女演员这样装腔作势，恐怕要笑出声来了，这不应该是莎士比亚的本意吧！再比较一下曹禺归化的译文"走到新房的路"，高下分明。这不是说明了归化是优化吗？还有一点，原文这两行有韵，曹译的"新房的路"与"寡妇"也押了韵，译文传达了原文的音美，所以是优化的译文；方译"以顿代步"只是与原文音似，并不一定能传达原诗抑扬顿挫的音美，而要传达原诗的节奏之美，也不一定需要"以顿代步"，这只要一读曹译便知。方译第二行"活守寡，到死是处女"译得不错。但"活守寡"和"到死"都是归化，而孙致礼却说方译是"严格的异化译法"，"又不折不扣地传达了原作的神味"。请问莎士比亚原作这两行是要引起观众大笑吗？这怎么能算"不折不扣地传述了原作品的神味"呢？可见孙致礼的理论不能联系实际。他又反对优化，反对发挥译语优势，结果就得出异化是 21 世纪文学翻译的主导这种错误的结论了。

孙致礼还举了哈代的《苔丝》第四章中的一句为例：

The stage of mental comfort to which they had arrived at this hour was one wherein their souls expanded beyond their skins, and spread their personalities warmly through the room.(T. Hardy: *Tess of the d'Urbervilles*)

这时候，他们已经到了心旷神怡的阶段，一个个魂灵超脱了形骸，在屋里热切地表现自己的个性。（孙致礼译）

孙致礼认为自己的译文"从形式到意义跟原文都比较吻合，恰到好处地展示了一群酒徒一面畅饮一面'畅抒'胸怀的神态"。是这样的吗？原文是表扬还是批评这群酒徒的呢？若从译文来看，"心旷神怡""魂灵超脱了形骸"，那应该是在表扬了，这和原意不是恰恰相反吗？怎能说是"比较吻合"呢？"表现自己的个性"为什么不可以归化为"表现自我""丑态百出"？孙致礼认为"恰到好处"的译文却是颠倒黑白的译文，这不是用实例来证明了他的理论是站不住脚的吗？

附　录

许渊冲作品一览（1956—2018）

1.《一切为了爱情》，约翰·德莱顿著，许渊冲译. 上海：新文艺出版社，1956.

2.《哥拉·布勒尼翁》，罗曼·罗兰著，许渊冲译. 北京：人民文学出版社，1958.

3.《苏东坡诗词新译》（汉英对照），苏东坡著，许渊冲译. 香港：商务印书馆香港分馆，1982.

4.《人生的开始》，巴尔扎克著，许渊冲译. 上海：上海译文出版社，1983.

5.《唐诗一百五十首》（汉英对照），许渊冲译. 西安：陕西人民出版社，1984.

6.《翻译的艺术》，许渊冲著. 北京：中国对外翻译出版公司，1984.

7.《水上》，莫泊桑著，许渊冲译. 北京：人民文学出版社，1986.

8.《雨果文集·戏剧》，维克多·雨果著，许渊冲译. 北京：人民文学出版社，1986.

9.《昆廷·杜沃德》，司各特著，许渊冲、严维明译. 北京：人民文学出版社，1987.

10.《李白诗选》（汉英对照），许渊冲译.成都：四川人民出版社，1987.

11.《唐宋词选一百首》（汉法对照），许渊冲译.北京：外文出版社，1987.

12.《唐诗三百首新译》（汉英对照），许渊冲、陆佩弦、吴钧陶等选编.北京：中国对外翻译出版公司，香港：商务印书馆（香港）有限公司，1988.

13.《中诗英译比录》，许渊冲、吕叔湘合编.香港：三联书店香港公司，1988.

14.《追忆似水年华》（第3卷），马塞尔·普鲁斯特著，许渊冲、潘丽珍译.南京：译林出版社，1990.

15.《唐宋词一百五十首》（汉英对照），许渊冲译.北京：北京大学出版社，1990.

16.《飞马腾空：亨利·泰勒诗选》，亨利·泰勒著，许渊冲译.北京：中国对外翻译出版公司，1991.

17.《唐宋词一百首》（汉英对照），许渊冲译.北京：中国对外翻译出版公司，1991.

18.《包法利夫人》，福楼拜著，许渊冲译.南京：译林出版社，1992.

19.《人间春色第一枝：诗经雅颂欣赏》（汉英对照），许渊冲译.郑州：河南人民出版社，1992.

20.《人间春色第一枝：诗经国风欣赏》（汉英对照），许渊冲译.郑州：河南人民出版社，1992.

21.《中诗英韵探胜：从〈诗经〉到〈西厢记〉》（汉英对照），许渊冲著.北京：北京大学出版社，1992.

22.《红与黑》，司汤达著，许渊冲译．长沙：湖南文艺出版社，1993.

23.《毛泽东诗词选》（汉英对照），毛泽东著，许渊冲译．北京：中国对外翻译出版公司，1993.

24.《诗经》（汉英对照），许渊冲译，姜胜章编校．长沙：湖南出版社，1993.

25.《埃及艳后》，德莱顿著，许渊冲译．桂林：漓江出版社，1994.

26.《中国古诗词六百首》（汉英对照），许渊冲编译．北京：新世界出版社，1994.

27.《楚辞》（汉英对照），许渊冲译，杨逢彬编注．长沙：湖南出版社，1994.

28.《唐宋诗一百五十首》（汉英对照），许渊冲译．北京：北京大学出版社，1995.

29.《汉魏六朝诗一百五十首》（汉英对照），许渊冲译．北京：北京大学出版社，1996.

30.《宋词三百首》（汉英对照），许渊冲译．张秋红、杨光治今译．长沙：湖南出版社，1996.

31.《追忆逝水年华：从西南联大到巴黎大学》，许渊冲著．北京：生活·读书·新知三联书店，1996.

32.《元明清诗一百五十首》（汉英对照），许渊冲译．北京：北京大学出版社，1997.

33.《西厢记》（汉英对照），王实甫著，许渊冲译．长沙：湖南人民出版社，1997.

34.《文学翻译谈》，许渊冲著．台湾：书林出版有限公司，1998.

35.《中国古诗词三百首》（汉法对照），许渊冲译．北京：北京大学出版社，1999.

36.《包法利夫人》（日汉对照），福楼拜著，伊吹武彦、许渊冲译．长春：吉林大学出版社，2000.

37.《新编千家诗》（汉英对照），袁行霈主编，许渊冲译．北京：中华书局，2000.

38.《唐诗三百首》（汉英对照），许渊冲译．北京：高等教育出版社，2000.

39.《顾毓琇诗词选》（汉英对照），顾毓琇著，许渊冲译．北京：高等教育出版社，2001.

40.《约翰·克里斯朵夫》，罗曼·罗兰著，许渊冲译．长沙：湖南文艺出版社，2003.

41.《老子道德经》（汉英对照），老子著，许渊冲译．北京：高等教育出版社，2003.

42.《诗书人生》，许渊冲著．天津：百花文艺出版社，2003.

43.《唐宋词三百首》（汉英对照），许渊冲译．石家庄：河北人民出版社，2003.

44.《文学与翻译》，许渊冲著．北京：北京大学出版社，2003.

45.《罗曼·罗兰精选集》，罗曼·罗兰著，许渊冲编选．北京：北京燕山出版社，2004.

46.《元曲三百首》（汉英对照），许渊冲译．北京：高等教育出版社，2004.

47.《中国古诗精品三百首》（汉英对照），许渊冲译．北京：北京大学出版社，2004.

48.《唐宋名家千古绝句100首》（汉英对照），许渊冲、唐自东译．长春：吉林文史出版社，2004.

49.《诗经选》(汉英对照图文典藏本),许渊冲译.石家庄:河北人民出版社,2005.

50.《山阴道上——许渊冲散文随笔选集》,许渊冲著.北京:中央编译出版社,2005.

51.《译笔生花》,许渊冲著.郑州:文心出版社,2005.

52.《约翰·克里斯托夫》,罗曼·罗兰著.许渊冲译.北京:北京燕山出版社,2005.

53.《精选宋词与宋画》(汉英对照),许渊冲译.北京:五洲传播出版社,2005.

54.《论语》(汉英对照),孔子著,许渊冲译.北京:高等教育出版社,2005.

55.《新编千家诗》(汉英对照大中华文库),许渊冲著.北京:中华书局,2006.

56.《最爱唐宋词》(汉英对照)(影画版),许渊冲选译.北京:中国对外翻译出版公司,2006.

57.《道德经与神仙画》(汉英对照),许渊冲译.北京:五洲传播出版社,2006.

58.《精选诗经与诗意画》(汉英对照),许渊冲译.北京:五洲传播出版社,2006.

59.《精选毛泽东诗词与诗意画》(汉英对照),许渊冲译.北京:五洲传播出版社,2006.

60.《白居易诗选》(汉英对照图文典藏本),许渊冲译.石家庄:河北人民出版社,2006.

61.《李煜词选》(汉英对照图文典藏本),李煜著,许渊冲译.石家庄:河北人民出版社,2006.

62.《李清照词选》(汉英对照),李清照著,许渊冲译.石家庄:

河北人民出版社，2006.

63.《一生必读：唐诗三百首鉴赏》（汉英对照），谢真元主编，许渊冲、马红军译．北京：中国对外翻译出版公司，2006.

64.《一生必读：宋词三百首鉴赏》（汉英对照），谢真元主编，许渊冲译．北京：中国对外翻译出版公司，2007.

65.《大中华文库·唐诗三百首》（汉英对照），许渊冲译．北京：中国对外翻译出版公司，2007.

66.《大中华文库·宋词三百首》（汉英对照），许渊冲译．北京：中国对外翻译出版公司，2007.

67.《苏轼诗词选》（汉英对照），许渊冲译．长沙：湖南人民出版社，2007.

68.《大中华文库·李白诗选》（汉法对照），李白著，许渊冲译．长沙：湖南人民出版社，2007.

69.《大中华文库·苏轼诗词选》（汉法对照），苏轼著，许渊冲译．长沙：湖南人民出版社，2007.

70.《续忆逝水年华》，许渊冲著．武汉：湖北人民出版社，2008.

71.《精选诗经与诗意画》（汉法对照），许渊冲译．北京：五洲传播出版社，2008.

72.《精选唐诗与唐画》（汉法对照），许渊冲译．北京：五洲传播出版社，2008.

73.《精选宋词与宋画》（汉法对照），许渊冲译．北京：五洲传播出版社，2008.

74.《红与黑》（企鹅经典系列），司汤达著，许渊冲译．重庆：重庆出版社，2008.

75.《逝水年华》，许渊冲著．北京：生活·读书·新知三联书店，2008.

76.《联大人九歌》，许渊冲著．昆明：云南人民出版社，2008.

77.《中译经典文库·中华传统文化精粹：楚辞》（汉英对照），许渊冲译．北京：中国对外翻译出版公司，2009.

78.《中译经典文库·中华传统文化精粹：汉魏六朝诗》（汉英对照），许渊冲著．北京：中国对外翻译出版公司，2009.

79.《中译经典文库·中华传统文化精粹：千家诗》（汉英对照），许渊冲、许明译．北京：中国对外翻译出版公司，2009.

80.《中译经典文库·中华传统文化精粹：元明清诗》（汉英对照），许渊冲译．北京：中国对外翻译出版公司，2009.

81.《中译经典文库·中华传统文化精粹：元曲三百首》（汉英对照），许渊冲译．北京：中国对外翻译出版公司，2009.

82.《长生殿》（汉英对照）（舞台本），洪昇著，许渊冲、许明译．北京：中国对外翻译出版公司，2009.

83.《牡丹亭》（汉英对照）（舞台本）．汤显祖著，许渊冲、许明译．北京：中国对外翻译出版公司，2009.

84.《桃花扇》（汉英对照）（舞台本），孔尚任著，许渊冲、许明译．北京：中国对外翻译出版公司，2009.

85.《约翰·克里斯朵夫》，罗曼·罗兰著，许渊冲译．北京：中央编译出版社，2011.

86.《许译中国古典诗词：唐诗三百首》（汉英对照），许渊冲译．北京：五洲传播出版社，2012.

87.《许译中国古典诗词：宋词三百首》（汉英对照），许渊冲译．北京：五洲传播出版社，2012.

88.《许译中国古典诗词：唐五代词选》（汉英对照），许渊冲译．北京：五洲传播出版社，2012.

89.《许译中国古典诗词：元曲三百首》（汉英对照），许渊冲译．北京：五洲传播出版社，2012.

90.《许译中国经典诗文集》（汉英对照），许渊冲译．北京：五洲传播出版社，2012.

91.《中国诗文1000句英文这样说》（汉英对照），许渊冲译．长春：吉林出版集团有限责任公司，2012.

92.《红与黑》（中英文本），司汤达著，许渊冲译．南京：译林出版社，2012.

93.《高老头》（世界文学文库），巴尔扎克著，许渊冲译．北京：北京燕山出版社，2012.

94.《往事新编——许渊冲散文随笔精选》，许渊冲、许明著．深圳：海天出版社，2012.

95.《画说唐诗》，许渊冲译，陈佩秋等绘．北京：中国对外翻译出版公司，2012.

96.《追忆似水年华》，M.普鲁斯特著，许渊冲、李恒基、徐继曾、桂裕芳等合译．南京：译林出版社，2012.

97.《丰子恺诗画》，丰子恺著绘，许渊冲译．北京：海豚出版社，2013.

98.《艾那尼》（最新修订版），维克多·雨果著，许渊冲、谭立德译．南京：译林出版社，2013.

99.《许渊冲文集》（汉英对照），许渊冲译．北京：海豚出版社，2013.

100.《杜甫诗选》（汉英对照），杜甫著，许渊冲译．北京：中国对外翻译出版公司，2014.

101.《李白诗选》（汉英对照），李白著，许渊冲译．北京：对外翻译，2014.

102.《玛丽·都铎》，维克多·雨果著，许渊冲、谭立德译．北京：北京联合出版公司，2014.

103.《许渊冲英译白居易诗选》，白居易著，许渊冲译．北京：中国对外翻译出版公司，2014.

104.《许渊冲英译杜甫诗选》，杜甫著，许渊冲译．北京：中国对外翻译出版公司，2014.

105.《许渊冲英译李白诗选》，李白著，许渊冲译．北京：中国对外翻译出版公司，2014.

106.《许渊冲英译王维诗选》，王维著，许渊冲译．北京：中国对外翻译出版公司，2014.

107.《任尔东西南北风：许渊冲中外经典译著前言后语集锦》，许渊冲著．北京：清华大学出版社，2014.

108.《大中华文库：唐诗选》（汉法对照），许渊冲译．北京：五洲传播出版社，2014.

109.《许渊冲经典英译古代诗歌 1000 首：诗经》（汉英对照），许渊冲译．北京：海豚出版社，2015.

110.《许渊冲经典英译古代诗歌 1000 首：唐诗》（汉英对照），许渊冲译．北京：海豚出版社，2015.

111.《许渊冲经典英译古代诗歌 1000 首：宋词》（汉英对照），许渊冲译．北京：海豚出版社，2015.

112.《许渊冲经典英译古代诗歌 1000 首：苏轼诗词》（汉英对照），许渊冲译．北京：海豚出版社，2015.

113.《许渊冲经典英译古代诗歌 1000 首：汉魏六朝诗》（汉英对照），许渊冲译．北京：海豚出版社，2015.

114.《许渊冲经典英译古代诗歌 1000 首：元曲》（汉英对照），许渊冲译．北京：海豚出版社，2015.

115.《许渊冲经典英译古代诗歌 1000 首：元明清诗》（汉英对照），许渊冲译．北京：海豚出版社，2015.

116.《约翰·克里斯朵夫》，罗曼·罗兰著，许渊冲译．北京：北京理工大学出版社，2015.

117.《奥瑟罗》（汉英对照），威廉·莎士比亚著，许渊冲译．北京：外语教学与研究出版社，2015.

118.《许渊冲英译毛泽东诗词》（汉英对照），毛泽东著，许渊冲译．北京：中译出版社（原中国对外翻译出版公司），2015.

119.《画说宋词》（汉英对照），许渊冲译．北京：中国对外翻译出版有限公司，2015.

120.《西风落叶》，许渊冲著．北京：外语教学与研究出版社，2015.

121.《文学与翻译》，许渊冲著．北京：北京大学出版社，2016.

122.《牡丹亭》（汉英对照），汤显祖著，许渊冲、许明译．北京：海豚出版社，2016.

123.《约翰·克里斯朵夫》，罗曼·罗兰著，许渊冲译．北京：中译出版社，2015.

124.《〈老子〉译话》，许渊冲著．北京：北京大学出版社，2016.

125.《梦与真：许渊冲自述》，许渊冲著．郑州：河南文艺出版社，2017.

126.《〈论语〉译话》，许渊冲著．北京：北京大学出版社，2017.

127.《红与黑》，司汤达著，许渊冲译．北京：当代世界出版社，2017.

128.《许译中国经典诗文集：道德经》（汉英对照），许渊冲译.北京：五洲传播出版社，2018.

129.《许译中国经典诗文集：汉魏六朝诗选》（汉英对照），许渊冲译.北京：五洲传播出版社，2018.

130.《许译中国经典诗文集：宋元明清诗选》（汉英对照），许渊冲、许明译.北京：五洲传播出版社，2018.

131.《许译中国经典诗文集：宋词三百首》（汉英对照），许渊冲、许明译.北京：五洲传播出版社，2018.

132.《许译中国经典诗文集：牡丹亭》（汉英对照），汤显祖著，许渊冲、许明译.北京：五洲传播出版社，2018.

133.《许译中国经典诗文集：西厢记》（汉英对照），王实甫著，许渊冲、许明译.北京：五洲传播出版社，2018.

134.《绮年琐忆》（卓尔文库·大家文丛），许渊冲著.深圳：海天出版社，2018.

图书在版编目（CIP）数据

翻译艺术通论 / 许渊冲著 . —南京：译林出版社，
2024.6
（许渊冲集）
ISBN 978-7-5753-0018-6

I.①翻… II.①许… III.①文学翻译－文集 IV.
① I046-53

中国国家版本馆 CIP 数据核字（2024）第 005937 号

翻译艺术通论　许渊冲 / 著

责任编辑　陈绍敏
特约编辑　刘程程　苏雪莹
装帧设计　鹏飞艺术
校　　对　刘文硕
责任印制　贺　伟

出版发行　译林出版社
地　　址　南京市湖南路 1 号 A 楼
邮　　箱　yilin@yilin.com
网　　址　www.yilin.com
市场热线　010-85376701
排　　版　鹏飞艺术·张立波
印　　刷　三河市华润印刷有限公司
开　　本　960 毫米 ×640 毫米　1/16
印　　张　32.5
版　　次　2024 年 6 月第 1 版
印　　次　2024 年 6 月第 1 次印刷
书　　号　ISBN 978-7-5753-0018-6
定　　价　49.80 元